SUPERBESTSELL

10

I libri di Stephen King

La zona morta
L'incendiaria
Cujo
Christine (La macchina infernale)
Pet Sematary
Il Talismano (con Peter Straub)
Stagioni diverse
It
Misery
Scheletri
Tommyknocker-Le creature del buio
La metà oscura
Quattro dopo mezzanotte
Cose Preziose
Il gioco di Gerald
Dolores Claiborne
Incubi & deliri
Insomnia
Rose Madder
Desperation
L'arte di sopravvivere (audiocassetta)
Mucchio d'ossa
Il Miglio Verde
La bambina che amava Tom Gordon
Cuori in Atlantide
Danse macabre
Riding the Bullet-Passaggio per il nulla
La tempesta del secolo
On Writing
L'acchiappasogni
La casa del buio (con Peter Straub)
Tutto è fatidico
Buick 8

Serie «La Torre Nera»

L'ultimo cavaliere
La chiamata dei tre
Terre desolate
La sfera del buio
I lupi del Calla

e quelli di Richard Bachman

L'occhio del male
I vendicatori
L'uomo in fuga
La lunga marcia

STEPHEN KING

GLI OCCHI DEL DRAGO

ILLUSTRAZIONI DI
David Palladini

SPERLING
PAPERBACK

Traduzione di Tullio Dobner
The Eyes of the Dragon

I edizione «Superbestseller» Paperback gennaio 1993

ISBN 88-8274-424-8
86-I-04

XIII EDIZIONE

Visitate i siti www.stephenkingofficial.com, www.stephenking.com e www.sperling.it

Al mio grande amico Ben Straub
e a mia figlia Naomi King

GLI OCCHI DEL DRAGO

Oltre i monti e oltre i mari, in un regno che si chiamava Delain, c'era una volta un re con due figli. Delain era un regno antico che aveva avuto centinaia di re, se non addirittura migliaia: quando è davvero molto il tempo trascorso, nemmeno gli storici riescono a ricordare tutto. Roland il Buono non era né il migliore né il peggiore fra i re che avevano governato quel paese. Nell'evitare eccessi di malvagità metteva un grande impegno e in questo riusciva quasi sempre. Uguale buona volontà dedicava alle grandi opere, che purtroppo non gli riuscivano altrettanto bene. Ne risultava un re decisamente mediocre, tanto che lui stesso dubitava che sarebbe stato ricordato a lungo dopo la sua morte. La quale morte sarebbe potuta giungere da un momento all'altro, ormai, perché era diventato vecchio e il suo cuore era affaticato. Gli restava forse un anno, a dir molto gliene restavano tre. Tutti coloro che lo conoscevano e coloro che notavano il grigiore del suo volto e il tremito delle sue mani quando dava udienza, erano d'accordo nel pronosticare che di lì a cinque anni al massimo nella grande piazza dominata dall'Obelisco si sarebbe incoronato un nuovo re... e volendo Iddio mancavano non più di cinque anni a quel momento. Perciò dal più ricco barone e dalla più leziosa cortigiana al più povero servo della gleba e alla più umile contadina, tutti nel regno pensavano e parlavano del re prossimo venturo, Peter, figlio primogenito di Roland.

E uno solo fra tanti pensava e architettava e rimuginava su come fare in modo che venisse incoronato in sua vece Thomas, secondogenito di Roland. Costui era Flagg, il mago di corte.

2

Sebbene re Roland fosse anziano – confessava settant'anni, ma era sicuramente più vecchio – i suoi figli erano giovani. Gli era stato permesso di sposare tardi, poiché non aveva trovato donna di cui incapricciarsi e poiché sua madre, la grande regina madre di Delain, era sembrava immortale a lui e a tutti, sovrana inclusa. Aveva regnato per quasi cinquant'anni fino al giorno in cui, mentre prendeva un tè, si era messa in bocca una fettina di limone per alleviare una tosse fastidiosa che la tormentava già da più di una settimana. In occasione di quel tè in particolare era stato ingaggiato un giocoliere per il divertimento della regina madre e della sua corte. Il giocoliere stava maneggiando con destrezza cinque sfere di cristallo di squisita fattura, sennonché, nel momento in cui la regina si metteva in bocca la fettina di limone, se ne lasciò sfuggire di mano una. La sfera s'infranse sul pavimento piastrellato del salone di Levante con un terribile schianto. A quel rumore la regina madre aveva boccheggiato e, boccheggiando, aveva risucchiato in gola la fettina di limone e in pochi attimi era morta soffocata. Quattro giorni dopo Roland era stato incoronato nella piazza dell'Obelisco. Il giocoliere non aveva assistito alla cerimonia: era stato decapitato sul ceppo del boia dietro all'Obelisco già tre giorni prima.

Un re senza eredi rende tutti nervosi, specialmente se il re ha cinquant'anni e pochi capelli. Era perciò nell'interesse di

Roland sposarsi subito e fare al più presto un erede. Flagg, suo primo consigliere, gli aveva fatto presente la gravità del problema. Aveva aggiunto che, alla sua età, gli anni in cui poteva sperare di dar vita a un figlio nel ventre di una donna erano ormai pochi. Flagg gli consigliava di prendere moglie al più presto e di rinunciare ad aspettare una dama di nobile casato che suscitasse la sua simpatia. Se una simile dama non gli era apparsa in cinquant'anni, gli faceva osservare Flagg, probabilmente non l'avrebbe mai trovata.

Roland si era lasciato convincere dalla saggezza dei suoi consigli, senza sapere che Flagg, con quei suoi capelli smorti, e la faccia bianca quasi sempre nascosta sotto il cappuccio, era consapevole del suo più intimo segreto, che cioè non aveva mai trovato una donna che gli piacesse perché in realtà le donne non gli piacevano affatto. Le donne lo impaurivano. Né gli era mai piaciuto l'atto con il quale si mettono bambini nel ventre delle donne. Anche quell'atto lo impauriva.

Aveva però riconosciuto l'avvedutezza dei consigli del suo mago e, sei mesi dopo i funerali della regina madre, c'era stato nel regno un avvenimento assai più lieto: le nozze di re Roland con Sasha, che sarebbe stata la madre di Peter e Thomas.

Roland non era né amato né odiato a Delain. Sasha, invece, era amata da tutti. Quando era morta dando alla luce il secondo figlio, il regno era precipitato in un lutto cupo che era durato un anno e un giorno. Sasha era una delle sei donne suggerite da Flagg al suo re come possibili spose. Roland non conosceva alcuna di quelle donne, che poco si differenziavano tra loro per natali e posizione sociale. Tutte erano di sangue nobile, ma nessuna di sangue reale; tutte erano miti, affabili e riservate. Flagg si era ben guardato dal proporgli donna che potesse prendere il suo posto di bocca più vicina all'orecchio del re. Roland aveva scelto Sasha perché in quella mezza dozzina gli era sembrata la più riservata e mansueta, e aveva pensato che meno delle altre gli avrebbe fatto paura. Così erano stati uniti in matrimonio. Sasha del baronato occidentale (un baronato di dimensioni davvero modeste) aveva all'epoca diciassette anni ed era pertanto di trentatré anni più giovane di suo marito. Prima della sera delle nozze non aveva mai visto un uomo senza le mutande. E quando, giunto il momento, aveva posato gli occhi sul suo pene flaccido, aveva domandato con grande interesse: «Che cos'è quello, marito?» Se avesse diversamente commentato, o se avesse pronunciato quelle stesse parole con un'inflessione di voce solo lievemente diversa, i fatti di quella notte e anche tutta questa storia avrebbero preso forse un altro corso: nonostante la speciale bevanda che Flagg gli aveva fornito un'ora prima, alla fine del banchetto nuziale, probabilmente Roland se la sarebbe semplicemente svignata. L'aveva vista invece esattamente per come era, una ragazza molto giovane che di come si facevano i bambini sapeva ancor meno di lui, e aveva notato che la sua bocca era dolce, così aveva cominciato ad amarla, come tutti gli abitanti di Delain avrebbero imparato ad amarla.

«È il Ferro del re», le aveva risposto.

«Ma non sembra ferro», aveva osservato Sasha, dubbiosa.

«È prima della forgia», aveva spiegato lui.

«Ah!» aveva esclamato lei. «E dov'è la forgia?»

«Se avrai fiducia in me», aveva detto il re mettendosi a letto con lei, «ti farò vedere, perché l'hai portata tu con te dal baronato occidentale, ma senza saperlo.»

3

Il popolo di Delain l'amava perché era buona e sensibile. Era stata la regina Sasha a fondare l'Ospedale Maggiore; era stata la regina Sasha a spargere tante lacrime per la crudeltà del combattimento dei cani contro l'orso incatenato nella Piazza, da spingere re Roland a vietarli per sempre; era stata la regina Sasha a invocare una Remissione delle Tasse Reali nell'anno della grande siccità, quando persino le foglie del Grande Albero Antico si erano ingrigite. E Flagg, vi chiederete, complottava contro di lei? Bene, non sulle prime. Tutte quelle iniziative erano relativamente di poco conto, ai suoi occhi, perché Flagg era un mago autentico, con centinaia e centinaia di anni di vita sulle spalle.

Aveva approvato persino la Remissione delle Tasse perché l'anno precedente la flotta di Delain aveva sbaragliato i pirati anduani, che da più di un secolo costituivano un vero flagello per la costa meridionale del regno. Il teschio del re pirata anduano ghignava in cima a una guglia fuori delle mura del palazzo e i forzieri di Delain erano colmi di bottino recuperato. Per le questioni di più vasta portata, negli affari di stato, la bocca più vicina all'orecchio di re Roland era ancora la sua, perciò Flagg dapprincipio non si era dato pensiero.

4

Sebbene in Roland fosse cresciuto l'amore per la moglie, non si era mai sviluppato l'amore per quell'attività che il più degli uomini considerano piacevole, l'atto cioè che produce sia il più umile sguattero delle cucine, sia l'erede al più alto trono. Roland e Sasha dormivano in camere separate e lui non andava spesso a farle visita. Tali visite avvenivano non più di cinque o sei volte all'anno e non sempre in quelle occasioni si riusciva a far ferro alla forgia, malgrado le più potenti bevande di Flagg e l'infinita dolcezza di Sasha.

Nondimeno, quattro anni dopo le nozze, nel letto di Sasha era stato concepito Peter e per quell'unica volta Roland non aveva avuto bisogno della bevanda di Flagg, che era verde e schiumosa e sempre gli dava una sensazione strana alla testa, quasi che fosse ammattito. Quel giorno era stato a caccia nelle Riserve con dodici dei suoi uomini. La caccia era sempre stata la grande passione di Roland, perché tanto amava l'odore della foresta, la fragranza pungente dell'aria, il suono del corno e l'esaltazione dell'arco, allo scoccare di una freccia su una traiettoria tesa e verace. La polvere da sparo era conosciuta ma rara a Delain e tendere agguati alla selvaggina con un tubo di ferro era considerato in ogni caso meschino e spregevole.

Sasha stava leggendo a letto quando le si era presentato il re, con un'espressione accesa sul volto sanguigno e barbuto, ma si era posata il libro sul seno e aveva ascoltato rapita la storia che lui le aveva raccontato muovendo le mani. Sul finire il re aveva spinto il gomito all'indietro per mostrarle come aveva incoccato Mazzammazza, il famoso dardo di suo padre, per poi lasciarlo sfrecciare nel silenzio della valletta. Per quel suo gesto lei rise e batté le mani e conquistò il suo cuore.

Le cacce avevano portato quasi all'estinzione la selvaggina nelle Riserve del re e in quei tempi moderni era raro imbattersi in un cervo di buone dimensioni, né si era più visto un drago dai tempi dei tempi. I più avrebbero riso nel sentire ipotizzare la presenza di una creatura così mitica in quella foresta addomesticata, ma un'ora prima del tramonto di quel giorno, quando Roland e il suo seguito si accingevano a rientrare, fu proprio un drago ciò che trovarono... o, per meglio dire, fu proprio un drago a trovare loro.

Sbucò dal sottobosco travolgendo la vegetazione con le lucide squame color verderame e sbuffi di fumo dalle nari incrostate di fuliggine. E nemmeno era un drago piccolo, bensì un maschio già grandicello ormai vicino alla sua prima muta. I cacciatori erano rimasti come impietriti, assolutamente incapaci di muoversi, meno che mai di incoccare una freccia.

Il drago li aveva guardati e i suoi occhi, da verdi che erano, erano diventati gialli. Aveva sbattuto le ali, ma non c'era pericolo che volasse via: sarebbero dovuti passare almeno altri cinquant'anni e due mute prima che quelle ali fossero sviluppate abbastanza da sostenerlo nell'aria; tuttavia la membrana che unisce le ali al corpo del drago fino al suo decimo o undicesimo anno d'età era già caduta e un solo frullo aveva alzato un vento tanto forte da disarcionare il capocaccia, facendogli saltar via il corno dalla mano.

Fra tutti, il solo Roland non era stato ridotto all'immobilità dallo sbalordimento e, sebbene fosse troppo modesto da rivelarlo a Sasha, nella sua immediata reazione c'era stato eroismo autentico, insieme con il gusto di uccidere proprio del cacciatore nato. Il drago avrebbe potuto arrostire lì per lì la comitiva colta alla sprovvista, non fosse stato per la prontezza di Roland. Aveva fatto avanzare il suo cavallo di cinque passi e aveva incoccato il suo celebre dardo. Aveva teso l'arco e aveva lasciato partire la freccia che era andata diritta al segno, quell'organo delicato simile a una branchia sotto la gola del drago, dalla quale la bestia risucchia l'aria con cui crea il fuoco. Il verme era stramazzato morto al suolo con un'ultima eruzione di fiamme che avevano incendiato tutti i cespugli circostanti. Gli scudieri avevano sedato velocemente le fiamme, alcuni con dell'acqua, altri con birra e non pochi con l'orina... E ora che ci penso, la gran parte di quell'orina era in realtà birra, perché, quando Roland usciva per una battuta di caccia, portava sempre con sé grandi quantitativi di birra e, credetemi, non ne era geloso.

L'incendio era stato spento in cinque minuti, il drago era stato sventrato in quindici. E ancora si sarebbe potuto far bollire l'acqua per il tè sulle sue nari fumanti, quando già le sue trippe giacevano sul terreno. Con una grande cerimonia a Roland era stato consegnato il gocciolante cuore a nove ventricoli e il re l'aveva mangiato crudo, com'era costume, trovandolo squisito. Il suo unico triste rimpianto in quel momento era stato che quasi certamente non avrebbe mai più ripetuto l'esperienza.

Forse era stato il cuore del drago a renderlo così forte quella notte. Forse era stata solo la gioia per quella caccia e l'orgoglio di aver agito tempestivamente e a sangue freddo, mentre tutti gli altri erano inchiodati dallo sbigottimento sulle loro selle (salvo naturalmente il capocaccia che era inchiodato dallo sbigottimento per terra, sulla schiena). Fatto sta che quando Sasha aveva battuto le mani esclamando: «Bravo, mio valoroso marito!» il re si era tuffato nel letto di sua moglie. Sasha lo aveva accolto con gli occhi aperti e un sorriso in cui si rispecchiava il suo trionfo. Quella notte era stata la prima e unica in cui Roland aveva goduto da sobrio dell'abbraccio della moglie. Nove mesi più tardi, un mese per ciascun ventricolo del cuore del drago, in quello stesso letto era nato Peter e tutto il regno aveva gioito perché finalmente c'era un erede al trono.

5

Probabilmente penserete, posto che vi siate dati il disturbo di pensarci, che, dopo la nascita di Peter, Roland avesse smesso di bere quello strano miscuglio verde che gli preparava Flagg. Non è così. Lo prendeva ancora di tanto in tanto. Ciò accadeva perché amava Sasha e voleva farla contenta. In certi posti la gente è convinta che solo gli uomini trovino piacere nel sesso e che una donna sarebbe ben lieta di essere lasciata in pace. Un'idea così bizzarra era però ignota alla popolazione di Delain, secondo la quale una donna prova un piacere del tutto normale nell'atto che dà origine alle più piacevoli creature della terra. In questo settore Roland si riconosceva meno che adeguatamente sollecito nei confronti della regina, ma era risoluto a essere il più premuroso possibile, a costo di dover mandar giù la bevanda di Flagg. Il mago era l'unica persona a sapere quanto raramente il re entrasse nel letto della sua regina.

Quattro anni circa dopo la nascita di Peter, il giorno di Capodanno, una terribile bufera di neve aveva fatto visita a Delain. Era stata la più violenta a memoria d'uomo, salvo un'altra di cui racconterò in seguito.

Cedendo a un impulso che nemmeno lui avrebbe saputo spiegarsi, Flagg aveva mescolato per il re una pozione di doppia potenza, istigato a farlo, chissà, forse da qualcosa che c'era nel vento. Normalmente Roland avrebbe fatto una gran smorfia per il saporaccio di quel miscuglio e forse l'avrebbe rifiutato, ma per l'emozione della bufera l'annuale festa di Capodanno era stata più animata del solito e Roland aveva bevuto più che troppo. Il fuoco che ardeva nel caminetto gli aveva ricordato l'ultimo respiro esplosivo del drago, cosicché ripetutamente aveva brindato alla testa della preda, appesa alla parete. Era successo dunque che bevesse la verde pozione in un sol sorso e fosse invaso da una voglia malvagia. Immediatamente aveva lasciato la sala da pranzo per far visita a Sasha e nel corso dei suoi tentativi di amarla le aveva fatto male.

«Vi prego, marito», aveva singhiozzato la regina.

«Scusa», aveva borbottato lui. «Hazzz...» Si era addormentato pesantemente accanto a lei ed era rimasto insensibile per venti ore. Sasha non avrebbe più scordato l'odore strano che aveva il suo alito quella notte. Era un odore come di carne marcia, un odore di morte. Che cosa mai aveva mangiato... o bevuto? si era domandata.

Roland non aveva mai più toccato la bevanda di Flagg, ma il mago era lo stesso molto soddisfatto. Nove mesi dopo Sasha aveva dato alla luce Thomas, il secondogenito, morendo mentre partoriva. Incidenti del genere erano noti, naturalmente, e sebbene tutti ne fossero rattristati, nessuno ne era stato veramente sorpreso. Si pensava di sapere che cosa fosse accaduto, ma le uniche persone in tutto il regno che conoscevano veramente le circostanze della morte di Sasha erano

Anna Crookbrows, la levatrice, e Flagg, il mago del re. La pazienza con cui Flagg aveva sopportato le ingerenze di Sasha si era finalmente esaurita.

6

Peter aveva solo cinque anni quando era morta sua madre, ma la ricordava con affetto. Per lui sua madre era stata dolce, amorevole, misericordiosa. Ma cinque anni sono pochi e per questo i suoi ricordi non erano molto specifici. Ce n'era però uno che serbava con grande chiarezza ed era un rimprovero che aveva subito da lei. Molto più tardi il ricordo di quel rimprovero gli sarebbe stato vitale. Riguardava il suo tovagliolo.

Ogni primo di Cinquemese si teneva una festa a corte per celebrare la piantatura di primavera. Giunto al quinto anno d'età, a Peter era stato permesso di parteciparvi per la prima volta. L'usanza voleva che Roland si sedesse a un capo della tavola con l'erede al trono alla sua destra e la regina all'altro capo. Il risultato pratico di questa dislocazione era che Peter sarebbe stato fuori portata durante il pranzo, perciò Sasha lo aveva accuratamente istruito su come si sarebbe dovuto comportare. Desiderava che suo figlio facesse bella figura e che si mostrasse educato. Sapeva inoltre che durante il pranzo sarebbe stato abbandonato a se stesso, visto che suo padre non sapeva niente di galateo.

Qualcuno di voi si meraviglierà che il compito di educare Peter alle buone maniere ricadesse su Sasha. Forse che il ragazzo non aveva una governante? (Sì, anzi, ne aveva due.) Non c'erano servitori il cui servizio fosse interamente dedicato al piccolo principe? (Ce n'erano a battaglioni.) Il trucco non stava nell'indurre queste persone a occuparsi di Peter, bensì nel tenerle a distanza. Almeno per quanto le era possibile, Sasha desiderava crescere suo figlio da sé e aveva idee molto precise su come voleva che suo figlio fosse allevato. Lo amava con tutto il cuore e voleva trascorrere il suo tempo con lui per ragioni certamente egoistiche. Era però anche consapevole della grande e solenne responsabilità di cui era investito chiunque si occupasse dell'educazione di Peter: quel bambino un giorno sarebbe stato re e sopra ogni altra cosa Sasha voleva che fosse bravo. Un bravo ragazzo, pensava, sarebbe stato un bravo re.

I banchetti nella Sala Reale non erano ricorrenze molto raffinate e difficilmente una bambinaia si sarebbe preoccupata più che tanto di come si sarebbe potuto comportare a tavola il bambino. *Oh, ma un giorno sarà re!* avrebbero esclamato, non poco stupite all'idea di doverlo correggere in questioni così marginali. *Che importa se rovescia la salsiera? Che importa se si sbrodola il pizzo o se addirittura lo usa per asciugarvisi le mani? Non è forse vero che ai suoi tempi re Alan vomitava talvolta nel piatto e poi ordinava al giullare di corte di avvicinarsi e «bere questa buona minestra calda»? Non è forse vero che re John spesso staccava con un morso la testa alle trote vive e ne infilava il corpo guizzante nel corpetto delle ancelle? Non sarebbe comunque finito questo banchetto come tutti gli altri con i partecipanti che si lanciavano cibo da una parte all'altra del tavolo?*

Indubbiamente sì, ma la regina e Peter si sarebbero ritirati ben prima che il pranzo degenerasse a un lancio reciproco di vivande. Ciò che maggiormente preoccupava Sasha era l'atteggiamento del «che importa». Pensava che fosse il peggior concetto che chiunque potesse inculcare nella mente di un bambino destinato a diventare re.

Così Sasha aveva istruito Peter meticolosamente e quella sera al banchetto l'aveva osservato con attenzione. E più tardi, quando lui era sdraiato nel suo letto con le palpebre già pesanti di sonno, gli aveva parlato.

Poiché era una brava mamma, per prima cosa si era congratulata amorevolmente con lui per come si era comportato e in questo era stata sincera, perché per quasi tutto il tempo i suoi modi erano stati esemplari. Ma sapeva che nessuno lo avrebbe corretto là dove aveva sbagliato, se non lei e sapeva di doverlo fare subito, in quei pochi anni durante i quali lui avrebbe continuato a idoleggiarla. Così, dopo i complimenti, aveva aggiunto:

«In una cosa però hai sbagliato, Pete, e non voglio vederti farlo mai più».

Sdraiato nel letto, Peter la guardava con un'espressione solenne negli occhi blu. «Che cosa, madre?»

«Non hai usato il tovagliolo», aveva risposto lei. «L'hai lasciato ripiegato accanto al tuo piatto e mi è molto dispiaciuto vederlo. Hai mangiato il pollo arrosto con le mani e in questo hai agito correttamente perché è così che fanno gli uomini. Ma quando hai posato il pollo nel piatto, ti sei pulito le dita sulla camicia e questo non è bene.»

«Ma mio padre... e il signor Flagg... e gli altri nobili...»

«Accidenti a Flagg e accidenti a tutti i nobili di Delain!» aveva esclamato lei con impeto e Peter si era rannicchiato un tantino nel suo letto. Era impaurito e si vergognava di aver fatto sbocciare quelle rose sulle guance di sua madre. «Ciò che fa tuo padre è giusto, perché lui è il re. E tutto quello che farai tu quando sarai re, sarà sempre giusto. Ma Flagg non è re, per quanto possa desiderare esserlo, e i nobili non sono re e tu ancora non sei re, ma solo un bambino che ha dimenticato le buone maniere.»

Vedendo che Peter era spaventato, aveva sorriso. Gli aveva posato una mano sulla fronte.

«Stai tranquillo, Peter», lo aveva rassicurato. «È piccola cosa, ma importante lo stesso... perché sarai re a tempo debito. Ora corri a prendere la tua lavagna.»

«Ma è ora di dormire...»

«Accidenti anche all'ora di dormire. Il sonno può aspettare. Porta la lavagna.»

Peter era corso a prenderla.

Sasha aveva impugnato il pezzetto di gesso legato alla lavagnetta e con molta cura aveva scritto tre lettere in stampatello. «Sai leggere questa parola, Peter?»

Peter aveva annuito. Poche erano le parole che sapeva leggere, sebbene conoscesse quasi tutte le Maiuscole. Quella era una delle parole che conosceva, *GOD*, che in inglese significa «Dio».

«C'è scritto GOD.»

«Sì, bravo. Ora scrivila al contrario e vediamo che cosa trovi.»

«Al contrario?» aveva ripetuto Peter poco convinto.

«Proprio così.»

Peter aveva ubbidito, tracciando le sue incerte lettere infantili sulla lavagna sotto alla precisa scrittura di sua madre. Quindi era rimasto stupefatto a contemplare un'altra delle poche parole che era in grado di leggere, *Dog*, che in inglese vuol dire «cane».

«DOG! Mamma! C'è scritto DOG!»

«Sì. *Dog*, cane.» La tristezza nella voce della madre aveva spento immediatamente l'eccitazione di Peter. L'indice della madre si era spostato dall'una all'altra parola. «Queste sono le due nature dell'uomo», gli aveva spiegato. «Non scordartelo, perché un giorno tu sarai re e i re crescono fino a diventare grandi e alti... tanto grandi e tanto alti quanto i draghi alla loro nona muta.»

«Papà non è grande e alto», aveva obiettato Peter. Roland in effetti era basso e aveva le gambe molto storte. Inoltre trasportava davanti a sé un notevole pancione per tutta la birra e tutto l'idromele che aveva consumato.

Sasha aveva sorriso.

«Oh, ma lo è. I re crescono *invisibilmente*, Peter, e succede tutt'a un tratto, appena impugnano lo scettro e sulla loro testa viene posata la corona nella Piazza dell'Obelisco.»

«Davvero?» E Peter aveva fatto occhi grandi e rotondi.

Pensava che l'argomento si fosse alquanto allontanato dalla sua dimenticanza di aver fatto uso del tovagliolo al banchetto, ma non gli dispiaceva che quel fatto imbarazzante fosse andato perso in favore di quest'altro così terribilmente interessante. E poi si era già ripromesso di non scordare mai più di usare il tovagliolo: se era importante per sua madre, allora era importante per lui.

«Sì, davvero. I re diventano *spaventosamente* grandi e questo è il motivo per cui devono essere specialmente prudenti, perché le persone molto grandi possono schiacciare quelle più piccole sotto i piedi solo uscendo a fare una passeggiata o voltandosi o sedendosi precipitosamente nel posto sbagliato. Sono cose che i re cattivi fanno spesso. Credo che nemmeno i re buoni possano evitare di farlo talvolta.»

«Non credo di capire...»

«Allora ascolta ancora un momento.» La regina batté di nuovo il dito sulla lavagnetta. «I nostri predicatori dicono che la nostra natura è in parte Dio e in parte del vecchio Piede di Porco. Tu sai chi è il vecchio Piede di Porco, Peter?»

«È il diavolo.»

«Sì. Esistono però pochi diavoli anche fuori delle storie inventate, Peter, e la gran parte delle persone cattive sono più simili ai cani che ai diavoli. I cani sono amichevoli ma stupidi e così sono la maggior parte degli uomini e delle donne quando sono ubriachi. Un cane eccitato e confuso può mordere; un uomo eccitato e confuso può ricorrere alla violenza. Si dice del cane che è il miglior amico dell'uomo perché la sua fedeltà è cieca, ma se l'unica virtù di un uomo è la cieca fedeltà, secondo me costui è un uomo cattivo. I cani sanno essere coraggiosi, ma sanno anche essere vigliacchi e mettersi a guaire nella notte o scappare dal pericolo con la coda fra le zampe. Un cane è pronto a leccare la mano del padrone cattivo quanto leccherebbe la mano di quello buono, perché il cane non conosce la differenza tra il bene e il male. Il cane è capace di mangiare il suo pastone, vomitare la parte che il suo stomaco non riesce a trattenere e riprendere a mangiare.»

Era rimasta in silenzio per un istante, forse pensando a ciò che stava avvenendo nella sala del banchetto in quel momento: uomini e donne presi dalla sguaiata ilarità delle libagioni, intenti a gettarsi cibo l'un contro l'altro e a voltarsi di tanto in tanto a vomitare disinvoltamente per terra a fianco dello scanno. Roland non era diverso dagli altri e certe volte ne era rattristato, ma non gli serbava rancore per questo, né gliene faceva colpa. Era fatto così. Forse le avrebbe anche promesso di ravvedersi pur di farle piacere e magari ci sarebbe anche riuscito, ma poi non sarebbe stato lo stesso uomo.

«Capisci queste cose, Peter?»

Peter aveva annuito.

«Bene! Ora, dimmi», aveva domandato chinandosi su di lui, «un cane usa il tovagliolo?»

Annichilito dalla vergogna, Peter aveva abbassato gli occhi sul copriletto e aveva scosso il capo. Evidentemente la conversazione non aveva scantonato quanto lui aveva sperato, forse perché la serata era stata molto vivace e perché adesso era molto stanco, le lacrime gli erano affiorate agli occhi e gli erano scivolate sulle guance. Peter aveva lottato contro i singhiozzi che volevano scaturirgli dalla gola. Li aveva imprigionati nel petto e Sasha lo aveva visto e lo aveva ammirato.

«Non piangere su un tovagliolo non utilizzato, amore mio», lo aveva esortato, «perché non era quella la mia intenzione.» Si era alzata, sollevando il ventre rotondo di gravidanza. Il tempo di Thomas era ormai molto vicino. «Per il resto il tuo comportamento è stato esemplare. Qualunque madre del regno sarebbe stata orgogliosa di un giovane figlio che si fosse comportato anche solo parzialmente bene come hai fatto tu e il mio cuore è pieno di ammirazione per te. Ti spiego queste cose solo perché io sono la madre di un principe. Certe volte è arduo, ma non si può cambiare e in verità non lo cambierei nemmeno se potessi. Ricorda però che un giorno la vita di molti altri dipenderà da ogni tuo gesto consapevole e, chissà, potrebbe dipendere addirittura dai sogni che ti verranno nel sonno. È difficile che la vita altrui debba dipendere dalla tua scelta di usare o no il tovagliolo dopo aver mangiato pollo arrosto... ma può sempre darsi. Non è escluso. È successo che la vita dipendesse da molto meno. Tutto quello che ti chiedo è che in tutto ciò che farai tu abbia a ricordare la metà civile della tua natura. La metà buona, la metà di Dio. Me lo prometti, Peter?»

«Lo prometto.»

«Allora è tutto a posto.» Lo aveva baciato delicatamente. «Per fortuna io sono giovane e tu sei giovane. Parleremo ancora di questi argomenti quando la tua comprensione sarà maggiore.»

Non ne avevano più discusso, ma Peter non aveva più scordato la lezione: usava sempre il suo tovagliolo, anche quando quelli intorno a lui non lo facevano.

7

Dunque Sasha morì.

Ha ancora ben poca parte in questa storia, tuttavia c'è ancora una cosa di lei che dovete sapere: aveva una casa di bambola. Questa casa di bambola era molto grande e molto elegante, quasi un castello in miniatura. Quando era giunto per lei il tempo di sposarsi, Sasha aveva manifestato tutta l'allegria di cui era capace, ma era triste di dover lasciare nella grande casa del baronato occidentale dov'era cresciuta tutti gli oggetti e le persone che conosceva... ed era anche un po' nervosa. Aveva confidato a sua madre: «Non sono mai stata sposata prima e non so se mi piacerà».

Ma di tutti gli oggetti infantili che era costretta ad abbandonare, la casa di bambola che possedeva fin da quando era ancora molto piccola le dava il maggior rimpianto.

Roland, che era un uomo di buoni sentimenti, non si sa come l'aveva scoperto e malgrado fosse a sua volta nervoso alla prospettiva della sua vita futura (del resto nemmeno lui era mai stato sposato prima), aveva trovato il tempo di commissionare a Quentin Ellender, il più vantato artigiano del paese, la costruzione di una nuova casa di bambola per la sua nuova moglie. «Voglio che sia la più bella casa di bambola che giovane dama abbia mai posseduto», aveva detto a Ellender. «Voglio che la veda una sola volta e si dimentichi per sempre della sua vecchia casa di bambola.»

Come senza dubbio capite voi stessi, se Roland diceva sul serio, parlava da sciocco. Nessuno può mai dimenticare un giocattolo che gli abbia dato felicità suprema da bambino, anche se fosse sostituito da un altro uguale e molto più bello. Sasha non aveva mai dimenticato la sua vecchia casa di bambola, ma bisogna dire che era rimasta molto colpita da quella nuova. Così sarebbe stato da chiunque non fosse un perfetto idiota. Coloro che l'avevano vista avevano dichiarato che era il capolavoro di Quentin Ellender e può ben darsi che così fosse.

Era una casa di campagna in miniatura, molto simile a quella in cui Sasha era vissuta con i genitori nelle ondulate lande del baronato occidentale. Tutto in essa era assai piccolo, ma costruito con tale abilità che c'era da giurare che funzionasse sul serio... e così era quasi per tutto!

La stufa, per esempio, si riscaldava davvero e su di essa vi si potevano cucinare minuscole porzioni di cibo. Se vi si metteva dentro un pezzetto di carbon fossile non più grande di una scatola di fiammiferi, avrebbe bruciato per tutto il giorno... e se aveste infilato in cucina il vostro maldestro ditone di persona a grandezza naturale e per ventura aveste toccato la stufa mentre vi ardeva dentro il carbone, avreste avuto di che gemere di una sana scottatura. Non c'erano rubinetti, né toilette con lo sciacquone, perché nel regno di Delain non si conoscevano simili congegni (ed è ancora così oggi), ma con la dovuta cura si poteva pompare acqua da una pompa a mano non più alta di un dito mignolo. C'era una stanza del cucito con un filatoio che filava davvero e un telaio che davvero tesseva. La spinetta in salotto suonava davvero a toccarne i tasti con uno stuzzicadenti. Ed era anche ben intonata. La gente che vedeva quella casa di bambola diceva che era un miracolo e che sicuramente Flagg ci aveva messo lo zampino. Quando queste voci giungevano all'orecchio di Flagg, il mago si limitava a sorridere senza parlare. Lui non aveva avuto niente a che fare con la casa di bambola, che per la verità considerava un futile progetto, ma sapeva anche che non sempre è necessario proclamare al cospetto del popolo il proprio talento nel conseguire certe glorie. Certe volte era sufficiente assumere un'espressione astuta e tenere la bocca chiusa.

Nella casa di bambola di Sasha c'erano veri tappeti Kashamin, vere tende di velluto, veri piatti di porcellana; lo stanzino freddo manteneva veramente la roba al fresco. I rivestimenti in legno del salotto per gli ospiti e dell'atrio dell'ingresso erano di carpine stagionato. C'erano vetri a tutte le finestre e lunette variopinte sopra le ampie porte anteriori.

Nell'insieme era la più fantastica casa di bambola che qualunque bambino possa aver mai sognato. Sasha aveva battuto le mani di gioia sincera quando era stato scoperto il suo dono alla festa nuziale e di esso aveva ringraziato il marito. In seguito si era recata alla bottega di Ellender e non solo aveva ringraziato anche lui, ma si era sprofondata davanti a lui in un grande inchino, in un gesto quasi inaudito: in quei tempi le regine non facevano la riverenza a un semplice artigiano. Roland ne era rimasto molto compiaciuto ed Ellender, la cui vista era pesantemente calata nel corso di quella lavorazione, profondamente commosso.

Ma la nuova casetta non le aveva fatto dimenticare la vecchia e amata casa di bambola per quanto modesta apparisse a confronto di quell'altra, né aveva trascorso altrettanti pomeriggi piovosi a giocarci, modificando l'arredamento, accendendo la stufa e guardando fumare il camino, fingendo che vi si stesse prendendo un tè in salotto o vi si tenesse una cena formale in onore della regina, quanti soleva trascorrerne in precedenza, anche quando era ormai una ragazza grande di quindici o sedici anni. Uno dei motivi è molto semplice, vale a dire che non era molto divertente prepararsi per un finto ricevimento al quale avrebbe partecipato la regina quando si è già una regina e può ben darsi che quel motivo racchiudesse in sé tutti i motivi. Ormai era una donna e scopriva che essere adulta non era esattamente come aveva sospettato che fosse da bambina. Allora si era aspettata di prendere un giorno la decisione cosciente di metter via giochi e balocchi e fiabe infantili; ora scopriva che non andava affatto così e che invece, molto più semplicemente, l'interesse si spegneva. Diventava sempre più fievole finché una polvere di anni appannava del tutto i vividi piaceri dell'infanzia e di essi si perdeva il ricordo.

8

Peter, un bambino che un giorno sarebbe stato re, aveva decine di giocattoli. Ma no, se devo essere proprio sincero, ne aveva a *migliaia.* Aveva centinaia di soldatini di piombo con i quali combatteva grandi battaglie e decine di cavallucci. Aveva giochi e palloni e palline e bilie. Aveva trampoli con i quali diventava alto un metro e mezzo. Aveva una molla magica sulla quale poteva saltellare e tutta la carta da disegno che poteva desiderare in un'epoca in cui era estremamente difficile fabbricare carta e solo i ricchi potevano permettersela.

Ma fra tutti i balocchi del castello, quello che più adorava era la casa di bambola di sua madre. Lui non aveva mai visto quella che c'era nel baronato occidentale, perciò per lui questa era la casa di bambola delle case di bambola. Si sedeva a rimirarla per ore quando fuori pioveva a dirotto o quando il vento dell'inverno ululava da una gola blu piena di neve. Quando si ammalò del Tatuaggio dei Bambini (una malattia che noi chiamiamo varicella), se la fece portare da un servo su un tavolo speciale che si poteva collocare a cavallo del letto e ci giocò quasi incessantemente finché non si fu ristabilito.

Gli piaceva da matti immaginare le minuscole persone che avrebbero affollato la casa; certe volte diventavano così reali nella sua immaginazione che gli sembrava di vederle. Parlava per loro con voci diverse, inventando tutti i personaggi. Erano la famiglia Re. C'era Roger Re, che era coraggioso e forte (anche se non molto alto e con le gambe un po' storte) e una volta aveva ucciso un drago. C'era la bella Sarah Re, sua moglie. E c'era il loro bambino, Petie, che li amava ed era da loro ricambiato. Senza menzionare naturalmente tutti i servi che s'inventava perché facessero i letti, tenessero in funzione la stufa, andassero a prender l'acqua, cucinassero i pasti e rammendassero i vestiti.

Poiché era un maschietto, alcune delle storie che confezionava intorno a quella casa erano un pochino più sanguinose di quelle che aveva costruito Sasha per la sua ai tempi in cui era ancora bambina. In una di esse la casa veniva circondata dai pirati anduani, desiderosi di fare irruzione e massacrare la famiglia. Ci fu una famosa battaglia. Decine di pirati restarono uccisi, ma per ognuno che moriva, ne saltavano fuori altri due. A un certo punto ricostituirono le schiere per l'assalto finale ma pochi attimi prima che dessero il segnale dell'attacco, sopraggiunse la Guardia Personale del Re (ruolo interpretato dai soldatini di piombo di Peter) che uccise dal primo all'ultimo tutta quell'odiosa turba di lupi di mare anduani. In un'altra storia da un bosco vicino sbucò all'improvviso una covata di draghi (normalmente il bosco vicino era sotto il divano di Sasha accanto alla finestra), con l'intenzione di carbonizzare la casa con il loro alito focoso. Ma correvano fuori Roger e Petie armati di arco e frecce e li uccidevano tutti quanti. «Finché il terreno fu nero del loro vecchio sangue appiccicoso», recitò Peter al re suo padre quella sera a cena, cavando dalla gola di Roland rauche e gioviali grida di approvazione.

Dopo la morte di Sasha, Flagg disse a Roland che non riteneva giusto che un maschietto giocasse con una casa di bambola. Forse non ne sarebbe uscito effeminato, spiegò Flagg, ma forse sì. Certamente non avrebbe sortito un bell'effetto se il fatto fosse diventato di dominio pubblico, come sempre avviene in casi del genere. Il castello era pieno di servi. I servi vedevano tutti e avevano la lingua lunga.

«Ha solo sei anni», osservò Roland messo in difficoltà. Flagg, con la sua faccia bianca e affamata affondata in quel gran cappuccio e con i suoi mille incantesimi, lo metteva sempre in difficoltà.

«A sei anni un bambino è grande abbastanza perché venga avviato per la sua giusta via, sire», ribatté Flagg. «Meditate seriamente. Il vostro giudizio sarà giusto in questo caso come è in ogni caso.»

Meditate attentamente, aveva detto Flagg, ed è esattamente quanto fece re Roland. Ritengo anzi giusto affermare che mai aveva dedicato tanto pensiero durante i suoi venti e rotti anni di regno come sovrano di Delain.

Probabilmente questo vi sembrerà strano, se vi è capitato di riflettere su tutti i doveri di un re, gravose questioni quali imporre tasse su certe cose o toglierle da altri, se dichiarare una guerra, se perdonare o condannare. Che cos'è mai, potreste chiedervi, il problema se permettere a un maschietto di giocare con una casa di bambola o no, in confronto a questioni di così ponderosa importanza?

Un'inezia forse, ma forse un caso delicato. Lascerò giudicare a voi. Vi confesserò invece che Roland non era il re più perspicace che avesse mai governato Delain. Il pensarci bene era sempre stato per lui un lavoro molto arduo. Gli dava una sensazione di macigni che gli rotolassero nella testa, gli lacrimavano gli occhi, gli pulsavano le tempie e quando pensava intensamente gli si ostruiva il naso.

A dodici anni gli studi di composizione, matematica e storia, gli avevano procurato violente emicranie, al punto che a dodici anni gli era stato permesso di rinunciarvi per dedicarsi a ciò che meglio gli riusciva, vale a dire la caccia. Ce la metteva tutta per essere un buon re, ma aveva l'impressione che mai sarebbe riuscito a essere abbastanza bravo o abbastanza intelligente da risolvere i problemi del regno o prendere le decisioni giuste e sapeva che, se avesse scelto le vie sbagliate, il suo popolo ne avrebbe sofferto. Se avesse udito Sasha che spiegava a Peter com'erano fatti i re dopo quel banchetto, avrebbe concordato senza riserve. Era vero che erano più grandi delle persone normali e certe volte, o per meglio dire molte volte, lui stesso rimpiangeva di non essere più piccolo. Se mai vi è capitato di avere seri dubbi sulle vostre capacità di affrontare una certa impresa, allora sapete quale fosse il suo stato d'animo. Può darsi invece che non sappiate che con il passare del tempo simili preoccupazioni prolificano nutrendosi di se stesse, così la sensazione di non essere all'altezza in un certo compito acquista fondamento anche se all'inizio era irragionevole. Così era accaduto a Roland, che nel corso degli anni si era trovato ad affidarsi sempre più spesso ai consigli di Flagg. Lo angustiava talvolta l'idea che Flagg fosse re in tutto salvo che nel nome, ma erano ansie queste che lo assalivano solo di notte, mentre durante il giorno provava solo gratitudine per l'aiuto che gli dava il suo mago.

Non fosse stato per Sasha, Roland sarebbe stato probabilmente un re assai peggiore e questo perché la vocina che talvolta udiva di notte quando non riusciva a dormire era molto più veritiera dei sentimenti di riconoscenza che provava di giorno. Era vero che Flagg governava il regno e Flagg era un uomo molto cattivo. Per nostra disgrazia avremo da parlare più a lungo di lui in seguito, ma per ora possiamo accantonarlo e senza rimpianti.

Sasha aveva intaccato l'ascendente di Flagg su Roland con i suoi consigli saggi e pratici, che erano molto più benevoli e giusti di quelli del mago. Non aveva mai provato simpatia per Flagg e del resto erano pochi a Delain coloro che lo vedevano di buon occhio, mentre molti rabbrividivano al solo sentir pronunciare il suo nome. L'antipatia di Sasha era però contenuta e i suoi sentimenti sarebbero stati forse molto diversi se avesse saputo quanto attentamente Flagg la sorvegliava e con quanto odio velenoso e crescente.

9

Una volta Flagg aveva veramente cercato di avvelenare Sasha. Era stato dopo che la regina aveva chiesto a Roland di perdonare un paio di disertori che Flagg avrebbe voluto far decapitare nella Piazza dell'Obelisco. L'argomentazione del mago era che i disertori davano un cattivo esempio e, se si fosse permesso a uno o due di loro di scamparla senza pagare fino in fondo per il loro grave reato, altri ci avrebbero provato. L'unico modo per scoraggiarli, diceva, sarebbe stato di esibire la testa di coloro che avevano già tentato. Altri aspiranti disertori avrebbero guardato quelle teste infestate dalle larve di mosca e con gli occhi sbarrati e avrebbero meglio meditato sulla serietà del loro servizio al re.

Sasha però aveva scoperto da una delle sue cameriere certi fatti che Roland non conosceva. Una grave malattia della madre di uno dei due soldati aveva messo a repentaglio tutta la famiglia costituita da altri tre fratelli minori e due sorelline. Nei rigori dell'inverno di Delain sarebbero morti tutti se il giovane non avesse lasciato l'accampamento per tornare a casa a tagliare legna per sua madre. L'altro l'aveva accompagnato perché era il suo miglior amico e giurato fratello di sangue. Senza il fedele commilitone, il soldato più anziano avrebbe impiegato due settimane per tagliare abbastanza legna da durare per tutto l'inverno, mentre con il furioso lavoro di entrambi erano bastati solo sei giorni.

Tutto questo gettava una nuova luce sul caso. Roland aveva amato moltissimo sua madre e sicuramente sarebbe morto per lei. Si era informato e aveva scoperto che la storia riferitagli da Sasha rispondeva a verità. Aveva anche scoperto che i disertori si erano eclissati dopo che un sadico sergente maggiore si era ripetutamente rifiutato di inoltrare al comandante la loro richiesta di una licenza per un atto caritatevole e che, appena erano state accatastate quattro corde di legna da ardere, i due giovani si erano ripresentati ben sapendo di dover affrontare la corte marziale e la scure del boia.

Roland li aveva perdonati. Flagg aveva annuito, sorridendo e limitandosi a commentare: «La vostra volontà è la volontà di Delain, sire». Nemmeno per tutto l'oro dei Quattro Regni avrebbe lasciato che Roland vedesse il cieco furore che gli aveva riempito il cuore quando la sua volontà era stata disattesa. Il perdono dei due giovani era stato accolto con grandi elogi a Delain, perché molti sudditi di Roland conoscevano le circostanze del caso e coloro che ne erano ignari erano stati subito messi al corrente. Il saggio e misericordioso perdono di Roland era stato ricordato al momento in cui sulla popolazione furono imposti decreti meno indulgenti (i quali erano, di regola, frutto della mente del mago). Non per questo Flagg si era in qualche modo sentito ricompensato: lui aveva voluto che i due giovani fossero uccisi e Sasha si era interposta. Perché mai allora Roland non aveva sposato un'altra donna? Non ne conosceva alcuna della lista che gli aveva sottoposto, né le donne gli piacevano in generale. Allora perché la sua scelta non era ricaduta su un'altra?

Era troppo tardi per recriminare e Flagg aveva sorriso mostrando di accettare il perdono del re, ma in cuor suo aveva giurato quel giorno che avrebbe presenziato ai funerali di Sasha.

La sera in cui Roland aveva firmato il perdono, Flagg era sceso nel suo tetro laboratorio sotterraneo, lì si era infilato un guanto pesante e aveva tolto il ragno vegliamorti dalla gabbietta in cui lo conservava da vent'anni, nutrendolo con neonati di topo. Tutti i topolini che dava al ragno erano già avvelenati e moribondi e questo serviva ad aumentare la potenza del veleno suo proprio, già incredibilmente micidiale. Il ragno era color rosso sangue e grosso come un ratto. Il suo corpo fremeva, gonfio di veleno e la mortale sostanza gocciolava dal suo pungiglione in stille trasparenti che aprivano fori sbruciacchiati e fumanti sul panco da lavoro di Flagg.

«Ora muori, bellezza mia, e uccidi una regina», aveva bisbigliato Flagg schiacciando il ragno nel guanto che era fatto con una rete metallica magica, resistente al veleno; ciononostante quella sera, quando era andato a coricarsi, aveva la mano gonfia, rossa e pulsante.

Il veleno colò dal corpo spremuto e spasimante del ragno in un calice. A esso Flagg aggiunse del brandy che mescolò accuratamente. Quando aveva tolto il cucchiaio dal calice, la forma della posata era diventata irriconoscibile. Alla regina sarebbe bastato un piccolo sorso per stramazzare al suolo morente. La sua fine sarebbe stata rapida, ma estremamente dolorosa, meditava Flagg con precoce compiacimento.

Sasha aveva l'abitudine di bere tutte le sere un bicchiere di brandy perché spesso faticava a prender sonno. Flagg aveva chiamato un servo perché venisse a prendere il calice da portarle.

Mai Sasha seppe quanto quella notte era stata vicina alla morte.

Pochi attimi dopo aver preparato la bevanda mortale, pri-

ma che il servo bussasse, Flagg l'aveva versata nello scarico al centro del suo pavimento e immobile l'aveva ascoltata sibilare e ribollire nelle tubature. Il suo volto era contratto in una maschera di odio. Quando i sibili si erano spenti, aveva scagliato il calice di cristallo nell'angolo della stanza con tutte le forze. Il calice era esploso come una bomba.

Il servo aveva bussato ed era stato fatto entrare.

Flagg gli aveva indicato l'angolo in cui scintillavano i cocci. «Ho rotto il calice», aveva detto. «Pulisci. E usa una scopa, idiota. Se tocchi quei vetri, lo rimpiangerai.»

10

All'ultimo momento aveva versato il veleno nello scarico perché si era reso conto che probabilmente sarebbe stato scoperto. Se Roland avesse amato solo un tantino di meno la giovane regina, Flagg avrebbe potuto correre il rischio; ma aveva paura che Roland, nella luttuosa ira per la perdita della moglie, non si sarebbe dato pace se non avesse scovato l'assassino e fatta infilzare la sua testa sulla guglia in cima all'Obelisco. Un crimine di tal fatta l'avrebbe certamente vendicato senza guardare in faccia nessuno. E avrebbe trovato l'assassino?

Flagg pensava di sì.

In fondo la caccia era l'attività in cui Roland riusciva meglio.

Dunque quella volta Sasha si era salvata, protetta dalla paura di Flagg e dall'amore di suo marito. E nel frattempo Flagg conservava per sé l'orecchio del sovrano nella maggioranza dei casi.

Riguardo alla casa di bambola, tuttavia, ebbene si può affermare che in quel caso Sasha aveva vinto, anche se ormai Flagg era riuscito nel suo intento di sbarazzarsi di lei.

II

Non molto tempo dopo aver ascoltato gli sprezzanti commenti di Flagg su case di bambola e donnicciole reali, Roland entrò senza farsi vedere nel soggiorno della defunta regina e osservò suo figlio che giocava. Il re sostò appena oltre la soglia con rughe profonde nella fronte. Pensava molto più intensamente di quanto fosse solito pensare e questo significava che gli rotolavano macigni per la testa e aveva il naso intasato.

Vide che Peter si serviva della casa di bambola per raccontarsi storie, inventare situazioni e che le storie che costruiva non erano affatto da femminuccia. Erano storie di sangue e rimbombi e di eserciti e draghi. Erano in altre parole storie assai gradite al re. Scoprì in se stesso un malinconico desiderio di unirsi a suo figlio, di aiutarlo a confezionare racconti ancora più belli imperniati sulla casa di bambola, tutti i piccoli meravigliosi oggetti che conteneva e i personaggi della famiglia immaginaria che l'abitava. Soprattutto notò che Peter si serviva della casa di bambola di Sasha per tener viva la madre nel suo cuore e questo soprattutto Roland sentì di poter approvare, per la dolorosa nostalgia che aveva di sua moglie. Certe volte si sentiva così solo che quasi piangeva. Naturalmente i re non piangono... e se una o due volte dopo la morte di Sasha si era svegliato con la federa del guanciale inumidita, era forse tanto grave?

Il re uscì silenziosamente com'era entrato, senza che Peter si fosse accorto della sua presenza. Per quasi tutta la notte Roland restò sveglio a riflettere su quel che aveva visto e sebbene gli fosse faticoso sopportare la disapprovazione di Flagg, l'indomani mattina si vide con lui in un'udienza privata, prima che la sua volontà vacillasse, per comunicargli di aver esaminato attentamente la questione e di aver deciso che si dovesse concedere a Peter di continuare a giocare con la casa di bambola finché l'avesse desiderato. Dichiarò che a suo avviso non faceva alcun male al ragazzo.

Detto questo, si preparò con molto disagio alla severa replica di Flagg. Invece non vennero critiche. Flagg inarcò semplicemente le sopracciglia (cosa che Roland scorse appena nell'ombra densa del cappuccio che Flagg sempre indossava) e rispose: «La vostra volontà, sire, è la volontà del regno».

Dal tono della voce, Roland aveva capito che Flagg malconsiderava la sua decisione, ma lo stesso tono gli indicava anche che il mago non lo avrebbe mai più contraddetto in merito a quella questione. Provò grande sollievo nell'essersela cavata a così buon mercato. Quello stesso giorno, più tardi, quando Flagg sostenne che i contadini del baronato occidentale erano in grado di sopportare tasse più elevate nonostante la siccità che l'anno prima aveva ucciso la gran parte delle loro messi, Roland s'affrettò a convenirne.

In verità, che il vecchio scemo (perché così lo giudicava Flagg nel profondo dei suoi pensieri) si fosse opposto ai suoi desideri nella faccenda della casa di bambola era un incidente di scarso rilievo dal punto di vista del mago. Il fatto importante era la riscossione di tasse più pesanti dal baronato orientale. Inoltre Flagg aveva un segreto più recondito ancora, un segreto che lo riempiva di piacere: alla lunga era riuscito infine ad assassinare Sasha.

12

A quei tempi, quando una regina o qualsiasi altra donna di casa reale si coricava sul letto in procinto di dare alla luce un bambino, si faceva intervenire una levatrice. I medici erano tutti uomini e a nessun uomo era permesso di avvicinare una donna che stesse per partorire. La levatrice che aveva aiutato Peter a nascere era Anna Crookbrows, del Terzo Vicolo Meridiano. Era stata chiamata nuovamente lei quando per Sasha era venuto il momento di partorire Thomas. All'epoca in cui cominciavano le seconde doglie di Sasha, Anna aveva passato i cinquant'anni ed era vedova. Aveva un figlio che a vent'anni aveva contratto il Morbo del Tremito, una malattia sempre fatale per le sue vittime, che ne morivano tra lancinanti dolori dopo anni di sofferenze.

Amava moltissimo il suo figliolo e dopo che ogni altro tentativo si era dimostrato infruttuoso, Anna si era rivolta a Flagg. Ciò era avvenuto dieci anni prima, quando ancora non era nato alcun principe e Roland stesso era uno scapolo reale. Flagg l'aveva ricevuta nei suoi cupi alloggi sotterranei, che si trovavano vicino alle prigioni, tanto vicino che durante il loro colloquio la povera donna spaventata udiva di tanto in tanto i lamenti sperduti di coloro che da anni e anni si trovavano chiusi laggiù dove non arrivava la luce del sole. E con un brivido di terrore aveva pensato che, se le prigioni erano vicine, allora dovevano essere vicine anche le camere delle torture. Né si sentiva a suo agio nelle stanze di Flagg, con strani disegni tracciati sul pavimento con gessi di vario colore: quando sbatteva le palpebre le sembrava che i disegni cambiassero. In una gabbia appesa a una lunga pastoia nera gracchiava un pappagallo con due teste, che ogni tanto conversava con se stesso, con un becco che parlava e l'altro che rispondeva. Dall'alto la osservavano con aria torva schiere di libri ammuffiti. Negli angoli scuri scorrazzavano i ragni. Dal laboratorio giungevano gli odori mescolati di misteriose sostanze chimiche. Tuttavia la povera donna aveva balbettato in qualche modo il suo caso e quindi aveva atteso con il cuore in gola.

«Posso guarire tuo figlio», aveva dichiarato il mago.

La brutta faccia di Anna Crookbrows era stata trasformata in qualcosa di molto simile alla bellezza dalla gioia che l'aveva invasa. «Mio signore!» aveva gridato con la voce strozzata e non riuscendo a pensare a niente di più, l'aveva anche ripetuto. «Oh, mio signore!»

Ma nell'ombra del cappuccio, il volto pallido di Flagg era rimasto assorto e distante e Anna aveva avuto di nuovo paura.

«Quanto sei disposta a pagare per un tale prodigio?» le aveva domandato.

«Qualsiasi cosa», aveva ansimato lei, disposta a tutto. «Oh, mio signore Flagg, qualsiasi cosa!»

«Ti chiedo un favore», aveva detto lui. «Me lo farai?»

«Volentieri!»

«Ancora non so qual è, ma quando verrà il momento, lo saprò.»

Anna si era buttata in ginocchio davanti a lui e Flagg si era chinato su di lei. Il cappuccio si era spostato all'indietro e la sua faccia si era mostrata in tutta la sua mostruosità. Era la faccia bianca di un cadavere con buchi neri al posto degli occhi.

«E se rifiuterai ciò che ti chiederò, donna...»

«Non rifiuterò! Oh, mio signore, mai rifiuterò! Mai! Lo giuro sul nome del mio caro marito!»

«Allora va bene. Portami tuo figlio, domani sera dopo calate le tenebre.»

La sera dopo Anna aveva accompagnato da lui il povero ragazzo che tremava convulsamente, annuendo stupidamente con la testa e roteando gli occhi. Un rivolo di bava gli colava sul mento. Flagg aveva consegnato alla donna una coppa in cui aveva versato una pozione scura, color di prugna. «Fagli bere questo», le aveva ordinato. «Gli ustionerà la bocca, ma tu faglielo bere fino all'ultima goccia. Poi portati via dalla mia vista questo scimunito.»

Anna aveva mormorato qualcosa al figlio i cui scoordinati movimenti si erano intensificati per un momento mentre cercava di dare una risposta affermativa. Il giovane aveva bevuto tutto il liquido, quindi si era piegato in due mettendosi a urlare.

«Portalo via!» aveva intimato Flagg.

«*Sì, portalo via!*» aveva strillato una delle due teste del pappagallo.

«*Portalo via, qui non è permesso far chiasso!*» aveva strepitato l'altra testa.

Anna aveva riaccompagnato a casa suo figlio, sicura che Flagg l'avesse assassinato, ma il giorno dopo il giovane si era completamente ristabilito dal Morbo del Tremito e godeva di ottima salute.

Erano trascorsi gli anni. Quando Sasha aveva cominciato ad avere le doglie per la nascita di Thomas, Flagg aveva mandato a chiamare la levatrice e le aveva bisbigliato all'orecchio. Erano soli nelle sue stanze sotterranee, ma anche così era meglio che un ordine tanto terribile fosse enunciato in un sussurro.

Il viso di Anna Crookbrows aveva assunto un pallore mortale, ma la povera donna ricordava ancora le parole di Flagg: *Se rifiuterai...*

E poi il re non avrebbe comunque avuto due figli? Lei ne aveva solo uno. E se il re avesse voluto sposarsi una seconda volta per averne altri, nessuno glielo avrebbe impedito. A Delain non mancavano le donne.

Così si era recata da Sasha e le aveva rivolto parole di incoraggiamento e in un momento critico le era scintillato uno stiletto nella mano. Nessuno aveva visto il piccolo taglio che le aveva praticato. Un attimo dopo Anna incitava: «Spingete, mia regina! Spingete, che il bimbo nasce!»

Sasha aveva spinto. Thomas era uscito dal suo corpo senza fatica, con la facilità con cui un bambino scende per uno scivolo. Ma il sangue di Sasha si era riversato sul lenzuolo. Dieci minuti dopo la nascita di Thomas, sua madre moriva.

Perciò Flagg non si preoccupava della futile questione della casa di bambola. Assai più importante era il fatto che Roland invecchiava, non c'era più una regina intrigante a ostacolarlo e adesso aveva non un figlio, bensì due tra i quali scegliere. Peter naturalmente vantava diritti di primogenitura, ma ciò non costituiva un problema, perché si sarebbe potuto sempre toglierlo di mezzo se con il tempo avesse avuto a dimostrarsi inadatto agli scopi di Flagg. Era solo un bambino e non era in grado di difendersi.

Vi ho già detto che mai Roland si era trovato a pensare più a lungo e più intensamente su una questione quanto aveva meditato sulla decisione se permettere a Peter o no l'accesso alla casa di bambola di Sasha, costruita con arte impareggiabile dal grande Ellender. Vi ho già detto che il risultato delle sue riflessioni era stata una decisione contraria ai voleri di Flagg. Vi ho *anche* detto che Flagg considerava questo intoppo di scarsa rilevanza.

Ma è proprio vero? Questo dovrete deciderlo voi stessi, dopo che mi avrete letto fino alla fine.

13

Ora lasciamo trascorrere molti lunghi anni, tutti in un solo batter di ciglia: una delle caratteristiche più belle di una storia è come vola il tempo quando non accade niente di significativo. Il tempo reale non è mai così e probabilmente è un bene. Solo il tempo della Storia trascorre più rapidamente e che cos'è la Storia se non una sorta di grande racconto dove il passare dei secoli sostituisce il passare degli anni?

Durante quegli anni Flagg aveva tenuto d'occhio entrambi i ragazzi, spiandoli da sopra la spalla del re che invecchiava, osservandoli crescere e calcolando quale dovesse diventare re quando Roland non ci fosse stato più. Non aveva impiegato molto per concludere che la sua scelta dovesse ricadere su Thomas, il più giovane. Quando Peter aveva sette anni,

Flagg decideva di non provare alcuna simpatia per lui. Quando Peter era arrivato a nove anni d'età, Flagg aveva fatto una strana e spiacevole scoperta: lo temeva.

Peter era cresciuto forte, virtuoso e bello. Aveva i capelli bruni e gli occhi del color blu intenso comune alle persone del baronato occidentale. Talvolta, quando Peter rialzava di scatto la testa, la inclinava in un certo modo che lo faceva somigliare a suo padre. Peraltro era in tutto e per tutto figlio di Sasha, nell'aspetto e nei modi. A differenza del padre basso di statura e con le gambe arcuate e non poca goffaggine nei movimenti (Roland era aggraziato solo a cavallo), Peter era alto e snello. Gli piaceva andare a caccia e cacciava bene, ma non era quella la sua vita. Gli piacevano anche le sue lezioni, in particolare quelle di geografia e storia.

Le barzellette lasciavano perplesso suo padre e spesso lo spazientivano, il più delle volte bisognava spiegargliele e tutto il gusto andava perso. A Roland piaceva quando i giullari fingevano di scivolare su una buccia di banana o si urtavano sbattendo la testa l'uno contro l'altro, oppure quando inscenavano battaglie a torte in faccia nel Salone. Più in là di così non si spingeva la sua idea di un divertimento spassoso. Il senso dell'umorismo di Peter era assai più immediato e sottile, com'era stato quello di Sasha, e spesso le sue risa allegre e fanciullesche echeggiavano per il palazzo e i servi si scambiavano sorrisi di approvazione.

Se molti ragazzi nella sua posizione sarebbero stati troppo consapevoli del loro importante ruolo per giocare con qualcuno che non fosse all'altezza del loro rango, Peter invece aveva stretto profonda amicizia con un ragazzo di nome Ben Staad quando entrambi avevano otto anni. La famiglia di Ben non era di sangue reale e sebbene Andrew Staad, padre di Ben, avesse qualche vaga rivendicazione di casato da avanzare per parte di madre, non si poteva in tutta onestà parlare di aristocrazia. La definizione di signorotto era forse quella che più si adattava ad Andy Staad, e di figlio di signorotto al suo ragazzo. Per giunta la un tempo agiata famiglia Staad era incappata in un prolungato periodo di difficoltà ed è difficile pensare a una scelta più insolita come miglior amico di un principe.

Si erano conosciuti all'annuale Festa Campestre dei contadini, quando Peter aveva otto anni. La Festa Campestre era una ricorrenza che re e regine consideravano al meglio noiose e dalla quale cercavano di svincolarsi con un frettoloso atto di presenza durante il quale partecipavano al brindisi tradizionale per tagliare subito la corda dopo aver augurato ai contadini di divertirsi e averli ringraziati per un altro anno fruttuoso (anche questo era puramente rituale e non importava che i raccolti fossero stati scarsi). Se Roland fosse stato un re come tutti gli altri, Peter e Ben non avrebbero mai avuto l'occasione di conoscersi. Ma, come avrete immaginato, Roland *adorava* la Festa Campestre dei contadini, l'aspettava con ansia tutti gli anni e di solito si tratteneva fino alla fine (per essere il più delle volte trasportato via di peso, ubriaco, che già russava sonoramente).

Era dunque accaduto che Peter e Ben si trovassero accoppiati per la corsa dei sacchi a tre gambe e che vincessero... con un finale emozionante che all'inizio nessuno avrebbe previsto. In testa di quasi sei lunghezze, i due ragazzi erano caduti rovinosamente e Peter si era tagliato a un braccio.

«Sono mortificato, mio principe!» aveva esclamato Ben. Era impallidito e sembrava che già si stesse immaginando le prigioni sotterranee (e io so che sicuramente ci pensavano suo padre e sua madre, che lo osservavano ansiosi dal gruppo degli spettatori; non fosse stato per la cattiva sorte, si compiaceva di grugnire Andy Staad, gli Staad non avrebbero avuto sorte affatto); ma più probabilmente era solo dispiaciuto per la ferita di cui si riteneva responsabile, oppure meravigliato che il sangue del futuro re fosse rosso come il suo.

«Non essere sciocco», aveva risposto Peter con un gesto d'impazienza. «È stata colpa mia, non tua. Sono stato maldestro. Sbrigati, rimettiamoci in piedi. Ci stanno raggiungendo.»

I due ragazzi, uniti in un'unica goffa creatura a tre gambe dal sacco in cui avevano saldamente legato la gamba destra di Peter e quella sinistra di Ben, erano riusciti a rialzarsi e rientrare in gara. La caduta li aveva però gravemente sfiatati e il loro notevole vantaggio si era ridotto a un niente. Ormai in prossimità del traguardo, dove deliravano folle di contadini (per non parlare di Roland, in mezzo a loro senza il minimo imbarazzo o vago sospetto di trovarsi dove non era conveniente per un re), si erano fatti sotto due muscolosi ragazzotti di campagna, lucidi di sudore. Che avrebbero raggiunto e superato Peter e Ben negli ultimi dieci metri della corsa era sembrato quasi inevitabile.

«*Più veloce, Peter!*» aveva tuonato Roland, agitando un enorme boccale di idromele con tanto entusiasmo da versarsene quasi tutto il contenuto sulla testa. Data la grande eccitazione non se n'era nemmeno accorto. «*Lepre, figlio! Fai la lepre! Quegli zappaterra ti son quasi arrivati al sedere e tra un attimo ti saranno addosso!*»

La madre di Ben aveva cominciato a gemere, maledicendo il destino che aveva voluto che suo figlio fosse appaiato con il principe.

«Se perdono, farà gettare il nostro Ben nella più profonda segreta nel castello», piagnucolava.

«Zitta, donna», l'aveva rimproverata Andy. «Non lo farà. È un buon re.» Così in effetti credeva, ma aveva paura lo stesso. La fortuna degli Staad era, dopotutto, esattamente ciò che era.

Intanto Ben aveva cominciato a sghignazzare. Stentava lui stesso a credere a quel che faceva, ma era proprio così.

«Fai la lepre, ha detto? »

Così aveva cominciato a ridacchiare anche Peter. Le gambe gli dolevano terribilmente e dal braccio destro gli colava il sangue e il sudore gli inondava la faccia, che cominciava ad

assumere un interessante color di prugna. Tuttavia anche lui era incapace di trattenersi. «Sì, ha detto proprio così.»

«Allora mettiamoci a *saltare*!»

Non somigliavano molto a una coppia di lepri mentre tagliavano il traguardo: sembravano piuttosto un paio di strane cornacchie zoppe. Era stato un vero miracolo che non fossero caduti. Fatto sta che, con tre balzi impacciati, avevano superato la linea del traguardo, oltre la quale erano rotolati per terra ridendo a crepapelle.

«Lepre!» strillava Ben indicando Peter.

«Lepre sarai tu!» gridava Peter indicando Ben.

Si erano abbracciati, sempre ridendo, ed erano stati portati in spalla da molti forti contadini (fra gli altri anche Andrew Staad, che mai più avrebbe scordato il giorno in cui aveva sostenuto il peso di entrambi, il principe e il proprio figlio) fino al cospetto del re che li aveva premiati con un nastro azzurro intorno al collo. Quindi Roland aveva dato a tutti e due un bacio virile sulla guancia e aveva versato loro in testa quanto ancora aveva nel boccale, fra le urla sguaiate e gli urrà dei contadini. Mai e poi mai a memoria del più vecchio campagnolo presente quel giorno era stata corsa gara più straordinaria.

I due ragazzi avevano trascorso insieme il resto della giornata e presto si era capito che sarebbero stati ben lieti di passare insieme il resto della vita. Poiché persino un bambino di otto anni ha certi doveri (e se un giorno dovrà essere re ne ha anche di più), i due non potevano stare insieme per tutto il tempo che volevano, ma si vedevano ogni volta che potevano.

C'era chi storceva il naso a quell'amicizia e sosteneva che non era giusto che un futuro re se l'intendesse con un ragazzotto di ceto solo di poco più elevato di un comune zappaterra. Erano tuttavia più numerosi coloro che benedicevano la loro amicizia; più di una volta davanti a capaci scodelle nelle osterie di Delain si sentiva dire che Peter aveva attinto il meglio da due mondi: l'intelligenza di sua madre e l'amore di suo padre per la gente comune.

Sembrava che non ci fosse ombra di cattiveria nell'animo di Peter. Non era mai passato attraverso un periodo in cui strappava le ali alle mosche o appiccava fuoco alla coda dei cani per vederli correre. Era anzi intervenuto nel caso di un cavallo condannato a morte da Yosef, capo stalliere del re... ed era stato quando questa vicenda era giunta a conoscenza di Flagg, che il mago aveva cominciato a temere il primogenito del suo sovrano e a pensare che forse si era avvicinato il momento in cui, come già aveva molte volte riflettuto in passato, sarebbe stato opportuno toglierlo di mezzo. Perché nell'episodio del cavallo con la zampa rotta, Peter aveva dimostrato un coraggio e una risolutezza che a Flagg non era affatto piaciuta.

14

Peter stava attraversando il cortile delle scuderie quando vide un cavallo legato allo steccato di fronte alla stalla principale. L'animale teneva sollevata dal suolo una delle zampe posteriori. Accanto al cavallo, Yosef si sputò nelle mani e afferrò il manico di una pesante mazza. Ciò che aveva in mente era ovvio e Peter ne fu subito inorridito. Si precipitò a fermarlo.

«Chi ti ha detto di uccidere questo cavallo?» chiese.

Yosef, sessantenne robusto e coriaceo, era una specie di istituzione a palazzo. Non era certo tipo da tollerare di buon grado le interferenze di un moccioso, principe o no. Fissò Peter con uno sguardo tempestoso e pesante che avrebbe dovuto farlo avvizzire. Peter, che allora aveva nove anni, arrossì, ma non avvizzì. Gli era sembrato di aver letto negli occhi miti e castani del cavallo un messaggio che gli diceva: *Tu sei la mia unica speranza. Fai tutto quello che puoi, ti prego.*

«Mio padre e suo padre prima di lui e suo padre prima di *lui*», rispose Yosef, avendo capito che era costretto a dire qualcosa, che gli piacesse o no. «Ecco *chi* mi ha detto di ucciderlo. Un cavallo zoppo non serve a niente e a nessuno, meno di tutto a se stesso.» Levò di qualche centimetro la mazza. «Voi vedete questo martello come un'arma omicida, ma quando sarete più grande lo vedrete per ciò che è in casi come questi... uno strumento di pietà. Ora ritraetevi, che non abbiate a macchiarvi.»

Sollevò la mazza con entrambe le mani.

«Posala», ordinò Peter.

Yosef rimase esterrefatto. *Mai* era stato ostacolato così nel suo lavoro.

«Ehi ehi! Che cosa avete detto?»

«Mi hai sentito. Ti ho detto *di posare quel martello.*» Nel pronunciare queste parole la voce di Peter s'incupì. Fu allora che Yosef si rese conto (ma proprio conto conto) che in quel cortile polveroso c'era il futuro re a dargli ordini. Se Peter avesse fatto tanto di *dirlo*. Se si fosse drizzato sulla punta dei piedi in quella polvere a pigolare: «*Mettilo giù, mettilo giù, ti ho detto, un giorno io sarò re, hai capito, re, perciò devi metterlo giù!*» Yosef avrebbe riso di sdegno, sputato per terra e finito il cavallo azzoppato con un solo gesto possente delle braccia muscolose. Ma Peter non aveva dovuto sottolineare il suo stato: l'autorità risultava con evidenza nella sua voce e nei suoi occhi.

«Vostro padre sarà informato, mio principino», lo ammonì Yosef.

«E quando lo saprà, sarà la seconda volta», replicò Peter. «Ti permetterò di procedere nel tuo lavoro senza ulteriori proteste, Lord Primo Stalliere, se posso porti una sola domanda alla quale tu possa rispondere sì.»

«Sentiamo la vostra domanda», lo invitò Yosef. Era colpito da quel ragazzo, quasi contro la sua volontà. Quando gli aveva detto che lui, Peter, sarebbe stato il primo a informare suo padre dell'incidente, aveva avuto la netta sensazione che fosse sincero: negli occhi di quel ragazzo brillava la pura verità. E poi nessuno l'aveva mai chiamato Lord Primo Stalliere e doveva ammettere che non gli era dispiaciuto.

«Il dottore dei cavalli ha visto questa bestia?» domandò Peter.

Yosef rimase a bocca aperta. «È questa la vostra domanda, questa?»

«Sì.»

«Per tutti gli dei, *no*!» proruppe; poi, siccome Peter sussultò con una mezza smorfia, abbassò la voce, s'acquattò davanti al ragazzo e cercò di spiegare. «Un cavallo con la zampa spezzata è finito, vostra altezza. È sempre finito. Una zampa non guarisce mai del tutto. C'è il forte pericolo di un avvelenamento del sangue e di terribili sofferenze per il cavallo. *Terribili.* Alla fine è probabile che il suo povero cuore si laceri e che una febbre al cervello lo faccia impazzire. Ora capite che cosa intendevo quando ho detto che questo martello è uno strumento di pietà e non di offesa?»

Peter rifletté a lungo e seriamente, a capo chino. Yosef tacque, accosciato davanti a lui in un atteggiamento quasi inconscio di riverenza, aspettando con cortese pazienza.

Peter alzò la testa e chiese: «Dici che tutti la pensano così?»

«Tutti, vostra altezza. Che diamine, mio padre...»

«Allora vediamo se dice così anche il dottore dei cavalli.»

«*Oh... Bah!*» tuonò lo stalliere e lanciò la mazza da una parte all'altra del cortile. L'attrezzo piombò nel recinto dei maiali, affondando nel fango. I maiali grufolarono e grugnirono e lo maledissero nel loro dialetto porcino. Yosef, al pari di Flagg, non era avvezzo a essere ostacolato e non badò a loro.

Si rialzò e andò via adirato. Peter restò a guardarlo, preoccupato, sicuro di aver sbagliato e di dover affrontare un duro castigo di frusta per la sua bella impresa. Poi, quando era ormai in mezzo al cortile, il capo stalliere si girò e sulle sue labbra apparve un sorrisetto torvo e riluttante, come un solitario raggio di sole nel grigio di un mattino.

«Vai a chiamare il tuo medico dei cavalli», gli disse. «Vacci tu stesso, figliolo. Lo troverai nella sua clinica degli animali in fondo al Terzo Vicolo Levantino, suppongo. Ti dò venti minuti. Se per quell'ora non sarai tornato con lui, calerò la mia mazza nel cervello di quel cavallo, principe o non principe.»

«Sì, Lord Primo Stalliere!» gridò Peter. «Grazie.» E scappò via.

Quando tornò con il giovane medico dei cavalli, trafelato e ansimante, era sicuro di trovare il cavallo morto. In effetti il sole gli diceva che i venti minuti erano passati ben tre volte, ma Yosef, per pura curiosità, aveva aspettato.

La cavalloiatria e la medicina veterinaria erano pratiche assai nuove a Delain e quel giovanotto era solo il terzo o quarto a esercitare la professione, perciò non può far meraviglia l'espressione di aspra diffidenza che si disegnò sul viso di Yosef. Dal canto suo il dottore dei cavalli non era stato molto felice di essere trascinato via dal suo ambulatorio da quel principino esagitato, ma la sua irritazione si placò ora che aveva un paziente. S'inginocchiò accanto al cavallo e ne palpò delicatamente la zampa spezzata, mugolando dal naso. L'animale si mosse una volta, quando una delle sue manovre gli fece provar dolore. «Buona, bestiola», disse in tono pacato il dottore dei cavalli, «non ti muovere.» Il cavallo si calmò. Peter osservava la scena in uno stato di ansiosa sospensione. Yosef guardava con la sua mazza a portata di mano e le braccia conserte sul petto. La sua opinione del dottore dei cavalli era migliorata lievemente. Era giovane, ma muoveva le mani con delicata sapienza.

Finalmente il dottore dei cavalli annuì e si rialzò, spazzolandosi dalle mani il sudiciume raccolto dal cortile.

«Allora?» lo incalzò Peter.

«Uccidetela», rispose il dottore dei cavalli, rivolgendosi sbrigativamente a Yosef, senza dar retta a Peter. Yosef mise subito mano alla mazza, poiché non si era aspettato altra conclusione. Ma non trovò soddisfazione nell'aver visto convalidata la sua tesi, poiché l'angoscia che vide sul viso del bambino gli andò diritta al cuore.

«Aspetta!» esclamò Peter e, sebbene il suo visetto fosse pieno di sgomento, nella sua voce era riapparsa quell'eco profonda che lo faceva sembrare molto, ma molto più maturo.

Il dottore dei cavalli si girò a guardarlo, stupito.

«Vuoi dire che morirà di avvelenamento del sangue?» domandò Peter.

«Che cosa?» ribatté il dottore dei cavalli, osservando Peter con nuovo interesse.

«Morirà per avvelenamento del sangue se le sarà concesso di vivere, o perché le si lacererà il cuore? Oppure impazzirà?»

Il medico dei cavalli era visibilmente confuso. «Di che cosa state parlando? Quale avvelenamento del sangue? Qui non c'è nessun avvelenamento del sangue. Anzi, la frattura sta guarendo piuttosto bene.» Lanciò a Yosef un'occhiata non priva di disprezzo. «Ho già sentito storie di questo genere. Non contengono un solo briciolo di verità.»

«Se è così che pensi, allora hai molto da imparare, mio giovane amico», si difese Yosef.

Peter ignorò il loro scambio. Toccava a lui ora sentirsi disorientato. Al giovane dottore dei cavalli domandò: «Perché dici al capo stalliere di uccidere un cavallo che potrebbe guarire?»

«Vostra altezza», gli rispose in tono spiccio il dottore dei cavalli, «a questa bestia sarebbe necessario applicare impiastri ogni giorno e ogni notte per un mese o più per impedire che sopravvenga l'infezione. È una fatica a cui ci si può sottoporre, ma a quale scopo? Zoppicherà per forza. Un cavallo che zoppica non può lavorare. Un cavallo che zoppica non può correre gli ostacoli perché si possa scommettere. Un cavallo che zoppica può solo mangiare e mangiare, senza mai guadagnarsi il vitto. Perciò è giusto che sia ucciso.» Sorrise soddisfatto. Aveva dato solide motivazioni alla sua sentenza.

Poi, mentre Yosef avanzava nuovamente armato della sua mazza, Peter dichiarò: «Applicherò io gli impiastri! Dovesse esserci giorno in cui non posso, lo farà Ben Staad. E il cavallo sarà bravo perché sarà il mio cavallo. E io lo monterò anche se dovesse zoppicare tanto da farmi venire il mal di mare».

Yosef scoppiò a ridere e menò alla schiena del ragazzo una tal pacca da fargli tintinnare i denti. «Il vostro cuore è generoso, oltre che coraggioso, ragazzo mio, ma i giovani promettono alla svelta e si ricredono a capriccio. Dubito che manterrete l'impegno.»

Peter lo contemplò con calma. «Ciò che ho detto farò.»

Yosef smise di ridere tutto d'un colpo. Fissò Peter attentamente e vide che il ragazzo faceva sul serio... o almeno così riteneva. Non c'era dubbio sul suo volto.

«Bene! Io non posso starmene qui a oziare per tutto il giorno», intervenne il dottore dei cavalli, tornando ai suoi modi sbrigativi e un po' saccenti. «Vi ho dato la mia diagnosi. La nota per il mio onorario sarà presentata alla Tesoreria a tempo debito... Forse vorrete saldarla voi con il vostro appannaggio, altezza. In ogni caso, ciò che deciderete non mi riguarda. Buongiorno.»

Peter e il capo stalliere lo guardarono uscire dal cortile delle scuderie, trascinandosi dietro una lunga ombra pomeridiana.

«È pieno di letame», commentò Yosef quando il dottore dei cavalli fu fuori del cancello, troppo lontano perché potesse sentirlo e perciò non più in grado di contraddire le sue parole. «Date retta a me, altezza, e risparmiatevi un mucchio di pene. Mai c'è stato cavallo che si sia spezzato una zampa e non abbia avuto il sangue avvelenato. Così è la volontà di Dio.»

«Voglio parlarne con mio padre», replicò Peter.

«E così credo che dobbiate fare», convenne in tono grave Yosef... ma, mentre Peter si allontanava, sorrise. Riteneva che il ragazzo avesse dato gran prova di sé. Suo padre sarebbe stato obbligato a farlo frustare per aver interferito con il lavoro degli adulti, ma il capo stalliere sapeva che Roland riponeva grande considerazione nei suoi figli per quando sarebbe stato vecchio (forse in Peter un pochino di più che in Thomas) ed era convinto che il ragazzo avrebbe avuto il suo cavallo. Naturalmente avrebbe avuto anche il cuore spezzato quando il cavallo fosse morto ma, come molto giustamente aveva affermato il dottore dei cavalli, la questione non lo riguardava. Lui s'intendeva di allevamento di cavalli; era più opportuno lasciare l'allevamento dei principi in altre mani.

Peter assaggiò veramente la frusta per aver messo il naso negli affari del capo stalliere e anche se non serviva certo ad alleviare il bruciore al didietro, capì che suo padre gli aveva reso grande onore amministrandogli la punizione con le proprie mani invece di consegnarlo a qualche subalterno che avrebbe cercato forse d'ingraziarselo usando su di lui una mano troppo leggera.

Per tre notti Peter non poté dormire supino e non riuscì a mangiare seduto per quasi una settimana, tuttavia il capo stalliere aveva visto giusto anche a proposito del cavallo: Roland gli aveva permesso di tenerlo.

«Non ti terrà occupato a lungo, Peter», pronosticò Roland. «Se Yosef dice che morirà, allora morirà.» Il suo viso era un po' troppo pallido e le sue vecchie mani tremavano. Le frustate avevano addolorato più lui che Peter, suo figlio prediletto... anche se Roland era così ingenuo da credere di essere il solo a saperlo.

«Chissà», rispose Peter. «A me è sembrato che il dottore dei cavalli sapesse proprio il fatto suo.»

Aveva ragione. Il sangue del cavallo non si avvelenò, la povera bestia non spirò e alla fine zoppicava così lievemente che persino Yosef fu costretto ad ammettere che quasi non lo si notava nemmeno. «Almeno quand'è riposata», tenne a precisare. Nell'applicare gli impiastri Peter fu più che diligente, dedicandosi alla sua mansione con devozione quasi religiosa. Durante la giornata cambiava gli impiastri tre volte e prima di coricarsi non si scordava mai di rinnovare la medicazione. Ben Staad lo sostituì di tanto in tanto, ma tutto sommato solo raramente. Peter chiamò il cavallo Peony, dopodiché bambino e animale divennero grandi amici.

Flagg aveva senz'altro azzeccato una grande verità il giorno in cui aveva esortato Roland a non permettere a Peter di giocare con la casa di bambola: i servi erano dappertutto, vedevano tutto e avevano la lingua lunga. Alcuni avevano assistito alla scena che si era svolta alle scuderie, ma se davvero fossero stati presenti tutti i servitori che in seguito così affermarono, in quel caldo giorno d'estate, ci sarebbe dovuta essere una gran folla tutt'attorno al cortile. Naturalmente non era andata così, ma il fatto che in tanti avessero sentito la necessità di mentire in tal senso è dimostrazione di quanto Peter fosse considerato personaggio meritevole di particolare interesse. In tutto il regno se ne parlò come di un fatto sensazionale. Ne parlò anche Yosef e non esitò a farlo nemmeno il giovane medico dei cavalli. Tutto ciò che dicevano era di elogio per il giovane principe e in particolare si teneva in gran conto la parola di Yosef, uomo da tutti molto rispettato. Yosef cominciò a chiamare Peter «il giovane re», una cosa che non aveva mai fatto prima.

«Io credo che Dio abbia risparmiato la rozza perché il giovane re l'ha difesa con tanto ardore», spiegava. «E ha lavorato a quegli impiastri come uno schiavo. Valoroso, lo è. Ha un cuore di drago. Si può ben vedere che un giorno sarà re. Ah! Avreste dovuto sentire la sua voce quando mi ha detto con tono risoluto di posare la mazza!»

Era davvero una gran storia, alla quale Yosef attinse per ben sette anni, fino a quando cioè Peter fu arrestato per un crimine orrendo, giudicato colpevole e condannato a essere rinchiuso per il resto della vita nella cella in cima all'Obelisco.

15

Forse vi state già domandando che tipo fosse Thomas. Può darsi che alcuni fra voi gli abbiano già assegnato la parte del cattivo, come complice consapevole nel complotto di Flagg per strappare la corona al suo legittimo proprietario.

Non è per niente così, anche se alcuni rimasero sempre di questo avviso e anche se naturalmente Thomas ebbe la sua parte. Ammetto che non dava l'impressione di essere un ragazzo veramente bravo, almeno a prima vista. Non era sicuramente un bravo ragazzo nella maniera in cui Peter era un bravo ragazzo, ma *nessun* fratello sarebbe apparso veramente buono se messo a confronto di Peter e questo Thomas lo aveva già perfettamente capito a quattro anni, nell'anno cioè in cui c'era stata la famosa corsa dei sacchi e si era verificato il famoso episodio delle scuderie. Peter raramente mentiva e mai ingannava. Peter era intelligente e buono, alto e bello. Assomigliava alla loro madre, che tanto era stata amata dal re e dal popolo di Delain.

Come avrebbe potuto Thomas non soccombere a tanta virtù? Un semplice interrogativo con una semplice risposta: non avrebbe mai potuto.

Al contrario di Peter, Thomas era sputato suo padre. Questo allietava un po' il vecchio, ma non gli dava tutto quel piacere che gli uomini solitamente provano quando un loro figlio porta chiaro lo stampo dei loro lineamenti. Guardando Thomas, gli sembrava proprio di guardare in uno specchio magico. Vedeva che i fini capelli biondi di Thomas si sarebbero ingrigiti precocemente e avrebbero cominciato a cadere; Thomas sarebbe stato calvo a quarant'anni. Vedeva che Thomas non sarebbe mai diventato alto di statura e che se avesse avuto la stessa passione di suo padre per la birra e l'idromele, a venticinque anni già avrebbe sostenuto un fior di pancetta. Già le dita dei piedi avevano cominciato a ripiegarglisi all'indentro e Roland aveva buon motivo di prevedere che Thomas avrebbe acquisito la sua stessa malferma andatura sulle gambe storte.

Thomas non era esattamente un bravo ragazzo, ma non per questo dovete pensare che fosse un ragazzo cattivo. Era talvolta un ragazzo triste, spesso un ragazzo confuso (aveva preso da suo padre anche per un altro verso: la meditazione intensa gli faceva intasare il naso e gli dava una sensazione di macigni che gli rotolassero nella testa) e spesso un ragazzo geloso, ma non era un ragazzo cattivo.

Di chi era geloso? Ma di suo fratello, naturalmente. Era geloso di Peter. Non bastava che Peter sarebbe stato re, oh no! Non bastava che suo padre gli preferisse Peter, o che i *servi* gli preferissero Peter, o che gli *insegnanti* gli preferissero Peter, perché Peter era sempre pronto alle lezioni e non era necessario persuaderlo a studiare. Non bastava che *tutti* gli preferissero Peter o che Peter avesse un amico del cuore. C'era anche un'altra cosa.

Quando qualcuno lo guardava e soprattutto quando lo osservava il re suo padre, Thomas credeva di sapere esattamente che cosa stessero pensando: *noi amavamo tua madre e tu nascendo l'hai uccisa. E che cosa abbiamo ottenuto noi dal dolore e dalla morte che le hai provocato? Un qualsiasi bambinetto con la faccia rotonda e il mento sfuggente, un qualsiasi bambinetto che ha dovuto compiere otto anni prima di conoscere tutte e quindici le Maiuscole. Tuo fratello Peter già le ri-*

conosceva tutte a sei anni. Che cosa abbiamo ottenuto? Non molto. Perché sei venuto, Thomas? A che cosa servi? Come ripiego per il trono? È questo che sei? Una polizza d'assicurazione nel caso che Peter il Prezioso abbia a cadere dalla sua rozza zoppa e rompersi la testa? Tutto qui? Be', noi non ti vogliamo. Nessuno di noi ti vuole. Nessuno di noi ti vuole...

La parte che ebbe Thomas nella condanna subita da suo fratello fu disonorevole, ma anche così non fu veramente un ragazzo cattivo. Questo io credo e spero che con il tempo finiate per crederlo anche voi.

16

Una volta, a sette anni, Thomas passò un'intera giornata a lavorare in camera sua per costruire una barchetta a vela per suo padre. Lo fece senza poter in alcun modo sapere che in quello stesso giorno Peter si copriva di gloria al tiro con l'arco, al cospetto di suo padre. Peter non era di norma un arciere straordinario e almeno in questo settore Thomas si sarebbe dimostrato di gran lunga superiore al fratello maggiore, ma in quel giorno particolare Peter aveva colpito tutti i bersagli a lui assegnati tirando come se guidato da un'ispirazione divina. Thomas era un ragazzo triste, un ragazzo confuso, e spesso era un ragazzo sfortunato.

Thomas aveva pensato al modellino perché ogni tanto, nei pomeriggi della domenica, a suo padre piaceva uscire al fossato che circondava il palazzo a far navigare nell'acqua una varietà di barchette. Semplici svaghi come quello rendevano Roland immensamente felice e Thomas non aveva mai scordato il giorno in cui suo padre l'aveva condotto con sé. Lui e *solo* lui. In quei giorni suo padre aveva un consigliere il cui compito esclusivo era quello di mostrargli come fabbricare barche di carta, per le quali il re aveva manifestato grande entusiasmo. Quel giorno dall'acqua limacciosa era emersa una vecchia carpa canescente che aveva ingoiato una delle barchette di carta di Roland in un sol boccone. Roland ne aveva riso come un ragazzino e aveva dichiarato che era meglio di qualunque favola di mostri marini. Così aveva detto abbracciando Thomas allegramente. Thomas non aveva più dimenticato quel giorno, il sole alto nel cielo, l'odore un po' ammuffito dell'acqua del fossato, il calore delle braccia di suo padre, il suo mento ruvido di barba.

Così, sentendosi più triste del solito, quest'altro giorno, gli era balenata l'idea di fabbricare una barca a vela per suo padre. Non sarebbe stato un vero capolavoro e Thomas lo sapeva, visto che era maldestro con le mani quanto lo era a ricordare le sue lezioni. Sapeva anche che suo padre avrebbe potuto farsi costruire tutte le barche che voleva da qualunque artigiano di Delain, compreso il grande Ellender, ormai quasi totalmente cieco. La differenza cruciale, rifletteva Thomas, era che proprio suo figlio avesse dedicato *un'intera giornata* a costruire una barca per i suoi svaghi domenicali.

Con molta pazienza, seduto alla finestra, ricavò la barca da un pezzo di legno. Usò un coltello affilato, si punse innumerevoli volte e si procurò anche un brutto taglio. Non per questo desistette, sopportando il dolore alle mani. Mentre lavorava s'immaginava quando lui e suo padre sarebbero usciti una domenica pomeriggio a far navigare la barchetta, loro due da soli, perché Peter sarebbe stato lontano, a montare Peony nei boschi o a giocare con Ben. E non avrebbe pianto se la stessa carpa dell'altra volta fosse affiorata per mangiarsi la barca di legno, perché poi suo padre avrebbe riso e lo avrebbe abbracciato e avrebbe detto che era più bello di una storia di mostri marini che divoravano in un sol boccone le navi anduane.

Ma quando andò alla stanza del re ci trovò Peter e dovette aspettare per quasi mezz'ora con la barca nascosta dietro la schiena, mentre suo padre magnificava l'abilità di arciere di suo fratello. Vide che Peter era imbarazzato da quell'incessante diluvio di lodi. Capì anche che Peter si era accorto che lui desiderava parlare al loro genitore e si sforzava di comunicarlo al re. Tutto questo però ebbe scarsa importanza per Thomas, che sentì di odiarlo comunque.

Finalmente a Peter fu concesso di allontanarsi. Thomas si avvicinò a suo padre, che lo osservò con un'espressione abbastanza affettuosa, ora che Peter non c'era più. «Ho fatto qualcosa per voi, papà», gli disse sentendosi improvvisamente timido. Le mani con cui reggeva la barchetta dietro la schiena gli erano diventate tutt'a un tratto bagnate e appiccicose di sudore.

«Davvero, Tommy?» chiese Roland. «Che pensiero gentile.»

«Molto gentile, sire», fece eco Flagg, che casualmente si trovava nei paraggi. Aveva parlato come sovrappensiero, ma guardava Thomas con vivo interesse.

«Che cos'è, ragazzo? Fammi vedere!»

«Pensavo a quanto vi piaceva avere qualche barchetta da far navigare nel fossato la domenica pomeriggio, papà, e allora...» Disperatamente avrebbe desiderato aggiungere: *E volevo che mi portaste fuori con voi ancora, perciò vi ho costruito questa barca;* ma sentì che non avrebbe mai potuto pronunciare quella frase. «...e così vi ho costruito una barca... ci ho messo tutto il giorno... mi sono tagliato... e... e...» Prima, quando lavorava alla sua barca seduto alla finestra, Thomas si era preparato un lungo discorso che avrebbe rivolto a suo padre prima di togliersi la barca da dietro la schiena per fargliene omaggio; ora però ne ricordava solo poche parole e quelle che ricordava non avevano alcun senso.

Con la lingua orribilmente legata, si tolse da dietro la schiena la barchetta con la sua buffa vela svolazzante e la donò a Roland. Il re se la rigirò tra le grosse mani con le dita tozze. Thomas lo guardò senza nemmeno accorgersi di essersi dimenticato di respirare.

Finalmente Roland rialzò la testa. «Molto bella, molto bella, Tommy. È una canoa, vero?»

«È una barca a vela.» *Ma non vedi la vela?* avrebbe voluto gridare. *Ho impiegato un'ora solo per legare i nodi e non è colpa mia se uno si è sciolto e adesso la vela svolazza!*

Il re sfiorò la vela a strisce che Thomas aveva ritagliato da una federa.

«Ah... ma certo. Lì per lì ho pensato che fosse una canoa e che questo fosse il bucato di una ragazza oraniana.» Strizzò l'occhio a Flagg, il quale sorrise vagamente nell'aria e non disse niente. All'improvviso Thomas temette di vomitare.

Roland osservò suo figlio con aria più seria e gli fece cenno di avvicinarsi. Sperando per il meglio Thomas ubbidì.

«È una bella barca, Tommy. Solida, come te, un po' goffa come te, ma una barca buona... come te. E se vuoi farmi un regalo davvero speciale, metticela tutta nelle tue lezioni di tiro con l'arco in modo da poter vincere una medaglia di prima classe come ha fatto oggi Peter.»

Thomas aveva già vinto un primo premio al corso della categoria inferiore l'anno prima, ma evidentemente suo padre se n'era dimenticato abbagliato dal successo di Peter. Thomas non glielo ricordò: se ne rimase lì a fissare la barchetta fra le grandi mani di suo padre, con le guance e la fronte del colore di un vecchio mattone.

«Quando sono rimasti solo due ragazzi, Peter e il figlio di Lord Towson, l'istruttore ha ordinato che indietreggiassero di altri quaranta koner. Il figlio di Towson ci è rimasto male, mentre Peter è andato senza esitare al suo posto e ha incoccato una freccia. Ho visto il suo sguardo e ho detto a me stesso: 'Ha vinto! Per tutti gli dei del cielo, non ha ancora scoccato una freccia e ha già vinto!' E così è stato! Ti assicuro, Tommy, che avresti dovuto esserci, avresti dovuto...»

E così via, il re blaterava, mentre metteva da parte distrattamente la barchetta per costruire la quale Thomas aveva lavorato per un'intera giornata. Thomas lo ascoltò, sorridendo meccanicamente, con quel rossore cupo sempre sulla faccia. Suo padre non si sarebbe mai disturbato a far navigare nel fossato la barca a vela che lui gli aveva costruito. Perché avrebbe dovuto? Quella barchetta era vomitevole quanto si sentiva Thomas in quel momento. Probabilmente Peter sarebbe stato capace di farne una migliore a occhi chiusi e in metà del tempo. Sarebbe *apparsa* migliore agli occhi di suo padre in ogni caso.

Dopo un'eternità piena solo di sconforto, a Thomas fu permesso di congedarsi.

«Credo che quel ragazzo abbia lavorato molto per costruire la barchetta», buttò lì Flagg.

«Eh sì, immagino di sì», concordò Roland. «Un piccolo orrore, vero? Assomiglia un po' a uno stronzo di cane da cui esce un fazzoletto.» *E molto a qualcosa che avrei potuto costruire io quando avevo la sua età,* aggiunse solo mentalmente.

Thomas non poteva udire i *pensieri*... ma un diabolico trucco acustico fece giungere fino a lui le *parole* di Roland proprio mentre usciva dal Salone. Tutt'a un tratto la terribile pressione verde che sentiva nello stomaco peggiorò di mille volte e allora corse alla sua stanza e rigettò in un catino.

Il giorno dopo, mentre bighellonava dietro alle cucine, Thomas scorse un cane malconcio che razzolava nei rifiuti. Afferrò una pietra e gliela scagliò. La pietra andò a segno. Il cane guaì e stramazzò gravemente ferito. Thomas sapeva che suo fratello, sebbene di cinque anni più grande di lui, non sarebbe mai riuscito a centrare il bersaglio nemmeno a metà di quella distanza. Quel pensiero però gli diede solo una fredda soddisfazione, perché Thomas sapeva anche che Peter non avrebbe mai lanciato un sasso a un povero cane affamato, specialmente a uno vecchio e decrepito come quello.

Per un attimo un sentimento di pietà riempì il cuore di Thomas e i suoi occhi si riempirono di lacrime. Poi, per nessun motivo, pensò a suo padre che diceva: «Assomiglia un po' a uno stronzo di cane da cui esce un fazzoletto». Raccolse una manciata di sassi e si avvicinò al cane adagiato su un fianco semisvenuto con un rivolo di sangue che gli colava da un orecchio. Qualcosa dentro di lui lo spingeva a lasciar stare la povera bestia o magari a curarla come Peter aveva curato Peony, per farne il suo cane personale e amarlo per sempre. Ma un'altra forza lo spingeva a fargli male, come se il dolore che avesse arrecato al cane potesse in qualche modo attenuare quello che si sentiva dentro lui. Indeciso, guardava il cane, finché gli venne un'idea terribile:

E se quel cane fosse Peter?

Così fu presa la decisione. Lapidò il vecchio cane fino a ucciderlo. Nessuno lo vide, ma se qualcuno lo avesse visto, avrebbe pensato: «Quello è un ragazzo cattivo... cattivo e forse persino malvagio». Chiunque avesse visto il crudele assassinio di quel cane non avrebbe visto che cos'era accaduto il giorno prima, non avrebbe visto Thomas che vomitava nel catino mentre singhiozzava amare lacrime. Thomas era spesso un ragazzo confuso, spesso un ragazzo tristemente sfortunato, ma io ribadisco quanto ho affermato in precedenza: non fu mai un ragazzo cattivo. Non esattamente.

Ho anche detto che nessuno vide la lapidazione di quel cane randagio dietro le cucine, ma anche questo non è esatto. Flagg la vide quella sera, nella sua magica sfera di cristallo. Assistette alla scena... e ne fu molto compiaciuto.

17

Roland... Sasha... Peter... Thomas. Mi pare dunque che ci resti da parlare solo di una persona, vero? Ora resta solo il nostro spettrale quinto personaggio. È giunto il momento di parlare di Flagg, a dispetto del nostro raccapriccio.

Certe volte la popolazione di Delain lo chiamava Flagg

l'Incappucciato; certe volte più semplicemente l'Oscuro, perché nonostante il suo volto bianco di cadavere era senza dubbio un uomo oscuro. Dicevano di lui che era ben conservato, ma in un modo che esprimeva più disagio che un complimento. Era arrivato a Delain da Garlan ai tempi del nonno di Roland. In quei giorni era all'apparenza un uomo sulla quarantina, magro e dal volto serio. Ora, negli anni conclusivi del regno di Roland, appariva come un uomo magro e serio di circa cinquant'anni. Ma non erano trascorsi dieci anni e nemmeno venti: erano passati ben settantasei anni in tutto. Neonati ancora senza denti che succhiavano al seno della madre quando Flagg era giunto a Delain, erano cresciuti, si erano sposati, avevano avuto figli, erano invecchiati ed erano morti senza denti nel loro letto o nell'angolo del camino. Eppure, nell'arco di quel lungo tempo, sembrava che Flagg fosse invecchiato solo di dieci anni. Era una magia, si bisbigliava, e naturalmente era un bene avere un mago a corte, un mago *autentico* e non un qualsiasi incantatore da baraccone che sapeva manipolare monete o nascondersi una colomba addormentata nella manica. Sotto sotto però sapevano che non c'era *niente* di buono in Flagg. Quando lo vedevano arrivare con quei suoi occhi rossi che sbirciavano da sotto il cappuccio, gli abitanti di Delain trovavano lì per lì qualcosa da fare sull'altro lato della strada.

Veniva davvero da Garlan, con i suoi panorami immensi e le sue violacee montagne di sogno? Io non lo so. Era ed è un paese magico dove talvolta i tappeti volano e dove talvolta uomini santi risvegliano con il flauto corde che si alzano da ceste di vimini e su di esse si arrampicano e scompaiono quando arrivano in cima, per non apparire mai più. Molti cercatori di sapienza da paesi più civili come Delain e Andua si sono recati a Garlan. I più scompaiono in tutto e per tutto come quei mistici che si arrampicano sulle corde innalzate. Coloro che tornano non sempre tornano cambiati in meglio. Sì, può ben darsi che Flagg fosse giunto a Delain venendo da

Garlan, ma se così è, non era stato durante il regno del nonno di Roland, bensì molto, ma molto prima.

In realtà si era recato a Delain spesso. Ogni volta vi arrivava con un nome diverso, ma sempre con lo stesso bagaglio di pene e sconforto e morte. Questa volta era Flagg. La volta precedente lo conoscevano come Bill Hinch ed era stato il Lord Primo Giustiziere del re. Sebbene con la sua apparizione risalisse a duecentocinquant'anni prima, il suo era un nome che le madri ancora usavano per far paura ai figli quando si comportavano male. «Se non la smetti di strillare, verrà Bill Hinch a prenderti per portarti via!» dicevano. Servendo da Lord Primo Giustiziere sotto tre dei re più sanguinari nella lunga storia di Delain, Bill Hinch aveva maneggiato la sua pesante scure per calarla sul collo di centinaia di prigionieri... e qualcuno sosteneva che fossero stati migliaia.

La volta precedente a *quella* quattrocento anni prima del tempo di Roland e dei suoi figli, si era presentato nelle vesti di cantante e sotto il nome di Browson, per diventare intimo consigliere del re e di una regina. Browson era scomparso come fumo dopo aver fomentato una guerra tremenda e sanguinosa tra Delain e Andua.

La volta precedente a *quella*...

Ah, ma perché continuare? Non sono nemmeno sicuro di poterlo fare, nemmeno se volessi. Quando il tempo trascorso è lungo abbastanza, persino i fabulatori dimenticano i loro racconti. Flagg riappariva ogni volta con un viso diverso in una diversa sacca di trucchi, ma c'erano due cose di lui che non mutavano mai. Veniva sempre incappucciato, uomo che sembrava non aver faccia, e mai si presentava come un re, bensì sempre come il bisbigliatore nelle ombre, colui che versava veleno nel padiglione dell'orecchio dei re.

Chi era in realtà quest'uomo oscuro?

Io non lo so.

Dove andava quando non era a Delain?

Io non so dirvi neanche questo.

Nessuno aveva mai sospettato di lui?

Sì, alcuni sì, storici e tessitori di storie come me, soprattutto. Sospettavano che l'uomo che adesso si faceva chiamare Flagg fosse stato a Delain già in passato e mai con intenti benevoli. Ma avevano paura di parlarne. Un uomo capace di vivere per settantasei anni invecchiando solo di dieci era evidentemente un mago; un uomo che fosse vissuto dieci volte più a lungo e forse più a lungo ancora... ebbene, un uomo così poteva anche essere il diavolo in persona.

Che cosa voleva? Questa è una domanda alla quale penso di poter rispondere.

Voleva ciò che sempre vogliono gli uomini malvagi: conquistare potere e usare di quel potere per fare del male. Diventare re non lo interessava perché fin troppo spesso le teste dei sovrani finivano infilzate sulle guglie di un castello quando qualcosa andava storto. Ma i consiglieri del re... coloro che tramavano nell'ombra... persone così riuscivano solitamente a dileguarsi come le ombre della sera al sorgere del nuovo giorno appena la scure del boia cominciava a cadere. Flagg era una malattia, una febbre in cerca di una fronte fresca da surriscaldare. Incappucciava le sue azioni proprio come incappucciava il suo viso. E quando scoppiava la tragedia, come sempre accadeva dopo un certo numero di anni, Flagg scompariva sempre come le ombre all'alba.

Più tardi, una volta compiuta la carneficina e passata la febbre, quando la ricostruzione era completata e c'era di nuovo qualcosa chc valesse la pena distruggere, ecco che Flagg riappariva.

18

Questa volta Flagg aveva trovato il regno di Delain in condizione di esasperante prosperità. Landry, il nonno di Roland, era un vecchio ubriacone rimbambito, facile da influenzare e rigirare, ma un colpo al cuore se l'era portato via troppo presto. Flagg frattanto aveva già concluso che Lita, madre di Roland, era l'ultima persona al mondo che avrebbe desiderato vedere con lo scettro in pugno. Era brutta, ma di buon cuore e di grande volontà. Una regina del genere era di nutrimento nocivo per la particolare specie di follia di Flagg.

Se fosse giunto prima nel regno di Landry, avrebbe avuto il tempo necessario a sbarazzarsi di Lita, come contava di sbarazzarsi di Peter. Ma aveva avuto solo sei anni a disposizione e non era stato un tempo abbastanza lungo.

Lei comunque lo aveva accettato come consigliere ed era già qualcosa. Non le era molto simpatico, ma lo aveva accettato, soprattutto perché sapeva predire futuri meravigliosi con le carte. Lita adorava ascoltare i pettegolezzi e conoscere gli scandali della sua corte e del suo Gabinetto e pettegolezzi e scandali erano doppiamente gustosi poiché le era dato di ascoltare non solo ciò che *era* avvenuto, ma anche ciò che *sarebbe* avvenuto. Era difficile rinunciare a un diversivo così allettante anche intuendo che una persona capace di simili prodigi sarebbe potuta diventare pericolosa. Flagg non raccontava mai alla regina i fatti più oscuri che talvolta vedeva nelle carte. Lei voleva sapere chi si era fatto un'amante o chi aveva bisticciato con la moglie o il marito. Non voleva sapere di enigmatiche cabale o intenzioni omicide. Ciò che chiedeva alle carte era relativamente innocente.

Durante il lungo, lungo regno di Lita, Flagg aveva patito la mortificazione di scoprire che il suo traguardo più importante non sarebbe stato raggiunto. Era riuscito a conservarsi un appiglio, ma non molto di più. Oh, c'erano stati alcuni fulgidi momenti: il cattivo sangue che era riuscito a far correre fra due potenti signorotti del baronato meridionale e il discredito con cui aveva fatto colpire un medico che aveva trovato una cura per certe infezioni del sangue (Flagg non voleva che esistessero in tutto il regno cure che non fossero magiche, vale a dire che non potessero essere somministrate o negate secondo il suo capriccio) sono esempi del lavoro svolto da Flagg in quel periodo. Ma si trattava solo di minuzie.

Sotto Roland, il povero re Roland così insicuro sulle sue gambe a parentesi, tutto procedeva assai più speditamente verso i fini di Flagg. Perché lui aveva un fine, sapete, alla sua maniera incoerente e malevola, e questa volta era indubbiamente grandioso. Aveva in animo niente di più e niente di meno che il rovesciamento totale della monarchia, una rivolta efferata che avrebbe fatto piombare Delain in un millennio di oscurità e anarchia.

Prendendo o lasciando un anno o due, s'intende.

19

Nello sguardo posato di Peter vedeva il più che possibile tracollo di tutti i suoi piani e di tanto accurato lavoro. Sempre più Flagg si convinceva della necessità di togliere di mezzo Peter. Il suo soggiorno a Delain si era protratto fin troppo a lungo e Flagg lo sapeva. Cominciavano a diffondersi certi mormorii. Il lavoro cominciato così bene sotto Roland con il costante lievitare delle tasse, le perquisizioni notturne nei fienili dei contadini e nei magazzini di silaggio alla ricerca di messi e viveri nascosti, l'armamento della Guardia Nazionale, tutto questo doveva continuare fino alla sua debita conclusione sotto Thomas. Non aveva tempo di aspettare che si esaurisse il regno di Peter come aveva fatto durante il governo di sua nonna.

Era possibile che Peter non aspettasse nemmeno che i bisbigli del popolo giungessero alle sue orecchie; poteva ben darsi che il primo ordine di Peter come re fosse che Flagg venisse spedito a oriente fuori del regno e che gli fosse vietato l'accesso, pena la morte. Flagg sarebbe stato capace di assassinare un consigliere prima che desse tale consiglio al giovane re, ma il guaio dannato della sua situazione era che Peter non avrebbe avuto *bisogno* di alcun consigliere. Avrebbe consigliato se stesso. E quando Flagg vide il modo freddo e impavido con cui il ragazzo ormai quindicenne e molto alto lo guardava, pensò che forse Peter aveva già dato a se stesso quel consiglio.

Era un ragazzo a cui piaceva leggere, a cui piaceva la storia, e quegli ultimi due anni, mentre suo padre diventava sempre più grigio e fragile, non aveva fatto che interrogare gli altri consiglieri del re e alcuni dei suoi insegnanti. Troppo spesso le sue domande avevano riguardato o Flagg in persona o vie che, se seguite abbastanza a lungo, a Flagg avrebbero condotto.

Che quel ragazzo mostrasse tanta curiosità in lui a quattordici e quindici anni era male; che ottenesse risposte relativamente sincere da uomini timidi e attenti quali gli storici del regno e i consiglieri di Roland era pessimo. Se ne deduceva che, nella mente di quelle persone, Peter era già quasi re e che di questo erano contenti. Si rallegravano della prospettiva perché sarebbe stato un re intellettuale come loro. Contemporaneamente lo accoglievano con favore perché, *diversamente* da loro, era un ragazzo coraggioso che con tutta probabilità sarebbe stato un re con un cuor di leone la cui vicenda avrebbe alimentato le leggende. In lui vedevano il ritorno del Bianco, quella forza antica, resistente e tuttavia umile che ripetutamente in passato aveva redento l'umanità.

Bisognava toglierlo di mezzo. Era indispensabile.

Così si diceva Flagg ogni sera quando si ritirava nelle tenebre del suo alloggio e così pensava per prima cosa quando si svegliava nelle stesse tenebre il mattino seguente.

Va tolto di mezzo, quel ragazzo deve essere tolto di mezzo.

Ma era un'impresa più difficile a farsi che a dirsi. Roland amava entrambi i suoi figli e per entrambi avrebbe dato la vita, ma con particolare ardore amava Peter. Soffocarlo nella culla facendo in modo che si pensasse a un intervento della Morte Infantile, sarebbe forse stato possibile a suo tempo, ma ormai Peter era un sano e robusto adolescente.

Qualunque incidente sarebbe stato esaminato sotto la feroce lente d'ingrandimento del dolore di Roland, al punto che più di una volta Flagg si era ritrovato a meditare su una possibile e fatale ironia della sorte: supponiamo che Peter avesse a morire *veramente* di morte accidentale e che lui, Flagg, ne fosse stato incolpato? Un piccolo errore di calcolo mentre s'arrampicava per un tubo di scarico... una presa mancata mentre strisciava sul tetto di una scuderia giocando con l'amico Staad... una caduta da cavallo. E quale sarebbe stato il risultato? Non era possibile che Roland, pazzo di dolore e confuso nella mente dalla senilità, vedesse un omicidio volontario in quello che era solo un incidente casuale? Non era forse possibile che il suo occhio si posasse su Flagg? Eh sì. Il suo occhio si sarebbe rivolto a Flagg prima che a chiunque altro. La madre di Roland l'aveva sempre trattato con diffidenza e Flagg sapeva che, dal profondo del cuore, anche Roland nutriva per lui gli stessi sentimenti. Era riuscito ad arginare la sua diffidenza con dosi sapienti di paura e fascino, ma sapeva che se Roland avesse avuto anche un minimo motivo per pensare che Flagg avesse provocato anche solo indirettamente la morte di suo figlio...

Non gli era difficile immaginare situazioni in cui si sarebbe trovato costretto addirittura a intervenire a protezione del ragazzo. Insopportabile. Detestabile!

Andava tolto di mezzo. Andava tolto di mezzo!

Con il passare dei giorni e delle settimane e dei mesi, il tamtam di questo pensiero diventava più assillante nella mente di Flagg. E ogni giorno Roland diventava più vecchio e più debole; ogni giorno Peter diventava più adulto e più saggio e perciò più pericoloso come avversario. Che cosa si poteva fare?

La mente di Flagg macinava e macinava e macinava il problema. Il mago era sempre più scontroso e buio. I servi, specialmente il maggiordomo di Peter, Brandon, e Dennis, che del maggiordomo era figlio, si tenevano il più possibile alla larga da lui e si parlavano sottovoce dei terribili odori che ogni tanto trapelavano a notte fonda dal suo laboratorio. In special modo Dennis, che un giorno avrebbe preso il posto del suo buon padre come maggiordomo di Peter, aveva un sacro terrore di Flagg e chiese una volta a suo padre se non dovesse riferire al principe del mago. «Per la sua sicurezza, non per altro», aggiunse Dennis.

«Non una parola», lo ammonì Brandon e fissò con occhi severi il figlio che allora era solo un ragazzo a sua volta. «Non una parola dirai. Quell'uomo è pericoloso.»

«Ma proprio per questo non sarebbe allora...?» cominciò timidamente Dennis.

«Uno stolto potrebbe confondere il suono di un serpente a sonagli con un tintinnare di sassolini in una zucca vuota e infilarvi dentro la mano», recitò Brandon, «ma il nostro principe non è uno stolto, Dennis. Ora vammi a prendere un bicchiere di gin e non parliamone più.»

Così Dennis non riferì nulla a Peter, ma dopo quel breve scambio con suo padre crebbero in lui l'amore per il suo giovane padrone e la paura del consigliere incappucciato del re. Ogni volta che scorgeva Flagg giungere per uno dei corridoi del castello nella sua lunga tunica, si faceva da parte tremando e pensava: *Serpente a sonagli! Serpente a sonagli! Attento, principe Peter! State all'erta, con l'orecchio ben teso!*

Poi, quando Peter era ormai sedicenne, proprio mentre Flagg cominciava a ritenere che veramente non ci sarebbe stato modo di sbarazzarsi di quel ragazzo senza correre rischi inaccettabili, la soluzione gli balenò nella mente. Era una notte di tregenda. Intorno al castello strepitava e ululava un terribile temporale d'autunno e le strade di Delain erano deserte di popolazione e continuamente aggredite da rovesci di pioggia gelida e furiose folate di vento.

Per via del clima umido, Roland aveva preso il raffreddore. Ormai gli capitava sempre più spesso che le medicine di Flagg, per quanto potenti, perdevano la capacità di guarirlo. Prima o poi uno di quei raffreddori e forse proprio quello che lo faceva tossire e ansimare adesso gli avrebbe provocato un attacco del Morbo dell'Idropolmone. Le medicine dei maghi non erano come le medicine dei dottori e Flagg sapeva che uno dei motivi per cui le pozioni che somministrava al vecchio re agivano ormai così lentamente era che lui, Flagg, non aveva più veramente *desiderio* che funzionassero. L'unico motivo per cui teneva Roland in vita era che temeva troppo Peter.

Vorrei che tu schiattassi, vecchiaccio, pensava Flagg con rancore infantile seduto davanti al lumicino fievole di una candela ad ascoltare il vento che sibilava all'esterno e il suo pappagallo a due teste che parlottava sonnacchiosamente con se stesso all'interno. *Per un nonnulla ti ucciderei io stesso per tutti i guai che tu e la tua stupida moglie e il tuo primogenito mi avete causato. Per la gioia di ucciderti varrebbe quasi la pena veder andare a monte tutti i miei piani. Per la gioia di ucciderti…*

Tutt'a un tratto si drizzò sulla sedia, irrigidendosi, con lo sguardo fisso nell'oscurità della sua stanza, dove si agitavano ombre irrequiete. Uno scintillio argenteo gli brillò negli occhi. Un'idea gli illuminò la mente come una torcia. La candela mandò un lampo color verde brillante e si spense.

«Morte!» strillò nel buio una delle due teste del pappagallo.

«Violenta!» strillò l'altra.

E in quell'oscurità, non visto da alcuno, Flagg cominciò a ridere.

20

Di tutti i metodi mai impiegati per commettere un regicidio, cioè l'assassinio di un re, il più usato è certamente il veleno. E non esiste miglior conoscitore di veleni di un mago.

Flagg, uno dei più grandi maghi che siano mai vissuti, conosceva tutti i veleni che conosciamo noi, come arsenico, stricnina, il curaro che agisce all'interno paralizzando tutti i muscoli prima e infine il cuore, nicotina, belladonna, solano ed essenze di funghi. Conosceva il veleno di cento serpenti e ragni; il chiaro distillato del clanah, il giglio la cui secrezione profuma come miele ma uccide le sue vittime fra atroci tormenti; l'Artiglio Mortale che cresce nelle ombre più fitte della Palude Uggiosa. Flagg non conosceva solo decine di veleni, bensì decine di decine, uno più micidiale dell'altro. Erano riposti, ben allineati, sugli scaffali di una stanzetta recondita in cui mai servo metteva piede. Erano in bicchieri di vetro, in fiale, in bustine. Ciascuno era accuratamente etichettato. Quella era la sua personale cappella delle future urla, anticamera del supplizio, vestibolo di febbri, camerino della morte. Flagg vi si recava spesso quando si sentiva giù di corda e aveva bisogno di riprendersi d'animo. In quella bottega del demonio erano in attesa tutte quelle cose che gli esseri umani, creature di carne e ossa e tanto deboli, soprattutto temono: mal di testa martellanti, lancinanti crampi allo stomaco, detonazioni di diarrea, vomito, collasso dei vasi sanguigni, paralisi del cuore, esplosione di bulbi oculari, gonfiore e annerimento della lingua, follia della mente.

Ma il veleno peggiore di tutti, Flagg lo conservava in un luogo separato. Nel suo studio c'era uno scrittoio. Tutti i cassetti di questo scrittoio erano chiusi a chiave... ma uno aveva tre serrature. In quel cassetto c'era una scatola di teak, tutta intagliata di simboli magici. La serratura di questa scatola era straordinaria. La piastra, di un color arancione opaco, sembrava di metallo, ma osservandola più attentamente si vedeva che in realtà era di materia vegetale. Per la precisione si trattava di una carota kleffa e una volta alla settimana Flagg innaffiava quella serratura vivente con un minuscolo nebulizzatore. La carota kleffa dava anche l'impressione di possedere una forma primitiva d'intelligenza, perché se qualcuno cercava di forzare la serratura kleffa, o anche se solo la persona sbagliata cercava di aprirla usando la chiave giusta, si metteva a strillare. Dentro quella scatola c'era una scatola più piccola, che si poteva aprire solo con la chiave che Flagg portava sempre appesa al collo.

Dentro la seconda scatoletta c'era un pacchetto. Dentro al pacchetto c'era un briciolo di sabbia verde. Carina, si sarebbe detto, ma niente di spettacolare. Niente di cui scrivere a casa alla mamma. Eppure quella sabbia verde era uno dei veleni più terribili di tutti i mondi, così terribili che persino Flagg ne aveva paura. Veniva dal deserto di Grenh. La vasta distesa avvelenata si trovava oltre Garlan ed era sconosciuta a Delain. Ci si poteva avvicinare a Grenh solo in un giorno in cui il vento tirasse al contrario, perché un solo respiro delle esalazioni che giungevano dal deserto di Grenh avrebbe provocato la morte.

Non una morte istantanea. Quel veleno non funzionava così. Per un giorno o due, magari anche tre, la persona che avesse respirato le esalazioni venefiche (o peggio ancora avesse ingoiato qualche granello di sabbia) si sarebbe sentita più che bene, forse meglio di prima. Poi, all'improvviso, i polmoni gli si sarebbero infuocati, la sua pelle avrebbe cominciato a fumare e il suo corpo si sarebbe avvizzito come le carni di una mummia. Infine sarebbe stramazzato al suolo morto, spesso con i capelli incendiati. C'erano stati alcuni che dopo aver respirato o inghiottito quella sostanza letale erano bruciati dal di dentro.

Si chiamava Sabbia di Drago e non esisteva né antidoto né cura. Che bello.

In quella notte buia e tempestosa Flagg aveva deciso di somministrare un pizzico di Sabbia di Drago a Roland in un bicchiere di vino. Peter aveva preso l'abitudine di recarsi ogni sera da suo padre a portargli un bicchier di vino, poco prima che Roland si mettesse a dormire. A palazzo lo sapevano tutti e si lodava il comportamento del leale figlio del re. Roland gradiva la compagnia di suo figlio quanto il vino, giudicava Flagg, ma una certa fanciulla aveva destato l'interesse di Peter, il quale da qualche tempo raramente s'intratteneva con suo padre per più di mezz'ora.

Se Flagg fosse andato a sua volta a trovare il re dopo la dipartita di Peter, era probabile che facilmente l'avrebbe indotto ad accettare un secondo bicchier di vino.

Un bicchier di vino molto speciale.

Annata caliente, mio signore, pensò Flagg, mentre gli sbocciava un sorriso sul volto affilato. *Un'annata ardente davvero. E perché no? La vigna, per quel che ne so, era alle porte dell'inferno e quando questa roba comincerà a lavorarti nelle budella, è giusto all'inferno che ti verrà da pensare di essere.*

Flagg rovesciò la testa all'indietro e scoppiò a ridere.

21

Una volta stabilito il piano con il quale si sarebbe sbarazzato una volta per sempre sia di Roland sia di Peter, Flagg non perse tempo. Innanzitutto diede fondo a tutte le sue arti magiche per rimettere in piena salute il re. Gioì nel vedere che le sue pozioni magiche lavoravano meglio di quanto avessero fatto per tanto, tanto tempo. Trovò in questo un'altra ironia. Desiderava sinceramente che Roland si riprendesse, perciò le pozioni funzionavano. Ma voleva che la salute del re si stabilisse per poterlo ammazzare e fare in modo che fosse chiaro agli occhi di tutti che era stato un omicidio. Era veramente molto divertente, a ben pensarci.

In una notte ventosa, meno di una settimana dopo che la tosse insistente del re era cessata, Flagg aprì il suo scrittoio e ne cavò la scatola di teak. Mormorò: «Ottimo lavoro», alla carota kleffa, che gli rispose con uno sciocco squittio, quindi sollevò il pesante coperchio e dall'interno estrasse la scatoletta. Per aprirla usò la chiave che portava appesa al collo e da essa tolse il pacchetto che conteneva la Sabbia del Drago. Grazie a un incantesimo, aveva fatto sì che il pacchetto fosse immune al terribile potere della Sabbia del Drago. O almeno così pensava. In ogni caso, giusto per non sbagliare, sollevò il pacchetto servendosi di una pinzetta d'argento. Lo posò sulla scrivania accanto a una delle coppe del re. Gli affiorò sulla fronte il sudore in grandi gocce rotonde, perché il lavoro era il più delicato che si potesse immaginare. Il più picco lo errore e avrebbe pagato per esso con la vita.

Uscì nel corridoio che portava alle prigioni e cominciò ad ansimare. Stava andando in iperventilazione. Quando si respira rapidamente, ci si riempie tutto il corpo di ossigeno e si può trattenere il fiato per lungo tempo. Durante la fase critica dei suoi preparativi, Flagg intendeva non respirare affatto. Non ci sarebbero stati errori, né grandi né piccoli.

Si stava divertendo troppo, per voler morire.

Prese un'ultima, lunga boccata d'aria fresca dalla finestra a sbarre che c'era dirimpetto alla porta dei suoi alloggi e rientrò. Andò alla busta, si tolse lo stiletto dalla cintura e con delicatezza la lacerò. Sul suo scrittoio c'era un'ossidiana bassa e piatta che il mago usava come fermacarte: a quei tempi l'ossidiana era la pietra più dura che si conoscesse. Servendosi di nuovo delle pinzette, prese il pacchetto, lo rovesciò e versò la sabbia verde. Non tutta, però: ne conservò una piccolissima quantità, non più di una decina di grani, che erano d'importanza estrema per il suo piano. Nonostante la sua riconosciuta durezza, l'ossidiana cominciò immediatamente a fumare.

Erano passati trenta secondi.

Afferrò l'ossidiana stando attento a che nemmeno un granello di Sabbia del Drago gli toccasse la pelle, perché in tal caso avrebbe cominciato a divorarlo dentro fino a raggiungergli il cuore per incendiarglielo. Inclinò la pietra sulla coppa e in essa versò la sabbia.

Ora, velocemente, prima che la sabbia potesse cominciare a intaccare il vetro, versò nella coppa il vino prediletto dal re, lo stesso vino che più o meno in quel momento Peter stava portando a suo padre. La sabbia si dissolse immediatamente. Per un attimo il vino rosso assunse una sinistra coloritura verde, per riprendere subito il suo colore normale.

Cinquanta secondi.

Flagg tornò al suo scrittoio. Prese la fetta di pietra e impugnò lo stiletto. Solo pochi grani di Sabbia del Drago avevano toccato la lama quando aveva tagliato la carta, ma già stavano mordendo il metallo e malefici e sottili fili di fumo si levavano dalle macchie nell'acciaio anduano. Uscì in corridoio con pietra e pugnale.

Settanta secondi e il suo torace cominciava a chiedere affannosamente ossigeno.

Dieci metri più avanti, per quel corridoio che portava alle

prigiòni se si voleva percorrerlo tutto (una gita che nessuno a Delain desiderava fare), c'era una grata nel pavimento. Flagg udì il gorgogliare dell'acqua e se non avesse trattenuto il fiato avrebbe fiutato un tanfo schifoso. Era quella una delle fogne del castello. In essa buttò la pietra e lo stiletto e a dispetto delle contrazioni convulse dei polmoni riuscì a sorridere. Poi si precipitò alla finestrella, sporse le labbra tra le sbarre e respirò concitatamente.

Quand'ebbe ritrovato il fiato, tornò nel suo studio. Ora sullo scrittoio restavano solo le pinzette, il pacchetto e la coppa di vino. Non c'era nemmeno il più minuscolo granello di sabbia sulle pinzette e quel tanto che ancora restava nel pacchetto incantato non gli avrebbe arrecato alcun male fintantoché avesse agito con ragionevole prudenza.

Giudicava di aver lavorato assai bene finora. Era lungi dall'aver finito, ma aveva cominciato con il piede giusto. Si chinò sulla coppa e inspirò a fondo. Ora non c'era più alcun pericolo, perché quando la sabbia si mescolava a un liquido le sue esalazioni diventavano innocue e inodori. I vapori mortali della Sabbia del Drago si sprigionavano soltanto a contatto con qualcosa di solido, come la pietra.

Come la carne.

Flagg sollevò la coppa in controluce e ne ammirò il vivido colore sanguigno.

«Un ultimo bicchiere di vino, mio re», disse e rise fino a far strillare di paura il pappagallo a due teste. «Un goccio per riscaldarvi lo stomaco.»

Si sedette, rovesciò la clessidra e si mise a leggere un pesante volume d'incantesimi. Leggeva quel libro (rilegato in pelle umana) da mille anni ed era giunto sì e no a un quarto. Leggere per troppo tempo quel libro scritto sulle alte e remote Piane di Leng da un pazzo di nome Alhazred significava rischiare la pazzia.

Un'ora... un'ora soltanto. Quando il vaso superiore della sua clessidra si fosse svuotato, sarebbe stato sicuro che Peter se n'era andato. Un'ora e avrebbe potuto finalmente portare a Roland il suo ultimo bicchier di vino. Per un momento Flagg osservò la sabbia bianca come osso che cadeva incessante attraverso il collo della clessidra, quindi con calma si chinò nuovamente sul suo libro.

22

Roland accettò con piacere e commozione il bicchier di vino che andò a portargli Flagg quella sera, prima del sonno regale. Lo scolò in due lunghe sorsate e dichiarò che l'aveva molto scaldato.

Sorridendo all'interno del suo cappuccio, Flagg rispose: «Così pensavo, vostra altezza».

23

Che fosse stato il destino o solo il caso a far sì che Thomas vedesse Flagg con suo padre quella sera è un altro interrogativo che lascerò a voi. L'unica cosa che so io è che lo *vide* e che ciò accadde in larga misura perché Flagg si era adoperato nel corso degli anni per instaurare una speciale amicizia con quel povero ragazzo così triste e senza amici.

Mi spiegherò in un momento, ma innanzitutto devo correggere un'idea sbagliata che potreste avere in fatto di magia.

Nelle storie di stregoneria, tre sono i prodigi di cui solitamente si parla con una certa leggerezza, come se fossero alla portata di un qualsiasi stregone di seconda categoria. Alludo alla trasformazione dal piombo in oro al passaggio da una forma vivente a un'altra e all'invisibilità. La prima cosa che dovete sapere è che la magia vera non è mai facile e se vi illudete che lo sia, provatevi a far scomparire la vostra zia più antipatica la prossima volta che viene a passare una settimana o due a casa vostra. La magia autentica è *difficile* e per quanto sia più facile quella nera di quella bianca anche i malefici sono tutt'altro che semplici.

Trasformare il piombo in oro si può fare, quando si sa quali nomi evocare e se trovate qualcuno che sappia mostrarvi in quale modo esattamente debbano essere spezzati i pani di piombo. Ma quando parliamo di cambiar forma e di invisibilità, entriamo nel campo dell'impossibile... o ci andiamo così vicino che tanto vale esprimersi così.

Di tanto in tanto, da quel grande origliatore che era, Flagg ascoltava gli sciocchi raccontare storie di giovani principi sfuggiti alle grinfie di folletti maligni pronunciando una semplice parola magica e scomparendo alla loro vista, o di splendide giovani principesse (nelle favole erano sempre splendide, anche se l'esperienza aveva insegnato a Flagg che quasi tutte le principesse erano prima di tutto così viziate da tirarti scemo e, in quanto prodotti finali di ripetuti accoppiamenti fra consanguinei, brutte come il peccato e per giunta stupide) che con qualche formuletta trasformavano orchi spaventosi in mosche, per poi schiacciarle in un batter d'occhio. In quasi tutte queste belle storie, le principesse erano anche abilissime nello schiacciare mosche, sebbene quasi tutte le principesse conosciute da Flagg non sarebbero state capaci di schiacciare una mosca agonizzante su un davanzale gelido in dicembre. Nelle *storie* i personaggi non facevano altro che trasformarsi in questo o quello, senza colpo ferire. Nella *realtà* Flagg non aveva mai assistito ad alcuno di questi prodigi. Aveva conosciuto un tempo un grande mago anduano che riteneva di essere venuto a capo del mistero delle trasformazioni, ma dopo sei mesi di meditazioni e quasi una settimana di incantesimi in una serie di pose fra le più dolorose che si possono immaginare, aveva pronunciato l'ultima, fantastica formula ottenendo solo di farsi crescere il naso di quasi tre metri e perdere definitivamente il lume della ragione. E c'erano unghie che sporgevano dall'estremità del naso, ricordava Flagg, con un sorrisetto maligno. Gran mago o no, quell'uomo era solo un imbecille.

Altrettanto impossibile era l'invisibilità, almeno per quanto fosse stato capace di concludere Flagg. Era invece possibile... *attenuarsi.*

Sì, rendere *tenue* la propria presenza. Riteneva che questa fosse la miglior definizione di quella magia, sebbene altre fossero accettabili, come discreto, trasparente, spettrale. L'invisibilità non era alla sua portata, ma mangiando dapprima un pene di toro e quindi recitando una serie di formule gli era possibile diventare *tenue.* Quando si era *tenui* e vedevi venire verso di te un servo, bastava mettersi in disparte e rimanere immobili e lasciarlo passare. Nella maggior parte dei casi il servo avrebbe abbassato lo sguardo sui propri piedi o all'improvviso avrebbe trovato qualcosa di molto interessante da osservare sul soffitto. Attraversando una stanza in quelle condizioni, accadeva che le conversazioni incespicavano e le persone sembravano momentaneamente sofferenti, come se colte da un attacco repentino di flatulenza o qualcosa del genere. Le torce appese alle pareti si mettevano a far fumo e se c'erano candele capitava spesso che si spegnessero all'improvviso. Diventava necessario nascondersi davvero solo in presenza di qualcuno che si conosceva bene, perché, anche se si era *tenui*, quella persona quasi invariabilmente vedeva lo stesso. L'*attenuazione* era utile, ma non aveva niente a che vedere con l'invisibilità.

La sera in cui Flagg andò a portare a Roland il vino avvelenato, per prima cosa si *attenuò*. Non prevedeva di incontrare persone di sua conoscenza. Ormai erano le nove passate, il re era vecchio e malato, le giornate erano brevi e al castello ci si coricava di buon'ora. *Quando Thomas sarà re*, meditava Flagg percorrendo celermente i lunghi corridoi con la sua coppa di vino, *ci saranno feste tutte le sere. Già dimostra il gusto di suo padre per le libagioni, anche se preferisce il vino alla birra o all'idromele. Dovrebbe essere abbastanza facile spingerlo verso distillati più forti... Del resto, non sono forse suo amico? Sì, quando Peter sarà al sicuro nell'Obelisco e Thomas sarà re, ci saranno grandi feste tutte le sere... finché il popolo delle strade cittadine e dei baronati sarà abbastanza furioso da far scoppiare una sanguinosa rivolta. Allora ci sarà un'ultima festa, la più grande di tutti, ma dubito che Thomas si divertirà. Come il vino che sto portando questa sera a suo padre, sarà una festa estremamente... focosa.*

Non si aspettava di vedere nessuno di sua conoscenza e così fu. Lo incrociarono solo alcuni servitori che scantonarono quasi sovrappensiero intorno al luogo in cui Flagg si fermava in attesa, come se avessero avvertito uno spiffero di aria fredda.

Ciononostante qualcuno vide *lui*. Lo vide infatti Thomas, attraverso gli occhi di Niner, il drago che suo padre aveva ucciso tempo addietro. Era un trucco in cui Thomas era abile perché Flagg stesso glielo aveva insegnato.

24

Il modo in cui suo padre aveva disdegnato la barchetta a vela aveva profondamente ferito Thomas che da quel giorno si era sempre tenuto alla larga da lui. Nondimeno Thomas amava Roland e fortemente desiderava renderlo felice allo stesso modo in cui lo rendeva felice Peter. Più ancora, desiderava fare in modo che suo padre lo amasse come amava Peter. Anzi, Thomas sarebbe già stato felice se suo padre lo avesse amato solo della metà.

Il guaio era che Peter era il primo a cui venivano sempre le idee migliori. Qualche volta Peter cercava di coinvolgere anche Thomas nelle sue iniziative, ma a Thomas le sue idee sembravano sciocche (fino a quando le vedeva realizzate con successo), oppure temeva di non essere capace di fare la sua parte, come quando Peter aveva regalato al re un reparto di uomini di Bendoh.

Era successo tre anni prima. «Io regalerò a nostro padre qualcosa di meglio di un mucchio di stupide statuette», aveva risposto Thomas con alterigia alla proposta del fratello, ma ciò che pensava *veramente* era che, se non era stato capace di fabbricare per suo padre una semplice barchetta di legno, mai più sarebbe riuscito ad aiutare Peter a costruire qualcosa di tanto difficile quanto uno schieramento di venti uomini Bendoh. Così Peter si era messo al lavoro da solo impiegando quattro mesi per costruire i fanti, i cavalieri, gli arcieri, il Fuciliere, il Generale, il Monaco... e naturalmente Roland aveva apprezzato moltissimo le statuette, nonostante l'inesperienza della mano che le aveva intagliate. Aveva immediatamente messo via i soldatini di Bendoh che quarant'anni prima aveva costruito per lui il gran Ellender scolpendoli nella giada e al loro posto aveva messo quelli di Peter. Dopo quella scena, Thomas se n'era tornato mogio mogio nei suoi alloggi e si era messo a letto, nonostante fosse ancora pomeriggio. Si sentiva come se qualcuno gli avesse affondato una mano nel petto, per tagliargli via un pezzettino di cuore e costringerlo a mangiarlo. Il sapore del suo cuore era molto amaro e mentre lo ingoiava aveva odiato Peter ancor più di prima, anche se una parte di lui continuava ad amare il suo bel fratello maggiore e sempre l'avrebbe amato.

E sebbene fosse stato di sapore amaro, gli era piaciuto il suo cuore.

Proprio perché era suo.

Poi era cominciato quell'andirivieni del bicchier di vino.

Peter si era consultato con Thomas: «Pensavo che sarebbe carino se tutte le sere andassimo a portare a papà un bicchier di vino, Tom. Ho chiesto al cameriere, che mi ha detto che non ci può regalare una bottiglia perché alla fine di ogni semestre deve renderne conto al Primo Vinaio, ma mi ha consigliato di raccogliere un po' dei nostri soldi per comprare una bottiglia di Quinto Tino, che è il vino preferito di nostro padre. E non è troppo caro. Ci resterebbe lo stesso più che abbastanza del nostro appannaggio e poi...»

«Credo che sia l'idea più stupida che abbia mai sentito!» aveva esclamato Thomas. «*Tutto* il vino appartiene a papà, tutto il vino del regno, e può averne quanto ne vuole! Perché dovremmo spendere i *nostri* soldi per regalare a papà qualcosa che è già suo? Servirebbe solo ad arricchire quella pallottola di lardo del suo cameriere.»

In tono paziente Peter aveva risposto: «Gli farà piacere sapere che abbiamo speso il nostro denaro per lui, anche se è per qualcosa che gli appartiene già».

«E tu come fai a saperlo?»

Candido e disarmante, Peter aveva replicato: «Lo so».

Thomas lo aveva fissato con occhi torvi. Come avrebbe potuto confessare a Peter che il Primo Vinaio l'aveva sorpreso solo il mese scorso nella cantina dei vini a rubare una bottiglia? L'odioso individuo l'aveva strapazzato minacciando di raccontare tutto a suo padre se non avesse comprato il suo silenzio con un pezzo d'oro. Thomas aveva pagato, con gli occhi colmi di lacrime di collera e vergogna. *Se fosse stato Peter, avresti girato la testa dall'altra parte fingendo di non vedere, iprocita!* aveva pensato. *Se fosse stato Peter, avresti guardato altrove, perché fra non molto Peter sarà re, mentre io sarò solo un principe per sempre.* Aveva anche considerato che probabilmente Peter non avrebbe mai cercato di rubare del vino, ma quest'ultima riflessione era servita solo ad aumentare ulteriormente il rancore che provava per il fratello.

«Io pensavo solo...» aveva cercato di spiegare Peter.

«Tu pensavi solo, tu pensavi solo», l'aveva interrotto Thomas con stizza. «Be', vattene a pensare da qualche altra parte! Quando nostro padre scoprirà che hai pagato il Primo Vinaio per il vino che gli appartiene, ti riderà dietro e ti darà dello stupido!»

Ma Roland non aveva deriso Peter e non gli aveva dato dello stupido. Anzi, si era complimentato con lui con una voce tremante, che sembrava quasi piangente. Thomas lo sapeva, perché quando Peter era andato dal re a portargli il vino la prima sera, l'aveva seguito silenziosamente. Aveva spiato con gli occhi del drago e aveva visto tutto.

25

Se aveste domandato francamente a Flagg perché avesse deciso di mostrare a Thomas quel posto e il passaggio segreto che serviva ad arrivarci, non sarebbe stato capace di darvi una risposta molto soddisfacente. Il fatto è che non sapeva esattamente nemmeno lui perché l'avesse messo a parte del segreto. Aveva un istinto speciale per tutto ciò che era male, come altre persone hanno un dono naturale per i numeri o un intuito particolare per l'orientamento. Il castello era molto antico e le porte e i passaggi segreti erano in gran numero. Flagg li conosceva quasi tutti (nessuno, nemmeno lui, li conosceva veramente tutti), ma quello era l'unico che avesse mostrato a Thomas. Il suo istinto per il male gli diceva che quel passaggio segreto avrebbe potuto essere fonte di dolore e Flagg aveva semplicemente ubbidito all'istinto. Il male dopotutto era il suo pane quotidiano.

Capitava talvolta nella stanza di Thomas ed esclamava: «Tommy, mi sembri triste! Ho pensato a qualcosa che forse t'interesserebbe vedere! Vuoi venire a dare un'occhiata?» Quasi invariabilmente aveva espressioni come «Mi sembri triste, Tommy» oppure «Mi sembri un po' giù di corda, Tommy» oppure «Cos'è, ti ha morsicato un ragno, Tommy?» per la specialità che aveva di andarlo a trovare proprio quando Thomas era depresso. Flagg sapeva che Thomas aveva paura di lui e che avrebbe trovato una scusa per non andare con lui, a meno che non avesse avuto particolarmente bisogno di un amico... in un momento di tale infelicità da non badare troppo a che amico fosse. Flagg sapeva tutto questo, mentre Thomas non ne era consapevole, perché la sua paura di Flagg era in profondità. In superficie provava ammirazione per lui, perché grazie a tutti i trucchi che conosceva era una gran fonte di divertimento. Certe volte c'era una vena di malvagità nel divertimento, ma questo spesso si accordava con lo stato d'animo di Thomas.

Trovate strano che Flagg sapesse di Thomas qualcosa che Thomas non sapeva di se stesso? Guardate che non è poi così strano. La mente delle persone, specialmente quella dei bambini, è come un pozzo, un pozzo profondo pieno di acqua dolce. E talvolta, quando un pensiero è così sgradevole che è difficile da sopportare, la persona che ha quel pensiero lo chiude a chiave in una scatola pesante e lo getta nel pozzo. Ascolta in attesa dello scroscio... dopodiché la scatola è bell'e che scomparsa. Naturalmente non è così. Non proprio. Poiché era molto vecchio e molto saggio, nonché molto cattivo, Flagg sapeva che anche il pozzo più profondo ha il suo fondo e che solo perché una cosa non si vede più non significa che è scomparsa. È ancora lì, posata sul fondo. E sapeva che le bare in cui venivano seppellite quelle idee malvage e spaventose talvolta marciscono e allora la cattiveria che contengono può trapelare e avvelenare l'acqua... e quando il pozzo della mente si avvelena oltremisura noi parliamo di follia.

Se in qualche occasione il mago dimostrava cose inquietanti nel castello, lo faceva perché sapeva che più Thomas avesse avuto paura di lui, più lui avrebbe avuto potere su Thomas... e sapeva che sarebbe riuscito a conquistarsi quel potere, perché conosceva qualcosa di cui vi ho già parlato, che cioè Thomas era debole e spesso veniva trascurato da suo padre. Flagg voleva che Thomas avesse paura di lui e voleva che con il passare degli anni si ritrovasse a gettare molte di quelle scatole chiuse a chiave nella tenebra del suo animo. E se, dopo esser diventato re, a un certo punto fosse impazzito, che importanza aveva? Anzi, per Flagg sarebbe stato ancor più facile governare, conquistandosi un potere ancor più grande.

Come faceva Flagg a scegliere i momenti giusti per andare a trovare Thomas e condurlo nelle sue strane escursioni per i corridoi del castello? Certe volte vedeva nella sua sfera di cristallo che cosa era accaduto perché Thomas fosse triste o in collera. Più spesso sentiva semplicemente il bisogno di andare da lui e ubbidiva all'impulso: quell'istinto per il male raramente lo tradiva.

Una volta aveva condotto Thomas in cima alla torre orientale. Avevano salito gradini e gradini, finché Thomas aveva cominciato ad ansimare come un cane, mentre Flagg non sembrava per niente affaticato. In cima alla torre c'era una porticina così piccola che persino Thomas era stato costretto a passarvi attraverso camminando carponi. Erano entrati in un locale buio e pieno di fruscii dove c'era un'unica finestra. Senza una parola, Flagg l'aveva condotto a quella finestra e quando Thomas si era affacciato e aveva visto l'intera città di Delain, le Torri Vicine e le colline che si trovavano tra le Torri Vicine e il baronato orientale velate da una foschia azzurrognola, aveva pensato che quella vista lo ripagava di tutti gli scalini che le sue gambe dolenti avevano salito. Con il cuore palpitante per la bellezza di quello spettacolo, si era girato per ringraziare Flagg, ma qualcosa nell'indistinto biancore del volto del mago dentro il cappuccio gli aveva congelato le parole sulle labbra.

«E adesso guarda *questo*!» aveva detto Flagg alzando una mano. Dal dito indice si era sprigionata una fiamma azzurra e subito i fruscii della stanzetta che dapprincipio Thomas aveva scambiato per il bisbigliare del vento s'intensificarono

in un frullare di ali coriacee. Pochi attimi dopo Thomas urlava, sferzando con le mani l'aria sopra la testa mentre si buttava alla cieca in direzione della porticina. La stanzetta a pianta circolare in cima alla torre orientale del castello vantava la miglior vista di Delain dopo quella che si godeva dalla cella in cima all'Obelisco, ma ora capiva perché nessuno vi saliva: era infestata da enormi pipistrelli. Disturbati dalla luce prodotta da Flagg, svolazzavano all'impazzata. Più tardi, quando erano ormai fuori e Flagg era riuscito a calmare il ragazzo (Thomas, che detestava i pipistrelli, aveva avuto un attacco isterico), il mago aveva sostenuto che era stato uno scherzo con il quale aveva inteso tirarlo su di morale. Thomas gli aveva creduto... ma per alcune settimane dopo quell'esperienza si era svegliato urlando da incubi in cui i pipistrelli gli svolazzavano intorno alla testa, gli s'impigliavano nei capelli e gli laceravano la faccia con i loro artigli acuminati e i dentini aguzzi.

Un'altra volta Flagg lo aveva condotto nella stanza del tesoro del re e gli aveva mostrato montagne di monete d'oro, cataste di lingotti e capaci barili con su scritto SMERALDI, DIAMANTI, RUBINI, e così via.

«Sono veramente pieni di gioielli?» aveva domandato Thomas incredulo.

«Guarda tu stesso», gli aveva suggerito Flagg. Aveva aperto uno dei barili e da esso aveva preso una manciata di smeraldi grezzi, che avevano mandato bagliori accecanti dalla sua mano.

«Per il nome dei miei padri!» aveva esclamato Thomas.

«Oh, ma questo non è niente! Vieni a vedere qui! Il tesoro dei pirati, Tommy!»

Aveva mostrato a Thomas il cumulo del bottino recuperato dopo lo scontro con i pirati anduani di dodici anni prima. La Tesoreria di Delain era ricca, i pochi impiegati erano anziani e nessuno aveva ancora catalogato tutta quella merce preziosa. Thomas aveva contemplato con gli occhi sbarrati pesanti spade con l'elsa ingioiellata, pugnali con la lama tempestata di diamanti seghettati perché la ferita fosse più micidiale, palle incatenate fatte di pesante rodocrosite.

«Tutto questo appartiene al regno?» aveva chiesto Thomas con un filo di voce.

«Tutto questo appartiene a tuo *padre*», aveva risposto Flagg, sebbene Thomas avesse intuito correttamente. «E un giorno apparterrà tutto a Peter.»

«E a me», aveva aggiunto Thomas con la sicurezza di un bambino di dieci anni.

«No», lo aveva contraddetto Flagg, con la giusta dose di rimpianto nella voce. «Solo a Peter. Perché lui è il primogenito e lui sarà re.»

«Dividerà il tesoro con me», aveva dichiarato Thomas, seppure con un lievissimo tremito di dubbio nella voce. «Peter ha sempre diviso *tutto* con me.»

«Peter è un bravo ragazzo e sono sicuro che tu hai ragione. *Probabilmente* dividerà con te. Ma nessuno può *costringere* un re a dividere niente, lo sai. Nessuno può *costringere* un re a fare niente che non voglia fare.» Aveva osservato Thomas per constatare l'effetto delle sue parole, poi aveva rivolto lo sguardo alla stanza del tesoro, vasta e immersa nella penombra. In qualche angolo uno dei vecchi impiegati recitava sommessamente una conta di ducati. «Un tesoro così immenso e tutto per un'unica persona», aveva commentato Flagg. «Dà da pensare, non è vero, Tommy?»

Thomas aveva taciuto, ma Flagg si era rallegrato in segreto. Vedeva che Thomas ci stava davvero pensando e aveva buon motivo di credere che nel pozzo della mente di Thomas stesse precipitando un'altra di quelle piccole bare avvelenate... *splash*! E aveva ragione. In seguito, quando Peter aveva proposto a Thomas di dividere in due le spese per la bottiglia di vino da regalare al padre, Thomas aveva ricordato la vasta sala del tesoro e aveva ricordato che tutto il tesoro ivi contenuto sarebbe appartenuto a suo fratello. *Facile per te parlare così disinvoltamente di soldi e vino! Per forza non te ne preoccupi, visto che un giorno avrai tutti i soldi di questo mondo!*

Poi, un anno circa prima di decidere tutt'a un tratto di portare al re un bicchier di vino avvelenato, Flagg aveva mostrato a Thomas quel passaggio segreto... e in quest'unica occasione il suo solitamente infallibile istinto del male può averlo indotto in errore. Di nuovo lascerò giudicare a voi.

26

«Ti trovo giù di corda, Tommy!» sbottò. Aveva il cappuccio leggermente spinto all'indietro, quel giorno, e sembrava quasi normale.

Quasi.

Tommy era davvero giù di corda. Soffriva ancora per un lungo pranzo durante il quale suo padre aveva elogiato Peter per i voti ottenuti in geometria e navigazione, parlandone ai suoi consiglieri, abusando di reboanti superlativi. Roland non era mai stato ferrato in quelle materie. Sapeva che un triangolo ha tre lati e un quadrato ne ha quattro; sapeva che se ci si smarriva in un bosco, si poteva ritrovare la strada seguendo l'Antica Stella nel cielo; ma le sue cognizioni si esaurivano lì. Nello stesso punto si esaurivano anche le cognizioni di Thomas, che perciò aveva cominciato a temere che quel pranzo non si sarebbe mai più concluso. Peggio ancora la carne era esattamente come piaceva a suo padre, al sangue, appena appena cotta. Peccato che la carne al sangue desse a Thomas il voltastomaco.

«Ho digerito male, nient'altro», disse a Flagg.

«Ho io la cosa che ti tirerà su il morale», ribatté Flagg. «Ti mosterò un segreto del castello, Tommy.»

Thomas stava giocando con un bachero bacozzo, avendo

disposto sul suo scrittoio i libri di scuola in maniera da formare una serie di ostacoli. Tutte le volte che l'insetto dava l'impressione di aver trovato una via d'uscita, Thomas spostava rapidamente un libro per bloccarlo di nuovo.

«Sono molto stanco», disse Thomas. Non era una bugia. Sentir tessere così alte lodi di Peter, lo affaticava sempre moltissimo.

«Ti piacerà», insisté Flagg in un tono in cui alla lusinga si mescolava una punta di minaccia.

Thomas lo osservò con una certa apprensione. «Non... non ci saranno pipistrelli?»

Flagg rise allegramente, eppure quella risata fece accapponare la pelle nelle braccia di Thomas. Calò una pacca sulla schiena del ragazzo. «Nessun pipistrello! Né goccia d'umidità, né spiffero! Un bel posticino simpatico e ridente! E potrai sbirciare tuo padre, Tommy!»

Thomas sapeva che sbirciare era un altro modo per dire spiare e che spiare era male, tuttavia l'allusione era stata lo stesso astuta. Quando il bachero bacozzo trovò nuovamente una via d'uscita fra due libri, questa volta Thomas lo lasciò andare. «Va bene», concluse, «ma sarà meglio che non ci siano pipistrelli.»

Flagg passò un braccio intorno alle spalle del ragazzo. «Niente pipistrelli, lo giuro, ma ti darò invece qualcosa da serbare nella tua mente, Tommy. Non solo vedrai tuo padre, ma lo vedrai attraverso gli occhi del suo più glorioso trofeo.»

Un vivo interesse dilatò gli occhi di Thomas. Flagg si sentì soddisfatto. Il pesce aveva abboccato ed era stato tratto in secco. «Che cosa vorresti dire?»

«Vieni e vedrai», fu tutto quanto si sentì rispondere.

Flagg condusse Thomas per un labirinto di corridoi. Voi vi sareste persi ben presto e prima o poi mi sarei probabilmente smarrito anch'io, ma Thomas conosceva quegli itinerari bene quanto voi sapete aggirarvi al buio nella vostra camera... almeno fino al momento in cui Flagg lo prese in disparte.

Erano quasi arrivati agli alloggi privati del re, quando Flagg aprì una porta di legno fuori mano che Thomas non aveva mai notato in precedenza. Naturalmente era sempre stata lì, ma nei castelli ci sono spesso porte, per non parlare di intere ali, che hanno appreso l'arte di diventare *tenui*.

Era un passaggio davvero angusto. Passò per di lì una cameriera con un carico di lenzuola e fu così terrorizzata dalla vista del mago del re in quella stretta gola di pietra, che si sarebbe detto che volentieri sarebbe sprofondata nei pori stessi di quei blocchi di granito pur di evitare di sfiorarlo. Thomas quasi ne rise, perché certe volte anche lui si sentiva così, quando c'era Flagg nei paraggi. Non incontrarono però altre persone.

Lontano, sotto di loro, sentiva abbaiare dei cani e da quello dedusse pressappoco dove si trovavano. Gli unici cani presenti entro la cerchia delle mura erano i cani da caccia di suo padre, i quali probabilmente abbaiavano perché era l'ora del pasto. Quasi tutti i cani di Roland erano ormai vecchi quanto lui e poiché il re sapeva quanto il freddo gli faceva dolere le ossa aveva ordinato che si costruisse per loro un canile, proprio lì, dentro il castello. Per arrivare ai cani, venendo dal soggiorno principale di suo padre, si scendeva una rampa di scale, si girava a destra e si percorrevano una decina di metri di un corridoio interno. Perciò Thomas sapeva che si trovavano a una decina di metri sulla destra nelle stanze private del re.

Flagg si arrestò così bruscamente che per poco Thomas non gli finì addosso. Il mago si guardò rapidamente intorno per assicurarsi che il cunicolo fosse tutto per loro. Non c'era nessuno.

«La quarta pietra contando dal basso in alto a partire da quella con l'intaccatura», gli ordinò Flagg. «Schiacciala, presto!»

Ah sì, gli stava veramente rivelando un segreto e Thomas adorava i segreti. Tutto contento, contò la quarta pietra a partire da quella con l'intaccatura e la schiacciò. Si aspettava qualche trucchetto meccanico, lo sblocco di un pannello scorrevole, per esempio, ma ciò che accadde lo colse totalmente di sorpresa.

La pietra scivolò all'indentro senza rumore per qualche centimetro. Poi si udì uno scatto. Un'intera sezione della parete ruotò improvvisamente su un perno centrale rivelando una buia spaccatura verticale. Non era affatto un muro! Era un'enorme porta! Thomas restò a bocca aperta.

Flagg lo spinse per il sedere.

«Svelto, ho detto, stupidotto!» lo incalzò a bassa voce. Tradiva ansia nella voce e questa volta la sua emozione non era artefatta come spesso gli accadeva con Thomas. Guardò a destra e a sinistra per assicurarsi che il corridoio fosse ancora deserto. «Vai! Ora!»

All'ingresso di quel varco buio Thomas indugiò ripensando con dispiacere ai pipistrelli. Ma un solo sguardo al volto di Flagg gli indicò che il momento non sarebbe stato il più opportuno per tentare di avviare una discussione su quell'argomento.

Spinse la porta per aprirla un po' di più e penetrò nel buio. Flagg gli fu subito dietro. Thomas udì il frusciare sommesso della mantella del mago che si voltava rapidamente per richiudere il muro. L'oscurità era totale e completa, l'aria asciutta e immota. Prima che potesse aprir bocca per dir qualcosa, si accese la fiamma azzurra in cima all'indice di Flagg, irradiando una cruda illuminazione biancastra.

Thomas si rannicchiò d'istinto, alzando le mani a proteggersi la testa.

Flagg mandò una risatina roca. «Niente pipistrelli, Tom. Te l'avevo promesso, no?»

Non ce n'erano. Il soffitto era piuttosto basso e Thomas poté verificare da sé che non c'erano pipistrelli e che il posto era più che tranquillo... proprio come gli aveva promesso il mago. Alla luce della magica fiamma digitale di Flagg, vedeva anche che si trovavano in un passaggio segreto lungo otto o nove metri. Era tutto rivestito di legno, pareti, pavimento e soffitto. Non vedeva molto bene che cosa c'era in fondo, ma gli sembrava che non ci fosse niente di particolare.

Udiva ancora i latrati dei cani, più smorzati di prima.

«Quando ti ho detto di fare in fretta, non era per gioco», spiegò Flagg. Si chinò su Thomas e in quella penombra la sua sagoma un po' indistinta e incombente assunse una vaga somiglianza con un pipistrello. A disagio, Thomas fece un passo all'indietro. Come sempre il mago era avvolto da un odore spiacevole, un odore di polveri segrete ed erbe misteriose. «Ora tu sai dov'è il passaggio e non sarò certo io a dirti di non usarlo. Ma se mai verrai *sorpreso*, dovrai dire di averlo scoperto da te, per caso.»

L'ombra gli si fece sotto, costringendolo a indietreggiare ancora.

«Se dirai che sono stato *io* a mostrartelo, Tommy, avrai di che pentirtene.»

«Non lo dirò mai a nessuno», promise Thomas. Le sue parole suonarono fievoli e tremanti.

«Bene. Meglio ancora se nessuno ti vedrà mai entrare qui. Spiare un re è affare grave, anche per un principe. E adesso seguimi e fai silenzio.»

Flagg lo portò fino in fondo al passaggio segreto. Anche la parete di fondo era rivestita di legno, ma quando Flagg sollevò la fiamma che gli si sprigionava dal polpastrello dell'indice, Thomas notò due sportellini. Flagg spinse le labbra all'infuori e soffiò sulla fiamma.

Nell'oscurità totale, bisbigliò: «Non aprire mai quei due sportelli con luce accesa. Potrebbe vedere. È vecchio, ma ci vede ancora bene. Potrebbe notare qualcosa, anche se gli occhi sono di vetro colorato».

«Che cosa...?»

«*Ssst!* Anche le sue orecchie funzionano ancora a dovere.»

Thomas si zittì, con il cuore che gli batteva ancora nel

petto. Provava una grande emozione che non capiva. In seguito avrebbe pensato che si era sentito così eccitato perché in qualche modo già sapeva che cosa sarebbe potuto accadergli.

Nel buio udì un rumore impercettibile e all'improvviso l'oscurità fu trafitta da un fioco raggio di luce. Luce di torcia. Udì un altro fruscio e apparve un secondo raggio. Ora rivedeva Flagg, appena appena, e riusciva a distinguere le proprie mani, se se le sollevava davanti agli occhi.

Vide Flagg avvicinarsi alla parete e chinarsi un po' e allora la gran parte della luce fu ostruita dalla sua testa, quando applicò gli occhi ai due fori dai quali entravano i raggi. Osservò per un momento, poi si staccò dalla parete con un grugnito e fece un cenno a Thomas. «Guarda», lo esortò.

Più eccitato che mai, Thomas avvicinò cautamente gli occhi ai fori. Vedeva abbastanza bene, anche se tutto aveva uno strano color verdastro, come se stesse guardando attraverso vetro affumicato. Si sentì invadere da un senso di meraviglia e gioia. Stava contemplando il soggiorno di suo padre. Lo vedeva vicino al fuoco nella sua poltrona preferita, una poltrona con ali ampie che proiettavano ombre sul suo volto rugoso.

Era senz'altro la stanza di un cacciatore, con torce accese appese alle lunghe pareti. C'erano teste impagliate dappertutto, teste di orso, di cervo, di alce, di gnu, di cormorano. C'era persino una piumex magna, cugina della nostra leggendaria fenice. Non vedeva la testa di Niner, il drago che suo padre aveva ucciso prima che lui nascesse, ma lì per lì non se ne rese conto.

Suo padre stava sgranocchiando un dolcino con aria assente. Vicino a lui fumava una teiera.

Altro in realtà non stava succedendo in quella grande stanza che avrebbe potuto contenere (e certe volte era accaduto) fino a duecento persone: suo padre, imbacuccato in una vestaglia di pelliccia, beveva in solitudine un tè pomeridiano.

Eppure Thomas lo osservò per un tempo che sembrò prolungarsi all'infinito. Non si può descrivere l'incanto e l'emozione di quella vista. Se il suo battito cardiaco era già stato intenso prima, ora era raddoppiato. Il sangue gli cantava e pulsava nella testa. Serrava i pugni con tanta violenza che più tardi si sarebbe trovato incisi nei palmi i segni rossi a mezzaluna lasciatigli dalle unghie.

Perché era così eccitato semplicemente osservando un vecchio che sbocconcellava con scarso appetito una fettina di torta?

Innanzitutto bisogna ricordare che quel vecchio non era un vecchio *qualsiasi*. Era il padre di Thomas. Inoltre, ci dispiace doverlo ammettere, spiare ha le sue attrattive. Quando si può guardare una persona intenta alle sue occupazioni senza che quella persona ci possa vedere, anche le azioni più insignificanti diventano importanti.

Dopo un po' Thomas cominciò a provare un po' di vergogna per quello che stava facendo e non ne dobbiamo essere sorpresi. Spiare il prossimo è un po' come rubare, in fondo, nel senso per esempio di rubare l'immagine di una persona che crede di essere sola. Ma in questo sta anche il suo fascino principale e Thomas avrebbe potuto continuare a spiare per ore se Flagg non avesse mormorato: «Sai dove sei, Tommy?»

«Io...» *non credo*, stava per rispondere, ma naturalmente lo sapeva. Era bravo a orientarsi e senza sforzar troppo le meningi era capace di immaginarsi la parete da cui stava spiando. All'improvviso capì che cosa aveva inteso dire Flagg quando gli aveva preannunciato che avrebbe osservato suo padre attraverso gli occhi del più glorioso trofeo di Roland. Stava guardando il re da un punto in alto della parete a ovest... ed era lì che era stata appesa la testa della preda più importante, quella di Niner, il drago di suo padre.

Potrebbe notare qualcosa, anche se gli occhi sono di vetro colorato, adesso capiva anche quest'avvertenza. Thomas dovette portarsi le mani alla bocca per soffocare uno stridulo risolino.

Flagg richiuse gli sportelli... ma intanto sorrideva anche lui.

«No!» sussurrò Thomas. «No, voglio vedere ancora.»

«Non oggi», rispose Flagg. «Per oggi hai già visto abbastanza. Potrai tornare quando vorrai... anche se venendo troppo spesso, sicuramente sarai scoperto. Ora vieni, dobbiamo tornare.»

Flagg riaccese la fiamma magica e guidò Thomas per il passaggio segreto. Arrivati in fondo, spense la fiamma e nell'oscurità si udì un altro fruscio, quando aprì uno spioncino. Lui stesso prese la mano a Thomas per farglielo toccare in modo che sapesse dove si trovava, quindi gli ordinò di guardar fuori.

«Nota che puoi vedere il corridoio in entrambe le direzioni», gli fece osservare. «Stai sempre molto attento a guardare prima di aprire la porta segreta, altrimenti un giorno ti scopriranno.»

Thomas applicò un occhio allo spioncino e direttamente davanti a sé, sull'altro lato del corridoio, vide un'elegante finestra i cui vetri erano disposti secondo una lieve inclinazione in modo che fossero rivolti verso i due lati del corridoio. Una finestra come quella era troppo pretenziosa per un piccolo corridoio, ma senza bisogno che nessuno glielo sottolineasse Thomas capì al volo che era stata installata lì da colui che aveva costruito il passaggio segreto. Guardando in quei vetri, vedeva il riflesso spettrale dei due tratti opposti di corridoio.

«C'è nessuno?» domandò Flagg sottovoce.

«Nessuno», bisbigliò Thomas.

Flagg spinse allora una molla nascosta (e di nuovo come le altre volte guidò la mano di Thomas su di essa per quando gli sarebbe servita in futuro) e la porta si aprì con uno scatto. «Ora fai in fretta», gli intimò. In un batter d'occhio

furono fuori con la porta ben chiusa alle spalle.

Dieci minuti dopo erano di nuovo nelle stanze private di Thomas.

«Per oggi ti sei divertito abbastanza», concluse Flagg, «ricordati delle mie raccomandazioni, Tommy: non servirti troppo spesso di quel passaggio, altrimenti sarai scoperto e se sarai scoperto...» e nei suoi occhi brillò una luce cupa, «ricorda di aver scoperto quel posto per caso.»

«Non mancherò», si affrettò a rispondere Thomas. La sua voce risuonò stridula, cigolante come un cardine bisognoso di olio. Quando Flagg lo guardava in quel modo, gli sembrava di avere al posto del cuore un uccellino rimasto imprigionato nel petto, a sbatacchiare convulsamente le ali in preda al panico.

27

Thomas ascoltò il consiglio di Flagg di non andarci spesso, ma di tanto in tanto usò il passaggio segreto e spiò suo padre attraverso gli occhi di vetro di Niner, spiò in un mondo in cui tutto diventava giallo-verde. Quando se ne andava con un forte mal di testa (che gli veniva quasi sempre), pensava: *la testa ti fa male perché vedevi nel modo in cui i draghi vedono il mondo, come se tutto fosse secco e sul punto di bruciare* e forse l'istinto del male di Flagg in proposito aveva dato qualche buon frutto, perché, spiando suo padre, Thomas aveva imparato a provare per lui un nuovo sentimento. Prima di conoscere il passaggio segreto aveva provato per lui amore e spesso il dolore di non essere capace di meritarsi più affetto da lui, e talvolta paura. Ora aveva imparato per lui anche il disprezzo.

Le volte in cui andava a spiare Roland nel suo soggiorno e trovava suo padre in compagnia, si affrettava ad andarsene.

Si tratteneva soltanto quando suo padre era solo. In passato era accaduto raramente, persino in una stanza come quella dei trofei che faceva parte dei suoi «alloggi privati». Aveva sempre avuto qualche affare urgente di cui occuparsi, un ultimo consigliere da ricevere, un'ultima petizione da valutare.

Ma il tempo in cui aveva esercitato il potere in tutto e per tutto stava passando. Con l'appannarsi della sua importanza di pari passo alla sua salute, gli capitava di ripensare a tutte le volte in cui si era lagnato con Sasha o con Flagg, protestando: «Perché questa gente non mi lascia mai in pace?» Era un ricordo che gli faceva affiorare un mesto sorriso alle labbra. Ora che in pace lo lasciavano, sentiva la loro mancanza.

Thomas provava disprezzo perché raramente una persona è al meglio di sé quando si trova in solitudine. In privato le persone si tolgono normalmente la loro maschera di educazione, cortesia e disciplina. E sotto che cosa c'è? Qualche mostro dal volto butterato? Qualche essere disgustoso capace di inorridire la gente e metterla in fuga, urlante? Qualche volta forse sì, ma normalmente non c'è niente di tanto spaventoso. Normalmente la gente si metterebbe semplicemente a ridere vedendoci senza maschera: ridere o fare una smorfia di disgusto o le due cose insieme.

Thomas scoprì che suo padre, che aveva sempre amato e temuto, che gli era sembrato l'uomo più grande del mondo, spesso si infilava le dita nel naso, quand'era da solo. Si scovolava prima una narice e poi l'altra fino a estrarne una sostanziosa pallottola verdognola. Se la guardava con solenne soddisfazione, rigirandola da una parte e dall'altra alla luce del fuoco alla maniera in cui un gioielliere esaminerebbe uno smeraldo particolarmente bello e finalmente l'appiccicava sotto la poltrona. Qualche volta, devo aggiungere con riluttanza, se la lanciava in bocca per masticarla con un'espressione di assorto godimento.

La sera si concedeva un solo bicchiere di vino, quello che

gli portava Peter, ma, dopo che Peter si congedava, beveva birra in quantitativi che a Thomas sembravano indicibili (solo anni più tardi Thomas avrebbe capito che suo padre non voleva che Peter lo vedesse ubriaco) e quando aveva bisogno di orinare, raramente usava la seggetta nell'angolo, mentre assai più spesso si piazzava a gambe divaricate davanti al caminetto e pisciava nel fuoco. Il più delle volte mollando aria mentre lo faceva.

Parlava da solo. Ogni tanto si metteva a passeggiare per quella lunga stanza con l'aria di non sapere esattamente dove si trovasse, parlando o all'aria, o alle teste impagliate.

«Ricordo il giorno che ti abbiamo beccato, Bonsey», diceva a una delle teste d'alce (un'altra delle sue fisime era di dare un nome a ciascuno dei trofei). «Ero con Bill Squathings e quel tizio con quel grosso bugno in faccia. Ricordo quando sei sbucato dagli alberi e Bill ha tirato e poi ha tirato quello con il bugno in faccia e per ultimo ho tirato io...»

Poi suo padre mostrava come avesse tirato sollevando una gamba e mollando un peto, sebbene contemporaneamente mimasse l'atto di tendere la corda dell'arco e scoccare una freccia. E cacciava un riso a questo punto, un vero stridulo da vecchio, uno sghignazzo sgradevole.

Dopo un po' Thomas richiudeva gli sportelli e sgattaiolava in corridoio, con la testa che gli doleva e un sorriso incerto sulle labbra: erano la testa e il sorriso di un ragazzo che avesse mangiato mele acerbe e si aspettasse di sentirsi l'indomani peggio ancora di quanto già si sentisse ora.

Quello era il padre che aveva sempre amato e temuto?

Quello era un vecchio che sparava dal didietro puzzolenti nuvole di vapore.

Quello era il re che i suoi fedeli sudditi chiamavano Roland il Buono?

Pisciava nel fuoco, producendo altre nuvole di vapore.

Quello era l'uomo che gli aveva spezzato il cuore mostrando di non apprezzare la sua barchetta?

Parlava alle teste impagliate chiamandole con stupidi nomi come Bonsey e Cervinio e Ciuffimplume. Si metteva le dita nel naso e qualche volta mangiava il muco.

Non ti voglio più bene, pensava Thomas, mentre sbirciava dallo spioncino per assicurarsi che il corridoio fosse deserto e quindi tornava di soppiatto nella sua stanza come un ladro. *Sei un vecchio schifoso e stupido e per me non conti niente! Niente di niente!*

Eppure *qualcosa* contava per Thomas. Nonostante tutto, sotto sotto continuava a voler bene a Roland, sentiva il desiderio di andare da suo padre perché suo padre avesse qualcosa di meglio con cui conversare invece che una raccolta di teste impagliate.

Aveva però il sopravvento quell'altra parte di lui che preferiva spiare.

28

La sera in cui Flagg si recò nelle stanze private di re Roland con il bicchiere di vino avvelenato, Thomas aveva ritrovato il coraggio di andare a spiare dopo un lungo periodo di astinenza. Per questo fatto c'è una ragione.

Circa tre mesi prima, una sera, non riusciva a dormire. Si era girato e rigirato nel letto finché aveva udito la sentinella annunciare le undici. Allora si era alzato, si era vestito e aveva lasciato i suoi alloggi. Meno di dieci minuti più tardi sbirciava nel soggiorno di suo padre. Aveva pensato che il re potesse essere già andato a dormire, ma non era così. Roland era sveglio e molto molto ubriaco.

Thomas aveva già visto suo padre ubriaco molte volte in precedenza, ma non l'aveva mai visto in uno stato neanche lontanamente simile a quello. Ne era rimasto sgomento e non poco spaventato.

Ci sono persone molto più adulte di quanto fosse Thomas all'epoca che nutrono l'idea che la vecchiaia sia un'età dolce, che un vecchio cioè possa mostrare dolce saggezza, dolce scontrosità o dolce furberia, forse la dolce confusione della senilità. Si ritiene tutto questo probabile, ma si ha difficoltà a riconoscere la possibilità che arda ancora un fuoco autentico. Si ha l'illusione che dopo i settant'anni qualunque focolaio debba essersi ormai ridotto in ceneri. E sarà anche vero, ma quella sera Thomas aveva scoperto che talvolta le ceneri possono riattizzarsi violentemente.

Suo padre camminava furiosamente su e giù per la sua stanza, facendo svolazzare l'ampia vestaglia di pelliccia. Gli era cascato il berretto da notte e i pochi capelli che gli rimanevano gli pendevano in ciocche arruffate sopra le orecchie. Non barcollava come gli aveva visto fare le altre volte, muovendosi a tentoni con una mano protesa per evitare di urtare qualche mobile. Beccheggiava come un marinaio, ma non barcollava. Quando era finito contro a una delle seggiole con lo schienale alto allineate contro le pareti sotto alla testa ringhiante di una lince, Roland l'aveva afferrata e l'aveva scagliata lontano da sé con un ruggito che aveva fatto drizzare i capelli in testa a Thomas. La sedia era andata a finire contro la parete opposta e nel legno si era aperta una lunga crepa verticale. Nella sua sonora sbornia il vecchio re aveva ritrovato le forze dei suoi anni migliori.

Aveva alzato occhi rossi e astiosi verso la testa di lince.

«Mordimi!» aveva tuonato. Thomas era rabbrividito di nuovo nell'eco della sua voce roca. *«Mordimi, su, che hai, paura? Vieni giù da quel muro, Craker! Salta giù! Guarda qui, ti offro il petto, vedi?»* Si era spalancato la vestaglia mostrando il torace smilzo. Aveva scoperto i suoi pochi denti ai molti di Craker, sollevando la testa. *«Qui, al collo! Avanti, salta! Ti faccio fuori a mani nude!* TI STRAPPO VIA LE TUE PUZZOLENTI BUDELLA!»

Era rimasto così per un momento, a testa alta e petto in

fuori, trasformato lui stesso in animale, un vecchio cervo, forse, ridotto allo stremo aggrappato ormai all'unica, ultima speranza di morire almeno da eroe. Poi si era girato su se stesso, fermandosi sotto una testa d'orso per agitare il pugno e coprirla d'insulti, con parole così terribili che Thomas, rannicchiato nel buio, aveva temuto che lo spirito oltraggiato dell'orso potesse tornare dall'aldilà a rianimare la testa impagliata, per farle sbranare suo padre davanti agli occhi del figlio.

Ma Roland aveva ripreso la sua marcia furiosa, aveva afferrato il boccale e l'aveva scolato, per poi ruotare su se stesso con la birra che gli gocciolava dalle pieghe del mento. Aveva scagliato il boccale d'argento con tanta forza che, quando aveva urtato contro lo spigolo di pietra del caminetto, nel metallo era rimasta un'ammaccatura profonda.

Poi suo padre era venuto verso di lui, togliendo brutalmente di mezzo un'altra sedia che l'ostacolava, quindi scalciando un tavolino con il piede scalzo. I suoi occhi erano guizzati verso l'altro... e avevano incontrato quelli di Thomas. Sì, proprio gli occhi di suo figlio. Allora un grigio terrore l'aveva riempito con un alito gelido che per poco non gli aveva fatto perdere i sensi.

Davanti a lui, il re aveva scoperto i denti ingialliti, con i radi ciuffi di capelli che gli pendevano sulle orecchie, con la birra che gli colava dal mento e dagli angoli della bocca.

«Tu!» aveva sussurrato Roland in un tono di voce sommesso e terribile. «Perché mi guardi? Che cosa speri di vedere?»

Thomas non riusciva più a muoversi. La sua mente balbettava che era stato scoperto: *Ti ha visto, per tutti gli dei di adesso e di poi, ti ha visto e certamente sarai mandato in esilio!*

Suo padre fissava gli occhi rabbiosi in quelli della testa del drago. Sconvolto dal senso di colpa, Thomas era sicuro che suo padre si fosse rivolto a lui, ma non era così, perché in realtà Roland stava parlando solo a Niner, esattamente come aveva rivolto la parola alle altre teste impagliate. D'altronde se Thomas riusciva a vedere attraverso il vetro colorato degli occhi del drago, allora suo padre doveva poter vedere dietro di essi, almeno un po'. Se Thomas non fosse stato paralizzato dal terrore, sarebbe fuggito in preda al panico e anche se avesse avuto abbastanza presenza di spirito da cercare di non muoversi sicuramente non sarebbe riuscito a tener fermi gli *occhi.* E se Roland avesse visto gli occhi del drago muoversi, che cosa avrebbe potuto pensare? Che il drago stesse resuscitando? Forse. Ubriaco com'era, ammetto che è probabile. Se Thomas avesse solo sbattuto le palpebre in quel momento, Flagg non avrebbe avuto bisogno di alcun veleno. Il re, vecchio e fragile nonostante le temporanee energie venutegli dall'alcol, sarebbe quasi certamente morto di paura.

All'improvviso Roland aveva spiccato un balzo.

«PERCHÉ MI GUARDI?» aveva strepitato e nei fumi dell'alcol stava urlando a Niner, l'ultimo drago di Delain, ma naturalmente Thomas non lo sapeva. *«PERCHÉ MI GUARDI COSÌ? HO FATTO DEL MIO MEGLIO, SEMPRE DEL MIO MEGLIO! L'HO CHIESTO IO? L'HO CHIESTO FORSE IO? RISPONDIMI! DANNAZIONE A TE! HO FATTO DEL MIO MEGLIO E GUARDAMI ADESSO! GUARDAMI!»*

Aveva spalancato la vestaglia, mostrando il corpo nudo, la pelle ingrigita cosparsa di chiazze procurategli dall'ubriacatura.

«GUARDAMI!» aveva strillato di nuovo. Poi si era guardato lui stesso e si era messo a piangere.

Thomas non ce l'aveva fatta più. Aveva richiuso precipitosamente gli sportelli dietro gli occhi di vetro del drago nel momento stesso in cui suo padre aveva distolto lo sguardo da Niner per guardarsi il corpo logorato dall'età. Thomas si era buttato giù per il passaggio buio, andando a schiantarsi contro la porta chiusa. Rintronato, era rotolato per terra. Si era subito rimesso in piedi, senza badare al sangue che gli colava sulla faccia da un taglio che si era procurato alla fronte e si era lanciato sulla molla segreta facendo spalancare la porta. Si era tuffato nel corridoio senza nemmeno darsi la briga di controllare che nessuno lo vedesse. La sua testa era occupata solo dagli occhi feroci e iniettati di sangue di suo padre, le sue orecchie erano assordate dal grido del re: *«Perché mi guardi?»*

Non aveva modo di sapere che suo padre si era già accasciato al suolo nel sonno profondo della sbronza. Quando si era risvegliato l'indomani, Roland si era ritrovato per terra e la prima cosa che aveva fatto, nonostante l'ottenebrante mal di testa e il dolore di cento lividi (era di gran lunga troppo anziano per bagordi così faticosi), era stata guardare la testa del drago. Raramente sognava quando era ubriaco e di solito il suo sonno si riduceva a un intervallo di tenebre grondanti. Ma la notte scorsa aveva fatto un sogno terribile: gli occhi di vetro della testa di drago si erano mossi e Niner era resuscitato. Il mastodontico verme gli aveva alitato addosso il suo fiato mortale e sebbene non avesse visto alcun fuoco, se lo sentiva dentro, ardente e sempre più cocente.

Con i residui di quel sogno ancor freschi nella mente, aveva alzato gli occhi con non poca apprensione, ma aveva trovato tutto come era sempre stato da tanti anni ormai. Niner ringhiava dalle fauci feroci con la lingua biforcuta sporta fra zanne lunghe quasi quanto i paletti di uno steccato, con gli occhi verde-oro ciecamente fissi nel vuoto. A ornamento del trofeo, sopra la favolosa testa, erano stati appesi incrociati il grande arco di Roland e Mazzammazza, il dardo fatale, con la punta e l'asta ancora nere del sangue del drago. Una volta aveva accennato a Flagg di quel sogno terribile e il mago aveva annuito ed era sembrato più meditabondo del solito. Poi Roland se n'era semplicemente dimenticato.

Scordarsene non era stato altrettanto facile per Thomas.

Per settimane era stato perseguitato dagli incubi nei quali suo padre lo fissava e sbraitava: «Guarda che cosa mi hai fatto!» e spalancava la vestaglia per mostrare il corpo nudo, vecchie cicatrici avvizzite, il ventre floscio, i muscoli allentati, come a voler sostenere che anche il declino delle sue carni fosse colpa di Thomas, se solo non avesse spiato...

«Perché non vuoi più andare a trovare nostro padre?» gli aveva domandato Peter. «Si è messo in testa che ce l'hai con lui.»

«Che *io* ce l'ho con *lui*?» aveva risposto Thomas stupefatto.

«Così ha detto oggi al tè», aveva ribadito Peter. Aveva osservato meglio il fratello, notando le sue occhiaie scure e il pallore delle sue guance e della fronte. «Tom, ma che cosa c'è?»

«Forse niente», aveva risposto lentamente Thomas.

L'indomani aveva preso il tè con il padre e il fratello. Gli ci era voluto tutto il coraggio che aveva, ma a Thomas il coraggio *non* mancava e certe volte gli riusciva di trovarlo... di solito quando aveva le spalle al muro. Suo padre gli aveva dato un bacio e gli aveva chiesto se fosse turbato per qualcosa. Thomas aveva borbottato di non essersi sentito molto bene, ma di essersi finalmente rimesso. Suo padre aveva annuito, gli aveva concesso un abbraccio virile ed era quindi tornato al suo solito comportamento, che consisteva soprattutto nell'ignorarlo a favore di Peter. Una volta tanto, Thomas se n'era rallegrato, perché non voleva che suo padre lo guardasse più del necessario almeno per qualche tempo. Quella sera, rimanendo sveglio a lungo nel letto ad ascoltare il gemere del vento all'esterno, era giunto alla conclusione di essere stato a un pelo dal disastro... ma di averla scampata per qualche misterioso motivo.

Ma mai più, aveva pensato. Nelle settimane successive i suoi incubi si erano diradati, fino a cessare del tutto.

Tuttavia il capo stalliere del castello, Yosef, non aveva detto il falso quando aveva affermato che spesso i ragazzi sono più bravi a fare un voto che a mantenerlo ed era andata così che il desiderio di Thomas di spiare suo padre aveva infine vinto sulle sue paure e sulle sue buone intenzioni. Questa è la ragione per cui proprio la sera in cui Flagg si recava da Roland con il vino avvelenato, Thomas era di vedetta.

29

Quando Thomas arrivò e aprì i due sportelli, suo padre e suo fratello stavano finendo il *loro* bicchiere serale di vino insieme. Peter aveva ormai quasi diciassette anni ed era sempre alto e sempre bello. Padre e figlio erano seduti vicino al fuoco a bere e a chiacchierare come vecchi amici e Thomas si sentì colmare il cuore dell'antico odio. Dopo qualche tempo Peter si alzò e prese cortesemente congedo da suo padre.

«Te ne vai sempre più presto da qualche sera», osservò Roland.

Peter protestò vagamente.

Roland sorrise. Fu un sorriso dolce e triste, il suo, quasi completamente sdentato. «Mi dicono che è bella.»

Peter sembrò confuso, la qual cosa non gli era abituale. E balbettò, la qual cosa era ancor meno abituale.

«Vai», lo interruppe Roland. «Vai e sii dolce con lei e sii gentile... ma sii caldo, se c'è dell'ardore in te. Gli anni della vecchiaia sono anni di freddo, Peter. Sii caldo finché i tuoi anni sono verdi e non ti manca il combustibile e il fuoco può ardere alto.»

Peter sorrise. «Voi parlate come se foste molto vecchio, padre, ma a me sembrate ancora forte e in buona salute.»

Roland lo abbracciò. «Ti voglio bene», mormorò.

Peter sorrise senza alcun imbarazzo. «E io voglio bene a te, papà», sussurrò e nelle sue tenebre desolate (si va sempre a spiare in solitudine e la spia quasi sempre lo fa nel buio) Thomas fece una smorfia orribile.

Peter se ne andò e per un'ora circa non accadde niente. Roland rimase a meditare vicino al fuoco, bevendo un bicchiere di birra dietro l'altro. Non tuonò, non ruggì e non parlò alle teste impagliate. Non ci furono distruzioni di mobilia. Thomas si era quasi deciso a tornare nelle sue stanze, quando udì un duplice bussare alla porta.

Roland, che fissava distrattamente le fiamme, quasi ipnotizzato dal loro guizzare e lambire, parve tornare in sé e gridò: «Chi viene?»

Thomas non udì la risposta, ma vide suo padre che si alzava e andava alla porta come se avesse sentito almeno lui. Aprì e dapprima Thomas pensò che l'abitudine del genitore di parlare alle teste impagliate appese alle pareti avesse assunto un nuovo e più eccentrico sviluppo: che cioè suo padre s'inventasse ora invisibili compagni umani che alleviassero la sua noia.

«Non mi aspettavo certo di vedere *te* a quest'ora», disse Roland tornando verso il caminetto come se fosse con qualcuno, mentre a Thomas pareva che non ci fosse proprio nessuno. «Credevo che al calar della notte tu fossi sempre molto preso con i tuoi incantesimi e le tue formule magiche.»

Thomas sbatté le palpebre, si strofinò gli occhi e vide che in realtà qualcuno c'era. Lì per lì non riuscì subito a distinguere chi fosse... quindi ebbe a domandarsi come avesse mai potuto ritenere che suo padre fosse solo quando lì, perfettamente distinguibile accanto a lui, c'era nientemeno che Flagg. Flagg con due bicchieri di vino su un vassoio d'argento.

«Chiacchiere da comari, sire. I maghi fanno incantesimi in qualunque ora del giorno. Ma naturalmente noi abbiamo la nostra oscura immagine da difendere.»

Il senso dell'umorismo di Roland veniva sempre sensibilizzato dalla birra, al punto che spesso rideva di cose che non erano per niente divertenti. A quel commento rovesciò la testa all'indietro e ululò risate come se fosse stata la miglior barzelletta mai udita in vita sua. Flagg si limitò a un sorriso.

Passato l'accesso di ilarità, Roland chiese: «Questo che cos'è? Vino?»

«Vostro figlio è poco più che un ragazzo, ma il rispetto e l'onore che porta per suo padre e il suo re hanno fatto provare vergogna persino a me, uomo già adulto», rispose Flagg. «Vi ho portato un bicchier di vino, sire, per dimostrarvi che anch'io provo affetto per voi.»

Consegnò la coppa a Roland che sembrava assurdamente commosso.

Non berlo, padre! pensò all'improvviso Thomas, con la mente travolta da un allarme che non riusciva a capire. La testa di Roland si drizzò all'improvviso, inclinandosi di lato, quasi come se avesse udito il suo avvertimento.

«È un bravo ragazzo il mio Peter», mormorò il re.

«Lo è davvero», confermò Flagg. «Così dicono tutti a Delain.»

«Sul serio?» chiese Roland compiaciuto. «Sul serio dicono così?»

«Sì, così dicono. Vogliamo brindare a lui?» Flagg levò la coppa.

No, padre! urlò di nuovo Thomas, ma solo nella mente, sennonché, se pure suo padre aveva udito il suo primo pensiero, non udì questo. Il suo viso era radioso d'amore per il fratello maggiore di Thomas.

«A Peter, dunque!» Roland levò in alto la sua coppa di vino avvelenato.

«A Peter!» ripeté Flagg con un sorriso. «Al re!»

Thomas si sentì rabbrividire nel buio. *In questo momento Flagg sta facendo due brindisi diversi! Non so che cosa significa, ma... padre!*

Questa volta fu Flagg a rivolgere il suo sguardo fervido di oscuri intendimenti verso la testa del drago, come se *lui* avesse udito il pensiero. Thomas s'immobilizzò e un attimo dopo gli occhi di Flagg tornavano a posarsi su Roland.

Fecero tintinnare le coppe e bevvero. Quando suo padre

tracannò il vino, Thomas si sentì trafiggere il cuore da una scheggia di ghiaccio.

Flagg si girò per metà nella sua poltrona e scagliò la coppa nel fuoco. «Peter!»

«Peter!» fece eco Roland, gettando la sua. Il vetro s'infranse contro i mattoni fuligginosi in fondo al caminetto e i cocci caddero nelle fiamme e per un momento il fuoco sembrò assumere una sinistra coloritura verde.

Roland si portò alla bocca il dorso della mano come per soffocare un rutto.

«Ci hai messo qualche aroma?» chiese. «Sembrava quasi... quasi brûlé.»

«No, mio signore», rispose gravemente Flagg, ma Thomas ebbe la sensazione di un sorriso dietro alla maschera solenne del mago e quella scheggia di ghiaccio gli si conficcò più in profondità nel cuore. All'improvviso gli passò la voglia di spiare, adesso e sempre. Chiuse gli sportelli e tornò di soppiatto nella sua stanza. Si sentì prima accaldato e poi infreddolito, poi di nuovo accaldato. L'indomani mattina aveva la febbre. Prima che si fosse ripreso, suo padre era morto, suo fratello era imprigionato in una cella in cima all'Obelisco e lui era re fanciullo alla tenera età di dodici anni, Thomas il Portatore di Luce, come era stato ribattezzato durante la cerimonia dell'incoronazione. E chi era il suo più intimo consigliere?

Indovinate.

30

Congedatosi da Roland (il vecchio era già più spumeggiante che mai, segno sicuro che la Sabbia del Drago era già al lavoro nel suo corpo), Flagg tornò nelle sue buie stanze sotterranee. Prese le pinzette e il pacchetto che conteneva gli ultimi granelli di sabbia e li ripose nel suo massiccio scrittoio antico. Poi rovesciò la clessidra e riprese la lettura.

Fuori il vento ululava e gloglottava e le vecchie comari si raggomitolavano nei loro letti e dormivano male e raccontavano ai mariti che quella notte Rhianon, la strega cattiva dei Coo, cavalcava la sua scopa malefica e che da qualche parte si stava realizzando una terribile fattura. I mariti grugnivano, si giravano dall'altra parte, dicevano alle mogli di tornarsene a dormire e di lasciarli in pace. Erano quasi tutti individui modesti di cuore e cervello: quando si vuole che occhio veda paglie volare nel vento, datemi oggi e sempre una vecchia comare.

A un certo punto un ragno attraversò per metà il libro aperto di Flagg, toccò un incantesimo così terribile che nemmeno il mago osava servirsene e rimase istantaneamente pietrificato.

Flagg sogghignò.

Quando il vaso superiore della clessidra si fu vuotato, Flagg la rovesciò di nuovo. E un'altra volta. E una volta ancora. La rovesciò otto volte in tutto e quando fu sul punto di scadere l'ottava ora s'apprestò a terminare il suo lavoro. Per cominciare andò in una stanza oscura in cui teneva un gran numero di animali. Le piccole creature si misero a scorrazzare spaventate al suo approssimarsi. Né Flagg si sentiva di biasimarle.

In un angolo c'era una gabbia di canne che conteneva una mezza dozzina di topi marrone, di quelli che si trovano dappertutto in un castello e questo era un dettaglio importante. In quello stesso ripostiglio, c'erano anche enormi ratti, ma non di uno di quelli aveva bisogno Flagg quella notte. Il Topo Reale al piano di sopra era stato avvelenato e un semplice sorcio sarebbe stato sufficiente per far sì che il crimine ricadesse sul Topolino Reale. Se tutto avesse funzionato, presto Peter sarebbe finito sotto chiave quanto i topi del suo ripostiglio.

Dalla gabbia Flagg ne estrasse uno. L'animaletto tremava convulsamente nella sua mano a coppa. Flagg sentiva il rapido tamburellare del suo cuore e sapeva che se l'avesse semplicemente tenuto così presto sarebbe morto di paura.

Puntò sul topo il mignolo della mano sinistra e per un attimo l'unghia brillò di una debole luce azzurra.

«Dormi», comandò il mago e il topo si adagiò su un fianco e gli si addormentò nel palmo aperto.

Flagg lo portò nel suo studio e lo posò sulla sua scrivania dove aveva preparato in precedenza il fermacarte di ossidiana. Poi andò alla dispensa e da una botticella di quercia versò un po' di idromele in un piattino. Lo addolcì con del miele. Lo mise sulla sua scrivania, quindi uscì nuovamente in corridoio per respirare profondamente alla finestra.

Trattenendo il fiato, rientrò e si servì delle pinzette per versare nell'idromele addolcito con il miele i resti della Sabbia del Drago, facendo in modo di conservarne gli ultimi tre o quattro granelli. Poi aprì un altro cassetto dello scrittoio e ne tolse una bustina nuova, ancora vuota. Infine, infilando il braccio fino in fondo al cassetto, recuperò una scatola molto speciale.

La bustina nuova era stregata, ma con una magia non particolarmente potente. Avrebbe custodito la Sabbia del Drago solo per un periodo breve. Poi il veleno avrebbe cominciato ad agire sulla carta. Non l'avrebbe incendiata, non dentro la scatola, perché non ci sarebbe stata aria sufficiente. Ma avrebbe fatto fumo, incenerendo la carta, e tanto sarebbe stato sufficiente, tanto sarebbe stato ottimale.

Il torace gli si contraeva per il bisogno di aria, ciononostante Flagg si concesse ancora un momento per contemplare la sua scatoletta e congratularsi con se stesso. L'aveva rubata dieci anni addietro. Se all'epoca gli aveste chiesto perché l'avesse presa non avrebbe saputo rispondervi, proprio come non aveva idea del perché avesse mostrato a Thomas il passaggio segreto che portava dietro la testa del drago: quell'istinto del male l'aveva indotto a trafugarla per un imprevisto uso futuro, e lui aveva ubbidito. Dopo tanti anni di riposo nella sua scrivania, il momento di usarla era finalmente venuto.

Sopra la scatoletta era inciso un nome: PETER.

Era un dono di Sasha a suo figlio e il ragazzo l'aveva abbandonata per pochi attimi su un tavolo in un corridoio quand'era corso via per qualche motivo oggi dimenticato. Era arrivato Flagg, l'aveva vista e se l'era fatta scivolare in una tasca. Peter naturalmente ci aveva molto sofferto e quando un principe è angosciato, anche se un principe di soli sei anni d'età, la gente ne prende nota. C'era stata una vasta ricerca, ma la scatoletta non era stata più ritrovata.

Servendosi delle pinzette, Flagg versò attentamente gli ultimi granelli di Sabbia del Drago dal pacchetto originale, stregato da un incantesimo completo, nella bustina che era stata stregata solo parzialmente. Poi tornò alla finestra del corridoio a respirare aria fresca. Trattenne nuovamente il fiato finché non ebbe riposto il pacchetto nuovo nella scatoletta di legno, con le pinzette accanto, richiuso lentamente il coperchio della scatola ed eliminato il pacchetto originale gettandolo nelle fogne.

A questo punto Flagg andava di fretta, ma si sentiva abbastanza sicuro di sé. Il topo dormiva; la scatola era chiusa; la prova decisiva era pronta. Tutto andava per il meglio.

Puntando il mignolo della mano sinistra al topo che giaceva sulla sua scrivania come un tappetino per lillipuziani, Flagg comandò: «Svegliati».

Le zampette del topo vibrarono. I suoi occhi si aprirono. La sua testa si sollevò.

Sorridendo, Flagg agitò il mignolo in un circolo e ordinò: «Corri».

Il topo si mise a correre in cerchio.

Flagg agitò il dito su e giù.

«Salta.»

Il topo si mise a saltare sulle zampette posteriori come un cagnolino a una sagra di paese, roteando gli occhi.

«Ora bevi», ordinò Flagg e puntò il mignolo al piattino dell'idromele addolcito con il miele.

Fuori l'ululato del vento si trasformò in un ruggito. Dall'altra parte della città, una cagna diede alla luce una cucciolata di cagnolini a due teste.

Il topo bevve.

«Ora», disse Flagg, quando il topo ebbe bevuto abbastanza veleno da servire al suo scopo, «dormi di nuovo.» E il topo ubbidì.

Flagg corse agli alloggi di Peter. La scatola era in una delle sue molte tasche, perché i maghi hanno tantissime tasche, e il topo addormentato era in un'altra. Incrociò molti servitori e un gruppo di chiassosi cortigiani ubriachi, ma nessuno lo vide. Era ancora *attenuato*.

La porta degli alloggi di Peter era chiusa a chiave, ma questo non era un problema per una persona come Flagg. Tre passaggi delle mani e la porta fu subito aperta. Le stanze del giovane principe erano deserte, naturalmente, dato che il ragazzo era ancora con la sua amichetta. Flagg non sapeva di Peter tanto quanto sapeva di Thomas, ma di lui sapeva comunque abbastanza, per esempio dove Peter teneva i pochi tesori che reputava di dover nascondere.

Andò direttamente alla libreria ed estrasse dallo scaffale tre o quattro noiosi libri di testo. Premette un dito su una listella di legno e sentì lo scatto di una molla. Spostò il pannello e dietro alla libreria rivelò un nascondiglio. Non era nemmeno sprangato. Nel piccolo vano c'erano un nastrino di seta per capelli che gli aveva regalato la sua damigella, un mazzetto di lettere che gli aveva scritto, alcune lettere che lui aveva scritto a lei con tanto focoso ardore da togliergli il coraggio di spedirgliele e un piccolo medaglione che conteneva il ritratto di sua madre.

Flagg aprì la scatoletta e sbrindellò meticolosamente un

angolo del pacchetto, così sembrava che fosse stato rosicchiato da un topo. Richiuse il coperto e ripose la scatoletta nel nascondiglio. «Hai pianto tanto quando hai perso questa scatola, caro Peter», mormorò. «Credo che piangerai ancor di più quando sarà ritrovata.» E rise sommessamente.

Posò il topo addormentato accanto alla scatola, richiuse il nascondiglio e mise a posto i libri nello scaffale.

Poi se ne andò e dormì saporitamente. Stava per essere compiuto un grande misfatto e Flagg era fiducioso di essersi mosso come gli piaceva muoversi, dietro le quinte, all'insaputa di tutti.

31

Per tre giorni re Roland sembrò più sano, più vigoroso e più risoluto che mai, tanto che a corte non si parlava che della sua ritrovata gioventù. Andando a trovare il fratello malato e febbricitante nei suoi alloggi, Peter riferì con non poca meraviglia a Thomas che quanto restava dei capelli del loro genitore stava addirittura cambiando colore, che dall'esile bianco e dall'impalpabile consistenza infantile di quegli ultimi quattro anni, i suoi ciuffi acquisivano la forza e il color grigio ferro degli anni della sua maturità.

Thomas sorrise ma si sentì percorrere da un nuovo brivido di gelo. Chiese a Peter un'altra coperta, ma in realtà non di quella aveva bisogno: aveva bisogno di non aver visto quell'ultimo e misterioso brindisi e naturalmente questo era impossibile.

Poi, giunto che fu il terzo giorno, dopo cena, Roland lamentò un'indigestione. Flagg propose di chiamare il medico di corte, ma Roland non ne volle sapere, sostenendo che stava bene tutto sommato, meglio di quanto si sentiva da mesi, se non da anni...

Ruttò. Il suo fu un verso prolungato, arido e sconnesso. La gioviale moltitudine che affollava la sala da ballo si zittì sorpresa e ansiosa quando il re si piegò in due. Nell'angolo, i musicisti smisero di suonare. Quando Roland si rialzò, tutti i presenti trattennero involontariamente il fiato. Le guance del re erano infiammate. Dagli occhi gli sgorgavano lacrime fumanti. Gli usciva fumo dalla bocca.

C'erano forse una settantina di persone nella vasta sala da pranzo: Cavalcatori rudemente vestiti (quelli che probabilmente noi chiameremmo cavalieri), azzimati cortigiani con rispettive signore, serventi del trono, dame di corte, giullari, musicisti, una piccola troupe di attori che aspettava in disparte di cimentarsi in una rappresentazione più tardi, ancelle e camerieri in gran numero. Ma fu Peter ad accorrere, fu Peter colui che tutti videro precipitarsi sull'uomo in agonia e questo non dispiacque affatto a Flagg.

Peter, tutti avrebbero ricordato che era stato Peter.

Roland si premette lo stomaco con una mano e il petto con l'altra e improvvisamente gli scaturì fumo dalla bocca in un pennacchio grigiastro. Sembrava quasi che il re avesse appreso un nuovo modo stupefacente di raccontare la storia della sua più favolosa impresa.

Ma non c'era trucco e ci furono invece urla quando il fumo gli uscì non solo dalla bocca ma anche dalle narici e dalle orecchie e dall'angolo degli occhi. Il suo collo era diventato così paonazzo, da sembrare quasi viola.

«*Drago!*» gracchiò re Roland crollando fra le braccia di suo figlio. «*Drago!*»

Fu l'ultima parola che pronunciò.

32

Il vecchio era coriaceo, incredibilmente coriaceo. Prima di morire si sprigionò da lui un calore così intenso che nessuno, nemmeno i suoi servi più fedeli, poterono avvicinarsi al suo letto. Più di una volta gettarono secchiate d'acqua sul povero re morente quando videro che le lenzuola cominciavano a bruciare. Ogni volta l'acqua si trasformava istantaneamente in vapore che si diffondeva per tutta la sua camera e traboccava nel salotto dove cortigiani e Cavalcatori aspettavano in un esterrefatto silenzio e le dame s'accalcavano in un angolo piangendo e tormentandosi le mani.

Poco prima della mezzanotte vomitò dalla bocca un getto di fuoco verde e morì.

Flagg si presentò solenne sulla porta che comunicava tra camera da letto e salotto e diede la notizia. Ne seguì un silenzio assoluto che si prolungò per più di un minuto. Fu rotto da un'unica parola che uscì da quella folla raccolta. Flagg non seppe chi l'aveva pronunciata, né gli importava. Era già abbastanza che fosse stata pronunciata. Anzi, volentieri avrebbe assegnato una mancia generosa a qualcuno perché la pronunciasse, se avesse potuto farlo senza mettere in pericolo se stesso.

«Omicidio!» sentenziò l'anonimo.

Ci fu un rantolo universale.

Flagg si portò solennemente una mano alla bocca per nascondere un sorriso.

33

Il medico di corte elaborò l'accusa in un'espressione meglio articolata: *assassinato per avvelenamento*. Non disse: «Assassinato con Sabbia del Drago» perché quel veleno era sconosciuto a Delain, salvo che a Flagg.

Il re spirò poco dopo la mezzanotte, ma già all'alba la terribile accusa aveva fatto il giro di tutta la città e si diffondeva fino ai confini estremi dei baronati occidentale, orientale, meridionale e settentrionale: *omicidio, regicidio, Roland il Buono ucciso da un veleno.*

Ancor prima Flagg aveva già organizzato una perquisizione totale del castello, dal punto più alto (la Torre Orientale) al punto più basso (la Segreta dell'Inquisizione, con le sue catene e manette e morse). Qualsiasi indizio potesse aver a che fare con quel terribile crimine, aveva ordinato, doveva essere riferito all'istante.

Il castello risuonava dei rumori della perquisizione. Fu setacciato da seicento uomini accaniti. Dalla perquisizione furono esentate solo due aree ristrette del castello, gli appartamenti dei due principi, Peter e Thomas.

Thomas ne fu solo marginalmente consapevole, colpito da una febbre peggiorata a tal punto da allarmare non poco il medico di corte. Era in delirio quando le prime luci dell'alba fecero capolino alle sue finestre. Nei suoi sogni aveva visto due bicchieri di vino che venivano levati in un brindisi, aveva udito suo padre ripetere: «L'hai aromatizzato? Sembrava brûlé».

Flagg aveva ordinato la perquisizione, ma alle due del mattino Peter si era ripreso abbastanza dal trauma per assumerne il comando. Flagg lo lasciò fare. Le prossime ore erano di un'importanza capitale, perché in quel momento tutto si sarebbe potuto vincere o perdere. E Flagg lo sapeva. Il re era morto e il regno era momentaneamente senza un capo. Ma non per molto, dato che quel giorno stesso Peter sarebbe stato incoronato re davanti all'Obelisco, a meno che il crimine fosse stato fatto precipitare rapidamente e decisamente sul suo capo.

In altre circostanze Peter sarebbe stato sospettato immediatamente. La gente sospetta *sempre* di coloro che soprattutto hanno da ricavare vantaggio e Peter indubbiamente aveva molto da guadagnare dalla morte di suo padre. Il veleno era una cosa orribile, ma il veleno avrebbe potuto conquistargli un regno.

In questo caso però il popolo del regno parlava più del lutto del ragazzo che della sua fortuna. Naturalmente anche *Thomas* aveva perso suo padre, aggiungevano dopo una breve pausa, quasi che si vergognassero di quella momentanea dimenticanza. Ma Thomas era un ragazzo scontroso e musone che spesso aveva litigato con suo padre. Al contrario si conoscevano ampiamente l'affetto e il rispetto che Peter aveva sempre portato a Roland, suo padre. E perché, si domandava la gente, posto che un'idea così mostruosa fosse apparsa alla loro mente, e così non era, perché mai Peter avrebbe ucciso suo padre per accaparrarsi una corona che avrebbe comunque ereditato di lì a un anno o tre o cinque?

Se le prove del crimine fossero state però trovate in un luogo segreto che solo Peter conosceva, un luogo nascosto negli alloggi privati del principe, lo stato d'animo della popolazione si sarebbe tramutato all'istante. La gente avrebbe cominciato a vedere un volto di assassino sotto la maschera dell'affetto e del rispetto. Qualcuno avrebbe indicato come, da giovane, un anno sembra più lungo di tre e tre più lunghi di nove e cinque come venticinque. Quindi avrebbero ricordato come era sembrato che il re, negli ultimi giorni della sua vita, fosse emerso da un periodo negativo, ritrovando l'antico vigore. Forse, avrebbero detto allora, Peter aveva pensato che suo padre stesse per entrare in una nuova fase della sua vita, una specie di prolungata estate indiana di energica salute, si era fatto prendere dal panico e aveva commesso un atto tanto stupido quanto mostruoso.

E Flagg sapeva un'altra cosa: sapeva che nel fondo del cuore la popolazione cova un'istintiva diffidenza verso tutti i re e i principi, perché sono persone in grado di ordinare la loro morte con un semplice cenno del capo e per reati insignificanti come l'essersi lasciato cader per terra un fazzoletto in loro presenza. I grandi re sono adorati, i re minori sono tollerati; i futuri re sono individui sconosciuti di cui è facile diffidare. Il popolo sarebbe stato ben disposto ad amare Peter se ne avesse avuto l'occasione, ma Flagg sapeva che altrettanto rapidamente l'avrebbe condannato di fronte a prove apparentemente inconfutabili.

Riteneva d'altronde che simili prove sarebbero state trovate al più presto.

Niente più che un topo. Poca cosa... ma grande abbastanza a modo suo da scuotere il regno fin nelle fondamenta.

34

Solo tre erano le fasi della vita a Delain: infanzia, mezza maturità ed età adulta. Gli «anni di mezzo» andavano dai quattordici ai diciotto.

Quando Peter entrò nella mezza maturità, il posto che era stato delle severe governanti fu preso dal maggiordomo Brandon e dal figlio di lui, Dennis. Brandon sarebbe stato il suo maggiordomo privato per molti anni ancora, ma probabilmente non per sempre, dato che Peter era molto giovane, mentre Brandon si avvicinava ai cinquant'anni. Quando Brandon non fosse più stato in grado di servirlo, lo avrebbe sostituito Dennis. Erano quasi ottocento anni che la famiglia di Brandon forniva maggiordomi alla casa reale e si capisce quanto fossero tutti orgogliosi di quello speciale privilegio.

Dennis si levava ogni mattina alle cinque in punto, si vestiva, preparava gli abiti di suo padre e gli lucidava accuratamente le scarpe. Poi, ancora intontito dal sonno, andava in cucina a fare colazione. Alle sei meno un quarto lasciava la sua abitazione sul versante occidentale delle mura ed entrava nel castello dalla Porta Occidentale Minore.

Alle sei in punto si presentava negli alloggi di Peter, entrava senza far rumore e si dedicava senza indugio alle sue prime mansioni: accendere il fuoco, cucinare una mezza dozzina di focaccine per la colazione del principe, scaldare l'acqua per il tè. Compiva quindi una rapida ispezione delle tre stanze rigovernando tutto quello che trovava fuori posto. In questo non aveva quasi mai da faticare molto, perché Peter non era un ragazzo disordinato. Infine tornava nello studio e apparecchiava lì per la colazione, perché a Peter piaceva consumare i suoi pasti nello studio, quando pranzava nei suoi alloggi, solitamente seduto allo scrittoio davanti alle vetrate orientali, leggendo un libro di storia.

A Dennis non piaceva alzarsi presto, ma gli piaceva molto il suo lavoro e voleva bene a Peter, che era sempre tanto paziente con lui, anche quando sbagliava. L'unica volta in cui il principe aveva alzato la voce con Dennis era stata quando il figlio del maggiordomo gli aveva portato uno spuntino dimenticandosi di aggiungere un tovagliolo al vassoio.

«Sono mortificato, altezza», aveva mormorato Dennis in quell'occasione. «Non credevo che...»

«Allora la prossima volta credici!» l'aveva ripreso Peter. Non aveva proprio gridato, ma ci era andato vicino. In seguito Dennis non aveva più dimenticato di mettere sul vassoio di Peter un tovagliolo e qualche volta, per maggior sicurezza, ne metteva due.

Completate le faccende mattutine, Dennis si traeva in disparte e cedeva il campo a suo padre. Brandon era decisamente il maggiordomo perfetto, con il fazzoletto accuratamente annodato al collo, i capelli lisciati e tirati all'indietro in una crocchia sulla nuca, giubba e calzoni alla zuava immacolati, scarpe tirate a specchio (uno specchio di cui era responsabile Dennis). Ma la sera, senza scarpe, con la giubba appesa nell'armadio, il nodo del fazzoletto disfatto e un bicchiere di gin in mano, confortava suo figlio Dennis dando di sé un'immagine molto più naturale.

«Una cosa è bene che tu tenga a mente per sempre, Dennis», aveva ripetuto spesso a suo figlio in quei momenti di riposo. «Ci saranno forse una decina di cose in questo mondo che durano nel tempo, ma sicuramente non di più e forse qualcuna di meno. L'amore appassionato di una donna non dura e il vento del corridore non dura, né quello dello spaccone, e non durano il tempo del fieno in estate e il tempo dello zucchero al disgelo di primavera. Ma due cose che certamente durano nel tempo sono la regalità e il servizio. Se resterai vicino al tuo giovane finché sarà diventato vecchio e se ti prenderai diligentemente cura di lui, lui si prenderà cura di te. Tu servirai lui e lui servirà te, se segui il mio pensiero. E ora versami un altro bicchiere e prendi un goccetto anche per te, se ti va, ma non più di una goccia, altrimenti tua madre ci spella vivi entrambi.»

Altri figli senza dubbio si sarebbero presto stancati di un catechismo di quella sorta, ma non fu così per Dennis che, caso veramente raro, era uno di quei ragazzi che, a vent'anni compiuti, credeva ancora che suo padre fosse più saggio di lui.

Il giorno dopo la morte del re Dennis non fu costretto alla solita, faticosa levataccia delle cinque, poiché era già stato svegliato alle tre da suo padre con la luttuosa notizia.

«Flagg ha organizzato una ricerca», lo informò il padre con gli occhi iniettati di sanguigno sgomento, «e ha fatto bene. Ma poco ma sicuro che il mio padrone assumerà presto il comando delle operazioni e io vado ad aiutarlo a dare la caccia allo sciagurato responsabile di questa morte, se me lo concederà.»

«Anch'io!» proruppe Dennis, precipitandosi a raccogliere i calzoni.

«Nient'affatto, nient'affatto», rispose suo padre in un tono così perentorio da fare chinare immediatamente la testa a Dennis. «Tutto il resto dovrà procedere come sempre, nonostante il terribile omicidio. Ora più che mai dobbiamo proteggere le nostre tradizioni e abitudini. Il mio padrone e tuo padrone sarà incoronato re a mezzogiorno e di questo non abbiamo che da rallegrarci, anche se la corona gli giunge in un brutto momento. La morte violenta di un re è sempre un fatto grave se non avviene sul campo di battaglia. Il giusto ordine di ogni cosa resisterà senza dubbio, ma può darsi che dovremo vivere un periodo burrascoso. Dunque è opportuno che tu, Dennis, ti disponga al tuo lavoro oggi come ogni altro giorno.»

Se ne andò prima che Dennis potesse protestare.

E quando furono le cinque, Dennis riferì a sua madre ciò che aveva detto suo padre e le comunicò che sarebbe uscito per il suo lavoro quotidiano anche se sapeva di non trovare Peter in camera. La madre di Dennis fu più che accondiscendente, divorata com'era dalla curiosità. Lo esortò ad andare... andare e poi tornare da lei non più tardi delle otto a raccontarle tutto quello che avesse udito.

Così Dennis si recò agli alloggi di Peter, che trovò deserti. Ligio al dovere, completò come sempre tutte le sue mansioni, finendo con la preparazione del primo pasto quotidiano del principe nello studio. Quindi contemplò mestamente piatti e bicchieri, marmellate e confetture, pensando che sicuramente quel giorno nessuno si sarebbe servito al suo tavolo. Riconosceva tuttavia che l'essersi dedicato come sempre ai suoi compiti usuali l'aveva fatto star meglio per la prima volta da quando suo padre l'aveva svegliato quella notte, perché ora si rendeva conto che, nel bene o nel male, nulla sarebbe più stato come prima. I tempi erano cambiati.

S'apprestava ad andarsene, quando udì un rumore. Era un rumore così fievole che sulle prime gli fu impossibile stabilire da dove provenisse, salvo farsene un'idea abbastanza generica. Si girò dunque a guardare in direzione della libreria di Peter e avvertì un tuffo al cuore.

Dagli spazi tra i libri sugli scaffali scaturivano fili di fumo.

Dennis si precipitò alla libreria e cominciò a togliere i libri a doppie manciate. Vide allora che il fumo trapelava da certe fessure della parete posteriore del mobile e notò anche che, senza i libri, il rumore era più distinto. Era simile a un verso di animale, un gemente squittio di dolore.

Dennis si mise a tastare all'impazzata il fondo di legno, mentre l'ansia che lo aveva invaso si consolidava rapidamente in panico. Se c'era una cosa che tutti temevano in quei tempi, era il fuoco.

Non ci volle molto perché le sue dita incontrassero la molla segreta. Flagg aveva previsto anche questo, dato che il vano segreto non era veramente molto segreto, abbastanza per accontentare un ragazzo, forse, ma non molto di più. Il pannello scorrevole si spostò leggermente sulla destra e dalla fessura uscì uno sbuffo di fumo grigio. L'odore che permeava il fumo era estremamente sgradevole, un misto di carne in cottura, pelo sfrigolante e carta che brucia.

Senza nemmeno riflettere, Dennis fece scorrere del tutto il pannello. Naturalmente, così facendo, lasciò entrare altra aria nel nascondiglio. Ciò che fino a qualche istante prima si consumava lentamente senza fiamma mostrò allora il primo bagliore.

Era giunto il momento fatidico, quello per cui Flagg si era dovuto accontentare non già di quanto era sicuro che sarebbe avvenuto, ma di quanto doveva aspettarsi che *molto probabilmente* avvenisse. Gli sforzi di settantacinque anni oscillarono in quel frangente sul fragile cardine di ciò che un figlio di maggiordomo avrebbe potuto fare o non fare nei successivi cinque secondi. Ma i Brandon erano maggiordomi dai tempi dei tempi e Flagg aveva deciso di affidarsi alla loro lunga tradizione di impeccabile comportamento. Se Dennis fosse rimasto paralizzato dall'orrore alla vista di quelle fiamme nascenti, o se si fosse precipitato a prendere una caraffa d'acqua, tutte le prove che Flagg aveva così accuratamente predisposto sarebbero forse bruciate in una fiammata verdastra. Peter non sarebbe mai stato incolpato dell'assassinio di suo padre e a mezzogiorno sarebbe stato incoronato re.

Ma Flagg aveva pronosticato tutto con accortezza. Invece di immobilizzarsi o di correre a cercare dell'acqua, Dennis reagì d'istinto, battendo sul minuscolo focolaio d'incendio con le mani nude. Impiegò non più di cinque secondi a spegnerlo, producendosi una scottatura assolutamente insignificante. Non si erano tuttavia spenti i gemiti e la prima cosa che Dennis vide quand'ebbe disperso il fumo fu un topo sdraiato su un fianco. Era in agonia. Era solo un topolino e Dennis ne aveva uccisi a decine nell'ambito dei suoi doveri senza la minima parvenza di pietà. Provò invece compassione per quella povera bestiola. Le era successo qualcosa di terribile, qualcosa che non riusciva nemmeno a cominciare di capire, qualcosa che stava accadendo ancora. Dal suo pelo si levavano sottili fili di fumo. Quando lo toccò, fu costretto a ritirare la mano con un sibilo di dolore: era stato come toccare una minuscola stufa, come quella della casa di bambola di Sasha.

Altro fumo traspirava pigramente da una scatola di legno intagliata con il coperchio socchiuso. Dennis sollevò un po' il coperchio. Vide le pinzette, la bustina. Sulla bustina erano sbocciate alcune macchioline brune che si andavano lentamente dilatando, senza che però la carta avesse alimentato una fiamma. Né lo fece ora. Il focolaio si era acceso nelle lettere di Peter, le quali naturalmente non erano protette da alcun incantesimo. Era stato il topo ad appiccare il fuoco con il tremendo calore del suo corpo. Ora restava solo quella bustina che si consumava piano piano e qualcosa indusse Dennis a non toccarla.

Aveva paura. C'erano cose lì che non capiva, cose che non era sicuro di *voler* capire. Sapeva solo con certezza di dover riferire immediatamente tutto a suo padre. Suo padre avrebbe saputo cosa fare.

Prese il secchio delle ceneri e una paletta da dietro la stufa e tornò al pannello segreto. Con la paletta raccolse il corpicino fumante del topo e lo lasciò cadere nel secchio. Per maggior precauzione, bagnò ancora una volta gli angoli carbonizzati delle lettere, quindi richiuse il pannello, riordinò i libri e lasciò le stanze di Peter. Portò con sé il secchio e in quel momento non si sentì più il fedele servitore di Peter, ma assai più simile a un ladro: la sua refurtiva era un povero topolino che morì prima che Dennis avesse varcato la soglia della Porta Occidentale del castello.

Prima di essere arrivato a casa sua un terribile sospetto era già affiorato alla sua mente: fu il primo in tutta Delain ad avere quel sospetto, ma non sarebbe stato l'ultimo.

Cercò di scacciare quel pensiero dalla mente, ma il dubbio tornava con maggior insistenza. Che tipo di veleno, si domandava, aveva ucciso re Roland?

Rincasò in preda a un profondo turbamento e si rifiutò di rispondere alle domande di sua madre, né volle mostrarle che cosa aveva nel secchio delle ceneri. Le disse soltanto che doveva vedere suo padre appena fosse tornato per una cosa della massima importanza. Poi si chiuse nella sua camera a domandarsi esattamente che sorta di veleno potesse esser stato. Una cosa sola sapeva, ma tanto era sufficiente. Era stato qualcosa di ardente.

35

Brandon arrivò poco prima delle dieci, collerico, sfinito, e non certo disposto a tollerare sciocchezze. Era sporco e sudato, aveva un taglio sottile sulla fronte e dai capelli gli scendevano strascichi di ragnatele. Non avevano trovato alcuna traccia dell'assassino. L'unica notizia che recava era che fervevano i preparativi per l'incoronazione di Peter nella Piazza dell'Obelisco, sotto la direzione di Anders Peyna, il Sommo Giudice di Delain.

Seppe dalla moglie che Dennis era rincasato. Il cipiglio di Brandon s'incupì. Andò alla porta della stanza di suo figlio e per bussare non usò le nocche, bensì il pugno serrato. «Vieni fuori, ragazzo, e spiegaci perché sei tornato a casa con il secchio delle ceneri preso nello studio del tuo padrone.»

«No», rispose Dennis. «Entra tu nella mia stanza, padre. Non voglio che la mamma veda che cos'ho e non voglio che senta ciò che dovremo dirci.»

Brandon entrò. La madre attese in ansia accanto alla stufa convinta che il ragazzo avesse architettato chissà quale isterica scempiaggine, chissà quale inopportuna birbonata, e che di lì a pochi istanti avrebbe udito i lamenti di Dennis, quando il suo stanco e sconvolto marito che a mezzogiorno sarebbe entrato a servizio non di un principe, bensì di un re, avrebbe sfogato sulla schiena del ragazzo tutti i suoi timori e le sue frustrazioni. Né si sentiva di biasimare Dennis, in un giorno in cui tutti al castello sembravano isterici e correvano di qua e di là come impazziti, ripetendo centinaia di voci infondate, per poi ritrattarle in modo da riferirne altre cento più infondate ancora.

Ma non giunsero voci alterate da dietro la porta di Dennis e nessuno dei due uscì per più di un'ora. E quando finalmente riemersero, le bastò uno sguardo al volto bianco di suo marito perché i suoi sensi vacillassero. Dennis era alle calcagna del padre come un cagnolino spaventato.

Ora era Brandon a portare il secchio delle ceneri.

«Dove vai?» chiese la moglie timidamente.

Brandon non le rispose e sembrò che Dennis *non potesse* dire niente a sua volta. Il ragazzo riuscì solo a ruotare gli occhi verso di lei mentre seguiva il padre fuori di casa. Per ventiquattr'ore la povera donna non li vide più e si convinse che fossero morti entrambi. O, peggio ancora, che stessero patendo le pene dell'inferno nella Segreta dell'Inquisizione nelle viscere del castello.

I suoi atroci pensieri non erano nemmeno così inverosimili, dato che per Delain quelle ventiquattr'ore furono davvero terribili. Non sarebbero stati momenti altrettanto spaventosi in altri luoghi, dove rivolte e sommosse e stati d'allarme ed esecuzioni notturne sono quasi la normalità quotidiana... E luoghi del genere purtroppo esistono, anche se mi angoscia doverlo affermare. Ma da anni, se non da secoli, Delain era un paese ordinato e ordinario, così forse i suoi abitanti erano un po' viziati. Quella nera giornata ebbe in verità inizio quando Peter *non* fu incoronato a mezzogiorno e si concluse con l'inaudita notizia che sarebbe stato processato nella Sala dell'Obelisco per l'assassinio di suo padre. Se a Delain fosse esistita una Borsa, suppongo che sarebbe crollata.

La costruzione del palco sul quale avrebbe dovuto aver luogo l'incoronazione, cominciò alle prime luci. Anders Peyna sapeva che si sarebbe dovuto accontentare di una struttura di fortuna con grezze assi di legno, ma sapeva anche che sarebbe riuscito a nascondere il grosso delle brutture con mazzi di fiori e decorazioni. Non c'era stato preavviso della scomparsa del re, perché un omicidio non è cosa che si può prevedere. Se così non fosse, non ci sarebbero omicidi e il mondo sarebbe quasi certamente un luogo più lieto. In ogni caso gli orpelli della pompa magna erano meno importanti della necessità di dare alla popolazione prova della continuità del trono. Se i cittadini si fossero rinfrancati nella certezza che tutto ancora procedeva come sempre, nonostante la terribile sciagura, poco importava a Peyna, quante delle fanciulle incaricate di spargere fiori si sarebbero ritrovate con schegge di legno nei piedi.

Ma alle undici i lavori cessarono all'improvviso. Le fanciulle furono rispedite a casa, molte in lacrime, dalla Guardia Nazionale.

Alle sette del mattino molti reparti della Guardia Nazionale avevano cominciato a indossare le loro sontuose e rosse divise da cerimonia, con l'alto sciaccò grigio a Fauci di Lupo. Come si sa avevano il compito di schierarsi per creare il corridoio lungo il quale sarebbe passato Peter per andare a ricevere la corona. Alle undici anche loro ricevettero un contrordine dei più inaspettati e inquietanti. Le alte uniformi furono accantonate in fretta e furia per essere sostituite dall'assai meno esaltante tenuta da combattimento. Le eleganti ma ingombranti spade da cerimonia furono sostituite dalle letali e maneggevoli lame più corte dell'equipaggiamento quotidiano. I vistosi ma poco pratici sciaccò a Fauci di Lupo lasciarono il posto agli aderenti elmetti di pelle della tenuta da guerra normale.

Tenuta da guerra: è una definizione che lascia molto perplessi. Ma esiste davvero una tenuta da guerra *normale*? Io non credo. Eppure c'erano dappertutto soldati in divisa da combattimento, con il volto serio e truce.

Il principe Peter si è suicidato! era quella la voce che circolava con più insistenza nel castello.

Il principe Peter è stato assassinato! questa falsa notizia gareggiava con quella precedente.

Roland non era morto, la diagnosi era errata, il medico è stato decapitato, ma il vecchio re è impazzito e nessuno sa più che cosa fare. Questa era la terza versione dei fatti.

Ce n'erano molte altre, alcune delle quali anche più stupide.

Nessuno andò a dormire quando l'oscurità scese sulla confusione e il lutto del castello. Nella Piazza dell'Obelisco tutte le torce restarono accese e le luci brillarono alle finestre del castello e in tutte le case intorno a esso e sulle colline più basse guizzarono le fiamme di candele e lanterne nelle stanze in cui la popolazione spaventata si riuniva a discutere degli avvenimenti del giorno. Tutti concordavano nell'affermare che gravi fatti si andavano compiendo.

La notte fu ancor più lunga del giorno. In uno stato di angosciata solitudine, la signora Brandon vegliò in attesa dei suoi uomini. Sedeva alla finestra, ma per la prima volta in vita sua l'aria era satura di pettegolezzi in maggior numero di quanti desiderasse sentire. Ciononostante, poteva forse non ascoltare? No, che non poteva.

Mentre le ore piccole della notte si allungavano verso un'alba che le sembrava che non dovesse mai arrivare, una nuova voce soppiantò tutte quelle precedenti, la notizia di un fatto incredibile, inaccettabile, e tuttavia asserita con convinzione crescente al punto che persino le sentinelle cominciarono a ripetersela l'un l'altra a bassa voce. La nuova ipotesi atterrì definitivamente la signora Brandon che ricordava (ah, fin troppo bene!) il pallore mortale del viso di Dennis, quando il figlio era tornato a casa con il secchio del principe. E c'era qualcosa in quel secchio, qualcosa di bruciacchiato che mandava un cattivo odore, qualcosa che Dennis non aveva voluto mostrarle.

Il principe Peter è stato arrestato per l'assassinio di suo padre, raccontava quest'ultima terribile voce. *È stato arrestato... il principe Peter è stato arrestato... Il principe ha assassinato il proprio padre!*

Poco prima dell'alba, la povera donna si posò la testa sulle braccia e pianse. Dopo un po' i suoi singhiozzi si assopirono e la signora Brandon cadde in un sonno agitato.

36

«Ora dimmi che cosa c'è nel secchio e sbrigati! Non abbiamo voglia di giocare, Dennis, ci siamo intesi?»

Queste erano state le prime parole pronunciate da Brandon quando era entrato nella stanza di Dennis e si era richiuso la porta alle spalle.

«Te lo mostro, papà», aveva risposto Dennis, «ma prima rispondi tu a una mia domanda. Che genere di veleno ha ucciso il re?»

«Nessuno lo sa.»

«Come sono stati i sintomi?»

«Mostrami che cosa c'è nel secchio, ragazzo. Subito!» Brandon aveva serrato un pugno enorme. Non lo aveva agitato, lo aveva soltanto levato in alto. Era stato sufficiente. «Fammi vedere o sarà peggio per te.»

Brandon aveva osservato a lungo il topo morto senza parlare. Pieno di spavento, Dennis aveva visto il volto di suo padre impallidire in un'espressione sempre più grave, sempre più cinerea. Gli occhi del topo avevano continuato a bruciare fino a ridursi in due neri pezzettini di carbone. Nero e arricciato era diventato anche il suo pelo che era stato bruno. Ancora gli usciva fumo dalle minuscole orecchie e i suoi denti, visibili nel ghigno della morte, erano anneriti di fuliggine, come i denti della grata di una stufa.

Brandon aveva fatto il gesto di toccarlo, ma aveva ritirato la mano. Aveva quindi girato la testa verso il figlio e gli aveva parlato in un bisbiglio roco. «Dove l'hai trovato?»

Dennis aveva cominciato a balbettare un cumulo confuso di frasi che non significavano niente. Brandon l'aveva ascoltato per un momento, poi gli aveva stretto una spalla.

«Prendi fiato e metti in ordine i tuoi pensieri, Denny», lo aveva esortato. «Sono dalla tua in questa vicenda, come in tutto il resto, lo sai. Hai fatto bene a evitare a tua madre la vista di questa povera creaturina. Ora raccontami come l'hai trovata e dove l'hai trovata.»

Calmato dalle rassicurazioni di suo padre, Dennis era riuscito finalmente a riferire quel che sapeva. Il suo racconto era risultato un po' più breve del mio, ciononostante gli ci vollero alcuni minuti. Suo padre lo aveva ascoltato seduto, con una nocca affondata nella fronte e la mano a nascondergli gli occhi. Non l'aveva interrotto con alcuna domanda e non aveva emesso nemmeno un grugnito.

Quando Dennis aveva finito, suo padre aveva mormorato sommessamente quattro parole. Solo quattro parole, che avevano avuto però il potere di trasformare il cuore del ragazzo in un blocco di ghiaccio: o comunque tale era stata la sensazione che aveva provato. «Proprio come il re.»

Sembrò che le labbra di Brandon, che tremavano di spavento, cercassero di atteggiarsi a un sorriso.

«Pensi che quell'animale fosse un re dei topi, Denny?»

«Papà... io... io...»

«Hai detto che c'era una scatola.»

«Sì.»

«E una bustina.»

«Sì.»

«E la bustina era bruciacchiata, ma non carbonizzata.»

«Sì.»

«E un paio di pinzette.»

«Sì. Come quelle che usa la mamma per strapparsi i peli dal naso...»

«Ssst», lo aveva zittito Brandon, schiacciandosi nuovamente la nocca nella fronte. «Fammi pensare.»

Erano trascorsi cinque minuti, durante i quali Brandon era rimasto assolutamente immobile, quasi che si fosse addormentato. Ma Dennis sapeva che non era così. Brandon non conosceva i precedenti di quella scatola, donata a Peter da sua madre e quindi perduta dal principino quand'era ancora piccolo. Questi fatti erano accaduti molto tempo prima che

Peter entrasse nel periodo di mezza maturità e che Brandon si mettesse al suo servizio. Sapeva però del nascondiglio segreto, che aveva trovato per caso già nel primo anno in cui aveva lavorato alle dipendenze di Peter (diciamo pure pochi mesi dopo aver preso servizio). Come mi pare di aver già osservato, il nascondiglio non era poi molto segreto, non più di quanto potesse soddisfare un ragazzo aperto come Peter. Dunque Brandon sapeva del nascondiglio, ma non ci aveva più guardato dopo la prima volta, quando aveva contenuto solo le preziose cianfrusaglie a cui tutti i ragazzi danno dignità di autentico tesoro: un mazzo di tarocchi con alcune carte mancanti, un sacchetto di bilie, una moneta portafortuna, un ciuffo intrecciato di criniera di Peony. Sc c'è una virtù che un buon maggiordomo conosce a fondo è certamente la discrezione, vale a dire il rispetto dei limiti oltre i quali si svolge la vita privata altrui. Non aveva più guardato in quel nascondiglio. Sarebbe stato come rubare.

Finalmente Dennis aveva domandato: «Pensi che dovremmo andarci, padre, perché tu possa vedere nella scatola?»

«No. Dobbiamo andare subito dal Sommo Giudice con questo topo e a lui tu racconterai la tua storia esattamente come l'hai raccontata a me.»

Dennis si era seduto pesantemente sul suo letto. Era stato come ricevere un pugno allo stomaco. Peyna, l'uomo che decretava detenzioni e decapitazioni! Peyna, con quella sua faccia bianca e severa e quell'alta fronte che sembrava di cera! Peyna, che dopo il re era la massima autorità del regno!

«No», aveva sussurrato. «Papà, non me la sento... io... io...»

«Devi», gli aveva intimato il padre. «Questo è un fatto terribile, il più terribile di cui io sia mai venuto a conoscenza, ma è indispensabile che sia chiarito. Gli dirai quello che hai detto a me, poi ogni decisione sarà nelle sue mani.»

Dennis aveva guardato negli occhi di suo padre e aveva visto che Brandon non avrebbe ammesso obiezioni. Se si fosse rifiutato di ubbidire, suo padre l'avrebbe preso per la collottola e l'avrebbe trascinato di peso da Peyna come un micio, anche se aveva vent'anni compiuti.

«Sì, padre», aveva risposto allora con il cuore pieno di rammarico, pensando che quando lo sguardo gelido e calcolatore di Peyna si fosse posato su di lui sarebbe semplicemente piombato a terra morto d'infarto. Poi, con un improvviso moto di panico, aveva ricordato di aver rubato dagli alloggi del principe un secchio per le ceneri. Se non fosse morto di spavento nel momento in cui Peyna gli avrebbe ordinato di parlare, con tutta probabilità avrebbe comunque trascorso il resto dei suoi giorni nella più remota cella dei sotterranei del castello, accusato di furto.

«Mantieni la calma, Denny. Diciamo, almeno, mantienila meglio che puoi. Peyna è un uomo rigido, ma giusto. Tu non hai fatto niente di cui vergognarti. Raccontagli semplicemente quello che hai raccontato a me.»

«Va bene», aveva mormorato Dennis. «Andiamo subito?»

Brandon si era alzato dalla sedia per inginocchiarsi. «Prima preghiamo. Vieni qui accanto a me, figliolo.»

E Dennis aveva ubbidito.

37

Peter fu processato, dichiarato colpevole di regicidio e condannato alla prigione a vita in due fredde stanzette in cima all'Obelisco. Tutto questo avvenne in soli tre giorni. Non ci vorrà molto per raccontarvi in quale raffinata maniera la morsa della crudele trappola posata da Flagg si chiuse intorno al ragazzo.

Peyna non ordinò immediatamente che si sospendessero i preparativi per l'incoronazione, perché la sua prima reazione fu di pensare che Dennis si fosse sbagliato e che ci fosse una spiegazione ragionevole dei fatti sottoposti alla sua attenzione. D'altra parte, le condizioni del topo, così simili a quelle del re, non potevano essere ignorate e nel regno di Delain la famiglia Brandon vantava una consolidata e duratura reputazione di onestà ed equilibrio. Tutte queste erano considerazioni importanti, ma c'era qualcosa di più importante ancora: quando Peter fosse stato incoronato, non poteva esserci nemmeno la più piccola macchia nel suo passato.

Peyna ascoltò Dennis, quindi convocò Peter. Se avesse visto il suo padrone, non è affatto escluso che Dennis sarebbe davvero morto d'infarto, ma gli fu misericordiosamente permesso di trasferirsi in un'altra stanza con suo padre. In tono assai grave Peyna spiegò a Peter che contro di lui era stata mossa un'accusa... l'accusa che lui stesso potesse essere coinvolto nell'assassinio di Roland. Anders Peyna non era uomo tenero di parola, per quanto ciò che diceva potesse far male.

Peter restò sorpreso... sbalordito. Non dobbiamo dimenticare che ancora stava cercando di adattarsi all'idea che l'amato padre era morto, ucciso da un micidiale veleno che l'aveva bruciato divorandolo dall'interno. Non dobbiamo dimenticare che aveva guidato le ricerche per tutta la notte, non aveva mai chiuso occhio ed era fisicamente spossato. Soprattutto, dobbiamo ricordare che, per quanto adulto in statura e larghezza di spalle, aveva solo sedici anni. Quella sconvolgente notizia che giungeva all'indomani di tanta tensione lo indusse a una reazione del tutto naturale, che però a tutti i costi avrebbe dovuto evitare sotto lo sguardo gelido e indagatore di Peyna: scoppiò in lacrime.

Se Peter avesse vivacemente smentito e se avesse espresso il suo sgomento e la sua stanchezza e il suo dolore con una risata isterica di fronte a un'ipotesi così assurda, non è escluso che tutto sarebbe finito lì. Sono sicuro che *questa* eventualità non aveva mai sfiorato la mente di Flagg, ma una delle poche debolezze di Flagg era la tendenza di giudicare gli altri sul metro del suo cuore nero e fosco. Flagg guardava tutti con sospetto e pensava che tutti avessero secondi fini per ogni cosa che facevano. La sua mente era molto complicata, come in un labirinto di specchi dove ogni cosa viene riflessa due volte e in dimensioni diverse.

I pensieri di Peyna si svolgevano invece in maniera del tutto lineare. Gli sembrava molto difficile, per non dire quasi impossibile, credere che Peter potesse aver avvelenato suo padre. Se avesse dato in escandescenze o avesse riso energicamente, tutto si sarebbe probabilmente concluso senza nemmeno una breve gita per andare a esaminare la presunta scatola con il suo nome inciso sul coperchio o la bustina e le pinzette che si sosteneva contenesse. Le lacrime invece cambiarono tutto. Le lacrime apparvero come una confessione di colpa da parte di un ragazzo cresciuto abbastanza da commettere un omicidio ma non abbastanza da nascondere il suo crimine.

Così Peyna decise che era opportuno investigare più a fondo. Detestava doverlo fare, perché significava farsi accompagnare dalle guardie e per questo motivo sarebbe stato inevitabile che qualche indiscrezione trapelasse su quei momentanei sospetti, proiettando un'ombra sulle prime settimane di regno di Peter.

Poi rifletté che forse anche questo si sarebbe potuto evitare. Avrebbe portato con sé una mezza dozzina di guardie, non di più. Ne avrebbe lasciate quattro a sorvegliare la porta. Una volta sgonfiata quella ridicola montatura, non gli sarebbe stato difficile comandarle negli angoli più remoti del regno. Sarebbe stato necessario mandare lontano anche Brandon e suo figlio, pensava Peyna, ed era un vero peccato, ma la lingua ha il brutto vizio di sciogliersi di tanto in tanto, specialmente se lubrificata da un goccetto d'alcol, e si sapeva del debole che aveva per il gin il vecchio maggiordomo.

Così Peyna ordinò che fossero temporaneamente sospesi i lavori di costruzione del palco per l'incoronazione. Confidava che sarebbero ripresi in meno di mezz'ora, con i manovali a sudare e a imprecare e a moltiplicare gli sforzi per guadagnare il tempo perduto.

Ma ahimè...

38

La scatola, la bustina e le pinzette erano al loro posto, come voi già sapete. Peter aveva giurato sul nome di sua madre di non possedere una scatola siffatta, ma adesso la sua appassionata smentita appariva assai sciocca. Peyna sollevò con molta cautela la bustina bruciacchiata servendosi delle pinzette, vi sbirciò dentro e vide tre granellini di sabbia verde. Erano così piccoli che era difficile distinguerli, ma Peyna, alla luce di quanto era successo a un grande re e a un umile topolino, ripose la bustina nella scatola e chiuse il coperchio. Ordinò a due delle quattro guardie rimaste fuori che entrassero nella stanza, mentre suo malgrado doveva ammettere che la faccenda diventava sempre più seria.

La scatola fu posata sullo scrittoio di Peter, dove continuò a fumare appena percettibilmente. Una delle guardie fu mandata a chiamare l'uomo che in tutto il regno più di chiunque altro era esperto di veleni.

Quest'uomo naturalmente era Flagg.

39

«Io non c'entro niente con tutto questo, Anders», disse Peter. Si era ripreso, ma la sua faccia era ancora pallida e tirata e i suoi occhi di un blu scuro come il vecchio Sommo Giudice non gli aveva mai visto.

«Dunque la scatola è veramente vostra?»
«Sì.»
«Perché avete negato di possederla?»
«Me n'ero dimenticato. Non rivedevo quella scatola da qualcosa come undici anni o più. Me l'aveva regalata mia madre.»
«E poi?»
Non mi chiama più «sire» o «vostra altezza», notò Peter con un brivido gelido nella schiena. *Non usa per me più alcuna forma di cortesia. Mi domando, è proprio vero quello che mi sta succedendo? Mio padre avvelenato? Thomas gravemente ammalato? Peyna qui davanti a me che praticamente mi sta accusando di omicidio? E la mia scatola! In nome degli dei, da dove salta fuori e chi l'ha messa nel nascondiglio segreto dietro i libri?*
«L'avevo persa», rispose lentamente Peter. «Anders, non penserai davvero che io abbia assassinato mio padre?»
Fino a poco fa non lo pensavo... ma adesso ho qualche dubbio, rifletté Anders Peyna.
«Io l'amavo con tutto me stesso», aggiunse Peter.
Così avevo sempre pensato... ma adesso ho qualche dubbio anche su questo, rifletté Anders Peyna.

40

Entrò Flagg, il quale, senza nemmeno degnare Peyna di un'occhiata, cominciò subito a bombardare il principe smarrito e scombussolato con domande sulle ricerche. Si era trovata qualche traccia del veleno o dell'avvelenatore? Nessun indizio di una congiura? La sua opinione personale era che potesse esser stato un criminale isolato, quasi certamente squilibrato. Aveva passato tutta la mattina alla sua sfera di cristallo, rivelò Flagg, che era rimasta testardamente opaca. Ma poco gli importava, perché era nelle sue capacità di fare ben altro che scuotere ossicini e spiare nelle sfere di cristallo. Chiedeva azione, non incantesimi. Qualunque cosa il principe avesse voluto che facesse, qualunque angolo oscuro intendesse ordinargli di esplorare...

«Non vi abbiamo chiamato qui per ascoltarvi blaterare come il vostro pappagallo, con quelle due teste che parlano contemporaneamente», lo interruppe bruscamente Peyna. Flagg non gli era simpatico. Per quanto gli concerneva il mago era stato declassato alla posizione di Nullità di corte nell'attimo stesso in cui Roland era morto. Sarebbe stato forse in grado di spiegare loro che cos'erano quei sinistri granellini verdi nella bustina, ma lì si esauriva la sua utilità.

Peter non avrà niente a che fare con questa volpe, dopo che sarà stato incoronato, pensò Peyna. Arrivò fino alla fine di questo pensiero e subito lo colse lo sgomento, perché le probabilità che Peter fosse incoronato sembravano diminuire di secondo in secondo.

«No», ammise Flagg, «immagino di no.» Si rivolse a Peter: «Perché sono stato convocato, mio re?»

«Non chiamatelo così!» esplose Peyna, traumatizzando persino se stesso. Flagg vide lo sbigottimento sul volto di Peyna e dietro un'abile maschera di incomprensione, ne capì perfettamente le ragioni e ne fu soddisfatto. Il tarlo del sospetto si stava aprendo la via verso il centro del gelido cuore del Sommo Giudice. Benissimo.

Peter distolse il volto pallido da entrambi gli adulti e contemplò la città dalla finestra, mentre ancora una volta si sforzava di dominare le sue emozioni. Aveva le dita strettamente intrecciate e le nocche sbiancate e sembrava molto più vecchio dei sedici anni che aveva.

«Non vedete la scatola sullo scrittoio?» chiese Peyna.

«Sì, Sommo Giudice», rispose Flagg nel suo tono di voce più compito e formale.

«Lì dentro c'è una bustina che sembra consumarsi lentamente senza fiamma. Dentro la bustina c'è qualcosa che assomiglia a sabbia. Pochi granelli. Vorrei che la esaminaste e vediamo se mi sapete dire di che cosa si tratta. Vi raccomando molto vivamente di non toccare quei granelli. Ho motivo di credere che la sostanza presente in quella bustina abbia provocato la morte di re Roland.»

Flagg si mostrò preoccupato. A essere sinceri, si sentiva perfettamente a suo agio. Era quasi sempre così, quando recitava, perché gli piaceva il mestiere di attore.

Sollevò la bustina usando le pinzette. Vi sbirciò dentro. Il suo sguardo si acuì. «Voglio un pezzo di ossidiana», richiese. «Lo voglio subito.»

«Ne ho un pezzo nel mio scrittoio», fece sapere Peter con aria spenta. Prese lui stesso la pietra che non era grande come quella che Flagg aveva usato e poi eliminato, ma era grossa abbastanza. Il principe la consegnò a una delle guardie, che a sua volta la diede a Flagg. Il mago la mise in controluce, corrugando un po' la fronte... ma nel suo cuore un omino saltava su e giù di gioia, faceva capriole e passi di danza. L'ossidiana era simile alla sua, ma su un lato era crepata e scheggiata. Ah, gli dei gli sorridevano! Oh sì, oh sì!

«Mi è scappata di mano un paio di anni fa», spiegò Peter notando l'interesse di Flagg. Non si era accorto, come del resto almeno Peyna in quel momento, di aver lui stesso aggiunto un altro strato di mattoni al muro che gli si andava costruendo intorno. «La metà che tieni nella mano cadde sul tappeto che ne attenuò l'urto. L'altra metà cadde sulla pietra del pavimento e andò in mille pezzi. L'ossidiana è dura, ma molto fragile.»

«Davvero, mio signore?» ribatté gravemente Flagg. «Non avevo mai visto una pietra del genere, anche se naturalmente ne avevo sentito parlare.» Posò l'ossidiana sullo scrittoio di Peter e sopra di essa rovesciò la bustina facendo cadere i tre granelli di sabbia. In un attimo dall'ossidiana si levarono fili sottili di fumo. Tutti i presenti videro che ciascuno dei granelli sprofondava lentamente nella pietra più dura che si conoscesse al mondo. A quella vista, le guardie si scambiarono mormorii ansiosi.

«Silenzio!» tuonò Peyna, voltandosi di scatto verso di loro. Le guardie indietreggiarono, con il volto sbiancato dalla paura. Erano sempre più convinti di assistere a un atto di stregoneria.

«Credo di sapere che cosa sono questi granelli e in che modo verificare la mia teoria», disse Flagg scandendo le parole. «Ma, se ho ragione, l'esperimento deve essere effettuato il più presto possibile.»

«Perché?» volle sapere Peyna.

«Io credo che questi siano granelli di Sabbia del Drago», rispose Flagg. «Un tempo ne possedevo un piccolo quantitativo, ma ahimè, scomparve prima che potessi studiarla con cura. È possibile che mi sia stata sottratta.»

Non gli sfuggì l'attimo in cui gli occhi di Peyna guizzarono in direzione di Peter.

«È un fatto che mi ha dato pensiero più di una volta», continuò il mago, «perché si ritiene che sia una delle sostanze più micidiali del mondo. Non ho avuto l'occasione di constatarne le proprietà e perciò ne dubitavo, ma vedo qui davanti a me molti degli effetti che mi erano stati riferiti.»

Indicò l'ossidiana. Le cavità in cui si trovavano i tre granelli di sabbia verde erano già profonde un paio di centimetri e da ciascuna si levava fumo come da un minuscolo fuoco da bivacco. Flagg calcolò che ciascun granello era penetrato per circa la metà dello spessore della pietra.

«Quei tre granelli di sabbia stanno attraversando rapidamente una delle rocce più dure che conosciamo», dichiarò. «La Sabbia del Drago ha fama di essere così corrosiva da intaccare qualunque solido. E dico veramente qualunque! E si dice che produca un calore insopportabile. Tu! Guardia!»

Puntò il dito su una delle guardie che fece un passo avanti tutt'altro che felice della scelta del mago.

«Tocca quella pietra», le ordinò Flagg e mentre la guardia allungava con molta titubanza la mano verso il fermacarte, aggiunse in tono reciso: «Solo sul fianco! Non avvicinare la mano a quei fori!»

La guardia toccò il fermacarte e ritirò la mano di scatto. Si portò le dita alla bocca non prima che Peyna vedesse le vesciche che vi si stavano gonfiando.

«Mi risulta che l'ossidiana conduca il calore molto lentamente», riprese Flagg, «eppure quel pezzo è già surriscaldato come una stufa accesa... solo in virtù di tre granelli di sabbia che troverebbero facilmente posto sulla luna dell'unghia del vostro dito mignolo e ancora resterebbe spazio per altri! Toccate lo scrittoio del principe, Lord Sommo Giudice!»

Quando Peyna toccò il mobile rimase stupefatto nel constatare il calore intenso del legno sotto la sua mano. Di lì a poco quel legno massiccio avrebbe cominciato a scorticarsi e ad annerirsi.

«Dunque dobbiamo agire alla svelta», concluse Flagg. «Presto lo scrittoio prenderà fuoco. Se respiriamo le esalazioni, posto naturalmente che siano vere le storie che ho udito, moriremo tutti nel giro di pochi giorni. Ma, per essere sicuri, è necessario fare un altro esperimento...»

A quelle parole le guardie sembrarono sull'orlo del terrore.

«Va bene», intervenne Peyna. «Di quale esperimento si tratta? Presto, mago!» In quel momento detestava Flagg più che mai e se già da sempre riteneva che sarebbe stato un errore sottovalutarlo adesso ne era doppiamente convinto. Cinque minuti prima Peyna l'aveva tranquillamente bollato come la Nullità di corte. Ora sembrava che la loro stessa vita e il giudizio del giudice sulle eventuali responsabilità di Peter dipendessero da lui.

«Propongo che si riempia un secchio d'acqua», disse Flagg, mettendosi a parlare in gran fretta. Ora gli scintillavano gli occhi scuri.

Le guardie e Peyna stavano osservando quei forellini neri nell'ossidiana e quei sottili fili di fumo con il fascino morboso di uccelli ipnotizzati da un nido di pitoni serpeggianti. A che profondità erano arrivati i granelli nell'ossidiana? Quanto ancora prima di raggiungere il legno? Impossibile a dirsi. Anche Peter guardava, sebbene sul suo viso non fosse cambiata quell'espressione mista di stanchezza e dolore e confusione.

«Acqua dalla pompa del principe!» gridò Flagg a una delle guardie. «La vogliamo in un secchio o in un vaso profondo. Presto! Di corsa!»

La guardia si girò verso Peyna.

«Ubbidisci», le disse Peyna, cercando di non mostrarsi spaventato. Ma lo era e Flagg lo sapeva.

La guardia ubbidì. Pochi momenti dopo sentirono l'acqua che veniva pompata in un secchio trovato nel ripostiglio del maggiordomo. Flagg aveva ripreso a parlare.

«Propongo di intingere un dito nel secchio e di lasciar cadere una goccia d'acqua in uno di quei fori», suggeriva. Staremo attenti entrambi, io e voi, Lord Sommo Giudice. Dobbiamo vedere se l'acqua caduta nel foro diventa per un attimo verde. È un indizio sicuro.»

«E poi?» s'informò Peyna con voce tesa.

Tornò la guardia. Flagg prese il secchio e lo posò sullo scrittoio. «Poi farò cadere delle gocce anche negli altri due fori», riprese Flagg. Parlava con calma, ma le sue guance normalmente pallide si erano arrossate. «Si dice che l'acqua non possa fermare la Sabbia del Drago, ma può sospenderne l'effetto.» Stava facendo apparire le cose peggio di com'erano, ma era sua intenzione spaventarli.

«Perché non ci gettiamo sopra tutto il secchio?» sbottò a un tratto una delle guardie.

Peyna reagì a quell'intrusione con un'occhiataccia, ma Flagg rispose alla domanda con tutta calma, mentre immergeva il mignolo nel secchio.

«Ti piacerebbe che spedissi quei tre granelli di sabbia fuori dei fori che hanno scavato nella pietra e chissà dove sulla superficie di questo scrittoio?» replicò, quasi con giovialità. «Potremmo lasciare qui te, dopo, a spegnere il fuoco che si accenderà quando l'acqua si sarà asciugata!»

La guardia non parlò più.

Flagg estrasse il dito bagnato dal secchio.

«L'acqua è già calda», riferì a Peyna, «solo per aver posato il secchio sullo scrittoio.»

Spostò lentamente sopra uno dei forellini il dito al quale era appesa un'unica goccia d'acqua.

«Guardate attentamente!» comandò Flagg e a Peter sembrò in quel momento nient'altro che un qualsiasi ciarlatano in procinto di esibirsi in qualche trucco sensazionale. Ma Peyna si chinò sull'ossidiana. Le guardie allungarono il collo. La goccia d'acqua dondolò appesa al dito di Flagg e per un istante riprodusse tutta quanta la stanza di Peter in una perfetta miniatura convessa. Vibrò... si allungò... e cadde nel foro.

Udirono un sibilante crepitio, come di grasso lasciato cadere sul fondo riscaldato di una padella di ferro. Dal foro si levò un minuscolo getto di vapore... ma, prima che ciò avvenisse, Peyna vide distintamente un lampo verde come occhi di gatto. In quel momento fu deciso il destino di Peter.

«Sabbia del Drago, per gli dei!» sussurrò Flagg con voce tesa e roca. *«Per carità, che nessuno respiri quel vapore!»*

Pur vantando un coraggio solido quanto la sua reputazione di durezza, in quella circostanza Andres Peyna ebbe paura. Nell'effimero bagliore verde aveva avuto l'impressione di riconoscere un segnale di indicibile malvagità.

«Spegnete gli altri due», gracidò. «Presto!»

«Ve l'ho già detto», rispose Flagg, intingendo nuovamente il mignolo nell'acqua con tutta calma, senza distogliere lo sguardo dall'ossidiana. «Non li si possono spegnere... be', per la verità un modo ci sarebbe, secondo quanto si racconta, ma un modo soltanto. Dubito che vi piacerebbe. Tuttavia possiamo rallentare il processo e quindi sbarazzarci della sabbia. Almeno credo.»

Fece cadere una goccia d'acqua anche negli altri due forellini. In entrambi i casi ci furono un lampo di un arcigno color verde e uno sbuffo di vapore.

«Credo che così non correremo pericoli per qualche istante», annunciò Flagg. Una delle guardie mandò un sospiro di accorato sollievo. «Portatemi dei guanti, o indumenti ripiegati, qualunque cosa possa servirmi per prendere questo sasso. È rovente come un tizzone e quelle gocce d'acqua si saranno consumate in un batter d'occhio.»

Subito gli furono consegnate due pattine prese dal ripostiglio del maggiordomo. Flagg se ne servì per afferrare l'ossidiana. La sollevò, attento a non inclinarla, e la lasciò cadere nel secchio. Mentre la pietra cadeva sul fondo, tutti videro distintamente che l'acqua assumeva per un secondo un color verde chiaro.

«Ora possiamo stare tranquilli», affermò Flagg con soddisfazione. «Una di queste guardie deve portare il secchio fuori del castello, alla grande pompa sotto il Grande Albero Antico. Lì si spilli acqua da riempire un grande recipiente nel quale sarà messo il secchio. Il recipiente venga portato fino al centro del Lago Johanna e lasciato affondare. La Sabbia del Drago riscalderà le acque del lago fra centomila anni, forse, ma io dico che di questo potranno occuparsi coloro che vivranno in quegli anni, posto che ce ne siano.»

Peyna si concesse una pausa, morsicandosi il labbro in un'insolita espressione di indecisione, quindi ordinò: «Tu e tu e tu. Fate come ha detto il mago».

Il secchio fu asportato. Le guardie uscirono trasportandolo come se fosse una bomba innescata. Nel segreto del suo cuore Flagg si stava divertendo, perché tutto questo era in larga misura finzione da illusionista di spettacolo, come poco prima aveva sospettato Peter stesso. Le gocce che aveva lasciato precipitare nei forellini non erano sufficienti a fermare l'effetto corrosivo della sabbia per molto tempo, ma l'acqua contenuta nel secchio era più che abbondante. Un minor quantitativo di liquido sarebbe bastato per una quantità maggiore di sabbia... una coppa di vino, per esempio. Ma che si convincessero pure degli effetti inarrestabili di quella sostanza: più accanito sarebbe stato in seguito l'odio che avrebbero riversato su Peter.

Dopo che le guardie se ne furono andate, Peyna si rivolse a Flagg: «Avevate detto che esiste un modo per neutralizzare l'effetto della Sabbia del Drago».

«Infatti. Si dice che se la sabbia viene somministrata a un essere vivente, costui brucerà fino alla morte fra terribili sofferenze... e quando il processo si sarà concluso con la morte della vittima, morirà con essa anche il potere della Sabbia del Drago. Avevo intenzione di collaudarla, ma il mio campione è scomparso prima che potessi provare.»

Peyna lo fissò, con le labbra sbiancate. «E su che genere di essere vivente intendevate collaudare quella sostanza maledetta, mago?»

Flagg sostenne il suo sguardo con un'espressione di candida innocenza. «Ma su un topo, naturalmente, mio Lord Sommo Giudice.»

41

Alle tre del pomeriggio si tenne una strana riunione al Tribunale Reale di Delain sotto l'Obelisco. Il tribunale era un'aula spaziosa che nel corso degli anni era diventata nota a tutti semplicemente come la «Corte di Peyna».

Riunione. È una parola che non mi piace, perché è troppo neutrale e leggera se confrontata con la fatale decisione a cui si giunse quel giorno. Non potrei d'altra parte definirla come udienza o processo, perché il consulto non ebbe alcun valore legale, sebbene della sua capitale importanza credo che tutti concorderete con me.

La sala era vasta abbastanza da contenere cinquecento persone, ma per quella riunione erano solo in sette. Sei di loro erano strette insieme, come se innervosite dall'essere così poche in un luogo concepito per una numerosa moltitudine. In un punto della parete circolare di pietra era appeso lo stemma reale, un unicorno che trafigge un drago, e su di esso continuava a posarsi involontariamente lo sguardo di Peter. Oltre a lui, erano presenti Peyna, Flagg (era evidentemente il mago a sedere in disparte dagli altri) e quattro degli Alti Avvocati del regno. Gli Alti Avvocati erano dieci in tutto, ma sei di loro erano sparsi in varie remote località di Delain nell'esercizio delle loro funzioni. Peyna aveva deciso di non aspettarli. Sapeva di doversi muovere velocemente e con risolutezza, altrimenti il regno ne sarebbe stato insanguinato. Lo sapeva, ma lo irritava di dover ricorrere all'aiuto di quel giovane assassino a sangue freddo per evitare tale spargimento di sangue.

Della colpevolezza di Peter, Anders Peyna era ormai fermamente persuaso. Non per via della scatola o della sabbia verde e nemmeno a causa del topo bruciato, bensì per le lacrime che Peter aveva versato. Bisogna dire che in quel momento Peter non dava più segni né di colpevolezza né di debolezza: era pallido ma calmo, perfettamente controllato.

Peyna si schiarì la gola. Il suono echeggiò cupamente rimbalzando sulla refrattaria parete ricurva dell'aula. Si portò una mano alla fronte e non fu del tutto sorpreso di trovare un velo di sudore freddo. Aveva ascoltato le testimonianze rese in centinaia di casi importanti e solenni; aveva fatto chinare la testa sotto la scure del boia a più persone di quante gli piacesse ricordare. Ma mai aveva pensato di dover partecipare a una «riunione» come quella o al processo di un principe per l'assassinio del suo regale padre... e un processo ci

sarebbe certamente stato in seguito se quel pomeriggio tutto fosse avvenuto come sperava. Riteneva dunque giusto che sudasse e giusto che il suo sudore fosse freddo.

Solo una riunione. Nessun valore legale, nessuna ufficialità, nessun impegno per le autorità giudiziarie. Eppure nessuno di loro si lasciava ingannare, né Peyna, né Flagg, né gli Alti Avvocati e neppure Peter. Quello infatti era il vero processo, proprio quella riunione, perché lì si sintetizzava il vero potere. Il topolino bruciato aveva messo in moto una serie precipite di eventi. O si sarebbe trovato il modo di deviarne il corso in quella sede, come un grande fiume può essere dirottato vicino alla sua sorgente quando è ancora un ruscello, oppure esso avrebbe acquistato nuovo slancio, finché nessuna forza al mondo sarebbe più stata capace di ostacolarlo.

Solo una riunione, rifletté Anders Peyna, tergendosi altro sudore dalla fronte.

42

Flagg assisteva agli sviluppi della situazione con occhio vivace. Al pari di Peyna, sapeva anche lui che tutto si sarebbe deciso lì e confidava in un esito a lui favorevole.

Peter aspettava a testa alta, con lo sguardo fermo. Osservò uno dopo l'altro i volti di tutti i membri di quella giuria informale.

Il muro circolare di pietra incombeva sui sette convenuti come un severo cipiglio. I banchi del pubblico erano vacanti, ma a Peyna sembrava di percepire il peso di occhi fantasma, occhi che *esigevano* che fosse fatta giustizia.

«Mio signore», esordì finalmente Peyna, «il sole vi ha proclamato re tre ore fa.»

Peter rivolse uno sguardo sorpreso al Sommo Giudice, ma non disse niente.

«Sì», ribadì Peyna, come se Peter avesse parlato. Gli Alti Avvocati annuivano, con un'espressione solenne che metteva soggezione. «Non c'è stata incoronazione, ma l'incoronazione è solo un atto pubblico. A dispetto della maestosità del rituale, essa ha un significato puramente estetico. Dio, la legge e il sole fanno di un mortale un re, non l'atto dell'incoronazione. Voi siete re in questo preciso istante, legalmente in diritto di comandare me e tutti i presenti, tutto quanto il regno. Questo ci mette in un terribile dilemma. Ve ne rendete conto?»

«Sì», rispose con voce grave Peter. «Voi pensate che il vostro re sia un assassino.»

Peyna non si era aspettato tanta franchezza, ma non se ne rammaricò più che tanto. Peter era sempre stato un ragazzo schietto ed era un vero peccato che tanta apparente sincerità celasse un così spietato opportunismo, ma c'era da sperare che tanta franchezza, derivante probabilmente dalla sciocca presunzione tipica della sua età, rendesse il dibattito più spedito.

«Ciò che noi crediamo non ha importanza, mio signore. Sta a una corte stabilire colpevolezza o innocenza, come sempre mi è stato insegnato e come sempre io ho voluto credere nel profondo del mio cuore. Esiste da questo punto di vista un'unica eccezione a favore dei re, che sono al di sopra della legge. Voi mi capite?»

«Sì.»

«Ma...» Peyna levò l'indice proteso. «*Ma* questo crimine è stato commesso prima che voi foste re. Per quel che mi risulta, una situazione così incresciosa non si è mai presentata a una corte di Delain prima di oggi. Le possibili conseguenze sono terribili. Anarchia, caos, guerra civile. Per evitare così gravi sciagure, mio signore, abbiamo bisogno del vostro aiuto.»

Peter sostenne il suo sguardo. «Vi aiuterò in tutto ciò che posso», garantì.

E io penso, anzi, io prego, che voi accettiate ciò che sto per proporre, pensò Peyna. Sentiva che nuovo sudore gli era affiorato sulla fronte, ma questa volta non se lo asciugò. Peter era solo un ragazzo, ma era un ragazzo intelligente e avrebbe potuto vedervi un segno di debolezza. *Voi direte di accettare per il bene del regno, ma un ragazzo che sia stato capace del coraggio mostruoso e distorto necessario a uccidere il proprio padre è anche, io spero, un ragazzo che necessariamente sarà convinto di poterla passare franca. Voi crederete che noi abbiamo intenzione di aiutarvi a coprire il misfatto, mentre invece, o mio Signore, vi sorprenderà scoprire quanto vi sbagliate!*

Flagg, che quasi riusciva a leggere quei pensieri, si coprì la bocca con una mano per nascondere un sorriso. Peyna lo odiava, ma Peyna era diventato il suo principale sicario senza nemmeno saperlo.

«Voglio che mettiate da parte la corona», dichiarò Peyna.

Peter lo osservò con grave sorpresa. «Rinunciare al trono?» domandò. «Io... io... non saprei, mio Lord Sommo Giudice. Dovrei pensarci, prima di rispondere di sì o di no. Potrebbe esserci il rischio di far danno al regno mentre si cerca di aiutarlo come un dottore può uccidere un malato somministrandogli una dose eccessiva di medicinali.»

Scaltro ragazzo, pensarono contemporaneamente Flagg e Peyna.

«Voi mi avete frainteso. Non ho chiesto una rinuncia al trono. Domando solo che mettiate da parte la corona finché non si sarà giunti a una decisione. Se sarete giudicato innocente dell'assassinio di vostro padre...»

«Come certamente sarà», lo interruppe Peter. «Se mio padre avesse continuato a governare fin quando io fossi divenuto vecchio e sdentato, ne sarei stato lo stesso profondamente felice. Io desideravo solo servirlo ed essergli di conforto e amarlo in tutto ciò che facevo.»

«Tuttavia vostro padre è morto e su di voi pende un'accusa dettata dalle circostanze.»

Peter annuì.

«Se sarete trovato innocente, riprenderete la corona. Se sarete trovato colpevole...»

Gli Alti Avvocati si scambiarono sguardi ansiosi, ma Peyna non batté ciglio.

«Se sarete trovato colpevole, sarete portato in cima all'Obelisco, dove trascorrerete il resto della vostra vita. Non si può giustiziare un rappresentante della famiglia reale. La legge è antica di mille anni.»

«E Thomas sarà incoronato re?» domandò Peter, pensieroso. Flagg s'irrigidì impercettibilmente.

«Sì.»

Peter aggrottò le sopracciglia, immerso nelle sue riflessioni. Appariva estremamente stanco, ma né confuso né impaurito, cosa che fece provare a Flagg un lieve allarme. «E se rifiutassi?»

«Se rifiutaste, allora diventereste re sotto il peso di terribili accuse alle quali non sarà data risposta. Molti dei vostri sudditi e, in base agli indizi, oserei dire la maggior parte di loro, riterranno di essere governati da un giovane che ha assassinato il proprio padre per conquistarsi il trono. Credo che ci saranno una sommossa e una guerra civile e non penso che debba passare lungo tempo prima che ciò accada.

«Dal canto mio darei le dimissioni e mi trasferirei nell'Ovest. Sono vecchio per ricominciare, ma dovrei tentare lo stesso. La mia vita è stata la legge e non potrei servire un re che non si sia inchinato alla legge in una questione così grave.»

Cadde il silenzio nell'aula, un silenzio che sembrò protrarsi a lungo. Peter sedeva a capo chino, con i palmi delle mani sugli occhi. Tutti attesero guardando. In quel momento persino Flagg aveva la fronte bagnata da una pellicola sottile di sudore.

Finalmente Peter sollevò la testa e si staccò le mani dagli occhi.

«Molto bene», concluse. «Ecco che cosa comando come re. Poserò la corona finché sarò scagionato dall'assassinio di mio padre. Tu, Peyna, servirai Delain con il titolo di Cancelliere per tutto il tempo in cui il regno resterà senza governo. Desidero che il processo abbia luogo il più presto possibile. Anche domani, se non c'è niente in contrario. Mi adeguerò alla decisione della corte.

«Ma non sarai tu a giudicarmi.»

Tutti sussultarono a quel tono secco e autoritario, che tuttavia non avrebbe certo stupito Yosef delle scuderie: lui aveva già sentito il ragazzo parlare in quel modo, quando Peter era ancora un marmocchio.

«Sarà uno di questi altri quattro a farlo», continuò Peter. «Io non mi lascerò giudicare dall'uomo che terrà il potere in mia vece... un uomo che, come mi dimostra con l'espressione e i modi, già nel suo cuore mi ha giudicato colpevole di questo terribile delitto.»

Peyna si sentì arrossire.

«Sarà uno di questi quattro», ripeté Peter, rivolgendosi agli Alti Avvocati. «Che si mettano in una coppa quattro sassolini, tre neri e uno bianco. Colui che estrarrà il sassolino bianco presiederà al mio processo. Sei d'accordo?»

«Certamente, mio signore», rispose lentamente Peyna, odiandosi per il rossore che gli coloriva le guance.

Ancora una volta Flagg dovette portarsi una mano alla bocca per coprire un sorrisetto. *E questo, mio piccolo signore ormai perduto, è l'unico decreto che pronuncerai mai come re di Delain,* pensò.

43

La riunione cominciata alle tre fu conclusa in un quarto d'ora. Senatori e deputati sono capaci di discutere per giorni e mesi prima di giungere a una decisione su una qualunque questione e spesso accade che la questione non venga risolta per niente, nonostante il gran parlare, ma quando accade qualcosa di capitale importanza, solitamente tutto avviene in un lampo. E tre ore dopo, all'imbrunire, accadde qualcosa che fece intuire a Peter che, per quanto folle, sarebbe stato giudicato colpevole di quel crimine orrendo.

Fu scortato ai suoi alloggi da guardie silenziose e incupite. Peyna l'aveva avvertito che i pasti gli sarebbero stati serviti nelle sue stanze.

La cena gli fu portata da un corpulento milite della Guardia Nazionale, con il mento scuro di ispida barba. Sul vassoio c'erano un bicchiere di latte e una grossa scodella di stufato fumante. Peter si alzò e fece per prendere il vassoio.

«Non ancora, mio signore», gli disse la guardia con una vena di crudele sarcasmo nella voce. «Manca il condimento.» E sputò nella scodella. Poi, con un sogghigno che mise in mostra un alternarsi di denti e spazi vuoti come un decrepito steccato, gli tese il vassoio. «Prendete.»

Peter non si mosse. Era stupefatto.

«Perché l'hai fatto? Perché hai sputato nella scodella?»

«Pensate che un figlio che uccide il padre meriti di meglio, *mio signore*?»

«No. Ma merita certamente un trattamento migliore chi non è stato ancora nemmeno giudicato per un simile delitto», rispose Peter. «Porta via quella roba e torna con un altro vassoio. Ripresentati qui entro un quarto d'ora, altrimenti questa notte dormirai nelle prigioni sotto gli alloggi di Flagg.»

Il perfido sogghigno vacillò per un istante sulle labbra della guardia. Ma solo per un istante. «Non credo», replicò. Inclinò il vassoio, piano piano, finché il bicchiere e la scodella scivolarono e caddero rompendosi sul pavimento di pietra. Il denso sugo dello stufato si sparse dappertutto.

«Lecca», lo schernì la guardia. «Lecca da quel cane che sei.»

Si girò per andarsene. Improvvisamente accecato dalla collera, Peter spiccò un balzo e schiaffeggiò la guardia. Il rumore del manrovescio risuonò nella stanza come un colpo di pistola.

La guardia cacciò un grido di collera ed estrasse la spada.

Con un tetro sorriso, Peter alzò il mento e offrì il collo. «Avanti», esortò. «Un uomo capace di sputare nella scodella di un suo simile è forse anche capace di tagliare la gola a un uomo disarmato. Coraggio. Credo che anche i maiali compiano la volontà di Dio e la mia vergogna e il mio dolore sono davvero grandi. Se Dio vuole che viva, vivrò, ma se Dio vuole che muoia e ha mandato un maiale come te a uccidermi, sia fatta la sua volontà.»

La furia della guardia si sciolse in una gran confusione. Dopo un attimo di esitazione, ripose la spada.

«Non sporcherò la mia lama», sentenziò, ma parlò in un brontolio, incapace di guardare Peter negli occhi.

«Portami un'altra cena», gli ordinò in tono pacato Peter. «Non so con chi hai parlato, guardia, e non mi interessa. Non so perché tu debba essere così ansioso di condannarmi per l'assassinio di mio padre quando ancora non è stata sentita alcuna testimonianza, e non m'interessa neanche questo. Ma tu mi porterai un'altra scodella di stufato e un altro bicchiere di latte, insieme con un tovagliolo, e lo farai prima che l'orologio batta le sei e mezzo, altrimenti manderò a chiamare Peyna e tu questa sera dormirai sotto Flagg. La mia colpa non è stata provata, Peyna è ancora ai miei ordini e giuro che quel che dico è vero.»

Mentre Peter parlava, il viso del militare diventava via via più pallido, perché vedeva che il principe diceva la verità. Ma non era quella l'unica ragione del suo pallore. Quando i suoi commilitoni gli avevano riferito che il principe era stato colto in flagrante, lui ci aveva creduto, soprattutto perché *aveva voluto* credere, ma adesso aveva dei dubbi. Peter non si comportava né parlava da colpevole.

«Sì, mio signore», mormorò.

La guardia uscì e pochi minuti dopo il capitano delle guardie aprì la porta e fece capolino.

«Mi è sembrato di sentir alzare la voce», esclamò. Il suo sguardo si posò sui cocci. «È successo forse qualcosa?»

«Niente di grave», rispose con calma Peter. «Mi è caduto il vassoio. La guardia è andata a prendermene un altro.»

Il capitano annuì e se ne andò.

Nei minuti seguenti Peter rifletté seduto sul suo letto.

Poi udì bussare educatamente alla sua porta. «Avanti.»

Riapparve la guardia con la barba lunga e pochi denti. Gli portava un nuovo vassoio. «Mio signore, devo porgervi le mie scuse», annunciò con palese tensione. «Non mi sono mai comportato così in tutta la mia vita e non so che cosa mi abbia preso. Giuro che non me lo so spiegare. Io non...»

Peter lo zittì con un gesto della mano. Era molto stanco.

«Gli altri la pensano come te? Le altre guardie?»

«Mio signore», cominciò il soldato, mentre posava il vassoio sullo scrittoio di Peter. «Non sono più nemmeno sicuro di pensarla così io stesso.»

«Ma gli altri credono che io sia colpevole?»

Ci fu una lunga pausa, poi la guardia annuì.

«E c'è qualche ragione precisa per cui si schierano tutti contro di me?»

«Parlano di un topo bruciato... dicono che voi abbiate pianto al cospetto di Peyna...»

Peter mosse cupamente il capo. Già. Piangere era stato un grave errore, ma non era stato capace di trattenersi... e ormai era fatta.

«Ma per la maggior parte sostengono che voi siete stato sorpreso nell'atto, che desideravate diventare re e perciò non può essere altrimenti.»

«Che volevo essere re e perciò non può essere altrimenti», fece eco Peter.

«Sì, mio signore.» La guardia osservava Peter con aria afflitta.

«Grazie, vai, per piacere.»

«Mio signore, mi scuso...»

«Le tue scuse sono accolte. Ora, ti prego, vai perché devo pensare.»

Con l'aria di chi rimpiange di esser mai nato, la guardia uscì e richiuse la porta.

Peter si aprì il tovagliolo sulle ginocchia ma non mangiò. Posto che avesse avuto appetito in precedenza, non ne aveva più. Giocherellò con il tovagliolo e pensò a sua madre. Era contento, ma contento è dir poco, che non fosse lì a vivere quella tragedia, a vedere con i suoi occhi in che situazione si era cacciato. Per tutta la vita era stato un ragazzo fortunato, un ragazzo benedetto dalla sorte, un ragazzo al quale talvolta veniva da pensare che non potesse mai accadere niente di male. Adesso sembrava invece che tutta la sfortuna alla quale era sfuggito nel corso degli anni si fosse solo via via accumulata per piombargli addosso in una volta sola: e con sedici anni di interessi da riscuotere.

Ma soprattutto dicono che desideravate diventare re e che non può essere altrimenti.

In fondo li capiva. Volevano un buon re che potessero amare. Ma volevano anche convincersi di essersi salvati da un pelo da un re cattivo. Volevano trame oscure e segreti, volevano una storia scabrosa di perfidi rampolli nel casato reale. Dio solo sapeva perché. *Dicono che volevate diventare re.*

Così crede Peyna, pensò Peter, *e così ha creduto la guardia e così crederanno tutti. Questo non è un incubo. Io sono stato accusato dell'omicidio di mio padre e non basteranno il modo irreprensibile in cui mi sono sempre comportato e il mio amore evidente per il re a fugare il sospetto. E c'è qualcosa dentro di loro che li spinge a credere che l'abbia ucciso io.*

Peter ripiegò adagio il tovagliolo e lo posò sopra la scodella di stufato. Non poteva mangiare.

44

Ci fu il processo e destò grande sensazione e si conservano ancora i resoconti dell'avvenimento, se v'interessa approfondirlo. Ma la sostanza resta, che Peter, figlio di Roland, fu condotto davanti al Sommo Giudice di Delain per via di un topo bruciato; messo sotto accusa in una riunione di sette saggi che non era una corte ufficiale; condannato da un milite della Guardia Nazionale che pronunciò il suo verdetto sputando in una scodella di stufato. Questa è la storia e certe volte le storie dicono di più dei resoconti ufficiali e quel che c'è da dire dicono più in fretta.

45

Quando Ulrich Wicks, che aveva estratto il sassolino bianco e aveva preso il posto di Peyna sul seggio, annunciò il verdetto della giuria, gli spettatori, molti dei quali per anni avevano giurato che Peter sarebbe stato il miglior re nella lunga storia di Delain, applaudirono ferocemente. Balzarono in piedi e corsero verso il condannato e se non fossero stati trattenuti da uno schieramento della Guardia Nazionale con le spade sguainate avrebbero probabilmente soverchiato la sentenza di ergastolo ed esilio in cima all'Obelisco, linciando seduta stante il giovane principe. Il figlio del re fu condotto via sotto una pioggia di sputi, molti dei quali andarono a segno: non per questo chinò mai il capo.

Sulla sinistra della grande aula c'era una porta che dava in un corridoio angusto. Lo si percorreva per una quarantina di passi e si arrivava ai piedi delle scale. I gradini salivano a chiocciola, girando intorno alla parete esterna dell'Obelisco per arrivare fino alla cima, dove l'aspettavano le due stanze in cui Peter sarebbe vissuto da quel giorno in avanti, fino al sopraggiungere della morte. Erano trecento gradini in tutto. Arriveremo a Peter chiuso nelle sue stanze a tempo debito perché, come potrete constatare, la sua storia non si conclude qui, ma non saliremo con lui adesso, perché quella fu un'ascesa di vergogna, la sua, costretto ad abbandonare il posto di re che gli spettava per salire, petto in fuori e testa alta, a occupare invece il posto di prigioniero del regno e non sarebbe pietoso seguire né lui né altri in un viaggio così triste.

Veniamo piuttosto a Thomas e vediamo che cosa accadde quando ritrovò il lume della ragione per scoprire di essere re di Delain.

46

«No», mormorò Thomas con una voce piena di spavento.

Gli occhi gli erano diventati grandissimi nell'ovale bianco del viso. Gli tremava la bocca. Flagg gli aveva appena annunciato che era re di Delain, ma Thomas non sembrava un ragazzo che avesse appena saputo di essere re: sembrava piuttosto un ragazzo che avesse ricevuto la notizia che l'indomani mattina sarebbe stato fucilato.

«No», ripeté. «Io non voglio essere re.»

Era vero. Per tutta la vita aveva covato un'amara gelosia

nei confronti di Peter, ma una cosa che non aveva mai invidiato a Peter era la sua prevista ascensione al trono. Quella era una responsabilità alla quale Thomas non aveva mai ambito, nemmeno nelle sue più ardite fantasticherie. Ora sembrava che un incubo venisse ad aggiungersi a un altro. Come se non fosse bastato di essersi risvegliato alla notizia che il fratello era stato imprigionato nell'Obelisco per l'assassinio del re, loro padre, ora arrivava Flagg con la sconcertante comunicazione che *lui* era diventato re al posto di Peter.

«No, non voglio essere re, non sarò re. Mi... mi rifiuto! *MI RIFIUTO CATEGORICAMENTE!*»

«Non ti puoi rifiutare, Thomas», aveva ribattuto Flagg in tono spiccio. Aveva deciso che quello sarebbe stato l'atteggiamento vincente con Thomas, comprensivo ma spiccio. Thomas aveva bisogno di lui ora più che mai, ma Flagg sapeva anche di trovarsi in quel frangente all'assoluta mercé del principino. Per qualche tempo sarebbe stato volubile e imprevedibile, capace di qualunque cosa, perciò era opportuno stabilire fin dal principio una salda presa sul ragazzo.

Tu hai bisogno di me, Tommy. Ma sarebbe un grave errore se te lo dicessi. No, devi essere tu a dirlo a me. Non ci deve essere alcun dubbio su chi comanda, né ora né mai.

«Non posso rifiutare?» mormorò Thomas. Alla terribile notizia datagli da Flagg, si era drizzato bruscamente sui gomiti. Ora si lasciò ricadere debolmente sui guanciali. «Non posso? Mi sento di nuovo molto debole. Credo che mi stia tornando la febbre. Manda a chiamare il dottore. Può darsi che abbia bisogno di un salasso. Non...»

«Stai benissimo», tagliò corto Flagg alzandosi. «Ti ho rimpinzato di ottime medicine. Non hai più la febbre e l'unica cosa di cui hai bisogno è una boccata d'aria fresca per rimetterti completamente. Ma se hai bisogno che sia un medico a ripeterti quanto io ti ho già detto, Tommy», aggiunse lasciando trapelare nella voce una nota di rimprovero, «non hai che da suonare il campanello.»

Glielo indicò e abbozzò un sorriso. Non fu un sorriso particolarmente dolce.

«Capisco il tuo desiderio di nasconderti nel tuo letto, ma non sarei tuo amico se non ti dicessi che qualunque rifugio tu possa credere di trovare nel letto o nel continuare a dichiararti malato è un falso rifugio.»

«Falso?»

«Ti consiglio di alzarti e di adoperarti da subito affinché tu possa ritrovare le forze fisiche. Sarai incoronato con pompa magna fra tre giorni. Sarebbe un modo assai umiliante di dare inizio a un governo reale facendoti trasportare nel tuo letto sul palco dove Peyna ti attenderà con la corona e lo scettro, ma se dovesse essere necessario, ti assicuro che sarà fatto. Un regno senza governo è un regno instabile. Peyna intende fare in modo che tu sia incoronato al più presto possibile.»

Sdraiato nel letto, Thomas cercava di rassegnarsi alla situazione. La paura gli aveva fatto venire occhi da coniglio.

Flagg staccò dal pomo del letto la sua mantella foderata di rosso, se l'accomodò sulle spalle con uno svolazzo e si agganciò intorno al collo la catenella d'oro. Poi recuperò, dall'angolo in cui l'aveva posato, il suo bastone con la testa d'argento. Lo fece roteare, se lo posò in orizzontale contro il fianco e rivolse a Thomas un profondo inchino. La mantella... il cappello... il bastone... Il cuore di Thomas palpitò d'ansia. Si era creata una situazione insostenibile in cui aveva bisogno più che mai di Flagg e Flagg sembrava vestito da... da...

Sembrava vestito da viaggio.

Il suo panico di pochi istanti prima parve insignificante a confronto con le mani di ghiaccio che strinsero ora il cuore di Thomas.

«E adesso, caro Tommy, ti auguro buona salute per tutta la vita, tutta l'allegria che il tuo cuore sarà in grado di sopportare, un regno lungo e prospero... e addio!»

Si avviò verso la porta e quando già cominciava a temere

che il ragazzo fosse troppo paralizzato dal panico per fermarlo e che quindi avrebbe dovuto inventarsi qualche stratagemma per tornare di sua spontanea volontà al capezzale di quel piccolo imbecille Thomas riuscì finalmente a mandare un grido strangolato.

«Aspetta!»

Flagg si voltò, con un'espressione di premuroso ossequio. «Altezza?»

«Dove... dove stai andando?»

«Be'...» Flagg si mostrò sorpreso, come se fino a quel momento non gli fosse passato nemmeno per la testa che a Thomas potesse interessare. «Ad Andua, per cominciare. È terra di grandi navigatori, sai, e sono molti i luoghi che non ho ancora visitato sull'altra sponda del Mare del Domani. Ci sono comandanti che accolgono volentieri un mago a bordo perché porti loro fortuna, perché evochi un vento se la nave è colpita dalla bonaccia o perché predica le condizioni del tempo. E se nessuno vorrà un mago... ebbene, non sono più giovane com'ero quando arrivai qui, ma sono ancora capace di tirare una cima e sciogliere una vela.» Sorridendo Flagg mimò quelle azioni, senza mai lasciarsi cadere di mano il bastone.

Thomas si era levato nuovamente sui gomiti. «No!» quasi gridò. «No!»

«Altezza...»

«Non mi chiamare così!»

Flagg tornò al letto, lasciando ora che sul suo volto apparisse un'espressione di profonda preoccupazione. «Tommy, allora. Caro Tommy, che cosa c'è?»

«Che cosa c'è? Tu mi chiedi che cosa c'è? Come fai a essere così *stupido*! Mio padre è morto avvelenato, Peter è rinchiuso nell'Obelisco per quel delitto, io devo essere incoronato re, tu stai per partire e vuoi sapere che cosa c'è?» E Thomas si lasciò sfuggire un risolino stridulo e amaro.

«Ma tutto questo non è altro che ciò che il destino vuole,

Tommy», obiettò in tono bonario Flagg.

«Non posso fare il re», esclamò Thomas. Gli afferrò il braccio e affondò le unghie nelle strane carni del mago. «Era stabilito che Peter fosse re, Peter è sempre stato quello intelligente, mentre io ero quello stupido, io *sono* quello stupido, non posso diventare re!»

«Dio fa i re», sentenziò Flagg. *Dio e qualche volta anche i maghi,* pensò con una risatina interiore. «Ha fatto re *te*, e credimi, Tommy, per questo tu *sarai* re. O diventerai re o sarai ricoperto di fango.»

«Che fango sia, allora! Mi ucciderò.»

«Non farai niente del genere.»

«Meglio uccidermi che essere deriso per mille anni come il principe che morì di paura.»

«Sarai re, Tommy. Non temere. Ma io devo andare. Queste sono giornate fredde, ma le notti sono più fredde ancora e io voglio essere fuori della città prima che calino le tenebre.»

«No, resta!» lo implorò Thomas aggrappandoglisi alla mantella. «Se devo per forza essere re allora resta e consigliami, come consigliavi mio padre! Non te ne andare! Non so perché vuoi partire, non capisco! Sei qui da sempre!»

Ah, finalmente, si gongolò Flagg. *Adesso sì che mi piace... anzi, mi riempie di beatitudine!*

«Mi è doloroso partire, infatti», confessò Flagg. «Molto doloroso. Perché io amo Delain. E voglio bene a *te*, Tommy.»

«Allora resta!»

«Tu non capisci la mia situazione. Anders Peyna è un uomo potente. Un uomo *molto* potente. E io non sono nelle sue grazie anche se penso di poter tranquillamente affermare che probabilmente arriva persino a odiarmi.»

«Ma perché?»

In parte perché lui sa da quanto tempo io sono qui. Ma soprattutto perché secondo me intuisce esattamente che cosa si-

gnifica la mia presenza qui per Delain.

«Mi è difficile dirlo, Thomas. Immagino che dipenda dal fatto che è un uomo molto potente e gli uomini potenti di solito non vedono di buon occhio altri uomini che sono potenti come loro. Come per esempio il consigliere più fidato del re.»

«Tu eri il consigliere più fidato di mio padre?»

«Sì.» Flagg gli prese la mano e per un attimo gliela strinse. Poi gliela lasciò andare e mandò un mesto sospiro. «I consiglieri del re sono un po' come i cervi del parco privato di un re. Sono cervi che vengono coccolati e nutriti da mani regali. Consiglieri e cervi addomesticati vivono bene, ma fin troppo spesso ho visto un capriolo del parco reale finire sulla tavola da pranzo di un re quando le Riserve non abbiano fornito alla sua battuta di caccia un cervo selvatico per farne bistecche o un umido prelibato. Alla morte di un re, è spesso opportuno che i suoi consiglieri si dileguino.»

Allarme e collera apparvero negli occhi di Thomas.

«Peyna ti ha forse minacciato?»

«No... è stato molto buono», rispose Flagg. «Molto paziente. Ho letto però nel suo sguardo e so che la sua pazienza non durerà in eterno. I suoi occhi mi dicono che potrei trovare il clima di Andua più salutare.» Si alzò in piedi con un altro svolazzo della mantella. «Dunque... per quanto mi rammarichi...»

«Aspetta!» esclamò di nuovo Thomas e nel suo volto pallido e smagrito Flagg vide che tutte le sue ambizioni stavano per realizzarsi. «Se eri al sicuro quando mio padre era re perché eri il *suo* consigliere, non saresti al sicuro ora che io sono re se tu fossi il *mio* consigliere?»

Flagg mostrò di riflettere molto seriamente. «Sì... suppongo... se tu facessi capire con chiarezza a Peyna... con *molta* chiarezza... che qualunque mossa a mio danno meriterebbe la disapprovazione reale. *Grande* disapprovazione reale.»

«Lo farò!» proruppe Thomas. «Lo farò! E in tal caso resteresti? Ti prego, se te ne vai, giuro che mi uccido! Io non so niente di come si fa a essere re e non avrei alternativa!»

Flagg rimase immobile con la testa abbassata, il viso nascosto, nell'atto di chi pesa con la massima attenzione una scelta solenne. In realtà stava sorridendo.

Ma quando rialzò la testa, era più che serio.

«Ho servito il regno di Delain per quasi tutta la vita», rispose, «immagino che se tu mi ordinassi di restare... di restare e servirti al meglio delle mie capacità...»

«Così ti ordino!» gridò Thomas con un tremito nella voce.

Flagg s'abbassò su un ginocchio. «Mio signore!»

Thomas si gettò tra le sue braccia singhiozzando di felicità. Flagg lo accolse.

«Non piangete, mio piccolo sire», gli bisbigliò. «Andrà tutto bene. Sì, tutto andrà bene per voi e per me e per il regno.» Il suo vasto e feroce sorriso mostrava denti molto bianchi e molto forti.

47

Thomas non riuscì a chiudere occhio la notte prima dell'incoronazione nella Piazza dell'Obelisco e nelle prime ore di quella terribile giornata fu preso da un attacco di vomito e diarrea dovuto all'insostenibile nervosismo. La sua era autentica paura del palcoscenico. Parlarne in questa sede sembra un po' sciocco e comico, ma vi assicuro che non c'era niente di sciocco o comico nel suo stato d'animo. Thomas era ancora solo un bambino e ciò che provò nella notte, quando tutti noi viviamo i momenti di maggior solitudine, fu una paura così estrema, che non sarebbe improprio definirla terrore mortale. Chiamò un servo e gli ordinò di condurgli Flagg. Il servo, spaventato dal pallore di Thomas e dall'odore di vomito nella sua stanza, compì tutta la strada di corsa e quasi non aspettò d'esser invitato a entrare prima di precipitarsi nell'alloggio di Flagg a informarlo che il giovane principe era gravemente malato e forse in pericolo di vita.

Flagg, che aveva una mezza idea di quale potesse essere la malattia, rispose al servo di tornare dal suo padrone a riferirgli che di lì a poco sarebbe andato da lui e di non temere. Gli si presentò dopo venti minuti.

«Non ce la faccio», gemette Thomas. Aveva vomitato nel letto e le lenzuola puzzavano. «Non posso fare il re, proprio non posso. Ti prego, tu devi impedire che accada. Come potrei mai tentare quando probabilmente mi metterei a vomitare davanti a Peyna e a tutti gli altri, a vomitare o.. o...»

«Andrà tutto bene», lo incoraggiò Flagg con calma. Aveva preparato un infuso che avrebbe placato lo stomaco di Thomas e contemporaneamente gli avrebbe tappato per qualche tempo le viscere. «Bevete.»

Thomas ubbidì.

«Morirò», concluse posando il bicchiere. «Non ci sarà bisogno che mi uccida. Sarà il mio cuore a scoppiare per la paura. Mio padre diceva che talvolta muoiono così i conigli nelle tagliole, anche quando non sono feriti gravemente. Così sono anch'io, un coniglio in trappola, che sta morendo di paura.»

In parte hai ragione, caro Tommy, pensò Flagg. *Non stai morendo di paura, come pensi, ma sei veramente un coniglio in trappola.*

«Sono sicuro che cambierete idea», commentò Flagg. Aveva preparato una seconda pozione che era di un opaco color rosa, una tinta tranquillizzante.

«Che cos'è?»

«Qualcosa che servirà a calmare i vostri nervi e a farvi dormire.»

Thomas la bevve. Flagg si sedette accanto a lui. Presto Thomas dormiva profondamente, così profondamente che se il servo lo avesse visto in quel momento, avrebbe forse pensato che il suo pronostico si fosse avverato e che Thomas fosse morto. Flagg prese nella propria la mano addormentata del ragazzo e l'accarezzò con qualcosa di simile all'affetto. A suo modo, in effetti, voleva bene a Thomas, ma Sasha avrebbe riconosciuto l'amore di Flagg per ciò che era: un padrone per il suo cagnolino.

È tanto simile a suo padre, rifletteva Flagg, *e pensare che il vecchio non se n'è mai accorto. Oh, Tommy, passeremo dei momenti meravigliosi insieme, tu e io, e prima che io abbia completato il mio lavoro il regno sarà inondato di sangue reale. Me ne andrò, ma non sarò lontano, almeno all'inizio. Tornerò in incognito il tempo necessario a vedere la tua testa mozzata conficcata sulla guglia... e per aprire il petto di tuo fratello con il mio pugnale e strappargli il cuore e mangiarlo crudo, come suo padre mangiò il cuore del suo prezioso drago.*

Quindi Flagg se ne andò sorridente.

48

La cerimonia dell'incoronazione si concluse senza incidenti o complicazioni di sorta. I servitori di Thomas (non aveva maggiordomo perché era ancora troppo giovane, ma a questo si sarebbe provveduto di lì a non molto) lo vestirono per l'occasione di eleganti abiti di velluto nero tempestati di pietre preziose (*tutto mio,* pensava Thomas con stupore e tradendo i primi sintomi dell'avidità, *adesso tutto questo è mio*) e lunghi stivali neri del più fine vitello. Quando alle undici e mezzo in punto gli si presentò Flagg ad annunciare: «È ora, altezza», Thomas era molto meno nervoso di quanto si fosse aspettato. Il sedativo che gli aveva somministrato il mago la notte precedente non aveva esaurito i suoi effetti.

«Reggimi il braccio», gli rispose, «nel caso che inciampi.»

Flagg gli prese il braccio. Negli anni a venire, quell'immagine sarebbe diventata abituale a corte: Flagg che sembrava sostenere il re ragazzo come se fosse un vegliardo invece di un giovane in piena salute.

Uscirono dunque insieme sotto un vivido sole invernale.

Un'ovazione così grande che sembrò la risacca che s'infrangeva lungo le lunghe e desolate spiagge del baronato orientale salutò il loro apparire. Thomas si guardò intorno, sorpreso da quel suono, e il suo primo pensiero fu *Dov'è Peter? Certamente quest'acclamazione deve essere per Peter!* Poi ricordò che Peter era chiuso nell'Obelisco e si rese conto che i festeggiamenti non erano per il fratello. Sentì sbocciare un piacere... e devo dirvi che quel piacere non era solo nel constatare che gli applausi erano per lui: sapeva che Peter, chiuso a chiave nelle sue tetre stanzette in cima alla torre, non poteva non udire l'acclamazione del popolo.

Che importanza ha ora che tu fossi sempre migliore di me alle lezioni? pensò Thomas con una felicità maligna che lo pungolò, pur mentre gli riscaldava il cuore. *Che importanza ha adesso? Tu sei chiuso nell'Obelisco e io... io sto per diventare re! Che importanza ha adesso che tu gli abbia portato ogni sera un bicchier di vino e...*

Ma quest'ultimo pensiero gli fece affiorare sulla fronte uno strano sudore oleoso e allora, a disagio, subito lo scacciò.

Le grida di giubilo si fecero più assordanti mentre lui e Flagg arrivavano nella Piazza dell'Obelisco e passavano sotto l'arco formato dalle spade incrociate della Guardia Nazionale, che finalmente indossava le belle divise rosse e gli alti copricapi a Fauci di Lupo. E Thomas cominciò a divertirsi davvero. Alzò la mano per salutare e le ovazioni dei suoi sudditi diventarono un uragano. Gli uomini gettarono in aria i cappelli e le donne piansero di gioia. Si levò un tumulto di grida: «Il re! Il re! Viva il re! Thomas il Portatore di Luce! Lunga vita al re!» Thomas, che era solo un ragazzo, credette che fossero per lui, ma Flagg, che forse non era mai stato ragaz-

zo, non era così ingenuo. Le grida salutavano la fine di un periodo difficile, si gioiva perché ora tutto poteva tornare a essere com'era sempre stato, le botteghe potevano riaprire i battenti, i soldati dagli occhi truci, con i loro elmetti di cuoio, non avrebbero più montato la guardia di notte intorno al castello e tutti avrebbero potuto tranquillamente ubriacarsi dopo la solenne cerimonia senza più preoccuparsi di potersi svegliare al suono confuso di una rivolta. Né più né meno. Ci sarebbe potuto essere chiunque al posto di Thomas, perché in quel momento contava solo ciò che rappresentava.

Ma Flagg si sarebbe assicurato che Thomas non lo venisse mai a sapere.

Non prima che fosse troppo tardi, in ogni caso.

La cerimonia in sé fu breve. La celebrò Anders Peyna che quel giorno sembrava invecchiato di vent'anni in un sol colpo. Thomas rispose: «Lo farò» e «Lo giuro» nei momenti giusti, come Flagg lo aveva istruito. Alla fine del rituale, che fu condotto in un silenzio così solenne e assoluto che persino coloro che si trovavano ai limiti estremi della vasta folla udivano distintamente ogni parola, sulla testa di Thomas fu posata la corona. Si levarono nuovamente le grida, più forti che mai, e Thomas guardò su... su e su lungo la liscia parete circolare dell'Obelisco, su fino alla cima, dove si apriva un'unica finestra. Non poté vedere se Peter stesse guardando giù, ma sperava di sì. Sperava che Peter stesse guardando giù e si morsicasse le labbra di frustrazione fino a farsi colare sangue sul mento, come tante volte lui stesso si era morsicato le labbra... con tanta forza che ormai conservava di quei morsi una sottile ragnatela bianca di cicatrici.

Hai sentito, Peter? urlò nella mente. *Stanno osannando* ME! *Stanno osannando* ME! *Finalmente stanno osannando* ME!

49

Durante la sua prima notte da re, Thomas il Portatore di Luce si svegliò di soprassalto, drizzandosi a sedere con gli occhi sbarrati, un'espressione d'orrore sulla faccia e le mani schiacciate sulla bocca come per soffocare un grido. Aveva appena avuto un incubo terribile, peggiore persino di quelli nei quali aveva rivissuto l'orrendo pomeriggio alla Torre Orientale.

Anche questa volta in un certo senso aveva rivissuto un'esperienza reale. Si era ritrovato nel passaggio segreto a spiare suo padre. Era la sera in cui suo padre si era malamente ubriacato e, in preda al furore, girava per la stanza sfidando a gran voce le teste impagliate dei suoi trofei. Ma quando il re si era fermato davanti alla testa di Niner, le parole che aveva pronunciato erano state diverse.

Perché mi guardi? aveva strillato suo padre nel sogno. *Mi ha ucciso e immagino che tu non avresti potuto impedirglielo comunque, ma come hai potuto fare imprigionare tuo fratello per questo delitto? Rispondimi, dannazione! Ho fatto tutto quello che ho potuto e guardami! Guardami!*

Suo padre aveva cominciato a bruciare. La sua faccia aveva assunto il color rosso cupo di un fuoco ben attizzato. Da occhi, naso e bocca gli erano scaturiti sbuffi di fumo. Si era piegato in due per il gran dolore e allora Thomas aveva visto che gli si erano incendiati i capelli. A quel punto si era svegliato.

Il vino! pensò ora, orripilato. *Flagg andò a portargli un bicchier di vino quella sera! Tutti sapevano che Peter gli portava del vino tutte le sere, perciò tutti avevano pensato che fosse stato Peter ad avvelenarlo! Ma anche Flagg quella sera era andato a portare del vino al re e lui non l'aveva mai fatto prima! E il veleno arrivava da Flagg! Lui stesso ha affermato che gli era stato rubato anni fa, ma...*

No, non poteva permettersi di formulare quei pensieri. Mai e poi mai. Perché se avesse *pensato* una cosa simile...

«Mi ucciderebbe», mormorò Thomas atterrito.

Potresti andare da Peyna. Peyna diffida di lui.

Sì, avrebbe potuto fare così, ma a quel pensiero riemerse in lui tutta la sua antipatia e la sua invidia per Peter. Se avesse portato la sua testimonianza, Peter sarebbe stato liberato dall'Obelisco e si sarebbe seduto sul trono al posto *suo*. Thomas sarebbe ridiventato la nullità di sempre, il principino impacciato che era stato re per un sol giorno.

E c'era voluto solo un giorno perché Thomas scoprisse che poteva anche *piacergli* di essere re, anzi, poteva piacergli moltissimo, specialmente se Flagg lo aiutava. Inoltre, a ben vedere, lui non sapeva niente con certezza, no? La sua era solo un'idea e le sue idee si erano sempre dimostrate sbagliate.

Mi ha ucciso e immagino che tu non avresti potuto impedirglielo comunque, ma come hai potuto lasciare che tuo fratello fosse imprigionato?

Pazienza, concluse Thomas, devo essermi sbagliato, non può essere altrimenti, e anche se così non fosse gli sta bene. Si girò dall'altra parte, deciso più che mai a riaddormentarsi e dopo molto tempo il sonno arrivò.

Negli anni seguenti gli riapparve nei sogni più brutti suo padre che accusava il figlio spione e poi si piegava in due, fumando dalle orecchie, con i capelli in fiamme. Durante quegli anni, Thomas scoprì due cose: che il rimorso e i segreti, come gli scheletri dei morti assassinati, non riposano mai in pace; ma anche che con tutti loro si può convivere.

50

Se aveste chiesto la sua opinione, Flagg avrebbe risposto con un sorriso di sdegno che Thomas avrebbe potuto serbare un segreto solo di fronte a una persona che fosse debole di mente e forse nemmeno davanti a un poveretto di tal fatta. Men che mai avrebbe potuto nascondere un segreto, vi avrebbe detto Flagg, all'uomo che aveva architettato la sua ascesa al trono. Ma gli uomini come Flagg sono pieni di sé e sebbene sappiano vedere molto talvolta sono stranamente ciechi. Flagg non avrebbe mai sospettato che quella sera dietro a Niner ci fosse Thomas e che lo avesse visto dare a Roland il bicchiere di vino avvelenato.

E quello fu un segreto che Thomas serbò.

51

Al culmine del giubilo dell'incoronazione, lassù, in cima all'Obelisco, Peter guardava giù da una finestrella. Come Thomas aveva sperato, aveva visto e udito tutto, dalle prime acclamazioni quando Thomas era apparso sostenuto da Flagg, fino al momento in cui era scomparso nel palazzo, sempre appeso al braccio di Flagg.

Rimase alla finestra per quasi tre ore dopo la cerimonia a osservare la folla. Nessuno aveva voglia di tornarsene a casa. C'era tanto di cui discutere e raccontare. Tizio doveva raccontare a Caio dove esattamente si trovava quando aveva saputo della morte del vecchio re, quindi entrambi dovevano riferire tutto a Sempronio. Le donne si fecero un ultimo pianto per Roland e ripetutamente ricordarono com'era *bello* Thomas e come era apparso *calmo.* I bambini si rincorrevano fingendo di essere tutti dei piccoli re e facevano rotolare i cerchi e cadevano e si sbucciavano le ginocchia e gridavano e ridevano e riprendevano a inseguirsi. Gli uomini si calavano gran pacche sulla schiena e si dicevano l'un l'altro che d'ora in poi sarebbe andato tutto per il meglio, che era stata una settimana terribile, ma ormai era tutta acqua passata. Eppure, in tanto entusiasmo collettivo, correva un filo giallo di disagio, come se intuissero che *non* era tutto sistemato, che tutto quello che si era guastato quando il vecchio re era stato assassinato ancora non era stato raddrizzato.

Naturalmente Peter non poteva vedere con certezza tutto questo dal suo alto e solitario nido in cima all'Obelisco, tuttavia, qualcosa percepì. Sì, qualcosa percepì.

Alle tre, con tre ore di anticipo, si aprirono le osterie, ufficialmente in onore dell'incoronazione del nuovo re, ma in realtà perché c'erano buoni affari in vista. La gente aveva voglia di bere e celebrare. Alle sette di sera la gran parte della popolazione si aggirava scompostamente per le strade, bevendo alla salute di Thomas, il Portatore di Luce (non senza qualche rissa). Era quasi buio quando i festeggianti cominciarono finalmente a disperdersi.

Peter si staccò dalla finestra, andò all'unica sedia del suo «soggiorno» (un nome che suonava come una crudele ironia) e lì si sedette con le mani unite in grembo. Restò così a guardare l'oscurità che si prendeva la stanza. Arrivò la sua cena: carne tutta di nervo e grasso, birra annacquata e pane grezzo così salato che si sarebbe bruciato la bocca se ne avesse mangiato un sol boccone. Ma Peter non mangiò né la carne né il pane né bevve la birra.

Verso le nove, quando riprese la baraonda nelle strade (questa volta la folla era molto più chiassosa di prima, quasi tumultuosa), Peter passò nell'altra stanza della sua prigione, si spogliò di tutti gli indumenti fatta salva la camiciola, si lavò con l'acqua del catino, s'inginocchiò accanto al letto e pregò. Poi si coricò. C'era un'unica coperta, sebbene la stanzetta fosse molto fredda. Peter se la tirò su, fino al mento, s'intrecciò le dita sotto la nuca e fissò lo sguardo nel buio.

Da fuori, da sotto, giungevano le grida e le risa della gente. Ogni tanto sentiva il crepitare dei fuochi d'artificio e una volta, verso la mezzanotte, udì l'eco più cupa di uno scoppio di polvere da sparo, quando un soldato ubriaco fece partire un colpo a salve (il giorno dopo, lo sventurato soldato fu mandato agli estremi confini orientali del regno di Delain, per colpa di quel suo troppo appassionato saluto al nuovo re: la polvere da sparo era rara a Delain e chi ne possedeva era oggetto d'invidia).

Solo dopo l'una di notte Peter riuscì finalmente a chiudere gli occhi e a dormire.

L'indomani fu in piedi alle sette. S'inginocchiò, rabbrividendo per il freddo, con il fiato che gli scaturiva bianco e denso dalla bocca e la pelle nuda delle braccia e delle gambe accapponata, e pregò. Terminate le preghiere, si vestì. Passò in «soggiorno» e per quasi due ore sostò in silenzio alla finestra a guardare la città che si svegliava sotto di lui. Fu un risveglio più lento e scoordinato del solito, perché quasi tutti gli adulti di Delain si destarono con la testa gonfia per le bevute. Si recarono a passo lento e incerto ai loro posti di lavoro, quasi tutti di pessimo umore. Molti degli uomini uscirono di casa ancora scottati dalle dure parole di mogli inviperite che non provavano alcuna compassione per le loro emicranie (anche Thomas aveva mal di testa per aver bevuto troppo vino la notte precedente, ma almeno a lui erano state risparmiate le rampogne di una moglie).

Arrivò la colazione di Peter. Beson, il Capo Guardiano (anche lui con i postumi di una sbornia), gli portò cereali integrali pieni di crusca e senza zucchero, latte annacquato che andava cagliando rapidamente e un altro tozzo di quel pane troppo salato. Certo che grande era il contrasto con le colazioni prelibate che Peter consumava nel suo studio. Non mangiò niente.

Alle undici, andò da lui uno dei Guardiani Inferiori a ritirare tutto il cibo che giaceva nella cella.

«Il principino si è messo in testa di morir di fame, dico io», riferì a Beson.

«Bene», rispose con aria indifferente Beson. «Ci risparmierà la fatica di mantenerlo.»

«Forse ha paura di essere avvelenato», azzardò il Guardiano Inferiore e, nonostante il dolente cerchio alla testa, Beson rise. La battuta era buona.

Peter trascorse quasi tutta la giornata sulla sedia del suo «soggiorno». Nell'ultimo scorcio del pomeriggio, tornò alla finestra. Non c'erano sbarre a quella finestra. Solo un uccello sarebbe potuto uscire di lì prendendo un'altra rotta che non fosse quella verticale dall'alto in basso. Nessuno, né Peyna, né Flagg, né Aron Beson si preoccupavano dell'eventualità che il prigioniero potesse calarsi di lassù. La parete esterna dell'Obelisco era assolutamente liscia. Ce l'avrebbe fatta forse una mosca, ma non certo un uomo.

E se, precipitato nel pozzo oscuro della depressione, avesse scelto di spiccare il balzo, qualcuno si sarebbe forse girato indietro? Difficilmente. Vero è invece che lo stato avrebbe evitato le spese di vitto e alloggio per un assassino di sangue blu.

Il sole abbandonò il pavimento e cominciò ad arrampicarsi per il muro e Peter tornò a sedersi e guardò la luce strisciare. Arrivò la sua cena, di altra carne grassa, birra annacquata e pane salato. Peter non la toccò.

Dopo che il sole fu scomparso, restò ancora seduto nel buio fino alle nove, poi si trasferì in camera da letto. Si tolse tutto e quando restò con la sola camiciola addosso s'inginocchiò e pregò con piccoli sbuffi bianchi che gli uscivano dalla bocca quando respirava. Si mise a letto, intrecciò le dita sotto la nuca e restò sdraiato così a fissare le tenebre. Pensò a cosa gli era successo. Verso l'una s'addormentò.

Così fu il secondo giorno.

E il terzo.

E il quarto.

Per un'intera settimana Peter non mangiò niente, non pronunciò una sola parola e non fece altro che affacciarsi alla finestra del suo soggiorno o sedere sulla sua sedia a guardare il sole che strisciava sul pavimento e si arrampicava sul muro fino al soffitto. Beson era convinto che il ragazzo fosse in preda al più cupo senso di colpa e alla più nera disperazione: aveva già assistito a fenomeni del genere, specialmente con esponenti della casa reale. Sarebbe morto, a suo avviso, come un uccello selvatico di quelli che non sopportano la gabbia. Quel ragazzo sarebbe morto e la sua scomparsa sarebbe stata di vantaggio per tutti.

Ma ora che giunse l'ottavo giorno, Peter mandò a chiamare Aron Beson e gli diede certe istruzioni... e non gliene diede da prigioniero.

Gliele diede da re.

52

Peter si sentiva veramente disperato, ma la sua disperazione non era nera come Beson credeva. Aveva trascorso la prima settimana nell'Obelisco rivedendo con molta cura la sua posizione cercando di decidere che cosa gli convenisse fare. Si era sforzato di ragionare e alla fine ci era riuscito, ma per un po' si era sentito terribilmente sperduto e il peso della sua situazione l'aveva schiacciato come l'incudine del maniscalco. Poi aveva ricordato una semplice verità: *lui* sapeva di non aver ucciso suo padre, anche se nel regno tutti lo ritenevano colpevole.

Durante i primi due giorni era rimasto avvinto nelle spire di inutili emozioni. La parte più infantile della sua personalità non faceva che strillare: «Non è giusto! Non è giusto!» e naturalmente giusto non era, ma rimuginarci non lo conduceva ad alcuna soluzione. Digiunando, aveva ritrovato piano piano il controllo di se stesso. Nel ventre vuoto era morta d'inedia la parte di lui ancora fanciulla. Aveva cominciato a sentirsi più pulito, mondato, svuotato... come un bicchiere in attesa di essere riempito. Dopo due o tre giorni di digiuno il brontolio del suo stomaco era cessato e allora aveva cominciato a udire con maggior chiarezza i suoi *veri* pensieri. Aveva pregato, ma sotto sotto sapeva che in quel rito c'era qualcosa di più, perché in realtà parlava con se stesso e si ascoltava, cercando un modo per uscire da quella prigione librata nel cielo in cui era stato rinchiuso con tanta astuzia.

Lui non aveva ucciso suo padre. Questa era la prima cosa. Qualcuno aveva incolpato lui del delitto. Questa era la seconda. Ma chi? Naturalmente c'era una sola persona che potesse aver agito in quel modo, solo una persona in tutta Delain avrebbe potuto conservare un veleno così micidiale come la Sabbia del Drago.

Flagg.

E tutto allora aveva un senso. Flagg sapeva che in un regno governato da Peter non ci sarebbe stato posto per lui. Flagg si era accuratamente attirato le simpatie di Thomas, facendo di suo fratello un suo amico... il quale tuttavia provasse per lui la giusta dose di soggezione. In un modo che ancora non gli era chiaro, Flagg aveva assassinato Roland e aveva quindi predisposto le prove grazie alle quali Peter era finito lassù.

A questo punto era giunto allo scadere del terzo giorno di regno di Thomas.

Allora che cosa avrebbe potuto fare? Accettare semplicemente la sua sorte? No, quello non l'avrebbe fatto mai. Fuggire? No, quello non *poteva* farlo. Nessuno era mai scappato dall'Obelisco.

Eccetto...

Così si era acceso il barlume. Questo avveniva la quarta sera, mentre contemplava il vassoio della sua cena. Carne grassa, birra annacquata, pane salato. Un piattino bianco. Niente tovagliolo.

Eccetto...

Il barlume si era intensificato.

Forse c'era un modo per scappare. *Forse.* Sarebbe stato terribilmente pericoloso e spaventosamente laborioso. Alla fine di tanto lavoro, era possibile che morisse a dispetto di tutti i suoi sforzi. Ma... forse c'era un sistema.

E se fosse riuscito a fuggire, che cosa avrebbe fatto poi? C'era modo di far risalire l'omicidio fino al mago? Non ne era certo. Flagg era un serpente astuto e mai più aveva lasciato qualche prova del suo misfatto che potesse in seguito essere usata contro di lui. Sarebbe stato in grado di strappargli una confessione? Forse sì, posto sempre che fosse riuscito a mettergli le mani addosso: Peter non escludeva che Flagg riuscisse a scomparire come fumo appena avesse saputo che Peter era fuggito dall'Obelisco. E poteva sperare che qualcuno *credesse* alla confessione di Flagg, nel caso che fosse riuscito a strappargliene una? *Oh sì, ha confessato di aver ucciso Roland*, avrebbe commentato la gente. *Peter, il patricida evaso, gli teneva una spada puntata alla gola. In una situazione come quella anch'io avrei confessato qualsiasi cosa, persino l'assassinio di Nostro Signore!*

Vi verrà forse la tentazione di ridere di Peter, immaginandovelo a ruminare nella mente questi pensieri, prigioniero in una cella a cento metri dal suolo. Direte forse che stava piazzando il carro ben davanti ai buoi. Ma Peter aveva scorto un modo per fuggire. Sarebbe potuto essere naturalmente un modo per morire giovane, ma riteneva di avere qualche probabilità di riuscita. Tuttavia... valeva la pena sobbarcarsi tanta fatica se alla fine non avesse concluso niente? O peggio ancora, se avesse provocato con la sua iniziativa nuovi danni al regno in qualche maniera che ancora nemmeno sospettava?

Su tutto questo aveva meditato e per questo aveva pregato. Era trascorsa così la quarta notte e poi la quinta e poi la sesta. Ora che era giunta la settima notte, Peter era arrivato a questa conclusione: era meglio provare che rinunciare, meglio fare un tentativo nel nome della giustizia a costo di pagare con la vita. Era stata commessa un'ingiustizia e in questo aveva scoperto un aspetto singolare: il fatto che l'ingiustizia fosse stata commessa contro di *lui* non era neanche lontanamente importante quanto il fatto che fosse stata commessa in sé. Bisognava rimediare.

L'ottavo giorno del regno di Thomas, mandò a chiamare Beson.

53

Beson ascoltò il discorso del principe prigioniero con incredulità e collera crescente. Quando Peter finì Aron Beson proruppe in una sequela di oscenità che avrebbe fatto arrossire un mandriano.

Peter la subì rimanendo impassibile.

«Moccioso di un cane assassino!» finì Beson, ma in un tono pesantemente venato dallo stupore. «Devo pensare che credi di vivere ancora nel grembo del lusso, con i tuoi servi che accorrono ogni volta che sollevi uno dei tuoi educati mignoli! Ma non è più così, mio giovane principe. No, *signore.*»

Beson si protese dalla cintola in su, spingendo in avanti il mento ispido, e sebbene il tanfo di sudore e vino di bassa lega e grosse scaglie nere di lerciume fosse quasi insopportabile, Peter non indietreggiò minimamente. Non c'erano sbarre fra di loro e Beson, che mai aveva temuto un prigioniero, certamente non provava alcun timore davanti a quel cucciolo. Il Capo Guardiano aveva cinquant'anni, era basso di statura e largo di spalle, pesante di ventre. I capelli bisunti gli pendevano aggrovigliati fin quasi alle guance e dietro gli scendevano fino alla base del collo. Quand'era entrato nella stanza di Peter uno dei Guardiani Inferiori aveva sprangato la porta alle sue spalle.

Beson chiuse il pugno sinistro e lo agitò sotto il naso di Peter. La sua mano destra intanto scivolava nella saccoccia della camicia e si chiudeva intorno a un levigato cilindro di metallo. Un sol colpo di un pugno così armato avrebbe fracassato la mascella a un uomo. Beson l'aveva già fatto.

«Puoi prenderti le tue *richieste* e schiaffartele su per il naso con il resto del tuo moccio, mio piccolo principe! E la prossima volta che mi chiami quassù per qualche farfuglio regale come questo, avrai di che sanguinarne.»

Beson s'avviò verso la porta, basso e curvo e simile a un troll. Viaggiava nella sua piccola nube compatta di olezzo.

«Stai correndo il pericolo di commettere un errore estremamente grave», lo ammonì Peter. La sua voce risuonò sommessa ma tetra e andò a segno.

Beson si voltò con un'espressione incredula. *«Che cosa hai detto?»*

«Mi hai sentito», rispose Peter. «E quando mi rivolgerai di nuovo la parola, piccola rapa puzzolente, credo che ti converrà ricordarti che stai parlando a un'altezza reale, giusto? Il mio lignaggio non è cambiato solo perché sono salito per quelle scale.»

Lì per lì Beson non riuscì a reagire. La sua bocca si aprì e si richiuse come quella di un pesce strappato alle onde dell'oceano (anche se qualunque pescatore avesse preso una bestia brutta come Beson, sicuramente l'avrebbe rigettata in acqua). Le compassate richieste di Peter, rivoltegli in un tono che lasciavano intendere che erano in realtà ordini che non ammettevano replica, gli facevano ronzare la testa di furore. Una di quelle richieste, poi, gli aveva fatto pensare di trovarsi alle prese con un'autentica femminuccia, o con un matto da legare. Beson l'aveva immediatamente ripudiata, considerandola uno stupido scherzo. L'altra tuttavia aveva a che fare con i suoi pasti. Le parole di Peter, confrontate con l'espressione risoluta dei suoi occhi, stavano a indicare che il giovane principe aveva abbandonato la sua disperazione e intendeva vivere.

La previsione di giornate future da trascorrere nell'ozio e nottate da passare bevendo non gli era dispiaciuta affatto, ma adesso, tutt'a un tratto, le sue speranze sembravano svanire. Quel giovane sembrava perfettamente sano e più forte che mai. Facile che vivesse a lungo. Possibile addirittura che Beson avesse da guardare in faccia quel giovane assassino per il resto dei suoi giorni... Ah, quello sì che era un pensiero da far tremare i denti a un uomo! E poi...

Rapa puzzolente? Mi ha dato veramente della rapa puzzolente?

«Oh, mio caro piccolo principe», disse Beson, «io credo che sia tu a commettere l'errore... ma ti prometto che non ne commetterai più.» Le sue labbra si separarono in un ghigno che rivelò i pochi spunzoni anneriti che aveva per denti. Ora, in procinto di sferrare il suo attacco, Beson si mosse con sorprendente agilità. Tolse la mano destra dalla saccoccia, chiusa sulla sbarra di metallo.

Peter fece un passo indietro, spostando gli occhi dai pugni chiusi di Beson al suo viso e poi di nuovo ai pugni. Alle spalle di Beson, la finestrella sbarrata al centro della porta di Peter era aperta. Due dei Guardiani Inferiori si pigiavano l'un l'altro, ruvida guancia contro ruvida guancia, sogghignando in attesa che cominciasse il bello.

«Tu sai che i prigionieri reali devono essere ascoltati in questioni di poco conto», lo ammonì Peter, continuando a indietreggiare e a spostarsi lateralmente. «Questa è la tradizione e io non ti ho chiesto niente di più di quanto mi è dovuto.»

Il ghigno di Beson si allargò. Gli era sembrato di sentire paura nella voce di Peter. Si sbagliava. Il suo errore gli sarebbe stato rivelato di lì a poco in un modo al quale non era certo abituato.

«Sono tradizioni che si pagano, anche tra esponenti di casa reale, mio piccolo principe.» Beson si sfregò il pollice sinistro contro l'indice. La sua mano destra rimase serrata sul cilindro di metallo.

«Se intendi con questo che ti farebbe comodo una mancia di tanto in tanto, si può provvedere», rispose Peter, continuando a girare per la stanza. «Ma solo se rinuncerai seduta stante a questo stupido comportamento.»

«Hai paura, eh?»

«Se qualcuno deve aver paura qui dentro, credo che sia tu», ribatté Peter. «Mi sembra di capire che intendi assalire il fratello del re di Delain.»

L'allusione colpì nel segno e per un momento Beson esitò. L'incertezza gli appannò gli occhi. Poi guardò verso lo spioncino nella porta, vide i volti dei suoi Guardiani Inferiori e la sua faccia si trasformò di nuovo in una maschera feroce. Se avesse ceduto ora, avrebbe avuto delle grane dai suoi dipendenti, niente che non fosse in grado di sistemare, si capisce, ma pur sempre una seccatura che quel piccolo sgorbio che aveva davanti non meritava.

Si lanciò all'improvviso e vibrò il pugno armato. Nel farlo, sorrideva di crudele piacere. Le urla che avrebbe lanciato il principe cadendo sul pavimento di pietra con il naso fracassato e zampillante stretto fra le mani sarebbero state, secondo le sue previsioni, stridule e infantili.

Peter lo schivò facilmente, con un passo atletico che sembrò di danza. Afferrò il pugno di Beson e non fu per niente sorpreso di sentirlo così pesante, poiché aveva visto scintillare il metallo tra le dita rigonfie del guardiano. Tirò con una forza che Beson solo fino a cinque minuti prima non avrebbe mai immaginato. Volò nell'aria e rovinò sulla parete concava del «salotto» di Peter con uno schianto che gli fece tintinnare i pochi denti rimastigli nelle gengive. Gli esplose un intero firmamento nella testa. Il cilindro di metallo gli schizzò via dal pugno e rotolò per terra. Prima che Beson avesse tempo di riprendersi, Peter l'aveva già raccolto: si muoveva con l'elasticità pura e semplice di un felino.

Non è vero, pensò Beson con la mente confusa da un misto di sgomento crescente e istupidito stupore. *Non può assolutamente essere vero.*

Non aveva mai provato alcun timore nell'entrare nelle due celle in cima all'Obelisco, perché mai c'era stato lì alcun prigioniero, né di sangue nobile, né di sangue reale, capace di sopraffarlo. Ah, sì, c'erano stati alcuni scontri famosi lassù, ma a tutti aveva insegnato chi era il capo. Governassero pure il pollaio da basso, ma lassù il gallo era lui e tutti avevano imparato a rispettare la sua sozza e fisica preminenza. E adesso arrivava questo giovinetto imberbe...

Con un ruggito di furore, Beson si rialzò, scuotendo la testa per schiarirsela e caricò alla cieca, buttandosi su Peter che ora stringeva a sua volta il cilindro di metallo nella destra. I Guardiani Inferiori assistettero sbigottiti a questo inaspettato sviluppo. Nessuno dei due pensò a intervenire, perché nessuno dei due poteva credere a ciò che stava vedendo, più di quanto ci credesse Beson.

Beson si lanciò su Peter con le braccia protese. In quel momento aveva perso ogni interesse per quella sorta di lotta libera, in cui ogni colpo era ammesso, che secondo lui era «boxe». La sua intenzione era di aggrapparsi a Peter, trascinarlo per terra, sottometterlo e infine strangolarlo per metà, fino a fargli perdere i sensi.

Ma il punto in cui si era trovato fino a un attimo prima Peter, si vuotò come per magia, quando il ragazzo si spostò lateralmente, flettendo contemporaneamente le ginocchia. Quando il tozzo Capo Guardiano simile a un troll passò, cercando di voltarsi, Peter lo colpì tre volte con il pugno destro, stretto intorno al cilindro di metallo. *Non è molto leale*, pensò Peter, *ma del resto non sono stato io a introdurre nel no-*

stro confronto questo pezzo di metallo, vero? I colpi non sembravano particolarmente violenti. Se Beson si fosse trovato ad assistere a un incontro e avesse visto tre rapidi colpi in sequenza come quelli, gli sarebbe venuto da ridere, convinto di aver visto «pugni da femminuccia». La sua idea di un pugno sferrato da un vero uomo era di un gesto di formidabile prestanza che avrebbe fatto fischiare l'aria.

Ma quelli non erano affatto pugni da femminuccia, per la sventura di tutti coloro che avessero condiviso le convinzioni di Beson. Ciascuno di essi partì dalla spalla, esattamente come l'istruttore di pugilato di Peter gli aveva insegnato per sei anni durante le loro lezioni bisettimanali. Erano colpi sferrati in economia, non facevano fischiare l'aria, eppure Beson ebbe la sensazione di essere scalciato tre volte in rapida successione da un pony molto piccolo con zoccoli molto grossi. Un bagliore dolorosissimo lo accecò, quando gli fu spezzato lo zigomo sinistro. Per Beson fu come se qualcuno avesse rotto in due un ramoscello dentro la sua testa. Finì di nuovo contro il muro. Lo urtò come una bambola di pezza e rimbalzò all'indietro sulle ginocchia. Si ritrovò a fissare il principe con palese sgomento.

Lo sbalordimento dei Guardiani Inferiori che sbirciavano attraverso lo spioncino della porta fu totale. Beson che veniva picchiato da un *ragazzo*? Era inconcepibile come pioggia che cadesse da un cielo sereno. Uno dei due abbassò lo sguardo sulla chiave che teneva nella mano e per un attimo pensò di entrare, poi desistette. C'era da buscarle, là dentro. Si lasciò scivolare la chiave nella tasca, preparandosi a sostenere in seguito di essersela scordata.

«Adesso sei disposto a trattare con ragionevolezza?» Peter non ansimava nemmeno. «Tutto questo è molto sciocco. Chiedo solo due piccoli favori, per i quali puoi contare di essere ampiamente ripagato. Tu...»

Con un ruggito Beson si scagliò nuovamente su Peter. Questa volta Peter non si aspettava l'attacco, ma riuscì lo stesso a sottrarvisi, alla maniera in cui un torero può anche essere colto di sorpresa, forse persino incornato, senza tuttavia perdere la grazia dei movimenti. Peter non perse la sua, ma restò tuttavia ferito. Le unghie di Beson erano lunghe, frastagliate e luride, più simili ad artigli animali che a unghie umane, e gli piaceva raccontare ai suoi Guardiani Inferiori (nelle più buie notti d'inverno quando più appropriato sembrava un racconto raccapricciante) della volta in cui aveva squarciato il collo di un prigioniero da un orecchio all'altro con un'unghia del pollice.

Questa volta un'unghia di Beson tracciò una riga sanguinante sulla guancia sinistra di Peter. Il taglio si aprì zigzagante dalla tempia fino alla mascella, mancando l'occhio sinistro di Peter di non più di un centimetro. Un lembo di pelle nella guancia di Peter si ripiegò come una patta e per tutta la vita avrebbe portato la cicatrice del suo scontro con Beson.

Peter s'arrabbiò. Fu come se tutto quello che aveva passato negli ultimi dieci giorni gli si consolidasse all'improvviso nel cervello e per un momento fu quasi, non proprio, ma *quasi*, abbastanza furioso da uccidere quel brutale Capo Guardiano invece di impartirgli una lezione che mai e poi mai avrebbe scordato.

Quando Beson si voltò, fu travolto da ganci sinistri e jab destri. I jab gli avrebbero normalmente arrecato poco danno, ma il chilo scarso di metallo contenuto nel pugno di Peter li aveva trasformati in siluri. Le nocche di Peter scardinarono la mascella di Beson. Beson ululò di dolore e cercò di nuovo di assalire Peter, ma fu un errore. Echeggiò uno schianto quando gli si ruppe il naso e sangue gli schizzò sulle labbra e sul mento. Gli imbrattò tutto il lercio farsetto. Poi un lampo accecante gli riempì gli occhi di luce e dolore quando un destro possente gli schiacciò le labbra. Sputò per terra un dente e cercò di sottrarsi. Si era dimenticato che i suoi Guardiani Inferiori stavano osservando incapaci di intervenire. Aveva dimenticato la sua collera per l'atteggiamento del giovane principe, aveva perso del tutto la voglia di impartire al giovane principe una dura lezione.

Per la prima volta nella sua carriera di Capo Guardiano, aveva dimenticato tutto eccetto che il cieco desiderio di sopravvivere. Per la prima volta nella sua carriera di Capo Guardiano, Beson aveva paura.

Né lo spaventava il fatto che Peter lo stesse strapazzando a suo piacimento. Le aveva buscate di brutto già in passato, sebbene mai per mano di un prigioniero. No, no. Era l'espressione che vedeva negli occhi di Peter a terrorizzarlo. *È lo sguardo di un re. Che gli dei mi proteggano, quella è la faccia di un re. Quello è furore che abbaglia quasi come la luce del sole!*

Peter inchiodò Beson contro il muro, misurò la distanza dal suo mento e spostò all'indietro il pugno destro appesantito dal cilindro.

«Hai ancora bisogno di essere convinto, rapa?» domandò con voce minacciosa.

«No», balbettò Beson rintronato muovendo le labbra che gli si gonfiavano a vista d'occhio. «No, mio re, imploro pietà, imploro la vostra pietà.»

«Come?» chiese Peter stralunato. «Come mi hai chiamato?»

Ma Beson scivolava lentamente sul concavo muro di pietra. Quando aveva chiamato Peter «mio re», stava ormai per perdere i sensi. Lui non se ne sarebbe mai ricordato, ma Peter non l'avrebbe mai scordato.

54

Beson rimase svenuto per più di due ore. Non fosse stato per il suo convulso respiro simile a un russare, Peter avrebbe temuto di aver forse ucciso il Capo Guardiano.

Quell'uomo era un maiale grossolano, subdolo e scellerato... ma nonostante tutto Peter non voleva ucciderlo. A turno i Guardiani Inferiori sbirciarono dalla finestrella nella porta di legno di quercia, con gli occhi sgranati, gli occhi dei bambini che guardano la tigre anduana mangiatrice di uomini nel serraglio del re. Nessuno dei due ebbe il fegato di correre in soccorso del loro superiore e dall'espressione dei loro visi Peter capì che si aspettavano che balzasse da un momento all'altro su Beson svenuto per squarciargli la gola. Magari con i denti.

E perché poi dovrebbero pensare diversamente? si domandò Peter con amarezza. *Sono convinti che io abbia ucciso mio padre e un uomo capace di un tale delitto è anche capace di abbassarsi a qualunque nequizia, come quella di uccidere un avversario privo di sensi.*

Finalmente Beson cominciò a gemere e muoversi. La palpebra del suo occhio destro vibrò e si aprì. Solo quella, perché l'altra non poteva aprirsi e per qualche giorno sarebbe rimasta così, al massimo solamente socchiusa.

L'occhio destro guardò Peter non con odio, bensì con inequivocabile ansia.

«Sei pronto a parlare con ragionevolezza?» gli domandò Peter.

Beson balbettò qualcosa che Peter non riuscì a capire. Era un farfugliare incomprensibile.

«Non ti capisco.»

Beson ci riprovò. «Avresti potuto uccidermi.»

«Io non ho mai ucciso nessuno», replicò Peter. «Verrà forse il giorno in cui vi sarò costretto, ma se così sarà spero che non dovrò cominciare con guardiani svenuti.»

Beson si issò a sedere contro il muro, fissando Peter con l'unico occhio aperto. Sul suo viso si disegnò un'espressione di profonda riflessione, assurda e un po' inquietante in quei lineamenti disfatti.

Alla fine riuscì a cavarsi dalla gola un altro biascicamento.

Peter credette di aver capito, ma volle esserne assolutamente sicuro.

«Ripeti, per piacere, signor Capo Guardiano Beson.»

Beson ne fu disorientato. Come Yosef non era mai stato chiamato Lord Primo Stalliere, altrettanto Beson non si era mai sentito chiamare signor Capo Guardiano.

«Possiamo accordarci», biascicò.

«Molto bene.»

Piano piano Beson riuscì a rimettersi in piedi. Non voleva avere più niente a che fare con Peter almeno per quel giorno. Aveva altri problemi. I suoi Guardiani Inferiori l'avevano visto buscarsi una sonora pestata per mano di un ragazzo che non aveva mangiato niente per una settimana. Avevano guardato... e non avevano fatto niente, quei vigliacchi. Gli faceva male la testa e con tutta probabilità sarebbe stato costretto a frustare quei poveri imbecilli per riportarli al loro dovere prima di potersi arrampicare sul letto.

Si era avviato verso la porta quando Peter l'aveva chiamato.

Beson si girò. Giusto quello fu sufficiente. Entrambi sapevano chi comandava lì dentro. Beson era stato sconfitto. Quando il suo prigioniero gli disse di aspettare, aspettò.

«C'è qualcosa che voglio dirti. Sarà meglio per entrambi se te lo dico.»

Beson tacque. Immobile, osservò Peter con allarme.

«Ordina ai tuoi guardiani», intimò Peter indicando la porta con un cenno della testa, «di chiudere quello spioncino.»

Beson osservò Peter per un momento, poi si girò verso i due spettatori e trasmise l'ordine ricevuto.

I Guardiani Inferiori, ancora stretti a guancia a guancia a sbirciare dal pertugio, rimasero immobili, non avendo capito le parole confuse di Beson... o fingendo di non averne inteso il significato. Beson si passò la lingua sui denti sporchi di sangue e parlò con maggior chiarezza e con evidente maggior dolore. Questa volta lo spioncino fu immediatamente richiuso e sprangato dall'esterno... ma non prima che Beson avesse udito le risa sprezzanti dei suoi subalterni. Sospirò stancamente. Sì, avrebbe dovuto schiacciarli sotto una dura lezione prima di tornarsene a casa. E meno male che i codardi imparano alla svelta. Di quel principe, d'altra parte, si sarebbe potuto dire qualunque cosa, ma non certo che fosse un vigliacco. Anzi, avrebbe preferito di gran lunga non avere niente a che fare con Peter.

«Voglio darti un messaggio da portare ad Anders Peyna», disse Peter. «Spero che vorrai tornare questa sera a prenderlo.»

Beson non disse niente, ma si stava sforzando di pensare. Era di fronte a un colpo di scena che sicuramente non si era aspettato. Peyna! Un messaggio per Peyna! C'era stato un momento di gelo quando Peter gli aveva ricordato di essere il fratello del re, ma non era stato niente in confronto a quanto chiedeva adesso. Peyna, per tutti gli dei!

Più ci pensava, meno gli piaceva.

Poteva ben darsi che al re Thomas poco importasse che il suo fratello maggiore fosse imprigionato nell'Obelisco. Tanto per cominciare suo fratello aveva assassinato il re e c'era da pensare che Thomas non provasse per lui in quel momento un amore fraterno sorretto da una grande passione. Soprattutto Beson non si sentiva particolarmente intimorito quando veniva pronunciato il nome di re Thomas, il Portatore di Luce. Come quasi tutti gli altri sudditi di Delain, Beson aveva già cominciato a provare un certo disprezzo per Thomas. Ma se si trattava di Peyna... be', Peyna era tutt'altra cosa.

Per le persone come Beson, Anders Peyna faceva comunque paura più di un intero reggimento di re in marcia. Il re era qualcosa di molto distante, luminoso e misterioso, come il sole. Poco importava se il sole finiva dietro le nuvole e ti metteva addosso il gelo o sbucava all'improvviso, rovente e bianco, a scottarti: comunque andasse, lo accettavi, perché il sole sfuggiva a qualunque comprensione o potere delle creature mortali.

Peyna era invece un essere molto più terrigno, il genere di essere che Beson capiva perfettamente... e temeva. Peyna, con la sua faccia aguzza e gli occhi celesti come ghiaccio, Peyna con il suo colletto alto e la sua toga di giudice, Peyna che decideva chi dovesse vivere e chi dovesse soccombere alla scure del boia.

Possibile che quel ragazzo potesse dare ordini a Peyna dalla sua cella in cima all'Obelisco? O era solo un bluff disperato, il suo?

Come potrebbe essere un bluff se vuole scrivere un messaggio che io stesso dovrei recapitargli?

«Se io fossi re, Peyna mi servirebbe comunque io gli richiedessi», dichiarò Peter. «Ora io non sono re, ma solo un prigioniero, tuttavia non molto tempo fa io gli ho fatto un favore di cui credo mi sia molto grato.»

«Capisco», commentò Beson, deciso a compromettersi il meno possibile.

Peter sospirò. Tutt'a un tratto si sentiva molto stanco e si chiedeva perché mai si fosse imbarcato in quella infelice impresa. Davvero riteneva di compiere i primi passi sulla via per la libertà picchiando quello stupido guardiano e quindi piegandolo alla sua volontà? Aveva forse qualche concreta garanzia che Peyna avrebbe fatto anche il minimo gesto a suo favore? Forse l'idea di un debito da saldare era solo vero nella sua mente.

Ma doveva provare. Non aveva forse deciso, durante le sue lunghe e solitarie notti di meditazione quando rimpiangeva tutto quanto era accaduto a suo padre e a se stesso, che l'unico vero peccato sarebbe stato quello di non provare?

«Peyna non è mio amico», seguitò Peter. «Non proverò nemmeno a dirti che lo è. Sono stato condannato per l'omicidio del re, mio padre, e non ho motivo di credere che mi sia rimasto un solo amico in tutta Delain, da nord a sud. Ne convieni, signor Capo Guardiano Beson?»

«Sì», ammise stolidamente Beson. «Ne convengo.»

«Ciononostante ritengo che Peyna sceglierà di farti pervenire quella piccola mancia supplementare che normalmente ricevi dai tuoi detenuti.»

Beson annuì. Quando accadeva che un nobile fosse imprigionato nell'Obelisco per un periodo di tempo abbastanza lungo, Beson si premurava normalmente di far sì che il prigioniero ottenesse cibo migliore di quella carne grassa e di quella birra annacquata che aveva servito finora a Peter, oltre a fare in modo che le lenzuola gli venissero cambiate una volta alla settimana e che di tanto in tanto gli fosse concessa la visita di una moglie o di un'innamorata. Tutto questo, s'intende, non lo faceva gratuitamente. Quasi invariabilmente i nobili imprigionati giungevano da famiglie ricche e c'era sempre qualcuno in quelle famiglie disposto a pagare per i suoi servigi, quale che fosse stato il crimine commesso.

Il crimine in questione era di eccezionale gravità, eppure davanti a lui c'era un ragazzo che sosteneva che non altri che Anders Peyna sarebbe stato disposto a sganciargli la bustarella.

«Un'altra cosa», aggiunse Peter a voce bassa. «Credo che Peyna lo farà perché è un uomo d'onore. E se dovesse succedermi qualcosa e se tu e uno dei tuoi Guardiani Inferiori aveste a fare irruzione qui questa notte per picchiarmi e vendicarvi per quello che ti ho fatto, per esempio, credo che Peyna si occuperebbe volentieri della questione.»

Fece una pausa.

«Si occuperebbe *personalmente* della questione.»

Fissò Beson negli occhi.

«Mi capisci?»

«Sì», rispose Beson. Poi soggiunse: «Mio signore».

«Mi fornirai penna, calamaio, carta assorbente e carta per scrivere?»

«Sì.»

«Vieni qui.»

Beson ubbidì, non senza trepidazione.

Il puzzo del Capo Guardiano era tremendo, ma Peter non si ritrasse: il tanfo del crimine di cui era stato accusato l'aveva praticamente reso immune all'odore di traspirazione e sudiciume. Osservò Beson con un abbozzo di sorriso.

«Sussurrami all'orecchio», lo invitò Peter.

Beson sbatté le palpebre, incerto. «Che cosa devo sussurrarvi, mio signore?»

«Un numero», disse Peter.

Dopo un momento, Beson lo accontentò.

55

Uno dei Guardiani Inferiori tornò da Peter con il materiale di cancelleria che aveva chiesto. Rivolse a Peter lo sguardo sospettoso di un gatto randagio preso a calci spesso e sovente e se la svignò prima di ricevere una dose della collera che si era abbattuta sul capo di Beson.

Peter si sedette al malfermo tavolino sotto la finestra in un gelo che gli condensava il fiato a ogni respiro. Ascoltò l'agitato lamento del vento intorno alla cima dell'Obelisco e osservò dall'alto le luci della città.

Caro Sommo Giudice Peyna, scrisse e subito si fermò.

Quando vedrai chi ti invia questa lettera, l'accartoccerai nella mano e la getterai nel fuoco senza leggerla? Oppure la leggerai e poi riderai pieno di disprezzo per lo stupido che ha assassinato suo padre e poi ha osato aspettarsi un aiuto dal Sommo Giudice del paese? Leggerai forse tra le mie righe e scoprirai il mio piano?

Quella sera Peter era più sereno che nei giorni passati e pensò che per tutte e tre quelle domande la risposta sarebbe stata negativa. Il suo piano sarebbe forse fallito, ma era improbabile che venisse intuito da un uomo così disciplinato e metodico come Peyna. Gli sarebbe stato più facile immaginare se stesso vestito da donna a ballare una piva nella Piazza dell'Obelisco sotto la luna piena, che indovinare che cosa covava la mente di Peter. *E in fondo chiedo così poco*, rifletté Peter. Uno spettro di sorriso gli sfiorò nuovamente le labbra. *Almeno spero e credo che così sembri... a lui.*

Si chinò sul tavolo, intinse la penna nel calamaio e cominciò a scrivere.

56

La sera seguente, quando da poco erano scoccate le nove, il maggiordomo di Anders Peyna andò ad aprire la porta alla quale qualcuno aveva bussato a ora insolitamente tarda e da sopra il lungo naso si ritrovò a fissare il volto del Capo Guardiano. Arlen (così si chiamava il maggiordomo) aveva naturalmente già visto Beson il quale, al pari del suo padrone, era un ingranaggio della macchina giudiziaria del regno. Quella sera però Arlen non lo riconobbe. Il pestaggio che Beson aveva subito da Peter aveva avuto un giorno intero per assestarsi e ora la sua faccia era un tramonto di gialli e rossi e viola. L'occhio sinistro gli si era riaperto, ma era ancora solo poco più di una fessura. Alla vista di quel mostriciattolo, il maggiordomo fece per richiudere immediatamente la porta.

«Aspetta», lo fermò Beson con un ringhio gutturale che fece esitare Arlen. «Vengo con un messaggio per il tuo padrone.»

Dopo un attimo di ripensamento, il maggiordomo spinse di nuovo la porta con l'intenzione di richiuderla. Quella faccia gonfia e livida non gli piaceva per niente. Possibile che fosse un nano venuto dal Nord? Si riteneva che le ultime tribù di quegli esseri selvaggi vestiti di pelli fossero state sterminate ancora ai tempi di suo nonno, ciononostante... non si può mai sapere...

«È da parte del principe Peter», disse Beson. «Se chiudi questa porta, credo che dovrai sentire parole dure dal tuo padrone.»

Arlen esitò di nuovo, dibattuto fra il desiderio di frapporre un ostacolo solido fra sé e quell'orrido individuo e il potere che ancora evocava il nome del principe Peter. Ma se quell'uomo veniva da parte di Peter, doveva essere il Capo Guardiano dell'Obelisco. Eppure...

«Tu non sembri Beson», osservò.

«E tu non somigli a tuo padre, Arlen, e più di una volta mi è venuto da chiedermi che vita facesse tua madre», fu la volgare replica del mostriciattolo bernoccoluto, che infilò una busta sgualcita attraverso lo spiraglio tra battente e stipite. «Prendi qui. Portagliela. Aspetterò. Chiudi pure la porta se vuoi, anche se qui fuori fa un freddo cane.»

Ad Arlen poco importava anche se ci fossero stati venti gradi sotto zero. Non aveva la minima intenzione di permettere a quella raccapricciante creatura di abbrustolirsi i piedi davanti al fuoco nella cucina della servitù. Gli strappò di mano la busta, chiuse la porta, la sprangò, fece per allontanarsi... quindi si girò e diede una seconda mandata.

57

Peyna era nel suo studio a contemplare il fuoco immerso in lunghi pensieri. Quando Thomas era stato incoronato la luna era nuova; ora non era ancora mezza e già il nuovo corso non gli piaceva. Era per via di Flagg. Sì, Flagg rappresentava il nocciolo della questione, perché il mago esercitava già più potere di quanto ne avesse avuto ai tempi di Roland. Roland almeno era un uomo, pieno di anni, per quanto lento fosse stato nel pensare. Thomas era solo un bambino e Peyna temeva che prima o poi Flagg avrebbe assunto il controllo di tutta Delain nel nome del re. Sarebbe stato un guaio per il regno... e un guaio ancor peggiore per Anders Peyna che non aveva mai celato la sua antipatia per Flagg.

Era piacevole starsene nello studio davanti al fuoco scoppiettante e tuttavia Peyna aveva la sensazione di un vento freddo intorno alle caviglie. Era un vento che sarebbe stato capace di levarsi all'improvviso e spazzar via... tutto.

Perché, Peter? Perché mai? Perché non hai potuto attendere? E perché il destino ha voluto che tu sembrassi così perfetto all'esterno, come una mela rosa e rossa in autunno, mentre eri così marcio sotto la pelle? Perché?

Peyna non sapeva rispondere, né avrebbe confessato a se stesso che già avevano cominciato a rodergli il cuore certi dubbi sulla perfidia che si voleva albergasse nell'animo di Peter.

Bussarono alla sua porta.

Peyna si alzò, si guardò attorno e gridò con impazienza: «Avanti! E che sia qualcosa d'importante!»

Entrò Arlen, un po' scarmigliato e molto confuso. Recava una lettera.

«Allora?»

«Mio signore... c'è un uomo alla porta... almeno *sembra* un uomo... cioè, ha la faccia tutta gonfia e contusa, come se fosse stato picchiato duramente... oppure...» La voce gli si spense in gola.

«Che cosa c'entro io? Sai che non ricevo a quest'ora. Digli di andare via. Digli di andare al diavolo!»

«Dice di essere Beson, mio signore», insisté Arlen, più disorientato che mai. Sollevò la lettera sporca e sgualcita, come per servirsene da scudo. «Ha portato questa. Dice che è un messaggio del principe Peter.»

Peyna provò un tuffo al cuore a quelle parole, ma esteriormente incrementò solo il cipiglio con cui fissava Arlen. «E lo è?»

«Del principe Peter?» e ormai Arlen quasi balbettava. Restavano poche tracce della sua consueta compostezza e Peyna trovava il fatto interessante. Non aveva mai creduto che Arlen potesse perdere il contegno, foss'anche stato davanti a un incendio, un'inondazione o un'invasione di draghi assetati di sangue. «Ma mio signore, non avrei modo di saperlo... Cioè... io... io...»

«Ti ho chiesto se è veramente Beson, idiota!»

Arlen si passò la lingua sulle labbra. Sì, giunse al colmo di *leccarsi le labbra*! Assolutamente inaudito. «Be', potrebbe essere lui, mio signore... ci assomiglia un po'... ma l'uomo che aspetta fuori della porta è ridotto in condizioni molto pietose, pieno di lividi e bernoccoli...» Deglutì. «Ho creduto che fosse un nano», concluse esprimendo il suo più inquietante giudizio e poi cercando di minimizzare con un sorriso sdentato.

È veramente Beson, pensò Peyna. *È Beson e se porta i segni di un castigo fisico è certamente stato Peter ad amministrarglielo. Per questo è venuto a consegnare il messaggio. Perché Peter l'ha picchiato e ha avuto paura di non ubbidirgli. Solo con le botte si possono convincere persone come lui.*

Sgorgò allora nel cuore di Peyna un'improvvisa esultanza: si sentì come potrebbe sentirsi un uomo in una grotta tenebrosa al risplendere inaspettato di una luce.

«Dammi la lettera», ordinò.

Arlen gliela consegnò. Poi fece per scappar via e anche quella era una novità perché Arlen non era tipo da svignarsela. *Almeno*, rifletté Peyna con la fredda lucidità avvocatizia che mai l'abbandonava, *a me non risulta che lo sia.*

Lasciò che Arlen arrivasse fino alla porta dello studio, come un pescatore esperto dà lenza al pesce che ha ingoiato l'esca, prima di fermarlo con uno strattone. «Arlen!»

Arlen si voltò. Sembrò farsi forza in previsione di un rimprovero.

«Non ci sono più nani. Tua madre non te l'ha mai detto?»

«Sì», mormorò Arlen.

«Buon per lei. Saggia donna. Queste fantasticherie ti devono essere venute da tuo padre. Fai entrare il Capo Guardiano. Conducilo nella cucina della servitù», si affrettò ad aggiungere. «Non ho alcun desiderio di averlo qui. Puzza. Ma accoglilo nella cucina della servitù perché si possa scaldare. La notte è fredda.» Da quando era morto Roland, aveva notato Peyna, tutte le notti erano diventate fredde, quasi in segno di condanna per il modo in cui il vecchio re era morto bruciando da dentro.

«Sì», rispose Arlen con tangibile riluttanza.

«Ti chiamerò fra poco e ti dirò che cosa fare di lui.»

Arlen uscì in tutta umiltà e richiuse la porta.

Peyna si rigirò ripetutamente la busta fra le mani senza aprirla. La sporcizia vi era stata lasciata senza dubbio dalle dita bisunte di Beson. Sentiva quasi sulla busta il puzzo del suo sudore. Era stata sigillata con una goccia di comune cera per candele.

Dunque pensò: *Farei forse meglio a buttarla subito nel fuoco e a non curarmene più. Sì, gettarla nel fuoco e poi chiamare Arlen e dirgli di dare un punch caldo a quel piccolo deforme Capo Guardiano (che a ben pensarci somiglia veramente a un nano) e mandarlo via. Sì, così dovrei fare.*

Ma sapeva che non l'avrebbe fatto. Non lo abbandonava l'assurda sensazione che ci fosse un raggio di luce nelle cupe tenebre della disperazione. Infilò il pollice sotto il lembo della busta, spezzò il sigillo, ne tolse una letterina breve e la lesse alla luce del focolare.

58

Peyna.

Ho deciso di vivere.

Avevo letto molto poco dell'Obelisco prima di trovarmici io stesso e sebbene qualcosa di più avessi udito, si trattava per la maggior parte di pettegolezzi. Una delle cose giunte a mia conoscenza era che si possono acquistare certi piccoli favori e pare che questo almeno risponda a verità. Io naturalmente non ho denaro, ma ho pensato che forse tu vorrai assumerti quest'onere per mio conto. Io ti ho fatto un favore non molto tempo fa e se tu volessi versare al Capo Guardiano la somma di otto fiorini da rinnovare all'inizio di ogni anno che trascorrerò in questo luogo infelice, considererò restituito il favore. Come noterai si tratta di una somma assai modesta e si spiega con il fatto che desidero solo due piccole cose. Se vorrai assicurarti che Beson possa «inumidirsi il becco» perché io sia accontentato, non ti disturberò più.

Mi rendo conto che saresti messo in cattiva luce se si sapesse che mi hai aiutato, anche se per una questione di così scarsa importanza, perciò ti suggerisco di servirti come intermediario del mio amico Ben, se deciderai di fare ciò che ti chiedo. Non ho più parlato a Ben da quando sono stato arrestato, ma io spero e credo che mi sia rimasto fedele. Chiederei direttamente a lui e non a te, ma gli Staad non navigano in buone acque, né Ben ha disponibilità finanziarie proprie. Ho vergogna di dover chiedere soldi a qualcuno, ma non ho altri a cui rivolgermi. Se riterrai di non poter fare come chiedo, capirò.

Non ho ucciso mio padre.

Peter

59

Peyna contemplò a lungo quell'incredibile lettera. I suoi occhi continuavano a soffermarsi sulla prima riga e sull'ultima.

Ho deciso di vivere.

Non ho ucciso mio padre.

Non lo stupiva che il ragazzo continuasse a protestare la sua innocenza, poiché aveva conosciuto criminali che per anni e anni avevano continuato a dichiararsi innocenti di delitti dei quali erano manifestamente colpevoli. Ma era insolito che un colpevole fosse così reciso nel difendersi. Fosse così... così autoritario.

Infatti proprio questo aspetto lo turbava particolarmente di quella lettera, il suo tono autoritario. Un vero re, a giudizio di Peyna, non sarebbe cambiato se mandato in esilio, né si sarebbe lasciato piegare dalla prigione o dalla tortura. Un vero re non avrebbe sprecato tempo a giustificarsi e spiegare. Avrebbe semplicemente affermato la sua volontà.

Ho deciso di vivere.

Peyna sospirò. Dopo una lunga meditazione, avvicinò a sé il calamaio, prese un foglio di fine pergamena dal cassetto e su di esso scrisse. Il suo messaggio fu ancor più breve di quello di Peter e impiegò meno di cinque minuti per stilarlo, asciugarlo, cospargerlo, ripiegarlo e sigillarlo. Fatto questo, chiamò Arlen.

Il maggiordomo apparve all'istante, più sottomesso che mai.

«Beson è ancora qui?» gli domandò Peyna.

«Credo di sì, signore», rispose Arlen. Per la verità *sapeva* che Beson c'era ancora, perché lo aveva tenuto d'occhio dal buco della serratura, attraverso il quale lo aveva spiato passeggiare irrequieto su e giù per la cucina della servitù brandendo una coscia di pollo freddo, come se stringesse in pugno una mazza. Spolpata tutta la carne dalla coscia, Beson ne aveva sgretolato le ossa, producendo orribili rumori dalla bocca e ne aveva risucchiato il midollo.

Arlen non era ancora del tutto convinto che non fosse un nano... se non addirittura un troll.

«Dagli questa», disse Peyna tendendo la sua lettera ad Arlen, «e questi per il disturbo.» Due fiorini caddero tintinnando nell'altra mano di Arlen. «Digli che potrà esserci una risposta. In tal caso, dovrà recapitarmela di notte, come ha fatto con il primo messaggio.»

«Sì, mio signore.»

«E non perder tempo a chiacchierare con lui», lo ammonì Peyna. Era quanto di più simile a una battuta di spirito il Sommo Giudice riuscisse a confezionare.

«No, mio signore», brontolò Arlen e uscì. Stava ancora pensando ai rumori delle ossa del pollo sgretolate dai denti di Beson.

60

«Ecco», borbottò in tono scontroso Beson quando il giorno dopo entrò nella cella di Peter a consegnargli la busta. In effetti si *sentiva* scontroso. I due fiorini che aveva ricevuto da Arlen erano stati come vera manna piovuta dal cielo e Beson aveva trascorso quasi tutta la nottata a berseli. Con due fiorini si acquistava idromele a volontà, così quel giorno si sentiva una testa enorme molto dolente. «Mi ci mancava solo di dover fare il fattorino.»

«Grazie», disse Peter quand'ebbe la lettera in mano.

«Allora? Non l'aprite?»

«Sì. Quando te ne sarai andato.»

Beson digrignò i denti e strinse i pugni. Peter lo osservò senza scomporsi. Dopo un momento, Beson riabbassò le braccia. «Il fattorino, porco cane!» ripeté e uscì sbattendosi alle spalle la pesante porta di legno. Ci fu lo sferragliare dei meccanismi della serratura seguito dai tonfi dei chiavistelli che erano tre, grossi come pali.

Quando tutti quei rumori furono cessati, Peter aprì la lettera, che era di sole tre frasi.

Sono a conoscenza delle usanze di cui mi parlate. La somma alla quale accennate è accettabile. Sono disposto ad aiutarvi, ma non prima di aver saputo quali favori intendete acquistare dal nostro comune amico.

Peter sorrise. Il Sommo Giudice Peyna non era uomo malizioso poiché la malizia non era presente nella sua natura come era invece in quella di Flagg; tuttavia era uomo di grande prudenza. Quel messaggio lo dimostrava. Peter si era aspettato che Peyna gli ponesse quella condizione. Anzi, si sarebbe insospettito se Peyna non avesse voluto sapere che cosa desiderava. L'intermediario sarebbe stato Ben e in breve tempo Peyna avrebbe smesso di partecipare a quel modesto atto di corruzione, ma si muoveva lo stesso con cautela, come camminerebbe un uomo su un fondo di sassi che potrebbero scivolargli da un momento all'altro da sotto i piedi.

Andò alla porta della sua cella, picchiò e, dopo un breve scambio con Beson, ottenne di avere di nuovo il calamaio e la penna bisunta. Beson brontolò ancora per le sue nuove mansioni di fattorino, ma sotto sotto non se ne dispiaceva più che tanto: forse c'erano un altro paio di fiorini ad attenderlo.

«Se quei due continuano a scambiarsi messaggi, mi sa che potrei anche diventar ricco», commentò ad alta voce parlando con se stesso e scoppiò a ridere nonostante il mal di testa.

61

Peyna aprì il secondo messaggio di Peter e notò subito che questa volta il principe aveva evitato di scrivere i loro nomi e di questo si rallegrò. Quel ragazzo imparava in fretta. Quindi inarcò di scatto le sopracciglia, leggendo il contenuto della lettera.

Forse la tua richiesta di conoscere i fatti miei è un atto d'impertinenza, ma forse no. Poco importa comunque, dato che sono alla tua mercé. Ecco le due cose che mi acquisteranno i tuoi otto fiorini all'anno:

1. Voglio avere la casa di bambola di mia madre. Mi ha sempre fatto vivere avventure meravigliose in luoghi meravigliosi e ci sono profondamente affezionato fin da quando ero bambino.

2. Vorrei che quando mi vengono a portare i pasti ci sia sempre un tovagliolo, un autentico tovagliolo reale. Se preferisci, fai pure scucire lo stemma.

Queste sono le mie richieste.

Peyna rilesse il messaggio più di una volta prima di gettarlo nel fuoco. Era preoccupato perché non lo capiva. Quel ragazzo stava forse tramando qualcosa? Che cosa poteva fare della casa di bambola di sua madre? Per quel che Peyna ne sapeva, era ancora in qualche ripostiglio del castello a prender polvere sotto un panno e non c'era ragione per non dargliela... posto cioè che s'incaricasse una persona diligente perché la ispezionasse con grande cura per estrarne tutti gli oggetti acuminati, come i minuscoli coltelli della cucina e altro del genere. Ricordava benissimo quanto la casa di bambola di Sasha avesse deliziato Peter da ragazzino. Ricordava anche, ma vagamente, molto vagamente, che Flagg aveva protestato ritenendola poco adatta a un maschio che un giorno sarebbe stato re. Roland si era opposto a Flagg in quella circostanza... e saggiamente, rifletteva Peyna, dato che Peter aveva abbandonato i suoi giochi con la casa di bambola a tempo debito.

Finora.

Era dunque impazzito?

Peyna ne dubitava.

Ora veniamo al tovagliolo. Ecco, questo lo capiva. Peter aveva sempre insistito perché gli fosse servito un tovagliolo con i suoi pasti, abituato com'era a spiegarselo meticolosamente sulle gambe come una tovaglietta. Anche quand'era in viaggio con suo padre pretendeva di avere il suo tovagliolo. Strano che Peter non avesse chiesto un vitto migliore del normale, scadente rancio che veniva servito alla prigione: era pensabile che così avrebbe fatto per prima cosa qualunque nobile o principe nelle sue condizioni. Invece no, lui aveva chiesto un tovagliolo.

Queste necessità di sentirsi sempre in ordine... di avere sempre un tovagliolo... le aveva ereditate da sua madre. Ne era sicuro. C'era forse qualche nesso tra le sue richieste? E dove? Tovaglioli... e la casa di bambola di Sasha. Che cosa poteva significare?

Peyna brancolava nel buio, ma gli restava quell'assurda sensazione di speranza. Continuava a ricordare che Flagg aveva cercato di sottrarre la casa di bambola a Peter quando il principe era ancora bambino. Adesso, anni più tardi, ecco che Peter chiedeva che gli fosse restituita.

Al centro di quel pensiero ce n'era un altro, perfettamente avviluppato come il ripieno in un pasticcino. Era un pensiero sul quale Peyna quasi non osava soffermarsi. Dato e non concesso che Peter non avesse assassinato suo padre, chi poteva esser stato? Non altri naturalmente che la persona che in origine aveva posseduto il micidiale veleno. Una persona che non avrebbe contato niente nel regno se Peter fosse diventato re... una persona che adesso contava *quasi* più di ogni altra, da quando Thomas occupava il trono al posto di suo fratello.

Flagg.

Ma questo pensiero era insopportabile per Peyna, perché insinuava che la giustizia potesse essere caduta in fallo e questa sarebbe stata una sciagura troppo grande. Ma suggeriva anche la possibilità che la ferrea logica di cui era sempre andato tanto orgoglioso fosse stata travolta dal senso di ripulsa che aveva provato alla vista delle lacrime di Peter e quest'altra prospettiva, l'ipotesi che avesse preso la decisione più importante di tutta la sua carriera basandosi sulle emozioni invece che sui fatti, era decisamente peggiore.

Che male poteva esserci nel permettergli di avere la casa di bambola dopo che da essa fossero stati rimossi tutti gli oggetti da taglio?

Peyna tirò a sé carta e penna e vergò un rapido messaggio. Beson ricevette altri due fiorini da tracannarsi e con quelli aveva già ottenuto metà della somma che avrebbe ricevuto ogni anno per i piccoli favori resi al principe. Si augurò che ci fosse altra corrispondenza, ma non ce ne fu.

Peter aveva avuto ciò che voleva.

62

Da piccolo, Ben Staad era stato un bambino magrolino con gli occhi azzurri e riccioli biondi. Fin da quando aveva compiuto i nove anni, le ragazzine avevano preso a sospirare per lui. «Finirà presto», aveva predetto suo padre. «Tutti gli Staad sono di bell'aspetto da giovani, ma diventerà anche lui come gli altri suoi parenti quando sarà più grande, con i capelli castani e quel modo di guardarsi intorno con gli occhi stretti. E avrà anche, come gli altri, tutta la fortuna di un maiale grasso nel porcile del re.»

Le due prime predizioni non si erano però avverate. Dopo molte generazioni di Staad, Ben era rimasto a diciassette anni biondo quanto era stato a sette, in grado tra l'altro di riconoscere un falco bruno da un falco grigio a quattrocento metri di distanza. Tutt'altro che miope, godeva di una vista perfetta... e le ragazze sospiravano per lui adesso che aveva diciassette anni più ancora di quando ne aveva nove.

Sul fronte della fortuna... be', questo è un altro paio di maniche. Che quasi tutti i maschi Staad fossero stati scalognati, almeno negli ultimi secoli, era fuori discussione. Ora, nella famiglia di Ben si cominciava a sperare che il ragazzo potesse riscattarli dalla povertà. Se i suoi capelli non si erano scuriti e la sua vista non si era accorciata, non era possibile che sfuggisse anche alla maledizione della cattiva sorte? Del resto aveva per amico il principe Peter, che un giorno sarebbe diventato re.

Poi Peter era stato processato e condannato per l'assassinio di suo padre. Era stato rinchiuso nell'Obelisco prima che gli sbigottiti Staad avessero il tempo di raccapezzarsi sull'accaduto. Andrew, il padre di Ben, era andato all'incoronazione di Thomas ed era tornato a casa con un livido sulla guancia: livido del quale sua moglie ritenne prudente non chiedergli ragione.

«Sono sicuro che Peter è innocente!» affermò quella sera Ben a cena. «Mi rifiuto di credere...»

Un attimo dopo era riverso al suolo con un doloroso formicolio all'orecchio. Suo padre incombeva su di lui con gocce di passato di fagioli che gli colavano dai baffi e la faccia rossa da esser quasi paonazza, mentre la sorellina di Ben, Emmaline, piangeva sul seggiolone.

«Guai a te se osi pronunciare ancora il nome di quel lurido assassino in questa casa», esclamò suo padre.

«Andrew!» intervenne la madre. «Andrew, lui non può capire...»

Il padre era sempre stato un uomo dolce e affettuoso, si girò e fissò sua moglie negli occhi. «Zitta, donna», le intimò e qualcosa nel tono della sua voce la indusse a tornare a sedersi senza protestare. Persino Emmaline smise di piangere.

«Padre», disse allora Ben a voce bassa, «non ricordo nemmeno più l'ultima volta che mi hai picchiato. Devono essere passati dieci anni, ma forse di più. E non credo che tu mi abbia mai picchiato per uno sfogo d'ira. Ma non mi farai cambiare idea. Io non credo...»

Andrew Staad levò un dito ammonitore. «Ti ho detto di non menzionare il suo nome», ribadì, «e non scherzo, Ben. Ti voglio bene, ma se pronunci il suo nome lascerai la mia casa.»

«Non lo pronuncerò», rispose Ben rialzandosi da terra, «ma solo perché ti voglio bene, papà. Non perché ho paura di te.»

«Basta!» proruppe la signora Staad, più spaventata che mai. «Non vi permetterò di litigare così. Volete farmi impazzire?»

«No, mamma. Non temere, è tutto finito», la rassicurò Ben. «Non è vero, papà?»

«Sì», annuì suo padre. «Tu sei un bravo figlio da ogni punto di vista, Ben, e lo sei sempre stato, ma non fare mai il suo nome.»

C'erano cose che Andy Staad riteneva di non poter dire a suo figlio: anche se ormai Ben aveva già diciassette anni, per lui era ancora un ragazzino. Si sarebbe meravigliato non poco se avesse saputo che Ben capiva i motivi che lo avevano spinto a reagire con tanta durezza.

Prima dei tristi avvenimenti di cui ora sapete, l'amicizia che legava Ben al principe aveva già cominciato a cambiare la vita degli Staad. La loro fattoria nei baronati interni era stata un tempo assai vasta ma negli ultimi cento anni la famiglia era stata costretta a vendere terreni, un appezzamento dopo l'altro, e ormai la proprietà si era ridotta a meno di sessanta reel, quasi tutti ipotecati.

Nell'ultimo decennio, però, la situazione era andata gradatamente migliorando. I banchieri avevano smesso di minacciare il peggio, e anzi si erano mostrati disposti a estendere le scadenze delle ipoteche già contratte e avevano persino offerto agli Staad nuovi prestiti a tassi di interesse incredibilmente bassi. Andrew Staad aveva molto sofferto nel vedere la terra dei suoi antenati finire in pasto ai creditori ed era stato dunque un giorno di gioia immensa per lui quando era potuto andare da Halvay, proprietario della fattoria attigua, a informarlo di aver cambiato idea sui tre reel che poco prima aveva deciso di vendergli dopo che Halvay vi aveva fatto la corte per nove anni. E sapeva chi doveva ringraziare: suo figlio, che era amico intimo del principe, il quale un giorno sarebbe stato re.

Ora ridiventavano gli Staad di sempre, perseguitati dalla sfortuna. Se fosse stato tutto lì, un caso semplice di una situazione che tornava a essere com'era sempre stata, avrebbe potuto rassegnarvisi senza colpire suo figlio al tavolo da pranzo, un gesto di cui già si vergognava. Ma la situazione non sarebbe semplicemente tornata a come era stata al passato: la loro posizione era infatti peggiorata.

Si era sentito incoraggiato quando i banchieri avevano smesso di comportarsi da lupi e si erano trasformati in agnelli, così aveva contratto debiti ingenti per riacquistare parte del terreno che aveva venduto e per installare nuove attrezzature come il mulino a vento. Ora era sicuro che i banchieri si sarebbero spogliati della loro pelle di pecora e invece che perdere la sua fattoria un pezzo alla volta correva il rischio di perderla tutta in un colpo solo.

E ancora non bastava. L'istinto gli aveva consigliato di proibire ai suoi familiari di recarsi all'incoronazione di Thomas e aveva deciso di dare ascolto a quella voce interiore. Quella sera era contento di sé.

Era accaduto dopo l'incoronazione e in fondo avrebbe potuto anche aspettarselo. Era entrato in una osteria per un bicchiere prima di ripartire per casa. Era molto depresso per tutta quella sventurata faccenda dell'assassinio del re e dell'arresto di Peter e sentiva di aver bisogno di un goccio. Era stato riconosciuto come padre di Ben.

«Allora, Staad, tuo figlio ha aiutato il suo amico nell'impresa?» lo aveva apostrofato un ubriaco, suscitando risate maligne.

«Ha tenuto lui fermo il vecchio mentre il principe gli versava il veleno rovente nel gargarozzo?» gli aveva chiesto un altro.

Andrew aveva posato il boccale mezzo pieno. Non era un buon posto. Meglio andarsene. Alla svelta.

Ma prima che facesse in tempo a uscire, era stato bloccato da un terzo ubriaco, un gigante d'uomo che puzzava come una pila di cavoli marci.

«E *tu* quali segreti nascondi?» gli aveva domandato questo gigante in un brontolio minaccioso.

«Nessuno», aveva risposto Andrew. «Io non so niente di questa storia come non ne sa niente mio figlio. Lasciami passare.»

«Passerai quando e *se* decideremo di *lasciarti* passare», aveva replicato il gigante spingendolo fra le braccia spalancate dei suoi compari.

Erano cominciati i tartassamenti. Andy Staad era stato spintonato da uno all'altro, qualche volta schiaffeggiato, talvolta sgomitato e talvolta fatto inciampare. Nessuno si era azzardato a prenderlo a cazzotti, ma ci erano andati vicino e lui aveva ben visto nei loro occhi quanto l'avrebbero desiderato. Fosse stato più tardi e fossero stati quegli uomini più sbronzi, si sarebbe forse trovato in un guaio maledettamente più serio.

Andrew non era alto di statura, ma aveva buone spalle e buoni muscoli. Aveva giudicato di essere in grado di atterrare un paio qualsiasi di farabutti in uno scontro leale, fatta eccezione per il gigante e non escludeva di poter strapazzare a dovere anche *quel* gentiluomo. Uno o due, forse addirittura tre... ma erano una decina. Avesse avuto ancora l'età di

Ben, pieno di fierezza e sangue caldo, magari ci avrebbe provato, ma aveva quarantacinque anni e non lo allettava il pensiero di tornarsene dalla sua famiglia strisciando, mezzo morto di botte. Ne avrebbe sofferto lui e si sarebbero spaventati loro e tutto senza scopo alcuno: era nel destino degli Staad di tornarsene a casa portandosi sulle spalle un torto subito e non c'era altro da fare che rassegnarsi. Il barista aveva assistito senza minimamente intervenire, senza fare alcun tentativo per fermarli.

Finché l'avevano lasciato andar via.

Ora temeva per sua moglie... sua figlia... e soprattutto per il figlio Ben, che sarebbe stato il principale bersaglio di tutta la gentaglia di quella risma. *Se là dentro ci fosse stato Ben al posto mio,* pensava, *non avrebbero risparmiato i pugni. L'avrebbero picchiato duramente fino a fargli perdere i sensi... o peggio.*

Così, poiché amava suo figlio e temeva per lui, l'aveva colpito e lo aveva minacciato di buttarlo fuori di casa se avesse mai più pronunciato il nome del principe.

Certe volte la gente è strana.

63

Quanto Ben Staad non aveva ancora capito in via teorica sulla nuova situazione che si era venuta a creare, ebbe a scoprire in concreto il giorno seguente.

Aveva portato al mercato sei vacche e le aveva vendute a un buon prezzo (a un grossista che non lo conosceva, altrimenti non l'avrebbe spuntata così bene). Tornava verso le porte della città, quando fu affrontato da una banda di oziosi che lo chiamarono assassino e complice e in modi anche peggiori.

Ben si difese bene. Erano in sette e alla fine ebbero naturalmente il sopravvento, ma pagarono il loro privilegio con nasi rotti, occhi neri e denti mancanti. Ben si trascinò fino a casa dove arrivò quand'era ormai buio. Aveva male da tutte le parti, ma tutto considerato era abbastanza soddisfatto di se stesso.

A suo padre bastò un'occhiata per capire cos'era successo. «Di' a tua madre che sei caduto», gli suggerì.

«Va bene, papà», rispose Ben, sapendo che sua madre non avrebbe mai creduto a una scusa come quella.

«E d'ora in avanti sarò io ad andare al mercato con le vacche o con il grano o con qualunque cosa ci sia da vendere... almeno fino a quando non arriveranno i banchieri a portarci via tutto.»

«No, papà», rispose Ben, con la stessa pacatezza con cui prima aveva detto di sì. Per essere stato appena pestato a sangue, mostrava un atteggiamento alquanto singolare: sembrava quasi di buonumore.

«Come sarebbe a dire?» sbottò suo padre strabiliato.

«Se scappo o mi nascondo, mi daranno la caccia. Se mostrerò di non temerli, prima o poi si stancheranno e si cercheranno qualche altro passatempo.»

«Se a qualcuno salta in mente di estrarre un coltello da uno stivale», obiettò Andrew, dando fiato al suo timore più profondo, «non vivrai abbastanza da vederli stancarsi, Benny.»

Ben andò ad abbracciare suo padre e lo strinse forte.

«Un uomo non può mettersi in gara con gli dei», dichiarò, citando uno dei più antichi proverbi di Delain. «Lo sai anche tu, papà. E io mi batterò per P... per colui il cui nome non mi permetti di pronunciare.»

Suo padre lo contemplò con occhi tristi e gli chiese: «Tu non crederai mai che sia stato lui, vero?»

«No», dichiarò Ben con convinzione. «Mai.»

«Credo che tu sia diventato uomo mentre io non ci stavo attento», concluse suo padre. «È un modo triste di diventare adulti, quello di azzuffarsi per le strade del mercato con una banda di poco di buono. E tristi sono i giorni giunti a Delain.»

«Sì», mormorò Ben. «Sono giorni tristi.»

«Che gli dei ti aiutino», pregò Andrew, «e che gli dei aiutino questa famiglia sfortunata.»

64

Thomas era stato incoronato sul finire di un inverno lungo e rigido. Il quindicesimo giorno del suo regno si abbatté su Delain l'ultima grande bufera di quella stagione. Cadde neve fitta e battente e fino a ora tarda, a notte ormai fatta, il vento continuò a ululare ammucchiandola in cumuli come dune di sabbia.

Alle nove di quell'aspra serata, quando già da un pezzo ogni persona di buonsenso non si sarebbe mai avventurata fuori casa, un pugno cominciò a cadere con forza sulla porta degli Staad. Bando a ogni timidezza, il pugno martellava a ritmo serrato la quercia massiccia e sembrava dire: «Aprite e fate in fretta! Non ho tutta la notte!»

Andrew e Ben leggevano vicino al fuoco. Susan Staad, moglie di Andrew e madre di Ben, sedeva fra i due e lavorava a un ricamo che, una volta finito, avrebbe mostrato la scritta GLI DEI BENEDICANO IL NOSTRO RE. Emmaline era già a letto da tempo. Dunque tutti e tre levarono la testa di scatto da quei colpi alla porta di casa loro e immediatamente si scambiarono un'occhiata. Negli occhi di Ben c'era solo curiosità, ma in quelli di Andrew e Susan apparve un subitaneo, istintivo spavento.

Andrew si alzò riponendosi in tasca gli occhiali da lettura.

«Papà?» chiese Ben.

«Ci penso io», disse Andrew.

Che sia solo un pellegrino perdutosi nell'oscurità e alla ricerca di un riparo, si augurava, ma quando aprì la porta si trovò a faccia a faccia con un soldato del re, grande, grosso e serio. Portava sul capo l'elmetto di cuoio della tenuta da combattimento e alla cintura gli pendeva la spada... a portata di mano.

«Tuo figlio», reclamò e Andrew si sentì mancare le ginocchia.

«Perché lo vuoi?»

«Mi manda Peyna», rispose il soldato e Andrew capì che più di così non sarebbe riuscito a sapere.

«Papà?» lo chiamò Ben.

No, pensò Andrew con il cuore stretto dall'angoscia, *ti prego, questa sarebbe una sventura troppo grande, mio figlio no, non lui...*

«È quello il ragazzo?»

Prima che Andrew potesse negare, per quanto inutile sarebbe stato, Ben si fece avanti.

«Io sono Ben Staad», si presentò. «Che cosa vuoi da me?»

«Devi accompagnarmi», rispose il soldato.

«Dove?»

«A casa di Anders Peyna.»

«No!» esclamò la madre dalla soglia del loro piccolo soggiorno. «No, è tardi, fa freddo, le strade sono piene di neve...»

«Ho una slitta», la informò inesorabile il soldato e Andrew Staad vide la sua mano scendere verso la spada.

«Vengo», disse Ben allontanandosi per prendere la giacca.

«Ben», incominciò Andrew mentre pensava: *Non lo vedremo mai più, ce lo portano via perché conosceva il principe.*

«Andrà tutto bene, papà», lo tranquillizzò Ben e lo abbracciò. E mentre Andrew percepiva tutto il vigore del giovane corpo che lo abbracciava, riuscì quasi a crederci. Ma, considerò subito dopo, suo figlio ancora non aveva imparato che cos'era la paura, e quanto crudele fosse il mondo.

Andrew Staad sorresse la moglie. Fermi sulla soglia di casa, i genitori guardarono il figlio che s'incamminava nella tormenta con il soldato verso la slitta che era solo un'ombra nel buio vagamente rischiarata dallo spettrale bagliore di due lanterne. Nessuno disse niente quando Ben montò da una parte e il soldato dall'altra.

Solo un soldato, rifletté Andrew, *e in effetti è strano. Forse lo vogliono solo per interrogarlo. Vogliano gli dei che sia solo per interrogarlo che sono venuti a prenderlo!*

In silenzio, fra mulinelli di neve che s'avvinghiavano alle loro caviglie, gli Staad guardarono la slitta partire, con le sue lanterne accese, in un tentennare di fiammelle e un tintinnare di campanelle.

Quando la slitta fu scomparsa, Susan scoppiò in lacrime.

«Non lo rivedremo mai più», singhiozzò. «Mai più, mai più! L'hanno preso! Peter maledetto! Maledetto lui per la sorte che ha fatto patire a mio figlio! Sia maledetto! Sia maledetto!»

«Zitta, mamma», l'ammonì bonariamente Andrew stringendola a sé. «Ssst. Ssst. Lo vedremo prima che si faccia giorno. A mezzogiorno al più tardi.»

Ma Susan s'accorse del tremito che aveva nella voce e pianse ancor più forte. Pianse così forte da svegliare la piccola Emmaline (o forse fu per colpa del vento che entrava dalla porta aperta) e ce ne volle di tempo prima che si riaddormentasse. Finalmente Susan dormì con lei, tutte e due nel letto grande.

Andy Staad non dormì quella notte.

Rimase seduto davanti al fuoco a sperare contro ogni speranza, ma in cuor suo pensava che non avrebbe mai più rivisto suo figlio.

65

Un'ora dopo Ben Staad era nello studio di Anders Peyna. Era incuriosito, persino un po' in soggezione, ma non impaurito. Aveva ascoltato attentamente tutto quanto Peyna aveva detto fino al momento in cui un sordo tintinnio aveva segnato il passaggio del denaro da una mano all'altra.

«Hai capito tutto, giovanotto?» domandò Peyna nel suo tono asciutto da aula di tribunale.

«Sì, mio signore.»

«Mi auguro che tu sia sincero. Non ti sto affidando un incarico da bambino. Ripetimi dunque ciò che devi fare.»

«Devo andare al castello a parlare a Dennis, figlio di Brandon.»

«E se Brandon si frappone?» domandò bruscamente Peyna.

«Devo dirgli che si rivolga a voi.»

«Bene», disse Peyna, appoggiandosi allo schienale della poltrona.

«Non devo raccomandargli di non dire a nessuno di questo accordo.»

«Infatti», annuì Peyna. «E sai perché?»

Ben rifletté per un momento, a capo chino. Peyna lo lasciò pensare. Gli piaceva quel ragazzo che gli sembrava dotato di coraggio e sangue freddo. Molti altri condotti davanti a lui nel cuore della notte si sarebbero lasciati prendere dal terrore.

«Perché se così dicessi susciterei in lui una voglia ancor maggiore di parlarne», rispose finalmente Ben.

Un sorriso sfiorò le labbra di Peyna. «Bravo. Vai avanti.»

«Mi avete dato dieci fiorini. Io ne darò due a Dennis, uno per sé e uno per chiunque troverà la casa di bambola appartenuta alla madre di Peter. Gli altri otto sono per Beson, il Capo Guardiano. Chiunque troverà la casa di bambola dovrà consegnarla a Dennis. Dennis la darà a me. Io la darò a Beson. Dennis invece s'incaricherà di portare direttamente i tovaglioli a Beson.»

«Quanti?»

«Ventuno ogni settimana», rispose prontamente Ben. «Tovaglioli di casa reale, ma senza lo stemma. Il vostro uomo troverà una donna che scucia gli stemmi reali. Di tanto in tanto mi manderete qualcuno con altri soldi, o per Dennis o per Beson.»

«E niente per te?» chiese Peyna. Gliene aveva già offerti, ma Ben aveva rifiutato.

«Niente, grazie. Credo che sia tutto.»

«Sei svelto.»

«Vorrei solo poter fare di più.»

Peyna si drizzò di scatto e la sua impressione divenne immediatamente arcigna. «Niente di più, né ora né mai», gli intimò. «È già abbastanza pericoloso così. Stai già procurando favori a un giovane condannato per aver commesso un delitto orrendo, del quale solo uno esiste più scellerato ancora.»

«Peter è mio amico», dichiarò Ben con una dignità che fece colpo per il suo candore.

Anders Peyna si concesse un vago sorriso e sollevò un dito a indicare i lividi che andavano scomparendo sul volto di Ben. «Oso pensare che stai già pagando per quell'amicizia», osservò.

«Sarei disposto a pagare un prezzo cento volte superiore», ribatté Ben. Esitò per un istante, quindi proseguì con fierezza: «Non credo che abbia ucciso suo padre. Amava re Roland quanto io amo mio padre».

«Davvero?» chiese Peyna apparentemente poco interessato.

«Sì, signore!» esclamò Ben. «Voi forse credete che abbia assassinato suo padre? Veramente lo credete?»

Peyna fece un sorriso così feroce che persino il sangue caldo di Ben gli si raffreddò immediatamente nelle vene.

«Se non lo credessi, dovrei stare molto attento a chi confidare i miei sentimenti», rispose. «Molto, molto attento. O presto mi sentirei affondare nel collo la lama del boia.»

Ben lo guardò in silenzio.

«Tu dici di essergli amico e io ti credo.» Peyna gli puntò il dito addosso. «Se vuoi essergli amico fedele, farai esattamente come ti ho detto e niente di più. Se vedi qualche speranza di una futura liberazione di Peter nella tua misteriosa convocazione in questa casa, e mi pare di capire dalla tua faccia che è questo che credi, rinuncia subito a sperare.»

Preferì non chiamare Arlen e accompagnò lui stesso il ragazzo alla porta di servizio. Il soldato che lo aveva portato a casa sua quella sera, già l'indomani sarebbe partito per il baronato occidentale.

Sulla soglia Peyna disse: «Ancora una volta ti ripeto di non deviare da quanto ti è stato incaricato nemmeno *per il più piccolo dettaglio.* Gli amici di Peter non vanno molto di moda in questi tempi a Delain, come dimostrano i tuoi lividi».

«Li sfido tutti!» esclamò Ben con passione. «Uno alla volta o tutti insieme!»

«Certo», annuì Anders Peyna con quel suo sorriso feroce. «E chiederesti a tua madre di fare lo stesso? O alla tua sorellina?»

Ben guardò il vecchio a bocca aperta. Il terrore gli sbocciò nel cuore come una piccola rosa delicata.

«Così accadrà, se non ci metterai tutta la tua prudenza», lo redarguì Peyna. «Le bufere sono tutt'altro che finite a Delain, anzi, stanno cominciando solo ora.» Aprì la porta e una folata nera di vento spinse neve nella casa. «Torna alla tua famiglia adesso, Ben. Credo che i tuoi saranno lieti di rivederti così presto.»

Lieti era dir poco. I suoi genitori lo aspettavano alla porta in camicia da notte perché avevano sentito le campanelle della slitta che tornava. Sua madre lo strinse forte e pianse.

Suo padre, rosso in viso, non avvezzo a sentire il bruciore delle lacrime negli occhi, gli scrollò la mano fino a fargli male. Ben ricordava ciò che aveva detto Peyna: «Le bufere stanno cominciando solo adesso».

Più tardi ancora, sdraiato a letto con le mani sotto la testa a guardare l'oscurità e ad ascoltare il vento, Ben si rese conto che Peyna non aveva mai risposto alla sua domanda: non gli aveva mai detto se credeva davvero che Peter fosse colpevole.

66

Il diciassettesimo giorno del regno di Thomas, Dennis, il figlio di Brandon, andò all'Obelisco con la prima consegna di ventun tovaglioli. Li aveva presi da un magazzino di cui non conoscevano l'esistenza né Peter, né Thomas, né Ben Staad, né Peyna, sebbene tutti costoro fossero destinati a saperne di più prima che si concludesse la triste storia della prigionia di Peter. Dennis lo conosceva perché era figlio di un maggiordomo in una lunga tradizione di maggiordomi, ma l'abitudine porta all'indifferenza, come si suol dire, perciò poco caso faceva al magazzino da cui prendeva i tovaglioli. Parleremo più ampiamente di questa stanza in seguito, mentre per ora lasciate che vi dica che tutti sarebbero rimasti con tanto d'occhi se ne avessero visitato l'interno e Peter in particolare. Perché, se avesse saputo di quella stanza che Dennis considerava assolutamente comune, avrebbe tentato la fuga anche tre anni prima... e molto, per il meglio o per il peggio, sarebbe forse cambiato.

67

Lo stemma reale veniva scucito da ciascun tovagliolo da una donna che Peyna aveva ingaggiato per la velocità del suo ago e la strettezza delle sue labbra. Ogni giorno si sedeva in una sedia a dondolo appena fuori della porta del magazzino e disfaceva punti che erano davvero antichi. Durante il lavoro le sue labbra erano serrate per più di una ragione; disfare un così bel ricamo le sembrava quasi un sacrilegio, ma la sua famiglia era povera e il denaro che le arrivava da Peyna era come un dono del cielo. Così sedeva e sarebbe tornata a sedersi per gli anni a venire, dondolandosi sulla sedia e manovrando il suo ago come una di quelle strane sorelle di cui forse avete già sentito in un'altra storia. Non parlò a nessuno, nemmeno a suo marito, dei suoi giorni di scucito.

I tovaglioli erano permeati di un odore insolito, appena percettibile, non tanto di muffa, quanto di chiuso, come per un lungo disuso, ma erano altrimenti senza pecca, ciascuno di venti rondeau per venti, largo abbastanza da coprire il grembo del mangiatore più vorace.

Venne a crearsi una situazione comica in occasione della prima consegna di tovaglioli. Dennis indugiò aspettandosi una mancia. Beson lasciò che si dilungasse perché si aspettava a sua volta che prima o poi quel moccioso mezzo ritardato si sarebbe ricordato di dare una mancia a *lui*. Giunsero contemporaneamente alla conclusione che nessuno dei due avrebbe ricevuto alcuna mancia. Allora Dennis si avviò verso la porta e Beson lo aiutò a uscire con un calcio sul fondo dei pantaloni. Questo fece ridere di gusto un paio di Guardiani Inferiori. Quindi Beson finse di pulirsi il sedere con il mazzo di tovaglioli aizzando ulteriormente l'ilarità dei Guardiani Inferiori, ma fece attenzione a fingere soltanto... da qualche parte in quella storia era coinvolto anche Peyna ed era opportuno muoversi con accortezza.

Anche se forse Peyna non sarebbe rimasto in quel giro ancora per molto tempo. Nelle osterie e nelle taverne Beson aveva cominciato a sentir sussurrare che sul Sommo Giudice era caduta l'ombra di Flagg e che se Peyna non fosse stato molto, ma molto prudente, presto si sarebbe trovato a seguire i dibattimenti in aula da una prospettiva ancor più alta del seggio che occupava attualmente: avrebbe assistito ai processi guardando attraverso una finestra, sostenevano i pettegoli facendosi scudo alla bocca con la mano, da una delle guglie sulle mura del castello.

68

Il diciottesimo giorno del regno di Thomas sul vassoio della colazione di Peter comparve il primo tovagliolo. Il tovagliolo era così grande e la colazione così piccola che la stoffa ricopriva interamente il suo pasto. Peter sorrise per la prima volta da quando era stato chiuso in quella fredda cella in cima all'Obelisco. Sulle sue guance e sul mento era apparsa l'ombra di una barba che gli sarebbe cresciuta folta e lunga in quelle due stanzette piene di spifferi e nell'insieme aveva l'aspetto di un povero disperato... fino a quando sorrideva. Il sorriso gli illuminava il volto come un potere magico lo faceva sembrare forte e radioso, in quell'espressione vincente che ci s'immagina faccia da guida ai soldati in battaglia.

«Ben», mormorò, sollevando il tovagliolo per un angolo. Gli tremava leggermente la mano. «Lo sapevo che ce l'avresti fatta. Grazie, amico mio. Grazie di cuore.»

La prima cosa che fece Peter con il suo primo tovagliolo fu di asciugarsi le lacrime che ora gli scendevano abbondanti sulle guance.

Si aprì lo spioncino nel legno massiccio della porta. Si af-

facciarono due Guardiani Inferiori, simili alle due teste del pappagallo di Flagg, con le ruvide guance incollate l'una all'altra nello spazio ristretto.

«Spero che il pupo non si dimenticherà di pulirsi la boccuccia!» gracchiò uno dei due.

«Spero che il pupo non si dimenticherà di pulirsi l'ovetto dalla camiciola!» fece eco l'altro e poi, insieme, giù a ridere come matti. Ma Peter non li guardò nemmeno e il suo sorriso non vacillò nemmeno.

I guardiani si accorsero del sorriso e smisero di schernirlo: c'era qualcosa nell'espressione del principe che faceva passar la voglia di scherzare.

Finalmente richiusero lo spioncino e lo lasciarono in pace.

Un secondo tovagliolo gli arrivò con il pasto del mezzogiorno.

Un terzo all'ora di cena.

Per cinque anni i tovaglioli accompagnarono i pasti di Peter nella sua cella desolata appesa nel cielo.

69

La casa di bambola arrivò il trentesimo giorno del regno di Thomas, il Portatore di Luce. Ormai ai lati delle strade spuntavano in graziosi mazzetti i modilli, quei messaggeri della primavera che dalle nostre parti chiamiamo fiordalisi. E ormai Thomas il Portatore di Luce aveva apposto la sua firma sotto la legge che introduceva la Sovrattassa dei Contadini, in breve tempo ribattezzata Tassa Nera di Tom. La nuova battuta che circolava in taverne e osterie era che fra poco il re avrebbe mutato il suo nome reale in Thomas il Portatore di Tasse. L'incremento non era stato dell'otto per cento, che sarebbe apparso forse giusto, o del diciotto per cento, che sarebbe stato forse sopportabile, bensì dell'ottanta per cento. Thomas aveva avuto qualche dubbio sulle prime, ma Flagg non aveva impiegato molto a convincerlo.

«Dobbiamo tassarli per più di quanto ammettono di possedere in modo da poter incassare almeno una parte di quanto ci è dovuto su tutto ciò che tengono nascosto all'esattore», aveva spiegato Flagg. Thomas, con la testa ottenebrata dal vino che ora scorreva in continuazione nelle sale del castello, aveva annuito, augurandosi che la sua espressione fosse scambiata per ponderata saggezza.

Per parte sua Peter cominciava a temere che la casa di bambola fosse andata perduta dopo tanti anni, e in effetti era quasi accaduto. Ben Staad aveva dato a Dennis l'incarico di trovarla. Dopo alcuni giorni di ricerche infruttuose, Dennis si era confidato con il suo buon vecchio genitore, unica persona al mondo alla quale avrebbe osato rivelare una questione così delicata. Altri cinque giorni di indagini aveva impiegato Brandon per ritrovare la casa di bambola in uno dei ripostigli minori al nono piano della Torre Occidentale dove gli ameni finti praticelli del giocattolo e le numerose finestre erano nascoste sotto un vecchio panno smangiucchiato dalle tarme e ingrigito dagli anni. Mobili e suppellettili c'erano ancora e c'erano voluti altri tre giorni perché Brandon, Dennis e un soldato scelto da Peyna fossero sicuri di aver rimosso tutti gli oggetti appuntiti o affilati. Finalmente la casa di bambola era stata trasportata a destinazione da due giovani scudieri che si erano faticosamente issati per trecento gradini con quell'oggetto pesante e scomodo inchiodato a un'asse di legno. Sulla loro scia si era messo Beson che non aveva fatto altro che imprecare e minacciarli di terribili castighi se se la fossero lasciata cadere. Sotto i fiumi di sudore che indondavano i loro volti, i due giovani l'avevano subito in silenzio.

Quando la porta della prigione fu spalancata ed entrò la casa di bambola di Sasha, Peter restò allibito e non tanto perché finalmente il giocattolo gli veniva consegnato, ma perché uno dei due giovani che lo trasportava era Ben Staad.

Non mi tradire! supplicarono gli occhi di Ben.

Non mi guardare troppo a lungo! replicarono quelli di Peter.

Dopo i severi ammonimenti che aveva impartito al ragazzo, Peyna non si sarebbe mai aspettato di vedere Ben lassù. Si era però dimenticato che la logica di tutti i vecchi saggi del mondo raramente resiste alla logica del cuore di un giovane, se il suo cuore è grande e buono e leale. Come quello di Ben Staad.

Era stata la cosa più facile del mondo sostituirsi a uno degli scudieri che avrebbero dovuto portare la casa di bambola in cima all'Obelisco. Dennis aveva organizzato tutto con la modica spesa di un fiorino, che costituiva in effetti tutto il capitale in suo possesso.

«Non dir niente di questo a tuo padre», si era raccomandato parlandone a Dennis.

«E perché?» aveva chiesto Dennis. «Io racconto a mio padre quasi tutto... tu no?»

«Lo facevo», aveva risposto Ben, ricordando come suo padre gli avesse vietato di pronunciare il nome di Peter in casa sua. «Ma diventando grandi, credo che qualcosa cambi. Comunque sia, di questo non devi far parola, Dennis, perché tuo padre potrebbe riferirlo a Peyna e allora mi troverei cotto e trifolato in una scomoda padella.»

«Va bene», aveva promesso Dennis e aveva mantenuto la parola. Dennis aveva sofferto moltissimo quando il suo amato padrone era stato dapprima accusato e poi condannato per l'omicidio del re. Ora però, ormai da qualche tempo, la presenza di Ben aveva cominciato a colmare il grande vuoto che gli era rimasto nel cuore.

«Ti ringrazio», aveva risposto Ben colpendolo con un leggero pugno scherzoso alla spalla. «Voglio solo vederlo per un momento e rinfrescarmi il cuore.»

«Tu eri il suo migliore amico, vero?»

«Lo sono ancora.»

Dennis lo aveva fissato negli occhi, stupito. «Come puoi considerare tuo migliore amico un uomo che ha ucciso il proprio padre?»

«Per il semplice fatto che non credo che l'abbia ucciso», aveva replicato Ben. «E tu?»

Sotto lo sguardo incredulo di Ben, Dennis era scoppiato in un pianto disperato. «Tutto il mio cuore così mi dice, ma io...»

«Allora ascoltalo», lo aveva esortato Dennis, per poi stringerlo in un vigoroso abbraccio. «E asciugati il muso prima che qualcuno ti veda frignare come un bambino.»

«Mettetela nell'altra stanza», ordinò ora Peter, preoccupato per il tremito che sentì nella propria voce. Beson però non se ne accorse, preso com'era a inveire contro i ragazzi per la loro lentezza, la loro stupidità, il fatto stesso che esistessero. I due scudieri portarono la casa di bambola in camera da letto e lì la posarono. Il compagno di Ben, che invero non aveva un'aria molto sveglia, lasciò andare troppo in fretta la sua estremità dell'asta, che cadde con un tonfo al quale fece eco un rumore di qualcosa che si rompeva all'interno. Peter fece una smorfia. Beson colpì il giovane, ma lo fece sorridendo: era la prima cosa buona che gli capitava quel giorno da quando quei due imberbi erano arrivati all'Obelisco con quel dannato giocattolo.

Il ragazzo stupido si rialzò massaggiandosi la guancia che già cominciava a gonfiarglisi e guardando Peter a bocca aperta, con un'espressione un po' imbambolata in cui si mescolavano meraviglia e paura. Ben rimase in ginocchio ancora un istante. Davanti alla porta d'ingresso della casa c'era una piccola stuoia di vimini, simile agli zerbini di casa nostra. Per un attimo Ben lo sfiorò con un pollice, incrociando uno sguardo con Peter.

«Fuori adesso!» gridò Beson. «Fuori, tutti e due! Andatevene a casa e maledite vostra madre per aver messo al mondo due lumache goffe e scervellate come voi!»

I due giovani sfilarono davanti a Peter e quello un po' tardo passò cercando di farsi piccolo, come se il principe avesse qualche malattia contagiosa. Gli occhi di Ben incontrarono ancora una volta quelli di Peter e Peter fremette per tutto l'amore che vide nello sguardo del vecchio amico.

«Dunque, ora avete la vostra casetta, mio buon principino», lo apostrofò Beson dopo che i due stallieri se ne furono andati. «Desiderate nient'altro? Vestitini di trine? Mutandine di seta?»

Peter si voltò lentamente e lo fissò. Dopo pochi istanti Beson abbassò lo sguardo. C'era qualcosa di irresistibile negli occhi di Peter e Beson fu costretto a ricordare per l'ennesima volta che, effeminato o no, Peter l'aveva picchiato così duramente che le costole gli avevano fatto male per due giorni e che per un'intera settimana aveva avuto ripetuti mancamenti.

«Be', sono affari vostri», brontolò, «ma adesso che vi hanno portato la casa, io potrei trovarvi un tavolo su cui sistemarla e una sedia, dove sedervi mentre...» e fece una smorfia «...mentre ci giocate.»

«E quanto mi costerebbe?»

«Solo tre fiorini, direi.»

«Non ho soldi.»

«Ah, ma voi conoscete persone potenti.»

«Non più. Ho scambiato un favore per un altro favore, nient'altro.»

«Statevene seduto per terra, allora, e fatevi venire i geloni sul deretano e andatevene all'inferno!» sbottò Beson. Se ne andò furente. Il piccolo flusso di fiorini di cui aveva goduto da quando Peter era arrivato all'Obelisco si era apparentemente esaurito. Ciò rese Beson di pessimo umore per parecchi giorni.

Peter attese che fossero cessati tutti gli sferragliamenti di chiavistelli e catenacci prima di sollevare lo stuoino che Ben aveva toccato con il pollice. Sotto di esso trovò un rettangolo di carta non più grande di un francobollo. C'era scrittura su entrambi i lati, senza nemmeno spazio tra le parole. Le lettere erano veramente piccolissime e per la gran fatica che fece per leggerle, Peter immaginò che Ben dovesse averle scritte aiutandosi con una lente d'ingrandimento.

Peter, distruggi questo messaggio dopo che l'avrai letto. Io non credo che tu l'abbia fatto. Altri la pensano come me. Sono ancora tuo amico, fedele oggi come sempre. Nemmeno Dennis ci crede. Se posso aiutare, mettiti in contatto tramite Peyna. Abbi fede.

Già mentre leggeva, Peter sentì gli occhi riempirglisi di calde lacrime di riconoscenza. Io credo che la vera amicizia solleciti sempre questo senso di dolce gratitudine, perché fin troppo spesso il mondo ci appare come un deserto aspro e i fiori che vi crescono sembrano sfidare ogni probabilità. «Buon vecchio Ben!» mormorò più di una volta. Con un cuore così gonfio, non gli veniva in mente altro da dire. «Buon vecchio Ben! Buon vecchio Ben!»

Per la prima volta cominciò a pensare che il suo piano, così fantastico e pericoloso, avesse qualche possibilità di riuscita.

Quindi tornò a pensare a quel messaggio e al fatto che Ben, per scriverlo, aveva rischiato la vita. Ben era un nobile, seppure d'infimo rango, ma non era imparentato con la casa reale, perciò non era immune alla scure del boia. Se Beson o uno dei suoi sciacalli avessero trovato il messaggio, avrebbe forzatamente intuito che doveva essere stato scritto da uno dei ragazzi venuti a portare la casa di bambola. Dato che quello più tardo dava l'impressione di non saper leggere nemmeno le lettere maiuscole di un libro per bambini, ne avrebbero dedotto che quella scrittura in miniatura dovesse essere opera dell'altro e da quello al ceppo del boia il viaggio sarebbe potuto diventare assai breve per il buon vecchio Ben.

Trovò un solo modo per esser sicuro di farlo scomparire

del tutto e non esitò: appallottolò il minuscolo messaggio tra pollice e indice e lo mangiò.

70

Immagino che ormai abbiate indovinato qual era il piano di fuga di Peter dato che voi sapete molto di più di quanto sapesse Peyna il giorno in cui aveva ricevuto la lettera di Peter. È giunto ormai in ogni caso il momento di parlarne apertamente. Peter intendeva usare fili di cotone per costruirsi una corda. I fili naturalmente sarebbero stati ricavati dagli orli dei tovaglioli. Con la corda sarebbe sceso dall'alto dell'Obelisco e in tal modo sarebbe fuggito. A qualcuno di voi potrebbe venir da ridere all'idea di usare fili ricavati da tovaglioli per scappare da una torre alta cento metri e forse pensereste che o è matto il narratore o Peter era impazzito.

Nient'affatto. Peter sapeva quant'era alto l'Obelisco e si rendeva conto che mai avrebbe dovuto esagerare nel sottrarre fili ai tovaglioli. Se ne avesse sfilati troppi, avrebbe destato la curiosità di qualcuno e non sarebbe stato nemmeno necessario che fosse il Capo Guardiano, perché sarebbe bastato che lo sfilacciamento eccessivo fosse notato dalla lavandaia, per esempio, la quale avrebbe potuto parlarne a un'amica... che forse l'avrebbe riferito a un'altra amica... e così di seguito la conoscenza di quel fatto singolare si sarebbe diffusa... E del resto Peter non si preoccupava più che tanto di Beson, come certamente avete intuito: nell'insieme il Capo Guardiano era una persona abbastanza stupida.

Ma Flagg no.

Flagg aveva ucciso suo padre...

...e Flagg era sempre all'erta.

Fu un peccato che Peter non si soffermasse a riflettere sul

leggero odore di chiuso emanato dai tovaglioli o a chiedersi se a scucire gli stemmi reali si avvicendassero diverse persona o ci fosse sempre la stessa; sì, fu un peccato, ma come si può capire, la sua mente era occupata in altri pensieri. Non poté fare però a meno di notare che i tovaglioli erano molto vecchi e questo naturalmente fu un bene perché gli permetteva di sottrarre da ciascuno molti più fili di quanti si fosse augurato anche nei momenti di maggior ottimismo. Tuttavia solo in un secondo tempo si sarebbe accorto che avrebbe potuto compiere il suo lavoro molto, ma molto più speditamente.

Mi pare però sentire già alcuni di voi insistere: Ma insomma, fili presi da tovaglioli per fabbricare una corda lunga abbastanza da scendere dalla finestra in cima all'Obelisco, giù fin nel cortile? Fili presi da tovaglioli per fabbricare una corda resistente abbastanza da sostenere ottanta chilogrammi? Io continuo a pensare che sia uno scherzo!

Coloro che pensano così si dimenticano della casa di bambola... e del suo telaio, un telaio così minuscolo che i fili dei tovaglioli si adattavano alla perfezione alla sua minuscola spoletta. Coloro che pensano così si dimenticano che tutto quanto si trovava nella casa di bambola era sì minuscolo, ma perfettamente funzionante. Tutti gli oggetti da taglio erano stati rimossi, compresa la lametta del telaio... ma tutto il resto era intatto.

Proprio la casetta di bambola che tanto tempo prima aveva ispirato vaghi presentimenti negativi in Flagg, era diventata ora l'unica speranza di fuga per Peter.

71

Dovrei essere un narratore assai migliore di quel che sono, temo, per descrivervi la vita di Peter nei cinque anni che trascorse in cima all'Obelisco. Mangiò, dormì, guardò dalla finestra da cui godeva della vista dei quartieri occidentali della città, fece ginnastica di mattina, di pomeriggio e di sera, sognò i suoi sogni di libertà. In estate la sua cella era soffocante, d'inverno vi si gelava.

Durante il secondo inverno fu colpito da una grave influenza che per poco non lo uccise.

In preda alla febbre e alla tosse si rifugiò sotto l'unica, sottile coperta del suo letto. Dapprincipio temette solo di cadere in delirio e mettersi a parlare involontariamente della corda nascosta in un rotolo ordinato sotto due blocchi di pietra sul lato orientale della sua camera da letto; ma con il crescere della febbre, la corda che aveva tessuto con il minuscolo telaio della casa di bambola perse importanza perché cominciò a temere che sarebbe morto.

Ne erano certamente convinti Beson e i suoi Guardiani Inferiori. Costoro avevano anzi cominciato a scommettere su quando sarebbe accaduto. A una settimana circa dall'inizio della grave malattia, mentre fuori impazzava il vento e la temperatura precipitava ben sotto lo zero, gli apparve in sogno Roland. Peter credette che fosse venuto per accompagnarlo ai Remoti Campi.

«Sono pronto, papà!» gridò. Nel delirio della febbre, non sapeva se avesse gridato dalla bocca o solo nella mente. «Sono pronto a venire!»

Ancora non stai morendo, gli disse suo padre nel sogno... o nella visione o qualunque cosa fosse. *Hai ancora molto da fare, Peter.*

«Padre!» urlò Peter. Fu un grido potente e sotto di lui i guardiani, Beson incluso, fremettero di paura al pensiero che Peter stesse parlando con il fantasma semiabbrustolito di re Roland, venuto a prendere la sua anima per farla precipitare nell'inferno. E quella notte non scommisero più e uno di loro si recò addirittura alla Chiesa dei Sommi Dei l'indomani mattina all'alba e riabbracciò la sua religione con tanta devo-

zione che sarebbe diventato sacerdote. Costui era Curran e di lui vi racconterò forse in un'altra storia.

In un certo senso Peter stava veramente vedendo uno spettro, anche se non sono in grado di affermare se fosse veramente l'ombra di suo padre o solo un fantasma creato dalla sua mente sconvolta dalla febbre.

La sua voce si smorzò in un borbottio e i guardiani non udirono il resto della conversazione.

«Ho tanto freddo... e tanto caldo dentro.»

Mio povero figliolo, disse l'apparizione. *Dure prove ti sono toccate e altre ancora ti attendono, ma Dennis saprà...*

«Saprà che cosa?» ansimò Peter. Aveva le guance infuocate, eppure la sua fronte era pallida come cera di candela.

Dennis saprà dove vanno i sonnambuli, sussurrò suo padre un attimo prima di scomparire.

Peter sprofondò in uno svenimento che presto si trasformò in sonno, un sonno profondissimo. In quel sonno la sua febbre svanì. Il ragazzo, che con l'assidua ginnastica di un anno intero era giunto a fare sessanta flessioni e cento piegamenti quotidiani, si destò l'indomani mattina troppo debole perfino per alzarsi dal letto... ma di nuovo lucido.

Beson e i Guardiani Inferiori restarono delusi, ma dopo quella nottata avrebbero sempre manifestato nei confronti di Peter una certa soggezione, evitando di avvicinarglisi troppo. Cosa che naturalmente agevolò il suo lavoro.

Tutto questo è abbastanza facile da raccontare, sebbene sarebbe stato senza dubbio meglio se potessi affermare con certezza che si trattò di un sogno o dell'apparizione di un fantasma, ma come per altri dubbi rimasti irrisolti nel corso di tutta la vicenda, temo di dover lasciare che anche in questo caso la scelta la facciate voi.

Come però raccontarvi dell'ingrato, interminabile lavoro di Peter a quel minuscolo telaio? Questa è storia troppo grande per le mie capacità. Tutte quelle ore di fatica, talvolta con l'alito che gli si condensava gelido uscendo dalla bocca

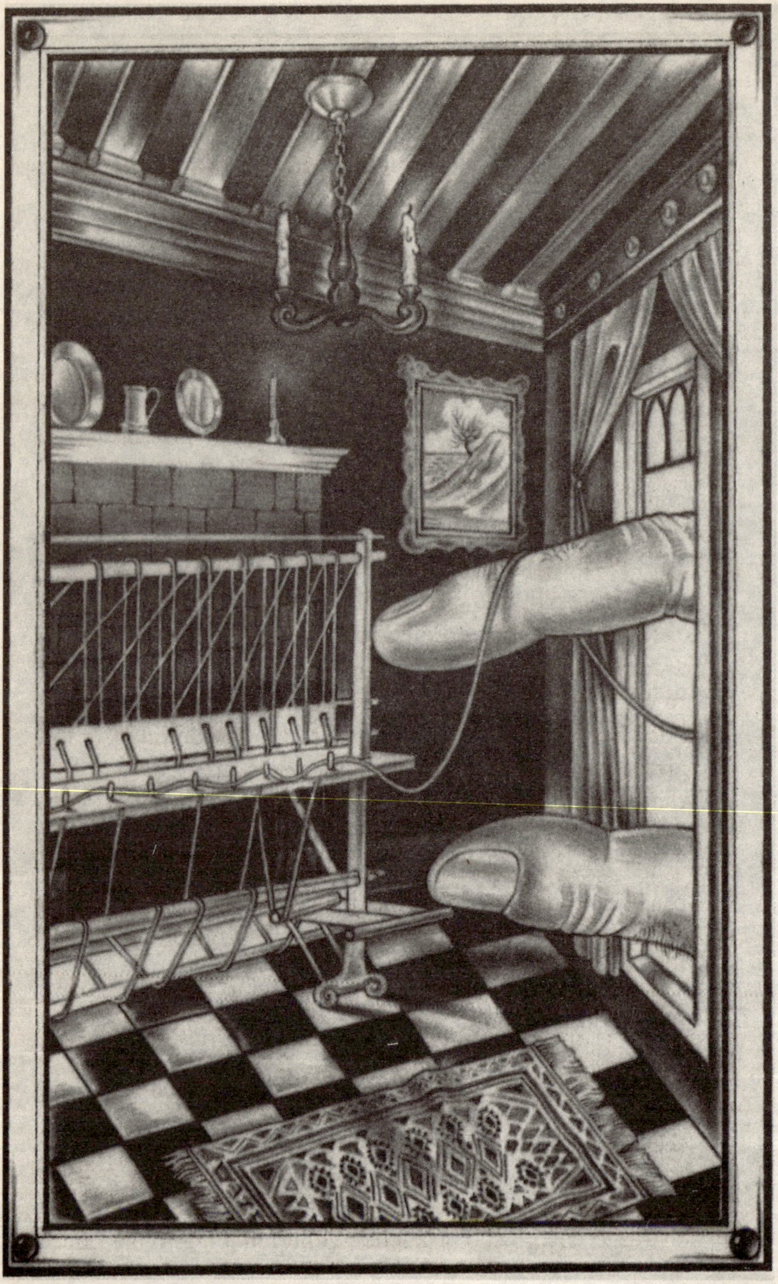

e dal naso, talaltra con il sudore che gli colava sul volto, sempre nel terrore di essere scoperto; tutte quelle lunghe ore di solitudine da riempire con nient'altro che lunghe riflessioni e assurde speranze. Qualche cosa vi posso dire e lo farò, ma mi è impossibile evocare il lento trascorrere di quelle ore e di quei giorni e sarebbe probabilmente impossibile per chiunque, fatta eccezione per quei grandi fabulatori la cui razza si è estinta da tempo. Forse l'unica cosa che può dare una vaga idea di quanto tempo passò in quelle due stanze è la sua barba. Quand'era stato imprigionato non era altro che un'ombra sulle sue guance e una rada peluria sotto il naso, nient'altro che la lanugine di un ragazzo. Nei 1825 giorni che seguirono, crebbe fluente e rigogliosa per arrivargli fino alla metà del torace e, sebbene avesse solo ventun anni, in più punti era grigia. Non crebbe solo lungo la cicatrice irregolare lasciatagli dall'unghia di Beson.

Durante il primo anno Peter non si azzardò a togliere più di cinque fili da ciascun tovagliolo per un totale di quindici al giorno. Li teneva sotto il materasso e alla fine di ogni settimana ne raccoglieva centocinque. Secondo la nostra unità di misura, ciascun filo era lungo circa mezzo metro.

Tessé il primo quantitativo una settimana dopo aver ricevuto la casa di bambola, faticando non poco al telaio che a diciassette anni non riusciva a maneggiare bene come quando ne aveva cinque: le sue dita erano cresciute, il telaio no. E poi era sempre in preda a un nervosismo terribile. Se fosse stato sorpreso da uno dei guardiani, avrebbe tentato di sostenere che tesseva qualche filo scappato via ai vecchi tovaglioli giusto per passare il tempo... *posto* che gli avrebbero creduto. E *posto* che il telaio funzionasse. Non ne fu sicuro finché non vide emergere dalle estremità il primo sottile pezzetto di treccia, perfettamente intessuta. Allora si sentì un po' più tranquillo e riuscì a lavorare un po' più in fretta, infilando i fili, tendendoli e agendo sul pedale con il pollice. Dapprincipio l'attrezzo cigolò per qualche tempo, ma poi il vecchio grasso si sciolse e prese a funzionare bene come quand'era bambino.

Si trattava però di un cordoncino sottilissimo, di pochi millimetri di diametro. Peter ne annodò le estremità e lo tirò per collaudarlo. Teneva. Si sentì un po' più incoraggiato. Era più forte di quel che sembrava e del resto così *doveva* essere, perché i fili provenivano da tovaglioli reali, confezionati con il miglior cotone del paese, e lui li aveva tessuti al meglio. Tirò di più, cercando di calcolare a occhio e croce quanti chili di tensione stesse esercitando su quell'esile trecciolina.

Aumentò ancora la tensione e ancora il suo cordoncino resistette e allora la speranza cominciò a consolidarsi nel suo cuore. Si ritrovò a pensare a Yosef.

Era stato Yosef, capo delle scuderie, a spiegargli di quella cosa misteriosa e terribile chiamata «resistenza alla rottura». Era piena estate e guardavano i mastodontici buoi anduani che trascinavano blocchi di pietra per la piazza del nuovo mercato. A cavalcioni del collo dei buoi c'erano mandriani che sudavano e imprecavano. Peter, che all'epoca non aveva ancora undici anni, si divertiva più che al circo. Yosef gli aveva fatto notare che tutti i buoi portavano una pesante bardatura di cuoio ai due lati della quale erano agganciate le catene che servivano a trainare i blocchi. Yosef aveva detto che i tagliatori dovevano far molta attenzione nella stima di quanto potesse pesare ciascun blocco di pietra.

«Perché se i blocchi sono troppo pesanti i buoi potrebbero farsi male nel trainarli», aveva osservato Peter. Non era nemmeno una domanda, la sua, per tanto che gli sembrava evidente. Provava compassione per i poveri buoi costretti a trascinare quelle pietre enormi.

«Nossignore», aveva risposto Yosef. Si era acceso una sigaretta fatta di cartoccio di grano, quasi scottandosi la punta del naso, e aveva tirato una boccata soddisfatta. Gradiva molto la compagnia del giovane principe. «Nossignore!» aveva ripetuto. «I buoi non sono stupidi. La gente crede che lo siano perché sono grossi, mansueti e ubbidienti. La dice più lunga sulla gente che sui buoi, se volete la mia opinione, ma lasciamo pur perdere, lasciamo pur perdere.

«Se un bue è in grado di tirare un blocco di pietra, lo tirerà. Se non ci riesce, proverà due volte, poi resterà fermo con la testa abbassata. E da quella posizione non si muoverà più, nemmeno se un padrone malvagio lo frustasse tanto da ridurgli la pelle a brandelli. Sembreranno anche stupidi, ma non lo sono. Per niente.»

«Allora perché i tagliatori devono stare attenti a calcolare bene il peso dei blocchi che tagliano, se il bue sa quanto può tirare?»

«Non è per i blocchi, è per le *catene.*» Yosef gli aveva indicato uno dei buoi che in quel momento stava trascinando un blocco di pietra che a Peter sembrava grande quasi quanto una casetta. Il bove procedeva con la testa china e gli occhi pazientemente fissi in avanti, mentre il mandriano sopra di lui lo guidava con colpetti del bastone. All'altra estremità delle catene, il blocco si spostava piano piano, scavando un solco nel terreno. Era così profondo che un bambino piccolo avrebbe avuto da faticare per arrampicarsene fuori. «Se un bue riesce a tirare un blocco lo farà, ma i buoi non sanno niente di catene e di resistenza alla rottura.»

«Che cos'è?»

«Una cosa sottoposta a una tensione sufficiente, si spezzerà», aveva spiegato Yosef. «Se dovessero spezzarsi quelle catene, volerebbero con la forza di un'esplosione. Non desidereste mai vedere che cosa può accadere se avesse a spezzarsi una di quelle pesanti catene quando è sottoposta alla tensione di quei buoi. La sua scudisciata potrebbe finire dovunque. Il più sovente, all'indietro, e allora con tutta probabilità colpirebbe il mandriano da sezionarlo in due o troncherebbe le zampe della povera bestia.»

Yosef aveva tirato un'altra boccata dalla sua sigaretta,

quindi l'aveva gettata per terra. Osservando Peter con occhi sagaci e amichevoli, aveva detto: «Il problema della resistenza alla rottura è buona cosa a sapersi per un principe, Peter. A tenderle a sufficienza, le catene si spezzano e altrettanto accade alle persone. Lo tenga a mente».

Peter se lo stava ricordando adesso, mentre tendeva la sua prima cordicella. Quanta «tensione» stava esercitando? Cinque rulli? Almeno. Dieci? Forse. Ma più probabilmente stava cercando di illudere se stesso. Meglio presumere che fossero otto. Anzi, sette. Sarebbe stato meno pericoloso sbagliare per difetto, se un errore doveva essere commesso. Se avesse sbagliato i suoi calcoli... be', l'acciottolato della Piazza dell'Obelisco era molto, molto duro.

Tirò più forte ancora e cominciarono ad affiorargli i muscoli delle braccia. Quando il primo cordoncino finalmente si spezzò, giudicò di aver applicato una forza pari a quindici rulli, vale a dire più di trenta chili.

Non fu insoddisfatto di questo risultato.

Quella notte, gettò il filo spezzato dalla finestra perché s'incaricassero di farlo scomparire l'indomani mattina con il resto dei rifiuti gli uomini che tutti i giorni spazzavano la Piazza dell'Obelisco.

Sua madre, vista la passione che aveva per la casa di bambola e tutti i piccoli mobili che conteneva, gli aveva insegnato ad attorcigliare i fili da intrecciare in minuscoli tappeti. Quando non si fa più una cosa per molto tempo, molti particolari vengono dimenticati, ma Peter non aveva altro che tempo a disposizione e dopo qualche esperimento rammentò ogni trucco dell'arte dell'intreccio.

Nel caso specifico si trattava d'intrecciare più di due cordoncini per volta, perciò le estremità non dovevano essere alla stessa altezza, bensì bisognava fare in modo che uno di essi sporgesse dall'intreccio, secondo uno schema che andava ripetuto all'aggiungersi di ogni nuovo tratto.

Peter impiegò tre settimane per raccogliere fili abbastanza

per provare questa tecnica e quasi tutta una quarta per ricordare esattamente come funzionava l'alternanza delle sovrapposizioni incrociate. Quand'ebbe finito, però, ebbe tra le mani una vera corda. Era sottile e a voi sarebbe sembrata una follia che intendesse affidare a essa il peso del suo corpo, ma vi assicuro che era molto più resistente di quel che sembrava. Constatò che riusciva a spezzarla solo avvolgendosi strettamente le due estremità intorno ai pugni e tendendola fino a farsi sporgere tutti i muscoli delle braccia e del petto e a farsi affiorare i tendini nel collo.

Nella stanza in cui dormiva c'erano alcune solide travi di quercia a vista. Appena avesse avuto una corda lunga abbastanza, avrebbe verificato se fosse in grado di reggere il suo peso appendendosi a una di quelle travi e nel caso in cui la corda si fosse spezzata non avrebbe potuto far altro che ricominciare da capo... ma questi pensieri erano inutili e Peter lo sapeva, perciò tornò a dedicarsi con solerzia al suo lavoro.

Ciascun filo che sottraeva ai tovaglioli era lungo una cinquantina di centimetri, ma cinque centimetri circa andavano persi nella lavorazione. Gli ci vollero tre mesi per confezionare una corda di tre trefoli, ciascuno dei quali costituito da centocinque fili di cotone, della lunghezza di un metro. Una notte, quando fu ormai sicuro che tutti i guardiani erano ubriachi e giocavano a carte, legò quella ridicola funicella a una delle travi. Dopo che l'ebbe fatta girare intorno al legno con un nodo scorsoio, vi rimasero a disposizione meno di una quarantina di centimetri di una specie di spago così fine da non ispirare la minima fiducia.

Ciononostante Peter vi si appese con le labbra strette in un'aspra linea bianca, aspettandosi che i fili intrecciati cedessero da un momento all'altro lasciandolo cadere sul pavimento. Ma tennero.

Tennero.

Non osando nemmeno crederci, Peter rimase appeso a quella funicella così sottile che quasi non la si vedeva. Rimase appeso così per quasi un minuto intero, quindi montò sul letto per sfilare la cima dal cappio. Gli tremavano le mani e due volte armeggiò inutilmente intorno al nodo, perché gli occhi gli si erano appannati di lacrime. Non ricordava di aver avuto il cuore così gonfio dal giorno in cui aveva letto il minuscolo messaggio di Ben.

72

Fino a quel momento aveva custodito la sua corda sotto il materasso, ma si rendeva conto che ormai era tempo di trovare un'altra soluzione. L'Obelisco era alto centotré metri dalla punta del tetto conico e la sua finestra era all'incirca a novanta metri dall'acciottolato. Peter era alto un metro e ottantadue. Riteneva di potersi arrischiare a lasciarsi cadere per gli ultimi sei metri dalla fine della corda fino al suolo. Ma anche così prima o poi si sarebbe trovato a dover nascondere ottantadue metri di spago.

Sul lato orientale del pavimento della camera da letto, trovò una pietra allentata che scalzò con molta pazienza. Fu una gradita sorpresa scoprire che sotto c'era un piccolo spazio. Non riusciva a veder bene nella stretta intercapedine, perciò vi infilò la mano e tastò nell'oscurità, con il corpo tutto teso nel timore che qualcosa gli si arrampicasse sulle dita... o lo morsicasse.

Non accadde niente e stava già per ritirare la mano quando con un polpastrello sfiorò qualcosa, un misterioso oggetto... di freddo metallo. Peter lo estrasse. Era un medaglione a forma di cuore appeso a una catenella sottile. A prima vista medaglione e catenella sembravano d'oro, né, dato il peso, sospettò che si trattasse di oro falso. Tastando ed esaminando il medaglione, trovò un minuscolo fermaglio. Lo aprì e il medaglione si spalancò. All'interno c'erano due immagini, una per parte, ritratti di squisita fattura come quelli appesi nella casa di bambola di Sasha, per non dire più raffinati ancora. Peter osservò quei visi con lo schietto stupore di un ragazzo. L'uomo era di bell'aspetto e la donna bellissima. L'uomo aveva un vago sorriso sulle labbra e un'espressione malandrina negli occhi. Gli occhi della donna erano invece gravi e scuri. Parte della meraviglia di Peter gli veniva dal fatto che quel medaglione doveva essere antico a giudicare dal modo in cui le due persone erano vestite. Ma solo in parte, perché soprattutto lo stupiva in quei volti qualcosa di stranamente famigliare. Lui aveva *già visto* quelle persone.

Richiuse il medaglione. E guardò sul dorso. Credette di riconoscere delle iniziali incise e intrecciate, ma in quel groviglio di ricci e volute non riuscì a riconoscerle.

D'impulso, frugò di nuovo nell'intercapedine. Questa volta toccò della carta. Il foglio di protocollo che sfilò dal nascondiglio era antico e friabile, ma la scrittura era chiara e la firma inequivocabile. Il nome era quello di Leven Valera, l'infame Duca Nero del baronato meridionale. Valera, che forse un giorno sarebbe potuto diventare re, aveva invece trascorso gli ultimi anni della sua vita nella cella in cima all'Obelisco per aver assassinato sua moglie. Per forza gli era parso di riconoscere i ritratti nel medaglione! L'uomo era Valera e la donna era Eleanor, la moglie assassinata di Valera, della cui bellezza ancora si cantava in moltissime ballate.

L'inchiostro usato da Valera era di uno strano color nero rossiccio e la prima riga del messaggio gelò il sangue di Peter. Tutto il resto del messaggio lo riempì d'orrore e non solo perché gli sembrava che ci fosse troppa analogia fra la posizione di Valera e la sua perché si trattasse di una coincidenza.

A colui che troverà questo messaggio:
scrivo con il mio stesso Sangue spillato da una vena che mi

sono aperto nel Braccio sinistro, usando per penna il Manico di un Cucchiaio che ho affilato fregandolo a lungo sulle pietre della mia Camera da letto. Quasi un quarto di un Secolo ho trascorso in questa alta Prigione. Qui sono giunto che ero Giovane e ora sono un Vecchio. Tosse e Febbre mi hanno assalito di nuovo e questa volta credo che non sopravviverò.

Io non ho ucciso mia Moglie. No, anche se così sembrano indicare tutte le Prove, io non ho ucciso mia Moglie. Io l'amavo e ancora la amo sebbene il suo caro Viso si sia ormai appannato nella mia Mente malferma.

Credo che sia stato il Mago del re a uccidere Eleanor e a fare in modo che io fossi incolpato perché gli ero d'intralcio. Sembra che il suo Piano abbia funzionato e che lui ne abbia tratto grande vantaggio, ma io credo che ci siano Dei che alla fine puniscono chi agisce nel Male. Il suo Giorno verrà e mentre si avvicina ormai la mia Morte sempre più mi sento convinto che la sua Fine giungerà per mano di Uno che verrà in questo Luogo di Disperazione, Uno che troverà e leggerà questa Lettera scritta con il mio Sangue.

Se così è, a te io grido: Vendetta, Vendetta, Vendetta! non sia essa per me e i miei Anni perduti, se così vorrai, ma mai e poi mai e poi mai sia dimenticata la mia cara Eleanor, assassinata nel sonno nel suo Letto! Non io avvelenai il suo Vino! Qui scrivo il nome dell'Assassino nel Sangue: Flagg! Fu Flagg! Flagg! Flagg!

Prendi il Medaglione e mostraglielo un attimo prima di liberare il Mondo dalla sua più scellerata Canaglia. Mostraglielo perché sappia in quell'Istante che anch'io ho avuto parte nella sua Rovina, se pure dalla mia Immeritata Tomba dell'Assassino.

Leven Valera

Forse adesso capirete meglio anche voi la vera fonte del gelo che sentiva Peter. Ma forse ancora no, forse comprenderete meglio se vi rammenterò che Flagg appariva come un gagliardo individuo di mezza età, ma in realtà era molto vecchio.

Sì, Peter aveva letto del presunto delitto di Leven Valera, ma i libri su cui ne aveva letto la vicenda erano libri di storia, cronache di vicende *antiche.* Quella fragile e ingiallita pergamena prima parlava del mago del re e poi citava Flagg per nome. *Citava* il suo nome? Oh no, lo tuonava, lo urlava... nel sangue.

Ma il presunto crimine di Valera era avvenuto durante il regno di Alan II...

...e Alan II aveva governato Delain quattrocentocinquant'anni prima!

«Dio, oh mio Dio!» gemette Peter. Tornò barcollando al suo letto sul quale si sedette pesantemente un attimo prima che le ginocchia lo tradissero facendolo stramazzare al suolo. «L'aveva già fatto! Tutto questo aveva già fatto ed esattamente nella stessa maniera, *ma più di quattro secoli fa!*»

Con la faccia bianca come un cencio e i capelli ritti per la prima volta Peter intuiva che Flagg, il mago del re, era in realtà Flagg il mostro, calato ora nuovamente su Delain al servizio di un nuovo re, il suo giovane, confuso, impressionabile, povero fratello.

73

Dapprincipio Peter si lasciò trascinare dall'improvviso fermento di arditi pensieri, intenzionato quasi a promettere a Beson una lauta mancia se avesse portato ad Anders Peyna medaglione e lettera. Nell'emozione iniziale gli era sembrato che quella denuncia accentrasse su Flagg il peso schiacciante delle sue colpe e pertanto lui sarebbe stato subito liberato. Una breve riflessione gli bastò per rendersi conto che se un esito del genere si sarebbe potuto avere in un libro di fiabe, era meno che improbabile nella vita reale. Peyna ne avrebbe riso, sostenendo che era una falsificazione. Ma se ci avesse creduto c'era invece il rischio che quelle prove significassero la fine e per il Sommo Giudice e per il principe imprigionato.

Peter aveva l'udito fine e ascoltava attentamente i pettegolezzi da taverna che Beson scambiava con i suoi Guardiani Inferiori. Era venuto così a sapere della Sovrattassa dei Contadini e dell'amara battuta secondo la quale Thomas il Portatore di Luce meritasse di essere ribattezzato Thomas il Portatore di Tasse. Aveva persino sentito di certi sfacciati che avevano ribattezzato suo fratello Tom l'Alzagomito. La scure del boia era calata con la regolarità di un pendolo da quando Thomas era asceso al trono di Delain solo che *questo* pendolo batteva un tic tac al suono di *tradimento-congiura, tradimento-congiura, tradimento-congiura* con una regolarità che sarebbe stata monotona, se non fosse stata così spaventosa.

Ormai Peter cominciava a sospettare quale fosse il fine ultimo di Flagg: condurre allo sfacelo l'ordinata monarchia di Delain. Dunque esibire medaglione e lettera gli sarebbe servito solo o a farsi deridere o a indurre Peyna a prendere provvedimenti che senza dubbio sarebbero costati la morte a entrambi.

Così Peter ripose medaglione e pergamena dove li aveva trovati e con essi ripose anche il metro di spago sottile che aveva intrecciato lavorandoci per un mese intero. Nel complesso non era deluso da com'era andata quella giornata, perché la sua corda non aveva ceduto e il ritrovamento del medaglione e della pergamena dopo più di quattrocento anni dimostravano almeno una cosa, vale a dire che difficilmente i guardiani avrebbero scoperto il suo nascondiglio.

Aveva tuttavia molto su cui riflettere e quella notte rimase desto a lungo.

Quando dormì, gli sembrò di udire la voce secca e ghiaiosa di Leven Valera che gli bisbigliava all'orecchio: *Vendetta! Vendetta! Vendetta!*

74

Tempo, sì, tempo. Peter trascorse una gran quantità di tempo in cima all'Obelisco. La barba gli diventò lunga, salvo che dove la cicatrice bianca gli segnava la guancia come il disegno di una folgore. Molti furono i cambiamenti che vide dalla sua finestra, mentre la sua barba cresceva. Quelli che non vide, più terribili ancora, udì. Il pendolo del boia aveva addirittura accelerato il suo ritmo *tradimento-congiura, tradimento-congiura, tradimento-congiura* cantava e talvolta nel corso di un sol giorno rotolavano una mezza dozzina di teste.

Durante il terzo anno della prigionia di Peter, l'anno in cui Peter arrivò a issarsi per ben trenta volte di fila fino a toccare con il mento la trave centrale della sua camera da letto, Peyna, disgustato, diede le dimissioni dalla sua carica di Sommo Giudice. Fu l'argomento di conversazione di una settimana intera nelle osterie e nelle taverne e di una settimana e un giorno per i Guardiani di Peter. Costoro erano sicuri che Flagg avrebbe fatto imprigionare Peyna ancor prima che si fosse del tutto raffreddato il calore delle natiche del vecchio sul seggio di giudice e che non molto tempo dopo i cittadini di Delain avrebbero saputo una volta per tutte se nelle vene del Sommo Giudice scorreva sangue o acqua gelida. Ma chiacchiere e scommesse si spensero quando Peyna conservò la libertà. Peter fu felice che Peyna non fosse stato arrestato poiché non gli serbava rancore nonostante il giudice avesse scelto di crederlo colpevole della morte di suo padre.

Sempre durante il terzo anno di soggiorno di Peter nell'Obelisco, morì Brandon, il buon vecchio genitore di Dennis. La sua dipartita fu semplice ma dignitosa. Aveva portato a termine il suo lavoro quotidiano a dispetto di un terribile dolore al petto e al fianco ed era lentamente rientrato a casa. Si era seduto nel piccolo soggiorno sperando che il dolore passasse. Invece era aumentato. Aveva chiamato la moglie e il figlio al suo fianco, li aveva baciati entrambi e aveva chiesto che gli fosse versato un bicchiere di gin. Era stato accontentato. Aveva scolato il bicchiere, baciato di nuovo sua moglie e l'aveva fatta allontanare dalla stanza.

«Ora dovrai servire bene il tuo padrone, Dennis», aveva detto al figlio. «Ormai sei un uomo fatto e ti aspettano i compiti di un uomo.»

«Servirò il re come meglio potrò, papà», aveva promesso Dennis, sebbene terrorizzato all'idea di doversi assumere le responsabilità di suo padre. Il suo viso brutto e buono era lucido di pianto. In quei tre anni, Brandon e Dennis avevano servito Thomas e le responsabilità di Dennis erano state più o meno quelle che aveva avuto prima, sotto Peter; ma l'atmosfera non era stata la stessa, nemmeno lontanamente.

«Thomas, sì», aveva annuito Brandon e poi aveva bisbigliato: «Ma se venisse il giorno in cui tu dovessi rendere un servizio al tuo primo padrone, Dennis, non dovrai esitare. Io non ho mai...»

In quel momento Brandon si era stretto il lato destro del torace, si era irrigidito ed era spirato. Era morto come aveva voluto morire, nella sua poltrona, davanti al suo camino acceso.

Nel quarto anno della prigionia di Peter, mentre s'allungava incessantemente la corda sottile nascosta sotto la pietra, la famiglia Staad scomparve. Il trono incamerò quel poco che restava della loro terra, come aveva fatto alla scomparsa di altre famiglie nobili. E chissà perché, ma con il protrarsi del regno di Thomas, le sparizioni si moltiplicavano.

Il caso degli Staad fu solo uno degli argomenti trattati nelle osterie in una settimana intensa che aveva visto quattro decapitazioni, un aumento di contributi a danno dei bottegai e l'arresto di una vecchia che per tre giorni aveva camminato avanti e indietro davanti al palazzo strillando che suo nipote era stato imprigionato e torturato per aver protestato contro le Tasse sul Bestiame dell'anno precedente. Ma quando Peter aveva sentito il nome degli Staad in bocca ai guardiani, il suo cuore si era fermato per un momento.

La catena degli eventi che si era conclusa con la scomparsa degli Staad era ormai nota a chiunque, a Delain. Il ritmo serrato del pendolo del boia aveva già notevolmente assottigliato il numero dei nobili. Molti di loro erano morti perché le loro famiglie avevano servito il regno per centinaia o migliaia di anni e mai avrebbero potuto pensare che potesse cadere sulla loro testa un destino così ingiusto. Altri, avendo visto scritte con il sangue sul muro, avevano preferito fuggire. Tra costoro c'erano gli Staad.

Ed erano cominciati i bisbigli.

Si raccontava dietro le mani a coppa che quei nobili non si fossero semplicemente dispersi ai quattro venti, bensì che si stessero radunando in qualche luogo segreto, forse nel folto delle foreste nel Settentrione del Regno, preparandosi a rovesciare il trono.

Queste voci giungevano a Peter come il vento dalla sua finestra e gli spifferi da sotto la sua porta... Erano sogni di un mondo più vasto. Lui, intanto, lavorava alla sua fune. Durante il primo anno, la corda si era allungata di quarantacinque centimetri ogni tre settimane. Alla fine di quell'anno aveva uno spago sottile lungo sette metri e mezzo, uno spago che, almeno in via teorica, era abbastanza resistente da reggere il peso del suo corpo. Ma c'era una differenza tra appendersi a una trave della sua camera da letto e restare sospeso su uno strapiombo di un centinaio di metri e Peter non era così sciocco da fingere di non saperlo. Si stava per giocare letteralmente la vita su quell'esile funicella.

E sette metri all'anno forse non erano sufficienti: avrebbe impiegato più di otto anni prima di tentare e i brontolii di tuono che gli arrivavano di seconda mano erano già cresciuti abbastanza da turbarlo non poco. Soprattutto gli stavano a cuore le sorti del regno, riteneva indispensabile scongiurare un'eventuale rivolta e il caos che ne sarebbe conseguito. Era giusto riparare ai torti, ma nel nome della legge, non con archi e frecce e frombole e mazze e bastoni. Davanti a una simile sciagura, tutti loro diventavano insignificanti, Thomas, Leven Valera, Roland, lui stesso e persino Flagg.

E Anders Peyna, ormai vecchio, seduto a covare le sue delusioni davanti al caminetto, quanto lo avrebbe amato per questo!

Così Peter decise che avrebbe dovuto tentare la fuga al più presto possibile. Di conseguenza s'immerse in lunghi calcoli, sommando e moltiplicando a mente per non lasciare traccia. Li ripeté più di una volta, per assicurarsi di non aver commesso alcun errore.

A partire dal secondo anno cominciò a togliere dieci fili da ogni tovagliolo e nel terzo passò a quindici e nel quarto a venti. La sua corda s'allungò: diciassette metri e mezzo dopo il secondo anno, trentun metri e mezzo alla fine del terzo, quarantanove metri alla fine del quarto.

A quel punto l'estremità della sua corda si sarebbe librata ancora a una quarantina di metri dal suolo.

Durante il suo ultimo anno, Peter cominciò a staccare trenta fili da ciascun tovagliolo e per la prima volta i suoi furti cominciarono ad apparire con evidenza, perché alla fine dell'operazione i tovaglioli erano sfilacciati su tutti e quattro i lati, come se mangiucchiati dai topi. Aspettava dunque con terrore d'essere scoperto.

75

Ma non fu scoperto né allora né poi. Mai destò un sospetto. Peter aveva passato notti insonni e interminabili (o almeno così gli erano sembrate) angosciato all'idea che qualcosa giungesse all'orecchio di Flagg, una nota falsa, un segnale qualunque che gli facesse intuire che cosa stava tramando. Avrebbe mandato qualcuno dei suoi tirapiedi e sarebbero cominciate le domande. Peter aveva progettato tutto con la cura più meticolosa sbagliando solo in un presupposto, il quale tuttavia aveva condotto a una seconda premessa errata (come spesso accade con i presupposti sbagliati) e questa seconda era una vera chicca. Peter aveva presunto che esistesse un numero finito di tovaglioli, diciamo per esempio un migliaio, che venivano usati, lavati e riadoperati. Più di così non si erano spinte le sue riflessioni sull'argomento dei tovaglioli. Dennis avrebbe potuto rivelargli come stavano in realtà le cose e risparmiargli forse due anni di lavoro, ma a Dennis non era mai stato chiesto niente. La verità era semplice ma sbalorditiva. I tovaglioli di Peter non venivano da una scorta di mille o di duemila o di ventimila: c'erano quasi *mezzo milione di quei vecchi tovaglioli un po' ammuffiti.*

Nelle viscere dei sotterranei del castello c'era un magazzino vasto come una sala da ballo ed era pieno di tovaglioli e tovaglioli e nient'altro che tovaglioli. Sapevano di chiuso, all'odorato di Peter, e non fa meraviglia se si pensa che per la maggior parte, coincidenza o no, risalivano a un tempo non di molto successivo all'imprigionamento e alla morte di Leven Valera. Inoltre, coincidenza o no, l'esistenza di quei tovaglioli era almeno indirettamente opera di Flagg. Per un capriccio della sorte era stato lui a crearli.

Erano stati tempi veramente bui per Delain. Il caos tanto agognato da Flagg era quasi piombato sul paese. Valera era stato tolto di mezzo e al suo posto era salito al trono Alan, il re pazzo. Se fosse vissuto per un altro decennio, certamente il regno sarebbe annegato nel sangue... ma Alan era stato incenerito da un fulmine mentre giocava a cubiti nel prato sotto un acquazzone (vi ho ben detto che era matto). Qualcuno sostenne che il fulmine era stato mandato dagli dei. Fatto sta che gli era succeduta la nipote Kyla, rimasta nella storia come Kyla la Buona, e da Kyla l'eredità del trono era stata tramandata di generazione in generazione fino a Roland e ai fratelli dei quali state ascoltando ora la storia. Era stata Kyla, la regina buona, a salvare il paese dalle tenebre e dalla povertà. Per farlo aveva quasi mandato in bancarotta la Tesoreria Reale, ma aveva preferito correre quel rischio sapendo che la valuta era la linfa stessa di un regno. La gran parte del denaro liquido di Delain era andato perso durante il regno folle di Alan II, un re che aveva talvolta bevuto sangue dalle orecchie ferite dei suoi servi e ripetutamente aveva insistito nell'affermare di poter volare; un re più interessato nella magia e nella negromanzia che nel bilancio dello stato e nel benessere del suo popolo. Kyla sapeva che avrebbe avuto bisogno di un flusso massiccio di amore e di fiorini per raddrizzare le sorti precarie del regno minato dal governo di Alan e si era sforzata in ogni modo per far tornare al lavoro tutte le persone abili di Delain, dal più anziano al più giovane.

Molti dei cittadini più anziani erano stati adibiti alla confezione di tovaglioli, non perché ce ne fosse bisogno (vi ho già spiegato quanto venissero considerati da quasi tutti gli esponenti dell'aristocrazia e dal casato reale di Delain), ma perché era necessario creare *lavoro.* Erano mani rimaste inoperose per vent'anni o più in certi casi e avevano lavorato con grande zelo, tessendo su telai che erano in tutto e per tutto uguali a quello nella casa di bambola di Sasha... eccetto che per le dimensioni, si capisce!

Per dieci anni quelle persone anziane, più di mille, avevano confezionato tovaglioli ottenendo per il loro lavoro moneta sana dalla Tesoreria di Kyla. Per dieci anni persone solo di poco più giovani e di poco più nobili li avevano trasferiti nell'ambiente secco e fresco del magazzino sotto il castello. Peter aveva notato che alcuni dei tovaglioli che gli venivano portati erano tarlati, oltreché non proprio fragranti. Il fatto sorprendente, sebbene non potete saperlo, era invece che la stragrande maggioranza fosse ancora in ottime condizioni.

Dennis avrebbe potuto dirgli che i tovaglioli venivano consegnati, usati una volta, ritirati (salvo che per i pochi fili staccati da Peter) e poi semplicemente gettati via. D'altra parte, perché no? Ce n'erano abbastanza, messi tutti assieme, per durare per cinquecento anni sulla tavola di cinquecento principi... e forse di più. Se Anders Peyna non fosse stato un uomo misericordioso oltre che severo, forse davvero ci sarebbe stato un numero finito di tovaglioli; ma lui sapeva quanto l'ignota donna sulla sedia a dondolo avesse bisogno di quel lavoro e del magro reddito che le garantiva (con la stessa generosa considerazione che aveva avuto Kyla la Buona ai tempi suoi), perciò l'aveva lasciata al suo compito, continuando a provvedere ai fiorini di Beson dopo che gli Staad erano stati costretti a fuggire. Era entrata a far parte dell'arredamento dei sotterranei, la vecchia seduta davanti al ripostiglio dei tovaglioli, armata di quell'ago che serviva per scucire invece che per cucire. Lì sedette, sulla sua sedia a dondolo, anno dopo anno, a scucire decine di migliaia di stemmi reali, perciò non può fare veramente meraviglia che all'orecchio di Flagg non giungesse mai accenno dei furtarelli di Peter.

Così vedete anche voi che, non fosse stato per quell'unico presupposto sbagliato in quella sola domanda mai formulata, Peter avrebbe potuto portare a termine il suo lavoro molto più rapidamente. Per la verità, aveva avuto l'impressione che il numero dei tovaglioli non diminuisse così velocemente come si sarebbe aspettato, eppure non pensò mai di dubitare della sua originale (seppur vaga) premessa secondo la quale i tovaglioli che usava gli venivano alla lunga restituiti. Ah, se solo gli fosse venuto un semplice, piccolo sospetto!

Ma forse alla fine tutto si risolse comunque per il meglio.

O forse no. Questo è un altro giudizio che spetta a voi.

76

Con il tempo Dennis riuscì a superare la paura di essere il maggiordomo di Thomas. In fondo Thomas lo ignorava quasi completamente, eccetto quando lo strapazzava perché si dimenticava di metter fuori le sue scarpe (di solito perché era stato il re stesso a lasciarle altrove per poi dimenticarsene) o insisteva perché bevesse un bicchiere di vino con lui. Il vino gli dava sempre la nausea, anche se aveva cominciato ad apprezzare un goccetto di gin, ora che veniva la sera. Lo beveva lo stesso. Non c'era bisogno dei consigli di suo padre per sapere che non ci si rifiutava di bere in compagnia del re quando così era richiesto. E talvolta, di solito quand'era ubriaco, Thomas gli proibiva di rincasare e pretendeva che passasse invece la notte nei suoi appartamenti. Dennis sospettava a buon ragione che quelle erano le notti in cui Thomas si sentiva semplicemente troppo solo per sopportare la compagnia di se stesso. Si lanciava allora in ebbri e scoordinati sermoni sulla difficoltà di essere re, cercando di fare del suo meglio e di essere giusto, mentre tutti lo odiavano per misteriosi motivi. Spesso Thomas piangeva durante quegli sproloqui o scoppiava improvvisamente a ridere senza motivo, ma solitamente piombava semplicemente nel sonno nel bel mezzo di un'arringa distorta in difesa di qualche tassa. Qualche volta si trascinava fino al suo letto e allora Dennis poteva dormire sul divano, ma più spesso Thomas s'addormentava (o forse sveniva) proprio sul divano, costringendo Dennis ad accontentarsi dello scomodo giaciglio del tiepido gradino del focolare. Era forse la vita più strana che maggiordomo reale avesse mai conosciuto, ma naturalmente sembrava abbastanza normale a Dennis, che non ne aveva mai conosciuta altra che quella.

Che Thomas lo ignorasse era una cosa, che lo ignorasse *Flagg* era cosa assai più importante. Flagg del resto si era completamente dimenticato della parte avuta da Dennis nell'arresto e nella condanna di Peter ed è comprensibile, nel senso che Dennis era stato per lui solo uno strumento e che, esaurito il suo compito, uno strumento viene semplicemente messo via. Se *avesse* pensato a Dennis, avrebbe concluso che lo strumento era stato ben ricompensato, dato che dopotutto Dennis era diventato maggiordomo del re.

Ma nei primi giorni d'inverno dell'anno in cui Peter ne aveva ventuno e Thomas sedici, quando la sottile corda di Peter era ormai quasi completata, Dennis vide qualcosa che cambiò tutto ed è da ciò che Dennis vide in quella fredda sera che io devo cominciare a narrare gli ultimi sviluppi della mia storia.

77

Era una notte assai simile a quelle del terribile periodo a cavallo della morte di Roland. Il vento scendeva urlando da un cielo nero e gemeva nelle stradine di Delain. Uno strato denso di brina ricopriva i pascoli dei baronati centrali e gli acciottolati della città intorno al castello. Dapprincipio una luna a tre quarti aveva fatto capolino fra nuvole che si rincorrevano precipitosamente, ma ora di mezzanotte le nubi si erano addossate abbastanza da oscurare completamente la luna e alle due, quando Thomas svegliò Dennis facendo scorrere il chiavistello della porta che metteva in comunicazione il soggiorno con il corridoio, aveva cominciato a nevicare.

Dennis udì il rumore e si drizzò a sedere, con una smorfia di dolore per la schiena indolenzita e il formicolio alle gambe. Quella sera Thomas si era addormentato sul divano, così al giovane maggiordomo era toccato il focolare. Le braci erano ormai quasi completamente spente e Dennis aveva il fianco più vicino a esse che era quasi cotto al punto giusto e l'altro mezzo assiderato.

Si girò verso l'origine del rumore... e per un momento il terrore gli paralizzò il cuore e gli altri organi vitali. In quell'istante pensò che ci fosse un fantasma alla porta e per poco non si mise a gridare. Poi vide che era solo Thomas nella sua camicia da notte bianca.

«Si... si... sire?»

Thomas non badò a lui. Aveva gli occhi aperti, ma erano sbarrati e trasognati, fissi nel nulla. Dennis intuì all'istante che il giovane re era sonnambulo.

Mentre Dennis giungeva a questa conclusione, Thomas sembrò rendersi conto che il motivo per cui il chiavistello non funzionava era che l'occhiello era ancora infilato nel perno. Lo fece ruotare, lo tirò all'indietro e quand'ebbe aperto la porta uscì nel corridoio, più spettrale che mai nella luce vacillante delle torce. Per un attimo l'orlo della sua camicia da notte frullò nell'aria, poi il re scomparve a piedi scalzi.

Per qualche momento Dennis rimase immobile sul gradino del focolare, a gambe incrociate, senza più sentire il formicolio, ma sentendo invece il battito fondo del suo cuore. Fuori il vento spingeva la neve contro i rombi di vetro nella finestra del soggiorno, mandando il suo funebre ululato. Che cosa doveva fare?

C'era naturalmente una cosa sola, visto che il giovane re era il suo padrone. Doveva seguirlo.

Forse era stata quella notte di bufera a riportare così vivida alla mente di Thomas l'immagine di Roland, ma non necessariamente, se è vero, com'è vero, che Thomas pensava spesso a suo padre. Il rimorso è come una ferita infetta, tiene desto un fascino morboso e il colpevole si ritrova costretto involontariamente a continuare a esaminarla e frugarla, così non guarisce mai. Thomas aveva bevuto molto meno del solito, ma stranamente sembrava a Dennis più ubriaco che mai. Più che parlare, aveva farfugliato mezze frasi incomprensibili... con quegli occhi sbarrati nei quali si vedeva troppa parte di bianco.

Il suo stato d'animo era dovuto in gran parte al fatto che Flagg era assente. Era giunta la voce che i nobili rinnegati, fra i quali anche gli Staad, fossero stati visti riunirsi nelle Lontane Foreste all'estremità settentrionale del regno. Flagg si era messo alla testa di un reggimento di rudi soldati avvezzi alla battaglia per dar loro la caccia. Thomas diventava sempre estremamente volubile quando Flagg non c'era e sapeva di esserlo perché ormai dipendeva completamente dall'oscuro mago... sebbene fosse diventato così dipendente da Flagg in un modo che non comprendeva del tutto. L'eccesso nel bere non era più l'unico vizio di Thomas. Il sonno è spesso negato a coloro che serbano segreti e Thomas era afflitto da un grave caso d'insonnia. Senza saperlo, era giunto a un punto in cui non poteva più fare a meno delle pozioni sedative di Flagg. Prima di partire per il Nord con i soldati, Flagg gli aveva lasciato una scorta della sua droga, ma il mago aveva previsto di assentarsi per non più di tre giorni, quattro al massimo e da tre giorni ormai Thomas dormiva male, quando gli riusciva di dormire. Si sentiva strano, non del tutto sveglio, non del tutto addormentato. Era perseguitato dal ricordo di suo padre. Gli sembrava di udire nel vento la sua voce che gridava: «Perché mi guardi? Perché mi guardi così?» Visioni del vino... visioni della tenebrosa allegria sul viso di Flagg... visioni dei capelli di suo padre che s'incendiavano... tali immagini scacciavano il sonno dal suo corpo e lo lasciavano con gli occhi spalancati abbandonato a lunghe veglie notturne mentre tutto il resto del castello dormiva.

Quand'era giunta l'ottava notte di assenza di Flagg (il mago era accampato con i suoi soldati a cinquanta miglia del castello ed era più furioso che mai: le sole tracce che avevano trovato dei nobili erano state impronte di zoccoli nel terreno gelato che potevano essere vecchie di giorni o di settimane), Thomas aveva mandato a chiamare Dennis e nelle ore piccole di quell'ottava notte Thomas si alzò dal suo divano e s'incamminò.

78

Così Dennis seguì il suo signore e padrone il re per i lunghi corridoi di pietra pieni di aliti di vento e se voi mi avete seguito fin qui, credo che già sappiate dove stesse andando Thomas il Portatore di Luce.

La tarda notte tempestosa si era tramutata nelle prime ore di un mattino altrettanto tempestoso e nessuno circolava per i corridoi o, almeno, Dennis non scorse nessuno. Se qualcuno fosse stato in giro, sarebbe probabilmente fuggito altrove, forse urlando, convinto di aver visto passare due spettri, uno davanti in una lunga camicia da notte bianca che facilmente si sarebbe potuta scambiare per un sudario, l'altro dietro, con un modesto corsetto addosso, ma a piedi scalzi e con una faccia così pallida che facilmente si sarebbe potuta scambiare per quella di un cadavere. Sì, credo proprio che chiunque li avesse visti si sarebbe dato alla fuga e prima di coricarsi avrebbe pregato a lungo... e forse nemmeno molte devote preghiere sarebbero riuscite a tenere a bada gli incubi.

Thomas si fermò al centro di un corridoio che raramente Dennis aveva percorso e aprì una porta che Dennis non aveva mai notato. Il re ragazzo passò in un altro corridoio (nessuna cameriera li oltrepassò carica di lenzuola, com'era accaduto quando Flagg aveva guidato il principe per quella via anni addietro; tutte le brave cameriere erano nei loro letti già da un pezzo) e, giunto a un certo punto, si fermò così bruscamente che Dennis quasi gli finì addosso.

Thomas si guardò attorno, quasi per verificare se fosse stato seguito, e il suo sguardo sognante guardò direttamente oltre Dennis. Dennis si sentì accapponare la pelle e solo il cielo sa come riuscì a non cacciare un grido. Le torce appese alle pareti di quel corridoio quasi dimenticato stentavano a gettare una luce debole e macabra, spargendo l'odore cattivo dell'olio di *das.* Il giovane maggiordomo si sentì i capelli che cercavano di drizzarsi come spini quando quello sguardo vacuo di occhi come lampade morte illuminate solo dalla luna passarono sopra di lui.

Era lì, abbastanza vicino perché potesse toccarlo con una mano, eppure Thomas non lo vedeva affatto. Per Thomas, il suo maggiordomo era *tenue.*

Ah, devo scappare, bisbigliò una voce remota nella mente di Dennis, ma dentro la sua testa quel bisbiglio stralunato suonò come un urlo. *Ah, devo scappare, è morto, è morto nel sonno e io sto seguendo un cadavere ambulante!*

Ma poi udì la voce di suo padre, il suo caro padre defunto, che gli mormorava: *Ma se venisse il giorno in cui tu dovessi rendere un servizio al tuo primo padrone, Dennis, non dovrai esitare.*

Una voce più profonda ancora l'avvertiva che il momento di rendere quel servizio era giunto e Dennis, un umile servo che già una volta aveva cambiato il destino di un regno scoprendo un topo bruciato, forse l'avrebbe cambiato ancora restando al suo posto, nonostante il terrore che gli congelava le ossa e gli spingeva il cuore nella gola.

In una voce stranita e gutturale che non somigliava affatto alla sua voce normale (sebbene a Dennis quella voce sembrasse stranamente familiare), Thomas disse: «Quarta pietra contando dal basso in alto a partire da quella con l'intaccatura. Schiacciala. Presto!»

L'abitudine all'ubbidienza era così radicata in Dennis che già si stava muovendo per eseguire prima di accorgersi che Thomas, nel suo sogno, aveva dato un ordine a se stesso con la voce di un altro. Fu Thomas a schiacciare la pietra prima che Dennis potesse muoversi di un sol passo. La pietra si spostò di mezza spanna soltanto e si udì uno scatto. Dennis spalancò involontariamente la bocca quando una parte del muro prese a ruotare su se stesso. Thomas spinse la sezione mobile per aprire di più il passaggio e allora Dennis capì che lì si apriva un varco segreto. Le porte segrete gli facevano pensare ai pannelli segreti e i pannelli segreti gli facevano pensare a topi bruciati. Di nuovo provò l'impulso di darsi alla fuga e dovette dominarsi.

Thomas infine entrò. Per un momento fu solo un baluginare di camicia da notte nel buio, una camicia da notte con dentro nessuno. Poi la pietra si richiuse in un'illusione perfetta.

Dennis restò dov'era, spostando il peso del corpo da un gelido piede scalzo a un altro gelido piede scalzo. Che cosa doveva fare adesso?

Di nuovo gli parve di udire la voce di suo padre, ora impaziente, perentorio: *seguilo, meschino di un figlio! Seguilo e fai alla svelta! Questo è il momento! Seguilo!*

Ma papà, il buio...

Gli parve di sentire il bruciore di uno schiaffo e in un improvviso accesso isterico Dennis pensò: *anche da morto la tua mano destra è forte, papà! Va bene, va bene, vado!*

Contò quattro sassi a partire da quello scheggiato e spinse. La porta si aprì di pochi centimetri nel buio.

Udiva un lieve ticchettare nel silenzio sospeso del corridoio, il rumore che farebbe un topo correndo su un fondo di pietra. Dopo qualche attimo Dennis si rese conto che il rumore veniva dai suoi denti.

Oh papà, ho tanta paura, gemette... quindi seguì re Thomas nelle tenebre.

79

A cinquanta miglia da lì, avvolto in cinque coperte per difendersi dal gelo feroce e dal vento ringhiante, Flagg cacciò un grido nel sonno nell'istante esatto in cui Dennis seguì le orme del re nel passaggio segreto. Su un poggio non distante un branco di lupi ululò all'unisono con il suo grido. Il soldato coricato nei pressi di Flagg sulla sua destra morì all'istante d'infarto, sognando che un mastodontico leone fosse venuto a divorarlo. Il soldato che dormiva alla destra di Flagg si svegliò l'indomani mattina per accorgersi d'esser cieco. Capita talvolta che i mondi sussultino e ruotino *all'interno* del loro asse e quello era stato uno di quei casi. Flagg aveva avvertito qualcosa, senza ben capire. La salvezza del bene contro il male consiste giusto in questo: nei momenti cruciali, succede talvolta che il male vada in confusione. Quando il mago del re si svegliò il mattino dopo, ricordò di aver fatto un brutto sogno, emerso forse da un passato remoto e ormai dimenticato, ma non riuscì a ricordare esattamente di che cosa si fosse trattato.

80

Il buio nel passaggio segreto era fitto e totale e l'aria immobile e secca. Dal fondo Dennis sentì giungere un suono terribile e pieno d'angoscia.

Il re stava piangendo.

A quel suono Dennis scordò gran parte della sua paura e

provò invece grande meraviglia e pietà per Thomas, che gli era sempre sembrato così infelice e che era diventato grasso e foruncoloso, da quando era stato incoronato, e che spesso era pallido e oppresso da un tremito alle mani per il troppo vino bevuto la sera precedente e sofferente di alito cattivo. Già le gambe di Thomas cominciavano ad arcuarsi e se non c'era Flagg con lui mostrava la tendenza a camminare a testa bassa, con i capelli che gli ricadevano sulla faccia.

Dennis procedette a tentoni, tenendo le mani davanti a sé. Il suono del pianto del re diventò via via più forte... finché, all'improvviso, il buio non fu più completo. Udì un rumore lieve e sordo, dopodiché riuscì a distinguere Thomas nell'oscurità e una debole luce ambrata rischiarava le tenebre da due forellini. Dennis ebbe l'impressione che somigliassero stranamente a due occhi sospesi.

Proprio quando Dennis cominciava a pensare che sarebbe andato tutto bene, che probabilmente sarebbe sopravvissuto a quella sinistra camminata notturna, Thomas lanciò uno strillo. Gridò così forte che pensò che gli si sarebbero lacerate le corde vocali. Rimasto improvvisamente senza forza muscolare nelle gambe, Dennis cadde in ginocchio, schiacciandosi le mani sulla bocca per impedirsi di urlare a sua volta e tutt'a un tratto credette che il passaggio segreto si fosse affollato di spiriti e spettri come sovrannaturali pipistrelli svolazzanti che in qualsiasi momento gli si sarebbero potuti attaccare ai capelli; oh sì, gli parve che quel posto fosse gremito di morti irrequieti e forse era così, forse era proprio così...

Per poco non svenne. Per poco, ma non del tutto.

Da sotto, da lontano, gli giunsero latrati e allora capì che si trovavano sopra i canili del vecchio re. Nessuno aveva mai più portato fuori i pochi cani di Roland ancora vivi. Furono gli unici esseri viventi che insieme con Dennis sentirono quegli strilli terrificanti. Ma i cani erano fatti di carne e ossa, non di spirito, e Dennis s'aggrappò a quel pensiero come un annegato si aggrapperebbe a un relitto galleggiante.

Qualche istante più tardi, si rese conto che Thomas non stava soltanto gridando, ma che pronunciava parole. Sulle prime riuscì a comprendere un'unica frase, ripetuta più e più volte: *Non bere quel vino! Non bere quel vino!*

81

Tre giorni dopo, a buio fatto, un bussare leggero fece vibrare la porta del soggiorno in una fattoria nei baronati centrali, una fattoria poco distante da quella in cui fino a poco tempo prima era vissuta la famiglia Staad.

«Avanti!» ringhiò Anders Peyna. «E che sia importante, Arlen!»

Arlen era molto invecchiato negli anni trascorsi da quando Beson si era presentato sulla soglia della casa di Peyna con il messaggio di Peter. Quanto l'età l'aveva cambiato, era tuttavia poca cosa a paragone di Peyna. L'ex Sommo Giudice aveva perso quasi del tutto i capelli. Il suo fisico asciutto era diventato sparuto, ma ancora la calvizie e il dimagramento non erano niente a confronto con la trasformazione del suo viso. In passato la sua espressione era stata severa, ora era tetra. Occhiaie infossate gli si erano scavate sotto gli occhi e i suoi lineamenti portavano con evidenza il marchio della disperazione e non si può dire senza ragione. Aveva visto andare in rovina tutto ciò alla cui difesa aveva dedicato una vita intera... e tale rovina era stata ottenuta con indicibile facilità e in un tempo incredibilmente breve. Oh, immagino che tutti gli uomini intelligenti sappiano quanto fragili siano in realtà principi come legge e giustizia e civiltà e ordine sociale, ma non è cosa che si pensi volentieri, perché turba l'animo e gioca a nascondino con l'appetito.

Vedere il lavoro di una vita intera crollare come un castello di carte era già abbastanza doloroso, ma qualcos'altro aveva segnato quegli ultimi quattro anni di Peyna, qualcosa di molto peggiore. Era la consapevolezza che Flagg non aveva minato il destino di Delain da solo, perché lui stesso lo aveva aiutato nel suo intento sciagurato. Chi altri infatti aveva fatto subire a Peter un processo forse *troppo* frettoloso? Chi altri si era prematuramente convinto della colpevolezza di Peter... e non tanto in base a delle prove concrete, ma solo per aver assistito al pianto disperato di un ragazzo?

Dal giorno in cui Peter era stato rinchiuso in cima all'Obelisco, il ceppo del boia nella Piazza era stato sempre macchiato di un sinistro color ruggine. Nemmeno la pioggia più violenta riusciva a lavar via quel color di morte. E a Peyna sembrava di vedere quella sinistra macchia rossa colare dal blocco e spargersi per tutta la Piazza, per le strade del mercato, i vicoli della città. Nei suoi sogni turbati Peyna vedeva rivoli di sangue fresco scorrere in vivide tracce d'accusa nelle fessure dell'acciottolato e gorgogliare negli scarichi impetuosi come torrenti. Vedeva le fortificazioni del castello di Delain brillare color sangue nel sole. Vedeva le carpe del fossato galleggiare con il ventre emerso avvelenate dal sangue che dalle fogne si riversava in fiotti e sgorgava dalle sorgenti stesse della terra. Vedeva sangue uscire da ogni dove, a macchiare campi e foreste. In quei sogni infelici persino il sole sembrava un occhio morente, iniettato di sangue.

Flagg gli aveva concesso di vivere. Nelle taverne la gente bisbigliava dietro le mani che avesse raggiunto un accordo con il mago, che forse avesse addirittura confidato a Flagg il nome di certi traditori, o che forse «avesse qualcosa» con cui difendersi da Flagg, qualche segreto che fosse emerso se Peyna fosse morto all'improvviso. Naturalmente era ridicolo. Flagg non era uomo vulnerabile alle minacce, né di Peyna né di chiunque altro. Non c'erano segreti. Non c'erano stati accordi né patti di sorta. Flagg l'aveva semplicemente lasciato vivere... e Peyna sapeva perché. Da morto, avrebbe forse avuto pace, ma da vivo veniva lasciato a girare sullo spiedo della propria cattiva coscienza. Veniva lasciato ad assistere ai terribili mutamenti che Flagg infliggeva a Delain.

«Allora?» domandò in tono scontroso. «Che cosa c'è, Arlen?»

«È venuto un ragazzo, mio signore. Dice che deve vedervi.»

«Mandalo via», ribatté in malo modo Peyna. Pensava che solo fino a un anno prima avrebbe udito bussare alla porta d'ingresso, ma sembrava proprio che stesse diventando più sordo al passar di ogni giorno. «Non ricevo nessuno dopo le nove, lo sai. Molte cose sono cambiate, ma non quello.»

Arlen si schiarì la voce. «Io conosco il ragazzo. È Dennis, figlio di Brandon. È il maggiordomo del re che viene in visita.»

Peyna lo fissò in silenzio, stentando a credere alle proprie orecchie. Forse stava diventando sordo più in fretta di quanto già non temesse. Chiese ad Arlen di ripetere, ma ciò che il suo servo disse suonò esattamente come la prima volta.

«Lo riceverò. Mandamelo.»

«Molto bene, mio signore.» Arlen si girò e fece per andarsene.

L'analogia con la notte in cui Beson era venuto con il messaggio di Peter fin nel particolare del gelido vento che sibilava intorno alla casa riaffiorò con forza nell'animo di Peyna. «Arlen», chiamò.

Arlen si voltò di scatto. «Signore?»

L'angolo destro della bocca di Peyna guizzò quasi impercettibilmente. «Sei sicuro che non sia un ragazzo nano?»

«Più che sicuro, mio signore», rispose Arlen, e a lui guizzò l'angolo *sinistro* della bocca quasi impercettibilmente. «Non ci sono più nani nel mondo conosciuto. O almeno così mi ha detto mia madre.»

«Evidentemente era donna di buonsenso e di gran discernimento, che si adoperò per crescere al meglio suo figlio e non merita quindi di essere ritenuta responsabile degli eventuali difetti congeniti nel materiale su cui si trovò a lavorare. Manda direttamente qui il ragazzo.»

«Sì, mio signore.» La porta si richiuse.

Peyna tornò a fissare il fuoco e prese a sfregarsi le vecchie mani artritiche in un gesto d'insolita agitazione. Il maggiordomo di Thomas. Lì. A quell'ora. Ma perché?

Ma a poco serviva perdersi nelle congetture, la porta si sarebbe aperta a momenti e la risposta sarebbe entrata nella forma di un giovanotto tremante per il freddo e forse persino da un inizio di congelamento.

Per Dennis sarebbe stato mille volte più facile raggiungere Peyna se Peyna fosse stato ancora nella sua casa elegante dentro la cerchia delle mura, ma la sua casa gli era stata venduta da sotto i piedi per «debiti pendenti con il fisco» subito dopo le sue dimissioni. Solo grazie alle poche centinaia di fiorini che aveva risparmiato nei suoi quarant'anni di attività gli avevano permesso di acquistare quella piccola fattoria piena di spifferi e di continuare a pagare Beson. Si trovava tecnicamente nei baronati centrali, ma era lo stesso a molte miglia dal castello, andando a ovest... e il freddo era davvero terribile.

Udì provenire dal corridoio il mormorio di voci che si avvicinavano. Ora. Ora la risposta avrebbe varcato quella soglia. Improvvisamente lo riassalì quella sensazione assurda di una speranza vibrante come un raggio di luce forte in una grotta buia. *Ora la risposta entrerà da quella porta*, pensò e per un momento credette davvero che così sarebbe stato.

Mentre selezionava la sua pipa preferita dalla sua piccola rastrelliera, si accorse che la mano gli tremava.

82

Il ragazzo che si aspettava di ricevere era in verità un uomo, ma se Arlen l'aveva così definito, non era senza giustificazione, almeno non quella sera. Era infreddolito, ma Peyna sapeva anche che il freddo da solo non avrebbe fatto tremare nessuno come stava tremando Dennis.

«Dennis!» esclamò Peyna sporgendosi bruscamente in avanti dalla sua poltrona (e ignorando la fitta di dolore che gli provocò il movimento improvviso). «È successo qualcosa al re?» Immagini orribili, spaventose ipotesi riempirono la vecchia testa di Peyna: il re morto o per il troppo vino o addirittura per propria mano. Eh già, perché tutti a Delain sapevano che il giovane re era instabile d'umore.

«No... cioè... sì... ma no... non nel senso che voi intendete... il senso che mi pare di capire che intendete...»

«Entra, entra, e avvicinati al fuoco», sbottò Peyna. «Arlen, non startene lì come un gufo! Vai a prendere una coperta! Anzi, due! Copri questo ragazzo prima che muoia di tremori come un bachero bacozzo!»

«Sì, mio signore», ansimò Arlen. Non aveva mai fatto il gufo in vita sua e lo sapeva e più di lui lo sapeva Peyna, ma riconoscendo la gravità della situazione s'affrettò a ubbidire. Tolse due coperte dal suo letto (le uniche altre due coperte in quella presunta residenza che in realtà era una baracca per contadini erano sul letto di Peyna) e le portò di corsa in soggiorno. Le portò a Dennis, accovacciato davanti al caminetto così vicino alle fiamme che un centimetro ancora e sarebbe andato a fuoco. La dura brina che gli aveva ricoperto i capelli aveva cominciato a sciogliersi e gli colava sulle guance come lacrime. Dennis si strinse nelle coperte.

«Adesso ci vuole del tè. Tè forte. Una tazza per me, una teiera per il ragazzo!»

«Mio signore, c'è rimasto un solo barattolo in tutta la...»

«Al diavolo quanto ce n'è rimasto! Una tazza per me, una teiera per il ragazzo!» Poi riflettè. «E preparane una tazza anche per te, Arlen, e poi vieni qui e ascolta.»

«Signore?» Non bastava tutta la sua educazione all'ubbidienza per impedire ad Arlen di apparire francamente sbalordito da quest'ordine.

«Maledizione!» ruggì Peyna. «Vuoi che creda che sia diventato sordo anche tu come lo sono diventato io? Datti da fare!»

«Sì, mio signore», rantolò Arlen e corse a mettere in infusione l'ultimo avanzo di tè rimasto nella casa.

83

Peyna non aveva dimenticato tutto quel che c'era da sapere nell'arte raffinata dell'interrogatorio e se vogliamo essere onesti aveva dimenticato ben poco o forse addirittura niente. C'erano state lunghe notti d'insonnia in cui aveva desiderato di poter dimenticare almeno *qualcosa.*

Mentre Arlen preparava il tè, Peyna si dedicò al compito difficile di mettere quel ragazzo spaventato, ma no, diciamo terrorizzato, a suo agio. Chiese a Dennis di sua madre. Chiese se i problemi alle fognature che ultimamente avevano angustiato il castello fossero stati risolti. Chiese la sua opinione sulla semina primaverile. Evitò prudentemente ogni argomento che potesse essere pericoloso... e a poco a poco, via via che si riscaldava, Dennis ritrovò la calma.

Quando Arlen servì il tè, bollente, forte e fumante, Dennis mandò giù una tazza in un sol sorso, fece una smorfia, poi sorbì il resto piano piano. Impassibile come sempre, Arlen gliene servì dell'altro.

«Calma, ragazzo mio», cercò di tranquillizzarlo in tutti i modi Peyna, accendendo finalmente la sua pipa. «Calma è la parola che si addice al tè bollente e ai cavalli capricciosi.»

«Freddo. Ho temuto di morire congelato venendo qui.»

«Sei venuto *a piedi*?» Peyna non riuscì a dissimulare la sua sorpresa.

«Sì. Ho incaricato mia madre di informare gli altri servi che ero costretto a casa da un'influenza. Servirà a giustificarmi per qualche giorno, contagiosa com'è in questo periodo dell'anno... o almeno così spero. Sono venuto a piedi. Tutto il giorno. Non ho osato chiedere un passaggio. Non volevo che qualcuno mi ricordasse. Non sapevo che fosse così lontano. Se l'avessi saputo, mi sarei forse fatto accompagnare. Sono partito alle tre.» Sussultò, in un andirivieni dal pomo d'Adamo, quindi proruppe: «E non tornerò indietro, mai più! Ho visto il modo in cui mi guarda da quando è tornato! Con gli occhi stretti, di traverso, occhi scuri scuri! Mai mi aveva guardato così, anzi nemmeno s'accorgeva che io ci fossi! Lui sa che ho visto qualcosa! Sa che ho sentito qualcosa! Lui non sa che cosa, ma lui sa che qualcosa c'è! Lo sente nella mia testa, come io sento suonare le campane della Chiesa dei Sommi Dei! Se restassi, mi ucciderebbe! Lo so, ne sono sicuro!»

Peyna fissò il ragazzo da sotto le sopracciglia aggrottate, cercando il bandolo in quella matassa di dichiarazioni.

Lacrime disperate brillavano negli occhi di Dennis. «Dico di F...»

«Calma, Dennis», lo ammonì Peyna. La sua voce era bonaria, ma non certo i suoi occhi. «So a chi alludi. Meglio non pronunciare il suo nome a voce alta.»

Dennis lo guardò con affranta, semplice gratitudine.

«È meglio che tu mi dica che cosa sei venuto a riferirmi», concluse Peyna.

«Sì. Sì, certo.»

Esitò per un momento, cercando di dominare il tumulto dei suoi sentimenti e di riorganizzare con calma i suoi pensieri. Peyna aspettò tranquillo, cercando a sua volta di controllare l'eccitazione che gli sorgeva dentro.

«Vedete», cominciò finalmente Dennis, «tre giorni fa, Thomas mi chiamò perché passassi la notte con lui, come fa talvolta. E a mezzanotte o giù di lì...»

84

Dennis raccontò ciò che voi già sapete e vada a suo credito che non cercò di mentire sul proprio terrore, né lo amplificava. Mentre raccontava, il vento sibilava intorno alla fattoria e mentre il fuoco piano piano si abbassava gli occhi di Peyna bruciavano di un fuoco sempre più intenso. Dunque, meditava, erano accaduti fatti più sciagurati di quanto avesse potuto immaginare. Non solo Peter aveva avvelenato il re, *ma Thomas aveva visto tutto.*

Si capiva allora come mai il re ragazzo era così spesso afflitto e depresso. Forse le voci che circolavano nelle osterie, voci di un Thomas ormai già per metà impazzito, non erano così fantastiche come Peyna aveva creduto.

Tuttavia, mentre Dennis attendeva di poter bere dell'altro tè (Arlen gli riempì nuovamente la tazza dei sedimenti amari della teiera), Peyna cominciava già a ricredersi. Se Thomas avesse visto *Peter* che avvelenava Roland, allora perché Dennis si trovava lì ora... e in preda a un tale terrore di *Flagg*?

«Tu hai sentito dell'altro», dedussc Peyna a voce alta.

«Sì, mio signore Sommo Giudice», rispose Dennis. «Thomas... ha delirato a lungo. A lungo siamo rimasti chiusi insieme nel buio.»

Dennis avrebbe voluto essere più chiaro, ma non trovava parole con cui evocare l'orrore dello spazio ristretto di quel passaggio, con Thomas che urlava nell'oscurità non lontano da lui e i pochi cani superstiti del vecchio re che latravano da sotto il pavimento. Non aveva parole per descrivere *l'odore* di quel posto, un odore di segreti irranciditi come latte versato nel buio. Non aveva parole per esprimere il crescente timore che aveva avuto che Thomas fosse impazzito nelle spire del suo sogno.

Aveva strillato ripetutamente il nome del mago del re; aveva pregato il re di guardare nel fondo della sua coppa dove un topo simultaneamente bruciava e moriva annegato nel vino. *Perché mi guardi così?* aveva strillato. E poi: *«Vi ho portato un bicchier di vino, sire, per dimostrarvi che anch'io provo affetto per voi».* E finalmente aveva gridato due parole che avrebbe riconosciuto all'istante anche Peter, parole vecchie di più di quattrocento anni. *Fu Flagg! Flagg! Fu Flagg!*

Dennis sollevò la sua tazza, se la portò fin quasi alla bocca e la lasciò cadere. La tazza si ruppe sul gradino del focolare.

Tutti e tre osservarono i cocci.

«E poi?» lo invitò Peyna con un tono di voce ingannevolmente soave.

«Niente per molto, molto tempo», rispose Dennis, confuso. «I miei occhi si erano... si erano abituati all'oscurità e ormai riuscivo a distinguerlo un po'. Dormiva... dormiva sotto quei due forellini, con la testa abbassata e gli occhi chiusi.»

«Ed è rimasto così per quanto?»

«Non lo so, mio signore. I cani si erano calmati. E forse io... io... io...»

«Forse ti sei assopito anche tu? Io lo credo probabile, Dennis.»

«Più tardi ha dato l'impressione di svegliarsi, quantomeno aveva di nuovo gli occhi aperti. Ha chiuso gli sportellini ed è diventato di nuovo tutto buio. L'ho sentito muoversi e ho ritirato le gambe perché non inciampasse... la sua camicia da notte... mi ha toccato la faccia...»

Fece una smorfia ricordando la sgradevole sensazione come di ragnatele che lo sfioravano come un sussurro.

«L'ho seguito. È uscito dal passaggio e... e io gli sono andato dietro. Ha richiuso la porta segreta e il muro è ridiventato come prima, tutto uniforme, senza alcun segno. È tornato ai suoi alloggi e io sono andato con lui.»

«Avete visto nessuno?» domandò Peyna così bruscamente che Dennis sobbalzò. «Proprio nessuno?»

«No. No, mio signore Sommo Giudice, non ho visto proprio nessuno.»

«Ah.» Peyna se ne compiacque. «Molto bene. E non è successo altro?»

«No, mio signore. È andato a letto e ha dormito come morto.» Esitò, quindi aggiunse: «Io non ho chiuso occhio quella notte e non ho dormito molto dopo di allora».

«E l'indomani mattina Thomas...?»

«Non ricordava niente.»

Peyna grugnì. Unì i polpastrelli e osservò il fuoco morente attraverso le piccole guglie che aveva creato con le dita.

«E tu sei tornato in quel passaggio?»

Momentaneamente incuriosito, Dennis ribatté: «Voi ci sareste tornato, mio signore?»

«Sì», rispose seccamente Peyna. «Ma la domanda è se ci sei tornato *tu.*»

«Ci sono tornato.»

«Naturalmente. Ti hanno visto?»

«No. In corridoio mi ha incrociato una cameriera. Credo che si passi di lì per arrivare alla lavanderia, perché ho sentito odore di sapone di liscivia, come quello che usa mia madre. Ho aspettato che se ne andasse e ho contato la quarta pietra dal basso verso l'alto a partire da quella con l'intaccatura.»

«Per vedere ciò che aveva visto Thomas.»

«Sì, mio signore.»

«E hai visto?»

«Sì, mio signore.»

«E che cosa hai visto?» chiese Peyna che già lo sapeva.

«Quando hai aperto quegli sportelli, che cosa hai visto?»

«Signore, ho visto il soggiorno di re Roland», rispose Dennis. «Con tutte le teste appese alle pareti e... mio signore...» Nonostante il calore del fuoco non ancora spento, Dennis rabbrividì. «Tutte quelle teste... sembrava che mi stessero *guardando.*»

«Ma c'è una testa che non hai potuto vedere», osservò Peyna.

«Oh no, mio signore, le vedevo tut...» Dennis s'interruppe sbarrando gli occhi. «Niner!» gridò con voce strozzata. «I forellini...» S'interruppe di nuovo, questa volta con occhi grandi come lanterne.

Cadde di nuovo il silenzio dentro la casa. Fuori il vento invernale gemeva e guaiva. E da alcune miglia di distanza Peter, legittimo re di Delain, era curvo su un minuscolo telaio alto nel cielo a intrecciare una corda così sottile da esser quasi invisibile.

Finalmente Peyna trasse un profondo sospiro. Dennis lo guardava dal gradino del focolare con un'espressione di supplica... di speranza... di paura. Peyna si protese lentamente in avanti e gli toccò la spalla.

«Hai fatto bene a venir qui, Dennis, figlio di Brandon. Hai fatto bene a trovare una giustificazione per la tua assenza, e peraltro mi sembra abbastanza plausibile. Per questa notte dormirai qui con noi, in soffitta, sotto le gronde. Farà freddo, ma penso che dormirai meglio che nelle notti passate. Mi sbaglio?»

Dennis scosse adagio la testa, una volta sola, e una lacrima gli scaturì dall'occhio destro e gli scese piano piano per la guancia.

«E tua madre non sa per quale motivo hai dovuto assentarti?»

«No.»

«Allora ci sono buone probabilità che non abbia a subirne alcuna conseguenza. Arlen ti accompagnerà di sopra. Quelle credo che siano le sue coperte e dovrai restituirgliele. Ma su troverai della paglia e la soffitta è pulita.»

«Io dormirò bene lo stesso con una coperta sola, mio signore», intervenne Arlen.

«Zitto. Il sangue giovane resta caldo anche nel sonno, Arlen, mentre il tuo si è raffreddato. E puoi aver bisogno delle tue coperte... nel caso che ti appaiano in sogno nani e troll.»

Arlen fece un sorriso vago.

«Domani mattina parleremo ancora, Dennis, ma è possibile che per un po' non rivedrai tua madre. Questo devo dirtelo, anche se sospetto che tu sappia già che non sarebbe salutare per te tornare a Delain almeno per ora.»

Dennis cercò di sorridere, ma i suoi occhi erano lucidi di paura.

«Ho pensato a malanni peggiori dell'influenza mentre venivo qui ed è l'onesta verità. Ma adesso ho messo in pericolo anche la vostra salute, vero?»

Il sorriso di Peyna fu privo di gioia. «Io sono vecchio e anche Arlen è vecchio. La salute dei vecchi non è mai molto forte. Qualche volta per questo diventano più prudenti di quanto dovrebbero essere... ma altre volte si sentono indotti a osare come mai avrebbero fatto.» *Specialmente*, pensò, *se hanno molto da espiare.* «Parleremo ancora domani. Adesso meriti un buon riposo. Vuoi fargli luce su per le scale, Arlen?»

«Sì, mio signore.»

«Poi torna da me.»

«Sì, mio signore.»

Arlen accompagnò fuori della stanza un Dennis stremato, lasciando Anders Peyna a covare pensieri davanti al suo fuoco quasi spento.

85

Quando Arlen tornò, Peyna gli disse a voce bassa: «Abbiamo dei piani da fare, Arlen, ma forse vorrai versarci una goccia di vino. Sarà opportuno aspettare che il ragazzo dorma».

«Già dormiva prima ancora che la sua testa toccasse il fieno che ha raccolto per farne un cuscino, mio signore.»

«Molto bene. Ma versaci un dito di vino comunque.»

«Più di un dito da versare non c'è», gli fece notare Arlen.

«Bene. Ciò vuol dire che non correremo il rischio di partire con la testa gonfia domani mattina, giusto?»

«Signore?»

«Arlen, noi partiamo domani mattina per il nord, tutti e tre. Lo sai tu, lo so io. Dennis dice che a Delain imperversa l'influenza ed è vero. C'è un'influenza oscura infatti che influenzerebbe sicuramente noi, se appena potesse. Dobbiamo andarcene per la nostra *salute.*»

Arlen annuì lentamente.

«Sarebbe un crimine lasciar qui del buon vino perché se lo porti via l'uomo delle tasse. Perciò lo berremo... e poi ce ne andremo a letto.»

«Come volete, mio signore.»

Uno scintillio balenò negli occhi di Peyna. «Ma prima che *tu* vada a letto, salirai in soffitta a riprendere la coperta che hai lasciato al ragazzo contro le mie precise istruzioni.»

Arlen restò a bocca aperta. Peyna scimmiottò la sua espressione con insospettato talento d'attore. E per la prima e ultima volta da quando era al servizio di Peyna, il maggiordomo rise di gusto.

86

Peyna andò a letto ma non riuscì a prender sonno. Non lo tenne sveglio il rumore del vento, bensì il rumore di una gelida risata che gli echeggiava nella testa.

Quando non poté più sopportarla, si alzò, tornò in soggiorno e si sedette davanti alle ceneri del camino, con i capelli bianchi arruffati come nuvolette intorno alla testa. Inconsapevole della comica immagine che offriva (ma anche se l'avesse saputo, non se ne sarebbe dato pensiero), restò seduto così, avvolto nelle sue coperte come il più antico pellerossa dell'universo, con lo sguardo fisso nelle braci spente.

La superbia andò a cavallo e tornò a piedi, gli diceva sua madre quand'era bambino e Peyna aveva capito. *La superbia è una barzelletta che prima o poi farà ridere lo sconosciuto che è in te*, gli aveva anche detto e Peyna non aveva capito. Ma capiva adesso. Era giunto il giorno in cui lo sconosciuto dentro di lui si era messo a ridere e forte anche, tanto forte da non lasciarlo dormire, nonostante l'attendesse una giornata lunga e difficile.

Peyna era perfettamente in grado di riconoscere l'ironia della sua situazione. Per tutta la vita aveva servito l'ideale della legge. Lo sgomentavano eventualità come «evasioni di prigione» e «insurrezioni armate». Era così ancora, ma certe verità andavano affrontate. Che a Delain si fosse messo in moto il meccanismo della rivolta, per esempio. Peyna sapeva che i nobili fuggiti nel nord si definivano «esuli», ma sapeva anche che incalzava in loro il desiderio di assumere l'appellativo di «ribelli». E per cercare di impedire l'insurrezione, non era escluso che sarebbe stato costretto a usare del meccanismo della ribellione per aiutare un prigioniero a evadere dall'Obelisco. Ecco dov'era la barzelletta di cui rideva a crepapelle lo sconosciuto dentro di lui, tanto sguaiatamente da impedirgli il sonno.

Azioni come quelle che stava meditando ora andavano contro i fondamenti di tutta la sua vita, ma non avrebbe desistito lo stesso, a costo di rimanerne ucciso (il che era tutt'altro che improbabile). Peter era stato condannato ingiustamente. Sul trono di Delain non c'era il vero re, si trovava invece chiuso a chiave in due gelide stanzette in cima all'Obelisco. E se ci fosse stato bisogno di ricorrere a forze fuori della legge per ristabilire la giustizia, così sarebbe stato. Ma...

«I tovaglioli», mormorò Peyna. La sua mente tornò e tornò a quella storia dei tovaglioli. «Prima che ci risolviamo a ricorrere alla forza delle armi per liberare il re legittimo e metterlo sul trono, bisogna indagare su questa faccenda dei tovaglioli. Bisognerà interrogarlo. E Dennis... e il giovane Staad, forse... sì...»

«Mio signore?» chiese Arlen da dietro di lui. «Vi sentite poco bene?»

Da buon maggiordomo, Arlen aveva sentito il padrone levarsi.

«Mi sento poco bene», ammise Peyna in tono cupo. «Ma per nessun male che il mio medico potrebbe farmi passare, Arlen.»

«Mi dispiace, mio signore.»

Peyna si girò e fissò sul maggiordomo occhi incassati e luminosi.

«Prima che diventiamo dei fuorilegge voglio sapere perché ha chiesto la casa di bambola di sua madre... e tovaglioli con i suoi pasti.»

87

«Tornare al castello?» domandò l'indomani Dennis in un filo di voce roca che era quasi un bisbiglio. «Tornare dove c'è *lui*?»

«Se non pensi di potercela fare, non insisterò», rispose Peyna, «ma io credo che tu conosca abbastanza bene il castello per riuscire a stare alla larga da *lui*. Posto naturalmente che tu conosca un modo per entrare senza essere notato. Farsi notare sarebbe male. Mi sembri un po' troppo vivace per essere un ragazzo rimasto a casa colpito dall'influenza.»

Era una giornata fredda e limpida. La neve che ammantava i dolci e lunghi pendii delle colline dei baronati centrali mandava un riverbero diamantino che in breve tempo gli faceva lacrimare gli occhi. *Ora di mezzogiorno finirò accecato da quella neve e mi starà bene*, pensò Peyna, ombroso, mentre lo sconosciuto dentro di lui sembrava trovare quella prospettiva più esilarante che mai.

In lontananza si vedeva il castello, azzurro e irreale all'orizzonte, con le mura e le torri che sembravano un'illustrazione in un libro di fiabe. Dennis però non somigliava a un giovane eroe a caccia di avventura: i suoi occhi erano colmi di paura e sul suo viso c'era l'espressione di un uomo appena fuggito da una tana di leone... solo per sentirsi dire di aver dimenticato la colazione e di doverci tornare per recuperarla, quando ormai aveva perso l'appetito.

«Potrebbe esserci un modo per entrare», concluse, «ma se *lui* fiuta la mia presenza, come entrerò e dove mi nasconderò non avrà più alcun significato. Se mi sente, mi scoverà.»

Peyna annuì. Non voleva contribuire alla paura del ragazzo, ma in quella situazione solo la verità avrebbe potuto aiutarli. «Ciò che dici è vero.»

«E lo stesso mi chiede di andare?»

«Se puoi, lo stesso te lo chiedo.»

Mentre consumavano una magra colazione, Peyna aveva spiegato a Dennis che cosa desiderava sapere e gli aveva suggerito alcuni modi per ottenere le informazioni volute. Ora Dennis scrollò la testa, ma non in segno di rifiuto, bensì per esprimere la sua perplessità.

«Tovaglioli», mormorò.

Peyna annuì di nuovo. «Tovaglioli.»

Gli occhi impauriti di Dennis si alzarono nuovamente verso il castello di fiaba all'orizzonte. «Prima di morire mio padre mi disse che se mai avessi avuto occasione di rendere un servizio al mio primo padrone avrei dovuto farlo. Credevo di averlo fatto venendo qui. Invece mi tocca tornare...»

Li raggiunse Arlen che aveva appena finito di chiudere la casa.

«Le chiavi, per piacere, Arlen», gli chiese Peyna.

Arlen gliele consegnò e Peyna le passò a Dennis.

«Io e Arlen partiamo per il nord...» Peyna esitò e si schiarì la gola prima di continuare dicendo: «Andiamo a raggiungere gli esuli. Ti ho dato le chiavi di questa casa. Sono quelle di Arlen e quando arriveremo al campo io consegnerò le mie a una persona che tu conosci, se la troverò laggiù. Ma credo di sì».

«Chi?» volle sapere Dennis.

«Ben Staad.»

Una luce improvvisa illuminò il volto cupo di Dennis. «Ben? Ben è con loro?»

«Così credo», rispose Peyna. Per la verità sapeva benissimo che tutta la famiglia Staad era con gli esuli. Teneva le orecchie ben tese e ancora non era tanto sordo da non essere in grado di udire molti dei movimenti che si verificavano nel regno.

«E lo manderete quaggiù?»

«Se vorrà venirci, sì, questa è la mia intenzione.»

«A fare che cosa? Mio signore, ancora non mi è chiaro.»

«Neanche a me», ammise Peyna, indispettito. Anzi, peggio che indispettito, perché nell'animo era quasi sconvolto. «Ho passato tutta la vita a fare certe cose perché erano logiche e a non farne altre perché non lo erano. Ho ben visto che cosa accade quando si agisce in base alle intuizioni o a motivazioni irrazionali. Certe volte i risultati sono risibili e imbarazzanti, ma più spesso sono semplicemente orribili. E adesso eccomi qui nonostante tutto a comportarmi come un visionario svitato.»

«Non vi capisco, mio signore.»

«Nemmeno io, Dennis, nemmeno io. Sai che giorno è oggi?»

Dennis restò stupito per quest'improvviso mutamento di rotta, ma rispose abbastanza prontamente: «Sì, è martedì».

«Martedì. Bene. Ora ti rivolgerò una domanda che il mio intuito dannato ritiene sia molto importante. Se non conosci la risposta, anche se soltanto non sei sicuro, per l'amor degli dei, dillo chiaro. Sei pronto?»

«Sì, mio signore», rispose Dennis, senza poter veramente sapere per che cosa dovesse esser pronto. I penetranti occhi blu di Peyna sotto quel groviglio di sopracciglia bianche l'avevano reso molto nervoso. Sicuramente la domanda sarebbe stata molto difficile. «Cioè, credo.»

Peyna gli pose la sua domanda e Dennis si rilassò. Non aveva molto senso, dato che rientrava nell'argomento già di per sé insensato dei tovaglioli, ma almeno conosceva la risposta e la diede.

«Sei sicuro?» insisté Peyna.

«Sì, mio signore.»

«Bene. Dunque ecco che cosa voglio che tu faccia.»

Peyna gli parlò per qualche minuto, nella gelida luce del sole davanti alla «residenza» alla quale il vecchio giudice non sarebbe mai più tornato. Dennis ascoltò con impegno e quando Peyna volle che gli ripetesse le istruzioni ricevute, fu in grado di farlo in maniera più che soddisfacente.

«Bene», commentò Peyna, «molto, molto bene.»

«Lieto di farvi cosa gradita, signore.»

«Niente di questa storia mi è gradito, Dennis, niente di niente. Se troverò Ben Staad in compagnia di quei poveri sventurati costretti a fuggire nelle Foreste Lontane, intendo sottrarlo a una relativa sicurezza per rituffarlo nel pericolo solo perché *potrebbe* essere utile a re Peter. Costringo te a tornare al castello perché il mio cuore mi dice che bisogna far luce su quei tovaglioli... e quella casa di bambola... il cuore mi dice che c'è sotto *qualcosa.* In certi momenti mi sembra quasi di arrivarci, poi mi sfugge. Non ha preteso quegli oggetti per capriccio, Dennis. Sono pronto a scommetterci la vita. Ma non riesco a capire qual è il vero motivo.» Si calò improvvisamente il pugno sulla gamba, in un gesto di frustrazione. «Mando allo sbaraglio due bravi giovani e il mio cuore mi dice che sto agendo giustamente, ma... non... so... *PERCHÉ*!»

E dentro colui che in cuor suo un giorno aveva condannato un ragazzo solo per via delle sue lacrime, lo sconosciuto rise e rise e rise.

88

I due vecchi salutarono Dennis con una stretta di mano, poi Dennis baciò l'anello del giudice che portava il Grande Sigillo di Delain. Peyna aveva rinunciato al suo seggio di Sommo Giudice, ma non era stato capace di separarsi dall'anello, che per lui rappresentava tutte le virtù della legge. Sapeva di aver commesso qualche errore di tanto in tanto, ma aveva sempre evitato di averne il cuore spezzato. Anche per quest'ultimo e più grave fra tutti gli errori commessi, il suo cuore non si spezzò. Come noi nel nostro mondo, sapeva anche lui che la strada per l'inferno è lastricata di buone intenzioni. Ma sapeva anche che per gli esseri umani certe volte altro non c'è che la buona intenzione. Gli angeli sono forse immuni alla dannazione, ma gli esseri umani sono meno fortunati e per loro l'inferno è sempre vicino.

Protestò quando Dennis fece per baciargli l'anello, ma Dennis insisté. Poi Arlen strinse la mano a Dennis e gli augurò l'assistenza degli dei. Sorridendo (ma Peyna scorse lo stesso la paura nel fondo dei suoi occhi), Dennis contraccambiò l'augurio. Poi il giovane maggiordomo s'incamminò verso est, verso il castello, mentre i due vecchi partivano verso ovest, diretti alla fattoria di un certo Charles Reechul. Reechul, che allevava cani da slitta anduani, pagava senza proteste le pesanti tasse impostegli dal re e pertanto veniva considerato leale... ma Peyna sapeva che le simpatie di Reechul andavano agli esuli accampati nelle Foreste Lontane e che aveva già aiutato alcuni a raggiungerli. E dire che mai si era aspettato di dover ricorrere a sua volta ai suoi servigi.

La figlia maggiore dell'allevatore, Naomi, accompagnò Peyna e Arlen su una slitta trainata da dodici degli esemplari più forti del suo canile. La sera di mercoledì giunsero ai margini delle Foreste Lontane.

«Quanto ancora fino al campo degli esuli?» s'informò Peyna.

Naomi lanciò nel fuoco il sigaro sottile e maleodorante che stava fumando. «Altri due giorni se il tempo regge. Quattro, se si mette a nevicare. L'eternità, se si alza la tormenta.»

Peyna si coricò e si addormentò quasi subito: logico o illogico, dormiva saporitamente come non gli accadeva più da anni.

Il giorno dopo le condizioni meteorologiche resistettero e fu bello anche venerdì e all'imbrunire di quel giorno, il quarto da quando Peyna e Arlen avevano salutato Dennis, raggiunsero il piccolo accampamento di tende e capanne improvvisate che Flagg aveva tanto cercato inutilmente.

«Alt! Chi viene e qual è la parola d'ordine?» gridò una voce. Era forte, energica, gaia e impavida. Peyna la riconobbe.

«Sono Naomi Reechul», rispose la ragazza, «e due settimane fa la parola d'ordine era 'tripos'. Se non lo è più, Ben Staad, allora trafiggimi con una freccia e verrò nel sonno a perseguitarti!»

Ben uscì ridendo da dietro un masso. «Non oserei mai conoscerti da fantasma, Naomi! Mi fai già abbastanza paura da viva!»

La giovane non gli diede corda e si voltò verso Peyna. «Siamo arrivati», gli annunciò.

«Già», rispose Peyna. «Così vedo.»

E credo che sia per il meglio... perché qualcosa mi dice che il tempo si è di molto accorciato... ce ne resta poco davvero.

89

Peter aveva la stessa sensazione.

Domenica, due giorni dopo l'arrivo di Peyna e Arlen al campo degli esuli, secondo i suoi calcoli la corda sarebbe arrivata ancora solo a dieci metri da terra. Questo significava che quando ci fosse stato appeso con le braccia protese avrebbe dovuto piombare nel vuoto ancora per almeno sette metri. Sapeva che sarebbe stato assai più saggio continuare a lavorare alla sua corda per altri quattro mesi... e anche solo due, se la fretta gli avesse impedito di far di meglio, che se si fosse lasciato andare in una così lunga caduta e fosse cascato male spezzandosi entrambe le gambe per essere trovato gemente sull'acciottolato dalle guardie che ogni ora pattugliavano la Piazza, avrebbe sprecato più di quattro anni solo per non aver avuto la pazienza di continuare il suo lavoro per altri quattro mesi.

Era un ragionamento logico che avrebbe meritato l'apprezzamento di Peyna, ma ormai la sensazione di Peter di dover fare in fretta era più forte della logica. Un tempo Peyna avrebbe manifestato tutto il suo disprezzo all'idea che i sentimenti potessero essere più veritieri della logica... ma adesso sarebbe stato forse meno sicuro di sé.

Da quasi una settimana ormai Peter aveva fatto ripetutamente lo stesso sogno, che era diventato via via più comprensibile. In esso vedeva Flagg curvo su un oggetto luminoso che rischiarava il volto del mago di una sinistra luce verdastra. Nel sogno giungeva sempre un momento in cui gli occhi di Flagg dapprima si dilatavano come in un'espressione di sorpresa e quindi si socchiudevano per diventare due fessure crudeli. Le sopracciglia si aggrottavano, la fronte si rabbuiava con una smorfia malevola come uno spicchio di luna rovesciato gli deformava la bocca. Su quel viso Peter leggeva nel sonno una cosa e una cosa soltanto: la morte. Flagg pronunciava un'unica parola mentre si chinava in avanti e soffiava sull'oggetto illuminato che si spegneva come una candela appena veniva sfiorato dall'alito del mago. Una sola parola, ma una era più che sufficiente: la parola che usciva dalla bocca di Flagg altro non era che il nome di Peter, pronunciato in un tono di rabbiosa scoperta.

La sera precedente, sabato, la luna aveva avuto l'alone e i Guardiani Inferiori dicevano che presto sarebbe caduta la neve. Esaminando il cielo l'indomani pomeriggio, Peter diede loro ragione. Era stato suo padre a insegnargli a prevedere il tempo e mentre sostava alla finestra, Peter avvertì una fitta di tristezza e una rinnovata scintilla di collera gelida e sommessa... il bisogno di fare giustizia.

Farò il mio tentativo protetto dall'oscurità e dalla bufera, pensò, *e avrò persino un po' di neve per attutire l'urto della caduta*. Non poté non sorridere a quell'idea, perché pochi centimetri di fragile neve farinosa fra lui e i ciottoli della Piazza non sarebbero potuti servire proprio a niente. O la sua precaria funicella lo avrebbe sostenuto... o si sarebbe spezzata. Se avesse tenuto, si sarebbe lasciato andare quando fosse arrivato in fondo e allora o le sue gambe avrebbero retto all'impatto... oppure no.

E se reggeranno, dove ti farai condurre da loro? bisbigliò una vocetta. *Chiunque avrebbe potuto aiutarti, per esempio Ben Staad, da tempo sono stati scacciati dal castello e dalla città... dal regno stesso, per quel che ne sappiamo.*

Allora si sarebbe affidato alla fortuna. La fortuna del re. Era una cosa di cui suo padre gli parlava spesso: *Ci sono re fortunati e re sfortunati, ma tu sarai re per tuo conto e avrai la tua fortuna personale. Secondo me, ne avrai parecchia.*

Era re di Delain da cinque anni ormai, almeno nel cuore, e riteneva che finora la sua «fortuna» era stata di un genere che la famiglia Staad, con la sua famosa scalogna, avrebbe capito benissimo; ma forse quella notte la sorte gli avrebbe saldato tutti i crediti in un sol colpo.

La sua corda, le sue gambe, la sua fortuna. O tutte l'avrebbero assistito o tutte l'avrebbero tradito, probabilmente nello stesso istante. Pazienza. Per quanto misera fosse stata fino a quel giorno, si sarebbe affidato alla sua fortuna.

«Questa notte», mormorò abbandonando la finestra... ma a cena accadde qualcosa che gli fece cambiare idea.

90

Peyna e Arlen impiegarono tutta la giornata di martedì per percorrere le dieci miglia fino alla casa dei Reechul e ci arrivarono quasi morti di fatica. Dalla casa di Peyna fino al castello il tragitto era due volte più lungo, ma probabilmente Dennis già bussava alla Porta Occidentale (se era tanto pazzo da fare una cosa del genere) alle due del pomeriggio, a dispetto della lunga camminata compiuta il giorno prima: tale è la differenza che c'è tra i giovani e i vecchi. Ma che cosa *avrebbe potuto* fare aveva in effetti scarsa importanza perché Peyna era stato più che chiaro nelle sue istruzioni (specialmente se si considera che aveva sostenuto di non avere la più pallida idea di ciò che stava facendo), e Dennis intendeva seguirle alla lettera. Di conseguenza sarebbe trascorso ancora del tempo prima che riuscisse a entrare nel castello.

Prima ancora di essere a metà del cammino, cominciò a cercare un posto dove rintanarsi per qualche giorno. Finora non aveva incrociato nessuno per la via, ma ormai era passato il mezzodì e presto ci sarebbe stata gente di ritorno dal mercato e Dennis non voleva che nessuno lo vedesse e potesse riconoscerlo. D'altra parte ufficialmente si trovava a casa, a letto con l'influenza. Non dovette cercare a lungo prima di trovare un posto che poteva andar bene, una fattoria abbandonata che un tempo era stata ben tenuta, ma adesso cominciava a cadere in rovina. Grazie a Thomas il Portatore di Tasse, ce n'erano più d'una lungo le strade che portavano al castello.

Dennis vi rimase fino al tardo pomeriggio di domenica, quattro giorni in tutto. Ben Staad e Naomi erano già partiti dalle Foreste Lontane diretti alla fattoria di Peyna, con Naomi che incalzava la muta di cani, spremendone il vigore fino all'ultima goccia. Se l'avesse saputo, Dennis si sarebbe sentito un po' più tranquillo, ma naturalmente non poteva saperlo e si sentiva solo.

In casa non trovò ombra di cibo, ma in cantina scovò qualche patata e una manciata di rape. Mangiò le patate (Dennis detestava le rape, le aveva sempre detestate e sempre avrebbe continuato a detestarle), servendosi del coltello per scalzarne le macchie di marcio e questo significa che tagliò via quasi tre quarti di ogni patata. Gli restarono pochi globi bianchi non più grandi di uova di piccione. Ne mangiò alcuni, contemplò le rape nel corbello della verdura e sospirò. Che gli piacessero (e non gli piacevano) o che le odiasse (e le odiava) giudicò inevitabile che si riducesse a mangiarle ora di venerdì o giù di lì.

Se avrò fame abbastanza, si augurò Dennis, *forse non mi faranno troppo schifo. Magari mi divorerò quelle vecchie rape e rimpiangerò di non averne di più!*

Alla fine ne mangiò alcune, resistendo tuttavia fino a sabato. A quel punto avevano cominciato a *sembrargli* buone, ma affamato com'era, le trovò lo stesso vomitevoli.

Sospettando che lo attendessero giorni davvero molto duri, Dennis le mangiò comunque.

91

In cantina Dennis trovò anche un paio di racchette da neve. Le cinghie erano decisamente troppo lunghe, ma aveva tutto il tempo per accorciarle, mentre poco avrebbe potuto fare per i lacci ammuffiti. Pensò comunque che sarebbero servite allo scopo, dato che non ne avrebbe avuto bisogno per lungo tempo.

Dormì in cantina, temendo di essere scoperto, ma nelle ore diurne di quei quattro lunghi giorni trascorse quasi tutto il suo tempo nel tinello del casolare abbandonato a spiare l'andirivieni del traffico sulla strada che, scarso qual era, cominciava a intensificarsi un po' verso le tre e cessava quasi del tutto alle cinque, quando le ombre del primo inverno scendevano a coprire la campagna. Il tinello era un luogo triste e desolato. Se una volta era stato un locale allegro, riscaldato dalla presenza della famiglia che ivi si riuniva per discutere della giornata trascorsa, ora apparteneva solo ai topi... e naturalmente a Dennis.

Dopo aver sentito Dennis dichiarare che era in grado di leggere e scrivere «abbastanza bene per essere uomo di servitù» e averlo visto tracciare le sue Maiuscole (questo esame avveniva durante la prima colazione di martedì, ultimo vero pasto consumato da Dennis dopo il suo pranzo di mezzogiorno del lunedì al quale ripensava con comprensibile nostalgia), Peyna l'aveva munito di una matita e alcuni fogli di carta, così adesso, nelle ore di attesa nella casa abbandonata, si dedicava soprattutto alla scrittura di un messaggio. Scriveva, tirava righe di cancellatura, riscriveva, rileggeva con una smorfia di disgusto, grattandosi la testa, riappuntava la matita con il suo coltello e ricominciava. Si vergognava della sua ortografia ed era terrorizzato al pensiero di dimenticarsi qualcuno dei punti essenziali voluti da Peyna. Ci furono alcuni momenti in cui il suo povero cervello logorato non riusciva ad andare più avanti e allora si rammaricava che Peyna non fosse rimasto alzato un'ora di più, la sera in cui Dennis era andato da lui, per scrivere da sé il suo dannato messaggio o dettarlo ad Arlen. Nel complesso però era contento dell'incarico ricevuto: aveva lavorato duramente per tutta la vita e l'ozio lo rendeva nervoso e lo metteva a disagio. Avrebbe indubbiamente preferito far faticare il suo corpo robusto invece delle sue non altrettanto robuste meningi, ma il lavoro era pur sempre lavoro e quello che gli era toccato era meglio che niente.

A mezzogiorno di sabato aveva una lettera di cui si sentiva molto soddisfatto e fu meglio così, visto che ormai era ridotto agli ultimi fogli di carta. La contemplò non senza ammirazione. Riempiva entrambi i lati del foglio ed era certamente lo scritto più lungo che avesse mai prodotto. Ripiegò il foglio fino alle dimensioni di una compressa medicinale, quindi si mise a spiare dalla finestra del tinello aspettando con impazienza che facesse abbastanza buio per poter partire. Peter vide l'addensarsi delle nubi dal suo misero soggiorno in cima all'Obelisco e Dennis lo vide dal tinello di quella casa abbandonata, ma entrambi avevano imparato dai rispettivi genitori (re l'uno e maggiordomo di re l'altro) a leggere il cielo e anche Dennis giudicò che l'indomani ci sarebbe stata neve.

Alle quattro la lunga ombra blu della casa aveva già cominciato a strisciare fuori dalle fondamenta e Dennis non sentiva più tanta fretta di mettersi in cammino. Sarebbe andato incontro al pericolo... un pericolo mortale. Doveva recarsi là dove Flagg forse in quel preciso istante stava covando le sue infernali magie, dove forse proprio in quel momento aveva pensato di indagare su un certo maggiordomo che si era dato malato. Ma poco importava in fondo il suo stato d'animo, poiché era giunto ormai il momento di fare il suo dovere e come tutti i maggiordomi che l'avevano preceduto nella sua famiglia avevano fatto per secoli e secoli, anche Dennis avrebbe dato il meglio di sé.

Lasciò la fattoria in un tetro crepuscolo e con le racchette ai piedi puntò decisamente attraverso il campo, in linea retta verso il castello. Affiorò alla sua mente irrequieta il timore dei lupi e poté solo sperare che non ce ne fossero o che, se ce n'erano, lo lasciassero in pace. Neanche lontanamente avrebbe potuto intuire che Peyna avesse deciso di compiere il suo pericoloso tentativo di fuga la notte seguente, ma al pari di Peyna e di Peter stesso sentiva nel cuore una grande premura: era come se anche nel suo cuore e non solo nel cielo si stessero addensando nubi come scaglie sul dorso di un pesce.

Mentre arrancava per i campi innevati, meditò su come penetrare nel castello senza essere visto e affrontato. Pensava di conoscere un modo... sempre che, naturalmente, Flagg non fiutasse la sua presenza.

Aveva fatto appena in tempo a pensare il nome del mago, che un lupo ululò nella quiete delle bianche distese. Nella penombra della sua stanza sotterranea nelle viscere del castello, il soggiorno privato di Flagg, il mago si drizzò bruscamente a sedere nella poltrona in cui si era assopito con un libro di arcane leggende posato sullo stomaco.

«Chi ha fatto il nome di Flagg?» bisbigliò il mago e il pappagallo a due teste strillò.

Fermo al centro di un vasto campo bianco di neve, Dennis udì quella voce, frusciante e scabra come lo zampettare di un ragno. La udì nella mente e si arrestò trattenendo il fiato. Quando finalmente lo lasciò andare, si condensò bianco come latte davanti alla sua bocca. Era intirizzito, eppure dalla fronte gli sgorgarono gocce di caldo sudore.

Poi sentì piccoli rumori di lacerazione, il secco spezzarsi di alcuni dei lacci incrociati delle racchette da neve che cedevano sotto il suo peso.

Il lupo ululò nel silenzio. Fu lo scorato richiamo di una besta affamata.

«Nessuno», mormorò Flagg nell'oscurità del suo soggiorno sotterraneo. Si ammalava raramente, tant'è che ricordava di essersi sentito poco bene non più di tre o quattro volte nella sua lunghissima vita, ma aveva preso un brutto raffreddore nel Nord, dormendo sul terreno gelato, e sebbene stesse migliorando, ancora non si era rimesso del tutto.

«Nessuno. Un sogno. Nient'altro.»

Richiuse il libro e lo posò su un tavolino elegantemente coperto di pelle umana, quindi si accomodò meglio nella poltrona e di lì a poco dormiva di nuovo.

Nei campi innevati a ovest del castello, Dennis si rilassò

piano piano. Con un dito si terse distrattamente una goccia di sudore bruciante che gli era colata nell'occhio. Aveva pensato a Flagg... e misteriosamente Flagg lo aveva *sentito*. Ora però l'ombra scura del pensiero del mago l'aveva oltrepassato e si era allontanata, come l'ombra di un falco proiettata per un istante su un coniglio rannicchiato. Dennis liberò un lungo sospiro tremante. Si sentiva le gambe indebolite. D'ora in poi, mettendoci tutta la passione del suo cuore, si sarebbe sforzato di non pensare più al mago, ma mentre s'infittiva la notte e si alzava nel cielo la luna con il suo alone spettrale, il suo proposito risultò più facile a formularsi che a mantenersi.

92

Allo scoccare delle otto, Dennis abbandonava i campi del contado per entrare nelle Riserve Reali. Le conosceva molto bene. Era stato servente di suo padre quando Brandon faceva da scudiero al re nelle battute di caccia e Roland si era dedicato spesso al suo sport preferito anche da vecchio. Thomas andava a caccia più raramente, ma nelle poche occasioni in cui l'aveva fatto, il re fanciullo aveva naturalmente richiesto l'assistenza di Dennis. Presto dunque trovò un sentiero che conosceva e poco prima della mezzanotte giunse al margine di quella foresta-giocattolo.

Sostò al riparo di un albero e scrutò le mura del castello. C'era mezzo miglio di terreno scoperto, sotto una coltre di neve. La luna splendeva ancora e Dennis sapeva delle sentinelle che percorrevano i camminamenti del castello. Avrebbe dovuto aspettare che il Principe Ailone guidasse il suo carro argentato oltre l'orlo del mondo prima di tentare l'attraversamento e anche così sarebbe stato terribilmente esposto. Fin dal principio aveva sempre saputo che quello sarebbe stato il momento più rischioso della sua avventura e mentre si separava da Peyna e Arlen, nella luce confortante del sole, il rischio gli era sembrato accettabile, ma adesso gli pareva che fosse pura follia.

Torna indietro, lo supplicava una pavida vocina interiore, ma sapeva che non avrebbe potuto. Suo padre gli aveva assegnato un compito e se gli dei avevano stabilito che morisse mentre cercava di compierlo, allora sarebbe morto.

Indebolito dalla distanza ma chiaro come una voce udita in sogno, gli giunse il grido del Banditore dalla torre centrale del castello: *È mezzanotte e tutto va bene...*

Niente va bene, pensò tristemente Dennis. *Niente di niente.* Si strinse più strettamente intorno al corpo la giacchetta di stoffa sottile e si dispose alla lunga attesa del tramonto della luna.

Finalmente il satellite della terra lasciò il cielo dandogli il segnale per ripartire. Il tempo si andava esaurendo. Si alzò, levò una breve preghiera ai suoi dei e s'incamminò nello spazio aperto quasi correndo, aspettandosi da un momento all'altro una grandine di «Chi è là!» dai merli dei castello. La grandine non cadde. Le nubi avevano invaso totalmente il cielo notturno e sotto le mura del castello l'ombra era fitta. In meno di dieci minuti Dennis aveva raggiunto il fossato. Si sedette sul basso muretto della sponda e fece scricchiolare la neve sotto il peso del corpo mentre si toglieva le racchette. Quindi si calò sulla superficie gelata e innevata dell'acqua del fossato.

Il turbolento battito del suo cuore rallentò perché ora era al riparo della mole imponente del castello e nessuna sentinella avrebbe potuto vederlo se non affacciandosi per guardare a strapiombo e probabilmente anche così non lo avrebbe scorto in quelle tenebre.

Fu attento a non attraversare il fossato da una parte all'altra, non ancora, perché il ghiaccio intorno alle mura del castello sarebbe stato certamente sottile e infido. Sapeva il perché di quella condizione, conosceva la ragione per cui il ghiaccio era più sottile a ridosso delle mura, dove gli enormi blocchi di pietra erano ricoperti dal muschio e permeati da un odore cattivo: su quello si basava la sua speranza di entrare segretamente. Si spostò senza far rumore verso sinistra con l'orecchio teso per intercettare un rumore d'acqua corrente.

Finalmente lo udì e alzò la testa. Lì, all'altezza degli occhi, nella parete solida del castello si apriva un foro rotondo e nero dal quale uscivano fiotti a intermittenza. Era lo scolo di una fogna.

«Coraggio», si esortò sottovoce. Tornò indietro di cinque passi, prese la rincorsa e spiccò il balzo. Mentre staccava i piedi dalla lastra sottostante, sentì il ghiaccio che cedeva, reso fragile dal costante deflusso di tiepidi rifiuti liquidi. Si ritrovò appeso al bordo muschioso dello sbocco della fogna. Era viscido e dovette fare appello a tutte le sue forze per non cadere. Si issò, cercando appigli per i piedi e poco dopo riuscì a entrare. Si concesse una breve pausa per riprendere fiato, poi cominciò a strisciare su per il canale, lievemente e uniformemente inclinato verso l'alto. Aveva scoperto quella rete di canali da ragazzo, insieme con i suoi compagni di giochi, e subito tutti erano stati ammoniti dai genitori a tenersene alla larga, in parte perché c'era il rischio che si smarrissero in quel labirinto, ma soprattutto per via dei ratti. Dennis comunque credeva di sapere dove sarebbe sbucato.

Un'ora dopo, in un corridoio deserto dell'ala est del castello, una grata di fogna si mosse, restò immobile, si mosse di nuovo. Fu spinta parzialmente di lato e pochi attimi più tardi un maggiordomo di nome Dennis, alquanto sporco e alquanto puzzolente, affiorò da un'apertura nel pavimento e si lasciò andare ansante sulle fredde piastrelle. Avrebbe dovuto riposarsi per riprendersi, ma qualcuno sarebbe potuto passare per di lì persino a quell'ora improbabile, perciò si affrettò a rimettere a posto la grata e si guardò intorno.

Non riconobbe subito il corridoio, ma non se ne preoccupò più che tanto. S'incamminò invece verso il fondo dove si diramavano due bracci perpendicolari a quello in cui si trovava. Si rallegrava intanto che almeno non aveva trovato topi nella rete dei canali di fogna sotto il castello e già quello era stato un grande sollievo. Si era aspettato di incontrarne, non tanto per le raccapriccianti storie che gli aveva raccontato suo padre, quanto perché ne aveva sempre trovati nelle rare occasioni quando lui e i suoi amici si erano avventurati da bambini nelle fogne facendosi coraggio l'un l'altro con risa rese stridule dalla paura: erano stati i topi a rendere quelle spedizioni più avvincenti.

Probabilmente c'erano solo pochi sorci che la tua mente ha gonfiato nelle dimensioni di ratti di fogna, pensava adesso Dennis. Non era proprio così, ma Dennis non lo avrebbe mai saputo. Quel che ricordava dei ratti nelle fogne era tutto rispondente a verità, infatti i canali erano infestati fin dai tempi dei tempi da grandi roditori portatori di malattie. Solo in quegli ultimi cinque anni avevano cessato di dimorare nelle fogne, sterminati da Flagg. Il mago si era sbarazzato di una pietra e di un pugnale servendosi di una grata simile a quella dalla quale, nelle ore piccole della notte tra sabato e domenica, era sbucato Dennis. Come avete certamente capito, li aveva sterminati perché su entrambi gli oggetti erano rimasti alcuni granelli di quella micidiale Sabbia del Drago. Le esalazioni di quei pochi grani avevano ucciso i ratti, bruciandone vivi alcuni che ancora nuotavano disperatamente nell'acqua schiumosa dei canali, soffocando tutti gli altri prima che potessero fuggire. Passati cinque anni, i ratti ancora non avevano fatto ritorno, sebbene le esalazioni venefiche si fossero ormai quasi totalmente dissipate. Quasi, ma non del tutto. Se Dennis fosse penetrato attraverso uno dei canali di scarico più vicini all'alloggio di Flagg, avrebbe forse pagato con la vita. Fu la fortuna a salvarlo o il destino o gli dei ai quali si era appellato, chissà. Io non prenderò posizioni in proposito. Racconto storie, non leggo i fondi del tè e sul tema dello scampato pericolo di Dennis vi lascerò trarre le vostre personali conclusioni.

93

Giunse alla biforcazione, sbirciò oltre l'angolo e vide passare poco più avanti una giovane guardia intorpidita dal sonno. Si ritrasse. Il cuore gli batteva forte di nuovo, ma era soddisfatto, perché sapeva dove si trovava. Quando tornò a guardare, la sentinella non c'era più.

Si mosse alla svelta, su per quel corridoio, giù per quella rampa di scale, lungo quell'altra galleria. Camminava a passo spedito e sicuro, perché aveva trascorso tutta la vita al castello e lo conosceva abbastanza bene da saper trovare la via dall'ala est dov'era emerso dalle fogne, al fondo dell'ala ovest, dove venivano conservati i tovaglioli.

Poiché non osava farsi vedere da nessuno, sceglieva i corridoi più bui che conosceva e al primo rumor di passi (reale o immaginario che fosse e io credo che molti di quelli che udì fossero immaginari) si rifugiava nella prima fessura o nicchia a portata di mano. Nell'insieme impiegò più di un'ora.

Non ricordava di aver avuto mai tanta fame in vita sua.

Dimenticati la pancia, adesso, Dennis. Occupati prima del tuo padrone, poi di lei.

Sostava in fondo a un androne tenebroso. Sentì in lontananza il Banditore che annunciava le quattro. Stava per uscire allo scoperto quando nel corridoio vibrò un'eco di passi lenti... un cigolio di acciaio inguainato... uno scricchiolio di gambali di cuoio.

All'improvviso sudato, Dennis si ritrasse nell'ombra più che poté.

Una guardia di ronda passò proprio davanti al riquadro

scuro dell'androne in cui si era nascosto Dennis. Per un momento si fermò lì a rovistarsi il naso con il mignolo, quindi si curvò in avanti a soffiarsi un fiotto di muco tra le nocche. Se solo avesse allungato il braccio Dennis sarebbe stato in grado di toccarlo ed era ormai sicuro che da un momento all'altro la guardia si sarebbe girata... i suoi occhi si sarebbero spalancati... la sua lama sarebbe uscita dalla guaina... e lì sarebbe finito Dennis, figlio di Brandon.

Ti prego... bisbigliava la mente semiparalizzata di Dennis. *Ti supplico, oh, ti prego...*

Sentiva l'odore della guardia, gli arrivava l'odore di vino vecchio e carne bruciata che gli appesantiva l'alito, insieme con l'odore acido della sua pelle sudata.

La guardia fece per avviarsi di nuovo... Dennis cominciò a rilassarsi... la guardia si fermò e riprese a frugarsi nel naso. Dennis si morse la lingua per non gridare.

«Ho una ragazza che fa di nome Marzia Marzia Meldia», cominciò a cantare la guardia in una cantilena sommessa senza smettere di sfruconarsi il naso. Ne cavò un abnorme quantitativo di roba verdastra, la esaminò attentamente e la lanciò contro il muro. *Splash.* «Ha una sorella che si chiama Es-a-merelda... I sette mari io navigherei... Per baciare le ginocchia di costei! Tittolone, tittolino, passami un secchio di quel buon vino.»

Intanto a Dennis stava accadendo qualcosa di veramente orribile: aveva preso a prudergli il naso in un segnale che non lasciava dubbi. Di lì a poco avrebbe starnutito.

Vattene! gridò nella mente. *Oh, perché non te ne vai, maledetto imbecille?*

Ma sembrava che il guardiano non avesse la minima intenzione di andarsene. Aveva apparentemente scovato un filone fecondo in fondo alla narice sinistra e si apprestava a drenarlo.

«Ho una ragazza che fa di nome Darzia Darzia Darla... Ha una sorella che si chiama Pel di Carota Carla... Mille sorsi io berrei... per le labbra di costei... Tittolone, tittolino, passami un secchio di quel buon vino.»

Te lo do in testa un secchio di vino, deficiente! pensò Dennis. *Vattene via!* Il prurito al naso peggiorava velocemente, ma non osava nemmeno toccarselo, per paura che la guardia registrasse il movimento con la coda dell'occhio.

La guardia aggrottò la fronte, si chinò e si soffiò nuovamente il naso tra le nocche, quindi finalmente si mosse, continuando a mugolare la sua cantilena. Si era allontanato di pochi passi, quando Dennis si schiacciò il braccio sul naso e la bocca e starnutì nell'incavo del gomito. Aspettò di udire il rumore della guardia che sguainava la spada e tornava indietro, ma il militare era mezzo addormentato e ancora mezzo sbronzo per quel che aveva bevuto prima di cominciare il suo giro di ronda. Certo che un tempo un soldato così negligente sarebbe stato presto scoperto e spedito nelle più lontane regioni del regno. Com'erano cambiati i tempi! Si udì lo scorrere di un chiavistello, il cigolio dei cardini di una porta che si apriva e il tonfo della stessa porta che si richiudeva, soffocando la canzoncina della guardia nel momento in cui stava per recitare di nuovo il ritornello. Dennis si accasciò nella sua nicchia per un momento, con gli occhi completamente chiusi, le guance e la fronte infuocate e i piedi ridotti a due blocchi di ghiaccio.

Per qualche minuto mi son proprio dimenticato della mia pancia! gli venne da pensare e subito dopo dovette serrarsi la bocca con entrambe le mani per soffocare uno sghignazzo.

Sbirciò fuori del suo nascondiglio, non vide nessuno e in pochi passi raggiunse una porta sulla sua destra. Conosceva molto bene quella porta, per quanto poté sorprendersi di trovare davanti a essa una sedia a dondolo e un cestino da cucito. Per quella porta si accedeva alla stanza in cui venivano conservati i tovaglioli fin dai tempi di Kyla la Buona. Non era mai stata sprangata in passato e non lo era neanche adesso. Non si riteneva che valesse la pena tener sotto chiave dei vecchi tovaglioli. Sbirciò dentro, sperando di aver dato alla domanda di Peyna una risposta che corrispondesse alla verità.

Cinque giorni prima, in quel mattino di sole sulla strada, Peyna gli aveva domandato: «Dennis, sai quando vanno a consegnare i tovaglioli all'Obelisco?»

Era sembrata un domanda molto semplice a Dennis, ma avrete notato forse che tutte le domande sembrano semplici quando si conoscono le risposte e spaventosamente difficili in caso contrario. Che Dennis conoscesse la risposta a quella domanda in particolare resti a prova della sua onestà e del suo onore, sebbene queste virtù fossero così profondamente radicate nella sua natura che si sarebbe stupito se qualcuno gliel'avesse detto. Da Ben Staad, ma in realtà provenienti da Anders Peyna, aveva ricevuto denari per assicurarsi che quei tovaglioli fossero consegnati. Solo un fiorino, è vero, ma il denaro è denaro e la paga è paga. Ne aveva fatta una questione d'onore verificare di tanto in tanto che quel servizio venisse espletato senza intoppi.

Aveva spiegato a Peyna del grande magazzino (Peyna era rimasto stupefatto) e di come ogni sabato sera verso le sette una cameriera prendesse ventun tovaglioli, li sbattesse, li stirasse, li ripiegasse e li posasse in pila su un piccolo carrello munito di rotelle. Il carrello veniva tenuto accanto alla porta del magazzino e la domenica mattina, di buon'ora, cioè alle sei (meno di due ore da adesso), un garzone tirava un carrello fino alla Piazza dell'Obelisco. Bussava al portone sprangato alla base dell'odiosa torre di pietra e uno dei Guardiani Inferiori trascinava il carrello all'interno e trasferiva i tovaglioli su un tavolo da cui sarebbero stati prelevati pasto dopo pasto per tutta la settimana.

Peyna si era mostrato soddisfatto della sua risposta.

Ora Dennis strinse i tempi, tastandosi dentro la camicia a caccia del messaggio che aveva scritto alla fattoria abbandonata. Passò qualche brutto momento quando non riuscì a trovarlo subito, ma solo finché le sue dita si chiusero sulla carta e poté mandare un sospiro di sollievo. Il foglio ripiegato era scivolato un po' fuori posto.

Sollevò il tovagliolo della colazione di domenica, quella del pasto del mezzodì e per un niente non sollevò per sbaglio anche quello della cena di domenica e se ciò fosse accaduto la mia storia avrebbe avuto una conclusione completamente diversa, non so se migliore o peggiore, ma certamente diversa. Alla fine Dennis decise che tre tovaglioli erano sufficienti. Nel soggiorno del casolare aveva trovato uno spillo nella fessura fra due assi del pavimento e se l'era appuntato a una delle spalline della camiciola di ruvido tessuto che indossava contro la pelle (e se ci avesse pensato un po' meglio, magari avrebbe appuntato già che c'era alla camiciola anche la sua lettera, risparmiandosi i brutti momenti di poco prima, ma come forse ho già accennato, il cervello di Dennis era talvolta un po' lento). Recuperò dunque lo spillo e fissò il messaggio a una piega interna del tovagliolo.

«Che ti trovi, Peter», mormorò nel silenzio spettrale di quel magazzino stracolmo di tovaglioli confezionati in un'altra epoca. «Che ti trovi, mio re.»

Ora sapeva di doversi defilare. Presto il castello si sarebbe svegliato e gli stallieri sarebbero usciti alle scuderie, le lavandaie avrebbero trasportato i loro carichi di bucato, gli apprendisti cucinieri si sarebbero trascinati ai loro fuochi con gli occhi ancora gonfi di sonno... E il pensiero delle cucine fece brontolare di nuovo il ventre di Dennis, il quale ormai avrebbe trovato quasi squisite persino le odiate rape della fattoria. Ma c'era poco da fare oltre che portare pazienza.

S'inoltrò nel vasto locale e fra pile così alte di tovaglioli, per cunicoli così tortuosi e irregolari, gli sembrava di addentrarsi in un labirinto. I tovaglioli emanavano un odore dolce e asciutto di cotone. Raggiunse finalmente uno degli angoli in fondo dove ritenne che sarebbe stato al sicuro. Allora rovesciò una pila di tovaglioli e li sistemò alla meglio, prendendone un'altra manciata per farne un guanciale.

Aveva a disposizione un materasso di lusso come mai avrebbe osato persino sognare e, per quanto afflitto dalla fame, aveva molto più bisogno di sonno che di cibo dopo la lunga camminata e le paure della notte. S'addormentò quasi subito e non fu turbato dai sogni. Ora noi lo lasceremo qui, dove l'abbiamo visto portare a termine con coraggio e bravura la prima parte del suo lavoro. Lo lasceremo sdraiato sul fianco, con la mano ripiegata sotto la guancia destra, a dormire su un letto di tovaglioli reali. E io a questo punto vorrei rivolgerti un augurio, lettore, che cioè tu possa dormire questa notte serenamente e candidamente quanto Dennis dormì per tutto quel giorno.

94

Sabato notte, mentre Dennis si fermava di colpo spaventato dall'ululato di quel lupo e dalla sensazione dell'ombra di Flagg che lo sorvolava, Ben Staad e Naomi Reechul erano accampati in una valletta innevata, trenta miglia a nord della fattoria di Peyna... o di quella che *era stata* la fattoria di Peyna prima che vi arrivasse Dennis con la sua storia di un re che camminava e parlava nel sonno.

Avevano allestito quel frettoloso bivacco che la gente si prepara quando ha intenzione di fermarsi per poche ore soltanto e poi riprendere la via. Naomi aveva accudito ai suoi amati cani mentre Ben picchettava una piccola tenda e accendeva un fuoco vigoroso.

Poco dopo Naomi lo raggiunse al fuoco e cucinò carne di cervo. Mangiarono insieme, quindi Naomi tornò a controllare i cani. Dormivano tutti eccetto Frisky, il suo prediletto. Frisky la guardò con occhi quasi umani e le leccò la mano.

«Hai fatto un buon lavoro oggi, mio caro», si complimentò

Naomi. «Ora dormi. Sogna di acchiappare un coniglio.»

Frisky posò ubbidientemente il muso sulle zampe. Naomi sorrise e tornò al fuoco. Davanti alle fiamme Ben sedeva con le ginocchia contro il petto e le braccia intorno agli stinchi. La sua faccia era cupa e pensierosa.

«Sta per nevicare.»

«So leggere le nubi bene quanto te, Ben Staad, e le fate hanno cinto con una corona la testa del Principe Ailone.»

Ben sollevò gli occhi alla luna e annuì. Poi tornò a fissare il fuoco. «Sono preoccupato. Ho fatto sogni di... Be', sogni di una persona che è meglio non nominare.»

Naomi si accese un sigaro. Gli offrì il pacchetto avvolto in mussolina perché il tabacco non si seccasse, ma Ben scosse la testa in segno di diniego.

«Credo di aver fatto gli stessi sogni anch'io», mormorò Naomi. Cercò di confessarlo con disinvoltura, ma fu tradita da un lieve tremito nella voce.

Lui si girò a guardarla sgranando gli occhi.

«Sì», confermò lei, quasi in risposta a una sua muta domanda. «L'ho visto scrutare in un oggetto luminoso e fare il nome di Peter. Io non sono mai stata certo una di quelle bambinette che si mettono a strillare alla vista di un topo o di un ragno nella sua tela, ma giuro di essermi svegliata da quel sogno con una gran voglia di gridare.»

Nella sua espressione si mescolavano vergogna e provocazione.

«Quante volte è successo?»

«Due.»

«Io l'ho sognato per quattro notti di fila. Il mio sogno è identico al tuo e non c'è bisogno che fai quella faccia come se ti aspettassi che mi metta a ridere o che ti chiami Marinella la Piagnona Bella. Anch'io mi sono svegliato con la voglia di gridare.»

«Quell'oggetto luminoso... Alla fine dei miei sogni, sembra che lui ci soffi sopra. Credi che sia una candela?»

«No. Sai anche tu che non lo è.»

Naomi annuì.

Ben rifletté. «Qualcosa di molto più pericoloso di una candela, secondo me. Senti, accetterò quel sigaro che mi avevi offerto, se posso.»

Lei gliene diede uno. Ben lo accese sulle fiamme del fuoco da bivacco. Per un po' rimasero in silenzio a guardare le scintille alzarsi verso il vento buio che portava attraverso il cielo reti a strascico di fili di neve farinosa. Come la luce nel loro sogno comune, le scintille si spegnevano. La notte sembrava molto buia e Ben fiutava la neve in quel vento e molta, a suo avviso.

Naomi parve leggergli nel pensiero. «Credo che sia in viaggio verso di noi una di quelle bufere di cui raccontano i vecchi. Tu che cosa pensi?»

«Lo stesso.»

Con un'esitazione che non aveva riscontro nei suoi modi di solito sbrigativi, Naomi domandò: «Ben, che cosa significa quel sogno?»

Lui scosse la testa: «Non so. Un pericolo perpetuo, questo è certo, ma se significa qualunque altra cosa, è che non abbiamo tempo da perdere». Le comunicò con lo sguardo uno stato d'animo di ansia così aperta e febbrile da farle battere più velocemente il cuore. «Credi che riusciremo a raggiungere la fattoria di Peyna domani?»

«Dovremmo. Solo gli dei possono sapere se non accadrà che un cane si spezzi una zampa o che un orso assassino che non riesce a dormire il suo letargo invernale non sbucherà dai boschi per ucciderci tutti, ma sì... dovremmo farcela. Ho cambiato tutti i cani che avevo usato per venire da voi salvo Frisky. E Frisky è praticamente instancabile. Se comincerà a nevicare presto, rallenterà il nostro cammino, ma io credo che il tempo resisterà ancora... e per ogni ora che guadagneremo, sarà più violenta quando finalmente comincerà. Così penso. Ma se davvero il tempo resisterà e noi salteremo giù a turno dalla slitta per correre sulle nostre gambe, credo che ce la faremo. Ma che cosa possiamo fare, dopo che siamo arrivati, salvo aspettare finché torna il tuo amico maggiordomo?»

«Non lo so.» Ben sospirò e si passò una mano sul viso. Naomi aveva ragione. Qualunque fosse la predizione nascosta in quei sogni, si sarebbe avverata al castello, non già alla fattoria. Peyna aveva inviato Dennis al castello, ma come intendeva entrarci il giovane maggiordomo? Ben non lo sapeva perché Dennis non l'aveva confidato a Peyna. E se Dennis fosse riuscito a entrare senza farsi scoprire, dove si sarebbe nascosto? C'erano mille luoghi possibili. Salvo...

«Ben!»

«Cosa?» Strappato alle sue meditazioni, si voltò verso di lei.

«A che cosa stavi pensando, adesso?»

«A niente.»

«Già, *niente.* Ti brillavano gli occhi.»

«Davvero? Allora si vede che sognavo una torta. È ora che ci riposiamo. Dobbiamo ripartire alle prime luci.»

Ma sotto la tenda, Ben Staad rimase sveglio a lungo dopo che Naomi si era ormai addormentata. C'erano mille posti dove nascondersi nel castello, era vero, ma la sua mente si soffermava su due di essi in particolare. Pensava di poter trovare Dennis nell'uno... o nell'altro.

Finalmente si addormentò...

...e sognò Flagg.

95

Peter cominciò con la ginnastica e una preghiera anche quella domenica come sempre aveva fatto.

Si era svegliato sentendosi ben riposato e pronto alla sua

impresa. Dopo una rapida occhiata al cielo, calcolò la velocità della tormenta in arrivo e consumò la sua colazione.

E naturalmente usò il suo tovagliolo.

96

Ora di mezzogiorno, tutta la popolazione di Delain era uscita almeno una volta di casa per scrutare con preoccupazione verso nord. Tutti concordavano nell'affermare che la bufera, quando avesse colpito, sarebbe stata ricordata per anni e anni. Le nubi che sopraggiungevano erano di un color grigio piombo, colore di mantello di lupo. La temperatura si alzò fino a far sgocciolare per la prima volta da molte settimane i ghiaccioli appesi alle gronde delle viuzze, ma i vecchi (e chiunque avesse il buonsenso di dar loro ascolto) si dicevano l'un l'altro che non si sarebbero lasciati ingannare. A un certo momento la temperatura sarebbe precipitata all'improvviso e qualche ora dopo, forse due, forse quattro, avrebbe avuto inizio la nevicata. E, dicevano, sarebbe caduta per giorni di fila.

Alle tre del pomeriggio coloro che nei baronati centrali avevano la fortuna di possedere ancora del bestiame da sorvegliare condussero gli animali nelle stalle. Le vacche recalcitrarono, muggendo il loro malumore, perché la neve, per la prima volta dopo mesi, si era sciolta abbastanza da permettere loro di strappare dal terreno gli ultimi rinsecchiti ciuffi d'erba dell'autunno. Yosef, più vecchio e più grigio, ma ancora arzillo a settantadue anni, si assicurò che tutti i cavalli del re fossero ricoverati nelle scuderie. Presumibilmente qualcun altro si occupava contemporaneamente di tutti gli uomini del re. Le donne approfittarono della temperatura mite per cercare di far asciugare lenzuola che altrimenti si sarebbero semplicemente congelate sulle corde da bucato e più tardi s'affrettarono a ritirarle mentre la luce del giorno scemava in un crepuscolo precoce tinto di tempesta. Restarono deluse: le loro lenzuola non si erano asciugate perché c'era troppa umidità nell'aria.

Gli animali erano sulle spine. La gente era nervosa. I tavernieri più saggi non aprirono i battenti dei loro locali: avevano notato la caduta del mercurio dei loro barometri e sapevano per lunga esperienza che la pressione bassa eccita gli uomini alla rissa.

Delain sprangò le porte alla bufera imminente e tutti si disposero all'attesa.

97

Ben e Naomi smontarono a turno dalla slitta per correre accanto a essa. Arrivarono alla fattoria di Peyna alle due di quella domenica pomeriggio, mentre più o meno contemporaneamente Dennis si svegliava sul suo materasso di tovaglioli reali e a Peter veniva servito il suo magro pasto diurno.

Naomi era bella davvero ora che l'impegno fisico le aveva tinto le guance abbronzate del gradevole rosso brunito delle rose autunnali. Quando la slitta si fermò davanti alla casa di Peyna in un allegro abbaiare di cani, voltò verso Ben il viso ridente.

«Una corsa da primato, per gli dei!» proruppe. «Ce l'abbiamo fatta in tre... anzi in *quattro*! Quattro ore meno di quel che credevo quando siamo partiti! E nessuno dei cani ci ha rimesso il cuore! *Aiy*, Frisky! *Aiy!* Che gran cane che sei!»

Frisky, un grosso husky anduano con il manto bianco e nero e occhi color grigioverde, era alla testa della muta. Spiccava balzi, tendendo le cinghie. Naomi sganciò la femmina e danzò con lei nella neve. Fu un valzer curioso, insieme aggraziato e barbaro. Sembrava che cane e padrone unissero in coro le loro risa in un mutuo scambio di affetto. Frattanto alcuni degli altri cani si erano sdraiati sulla neve e ansimavano stentando a ritrovare il fiato, evidentemente stremati. Naomi e Frisky invece non sembravano per niente affaticati.

«*Aiy*, Frisky! *Aiy*, Frisky, mia amica fedele! Cane prediletto! Abbiamo vinto una gran gara!»

«Ma a che scopo?» brontolò Ben.

Naomi lasciò andare le zampe di Frisky e si girò verso di lui. Era in collera, ma subito il suo malumore si spense nel vedere l'espressione abbacchiata dell'amico. Ben osservava la casa e Naomi seguì la direzione del suo sguardo e capì. Erano arrivati, sì, ma *dove* erano arrivati? A una fattoria deserta, ecco dove. Per che cosa mai avevano compiuto un viaggio così lungo e a tappe così forzate? La casa sarebbe rimasta vuota per un'ora ancora e forse due e forse quattro. Peyna e Arlen erano a nord, Dennis era nascosto da qualche parte nelle viscere del castello, se non era invece in una cella dei sotterranei o in una bara in attesa di un funerale, perché era stato scoperto.

Naomi si avvicinò a Ben e, seppure esitante, gli posò una mano sulla spalla. «Non essere così giù», lo rincuorò, «noi abbiamo fatto tutto quanto era in nostro potere.»

«Davvero?» ribatté lui. «È ciò che mi chiedo.» Dopo un attimo, trasse un sospiro profondo. Si era tolto il berretto di lana e i suoi capelli d'oro brillavano sommessamente nella fioca luce del pomeriggio. «Scusami, Naomi. Non volevo essere brusco con te. Tu e i tuoi cani siete stati miracolosi. È solo che mi sembra di essere troppo lontano da dove potremmo veramente essere d'aiuto. Mi sento impotente.»

Lei lo guardò, sospirò a sua volta e annuì.

«Be'», disse poi, «entriamo. Forse troveremo qualche indizio su che cosa fare a questo punto. In ogni caso saremo al riparo dai venti quando si alzeranno.»

Non trovarono alcun indizio all'interno di una fattoria grande e in balia delle correnti d'aria, abbandonata evidentemente in gran fretta. Ben passò febbrilmente in rassegna stanza dopo stanza e non trovò niente di niente. Dopo un'ora si lasciò andare mestamente a sedere in soggiorno, accanto a Naomi... proprio nella poltrona in cui si trovava Anders Peyna quando aveva ascoltato l'incredibile storia raccontatagli da Dennis.

«Se solo ci fosse un modo per rintracciarlo», rimpianse Ben.

Quando alzò la testa trovò che lei lo stava fissando con occhi accesi e grandi e colmi d'emozione.

«Il modo forse c'è!» esclamò. «Se la tormenta tarda...»

«Di che cosa stai parlando?»

«Frisky!» gridò Naomi. «Ma non capisci? Frisky può ritrovarlo! In fatto di fiuto non c'è cane al mondo che le sia alla pari!»

«La pista sarebbe ormai vecchia di giorni», obiettò lui scuotendo la testa. «Anche il miglior segugio di sempre non potrebbe...»

«Frisky potrebbe ben essere il più gran segugio che sia mai vissuto», ribatté Naomi ridendo. «E seguire una pista d'inverno non è come seguirla d'estate, Ben Staad. D'estate una traccia svanisce alla svelta... Mia madre direbbe che marcisce e si confonde con cento altre tracce capaci di sollecitare l'interesse di un cane. E non dico solo di persone o di altri animali, ma anche di erbe e venti caldi e persino gli odori che porta l'acqua corrente. Ma d'inverno una pista *resiste.* Se avessimo qualcosa che sia appartenuto a questo Dennis... qualcosa che porti il suo odore...»

«E gli altri cani della tua muta?» domandò Ben.

«Non avrei che da aprire quel ripostiglio laggiù», rispose lei indicandoglielo, «e lasciarvi la mia coperta da bivacco. Mostrerei loro dov'è e poi li lascerei liberi. Sarebbero in grado di foraggiarsi da soli, dando la caccia ai conigli e altri animaletti del genere e saprebbero anche dove trovar riparo.»

«Non ci seguirebbero?»

«No, se dicessi loro di non farlo.»

«Ne saresti davvero capace?» chiese lui osservandola con non poca meraviglia.

«No», replicò Naomi in tono asciutto. «Io non parlo il linguaggio dei cani. E nemmeno Frisky parla il linguaggio degli uomini, però capisce. Se lo dico a Frisky, lei lo comunicherà agli altri. Andranno a caccia per procurarsi il cibo di cui hanno bisogno, ma non si allontaneranno abbastanza da perdere la pista che li possa ricondurre alla mia coperta, non quando una tormenta è imminente. E quando scoppierà, resteranno al riparo. E pazienza se la loro pancia in quel momento sarà piena o vuota.»

«E se avessimo qualcosa che sia appartenuta a questo Dennis, pensi davvero che Frisky sarebbe capace di seguire le sue tracce?»

«Sì.»

Ben la fissò a lungo e intanto pensò. Dennis aveva lasciato quella fattoria martedì e ormai era domenica. Non credeva che una traccia potesse resistere così a lungo, ma doveva esserci certamente qualcosa nella casa su cui era rimasto il marchio del suo odore. Inoltre qualsiasi iniziativa, anche la più sciocca, sarebbe stata meglio dell'ozio. Era l'inutile attesa ad angustiarlo più di ogni altra cosa, le ore che avrebbero trascorso seduti lì a girarsi i pollici mentre altrove accadevano forse fatti di capitale importanza. In altre circostanze l'eventualità di trovarsi prigioniero di una tormenta di neve in compagnia di una splendida ragazza come Naomi l'avrebbe più che allettato, ma non quando venti miglia a est c'era da vincere o perdere un regno... e quando la sorte del suo miglior amico si trovava in bilico tra la vita e la morte avendo per aiuto solo quell'ingenuo maggiordomo.

«Allora?» lo incalzò lei. «Che cosa ne dici?»

«Credo che sia una pazzia», rispose lui, «ma che valga la pena provare.»

Naomi sorrise. «Abbiamo qualcosa che sia impregnato abbastanza del suo odore?»

«L'abbiamo», sentenziò Ben alzandosi. «Porta dentro il tuo cane, Naomi, e su per le scale. Alla soffitta.»

98

Anche se la gran parte degli esseri umani non lo sanno, gli odori per i cani sono come i colori. Gli odori tenui hanno colori tenui, come pastelli scoloriti dal tempo. Gli odori intensi hanno colori intensi. Certi cani hanno l'olfatto debole e riconoscono gli odori nello stesso modo in cui vedono i colori gli esseri umani dalla vista debole, scambiando un blu delicato per un grigio o un marrone scuro per un nero. Il naso di Frisky, invece, era come la vista di un uomo con occhi da falco e l'odore rimasto in soffitta dove Dennis aveva dormito era molto forte e molto preciso (con l'ausilio del fatto che Dennis non si faceva il bagno già da qualche giorno). Frisky fiutò il fieno, quindi fiutò la coperta che le porgeva la RAGAZZA. Sentì su di essa l'odore di Arlen, ma lo scartò subito, perché era più debole e non somigliava affatto a quello del fieno. L'odore di Arlen era acidulo e stanco e Frisky capì all'istante che si trattava dell'odore di una persona anziana. L'odore di Dennis era molto più eccitante e vitale e per il naso di Frisky equivaleva al blu elettrico di un lampo estivo.

Abbaiò per mostrare che riconosceva quell'odore e che l'aveva riposto nella sua biblioteca di odori.

«Brava», la elogiò il RAGAZZO ALTO. «Ora sarai capace di seguirlo?»

«Lo seguirà», rispose fiduciosa la RAGAZZA. «Andiamo.»

«Sarà buio fra un'ora.»

«Infatti», annuì la RAGAZZA e poi sorrise. Quando la RAGAZZA sorrideva in quel modo, Frisky si sentiva il cuore in procinto di spalancarsi d'amore per lei. «Ma noi non abbiamo bisogno dei suoi *occhi*, vero?»

Il RAGAZZO ALTO sorrise. «Immagino di no. Sai, sarò anche matto, ma credo proprio che prenderemo le nostre carte e ce le giocheremo.»

«Naturalmente», ribatté lei. «Vieni, Ben. Approfittiamo della poca luce che ci resta. Farà buio fin troppo presto.»

Frisky abbaiò con le narici piene di quell'odore color blu acceso.

99

Peter ricevette la sua cena alle sei in punto di quel sabato sera. Su Delain pesava una coltre di nubi carica di tempesta e la temperatura aveva cominciato ad abbassarsi, ma i venti ancora non avevano cominciato a soffiare e non era caduto un solo fiocco di neve. Sull'altro lato della Piazza, intirizzito nella tenuta bianca di aiuto cuoco rubata al castello, Dennis aspettava in preda all'ansia nell'ombra più fitta che era riuscita a trovare, gli occhi fissi sul piccolo riquadro di fioca luce gialla in cima all'Obelisco: la candela di Peter.

Peter naturalmente non sapeva niente della veglia di Dennis. Era emozionato e incantato dall'idea che, per la vita o per la morte, quello sarebbe stato l'ultimo pasto consumato in quella dannata prigione. Gli avevano portato come al solito carne dura e troppo salata, patate mezzo marce e birra annacquata, ma una volta tanto avrebbe mangiato tutto. Nelle ultime tre settimane aveva mangiato poco e quando non era stato occupato a lavorare al suo minuscolo telaio aveva passato tutto il tempo a fare ginnastica per preparare il suo fisico alla grande impresa. Quel giorno invece avrebbe mangiato tutto quello che gli avevano servito perché quella notte avrebbe avuto bisogno di tutte le sue forze.

Che cosa sarà di me? si domandò per l'ennesima volta, seduto al tavolino, mentre afferrava il tovagliolo posato sul suo pasto. *Dove andrò? Chi mi darà ospitalità? Troverò qualcuno? Tutti, si dice, devono aver fede negli dei... ma, mio caro Peter, la tua fede è troppo grande per non essere ridicola.*

Smettila. Quel che sarà, sarà. Adesso mangia e non pensare più a...

Ma lì s'interruppero i suoi pensieri irrequieti, perché quando scrollò il tovagliolo avvertì una puntura, come di un'ortica.

Si guardò sconcertato la mano e vide che una minuscola gocciolina di sangue gli si andava gonfiando sul polpastrello dell'indice destro. Il suo primo pensiero fu per Flagg. Nelle fiabe c'è sempre un ago intinto nel veleno. Forse ora era stato avvelenato da Flagg. Tale fu il suo primo pensiero e non fu certamente sciocco, se è vero, com'è vero, che Flagg aveva già fatto ricorso al veleno.

Peter sollevò il tovagliolo e vide un piccolo oggetto ripiegato e costellato da un gran numero di ditate... e immediatamente lo riabbassò. La sua espressione rimase tranquilla e disinvolta, nulla tradendo dell'eccitazione che gli era esplosa nel cuore alla vista del messaggio puntato al tovagliolo.

Lanciò un'occhiata distratta verso la porta timoroso tutt'a un tratto di incontrare lo sguardo insospettito di uno dei Guardiani Inferiori, se non di Beson stesso. Ma non c'era nessuno. Il principe era stato oggetto di grande curiosità quando era ospite recente dell'Obelisco e i guardiani l'avevano spiato avidamente come si potrebbe stare in contemplazione di un pesce raro nell'acquario di un collezionista e alcuni di loro avevano persino accompagnato fin lassù le loro innamorate perché vedessero il mostro assassino (e sarebbero finiti imprigionati a loro volta se fossero stati scoperti). Ma Peter era un prigioniero modello e l'interesse per lui era svanito in fretta e adesso nessuno più lo spiava.

Peter si costrinse a consumare tutto il suo pasto, anche se ormai non aveva più appetito. Non voleva suscitare il minimo sospetto in chiunque, ora meno che mai. Non aveva idea chi potesse avergli mandato il messaggio o di quale potesse esserne il contenuto o del perché gli avesse scatenato un tale tumulto nell'animo. D'altra parte non poteva fare a meno di vedere un presagio nell'arrivo di un messaggio segreto proprio adesso, a poche ore dal momento in cui intendeva tentare la fuga. Ma un presagio di che cosa?

Quando il suo pasto fu finalmente consumato, guardò di nuovo verso la porta, si assicurò che lo spioncino fosse chiuso e passò in soggiorno con il tovagliolo ancora nella mano, quasi per dimenticanza. In camera da letto staccò il messaggio (le mani gli tremavano tanto che si punse di nuovo) e lo aprì. Il foglio era scritto fittamente su entrambi i lati in lettere un po' arrugginite e un po' infantili, ma era abbastanza leggibile. I suoi occhi andarono subito alla firma... e si sgranarono. Il messaggio era firmato: *Dennis, vostro amico e servitore per sempre.*

«Dennis?» mormorò Peter, così esterrefatto da non rendersi conto che il suo mormorio era più che udibile. *«Dennis?»*

Tornò all'inizio e l'esordio della lettera bastò a sferzare il suo battito cardiaco in un ritmo forsennato. L'attacco era: *Mio re.*

100

Mio re,

come saprete, da 5 anni servo da magiordomo sotto vostro Fratello Thomas, ma solo in cuesta Settimana o scoperto che Voi non avete Asasinnato vostro Padre Roland il Buono. Io so chi l'a fatto e lo sa anche Thomas. Voi potete sapere il

Nome di cuesto Nero Asasinno se oserei scriverlo ma non oso. Sono andato da Peyna. Peyna è andato a unirsi ai esuli con il suo Magiordomo Orlon. A ordinato che vengo al Castello e scrivo a Voi cuesto. Peyna dice che i Esuli saranno pressto Ribelli e che cuesto è male. Ordina che io sono al Servizio di Voi e mio Padre ordinò uguale prima di morire e il mio Quore lo ordina perché la mia Famiglia a sempre servito il Re e voi siete il Vero Re. Se avete un Piano, io vi aiuterò come vorrette, anche se sarà la mia Morte. Mentre Voi legete cuesto, io sono nella Piaza nascosto e guardo l'Obelisco dove Voi siete prigionniero. Se avete un Piano, io prego Voi che andate alla Finestra. Se avete cualcosa per scrivere sopra, buttatte un messagio e io cercherò di recuperrarlo di Notte. Muovete due Volte la Mano se va bene.

Il vostro amico Ben è con i Esuli. Peyna dice che lui lo manda cui. Io so dove è Ben. Se Voi dite che lo Prendo, lo facio in un Giorno. O magari Due se fa Neve. So che buttarre un Messagio è un Riscio, ma credo che il Tempo è poco. Peyna crede uguale. Io Guardo e Prego.

Dennis

Vostro amico e servitore per sempre

101

Ci volle non poco tempo perché Peter riuscisse a far ordine nel caos dei suoi pensieri. La sua mente continuava a tornare alla stessa domanda: che cosa poteva aver visto Dennis perché cambiasse idea in maniera così radicale? In nome di tutti gli dei, che cosa poteva esser stato?

A poco a poco riuscì ad accettare che non aveva importanza: Dennis aveva visto *qualcosa* e tanto bastava.

Peyna. Dennis si era rivolto a Peyna e Peyna aveva intuito... be', quella vecchia volpe aveva intuito *qualcosa.* Di certo aveva intuito che progettava qualcosa lui, anche se non era riuscito a indovinare che cosa. Davvero una gran vecchia volpe. Non si era dimenticato che aveva chiesto di avere nella sua cella la casa di bambola e i tovaglioli. Non sapeva a che cosa potessero servirgli quegli oggetti, ma aveva fiutato qualcosa nel vento. Sì, il naso non gli mancava di certo.

Dunque, a lui che cosa restava da fare?

Da una parte (una gran parte) desiderava andare avanti con il suo progetto. Aveva temprato il suo coraggio fino a disporsi a questa disperata avventura e adesso gli era arduo rinunciarci solo per attendere ancora. E c'erano anche i sogni a incitarlo.

Voi potete sapere il Nome di cuesto Nero Asasinno se oserei scriverlo, ma non oso. Era un nome che naturalmente conosceva bene anche Peter e questo soprattutto lo convinse che Dennis doveva necessariamente aver trovato una prova che fugava qualsiasi dubbio. Ma c'era da presumere che Flagg sarebbe venuto ben presto a conoscenza di questo nuovo sviluppo e voleva essere lontano prima che accadesse.

L'attesa di un giorno ancora sarebbe stata fatale?

Forse sì e forse no.

Peter era angustiato dall'indecisione. Ben... Thomas... Flagg... Peyna... Dennis... Tutti insieme gli affollavano la mente come figure viste in un sogno. Che cosa doveva fare?

Alla fine lo persuase il messaggio in sé, non le notizie che recava. Se era arrivato fino a lui, appuntato a un tovagliolo proprio la sera in cui intendeva collaudare la cordicella che aveva ricavato dai tovaglioli, non poteva aver altro significato che indurlo all'attesa. Ma solo per un giorno ancora. Ben non gli sarebbe stato d'aiuto.

Ma *Dennis* avrebbe potuto assisterlo? E in che maniera? Tutt'a un tratto gli balenò un'idea, come un lampo di luce.

Era seduto sul suo letto, curvo sul messaggio, con la fronte increspata, e adesso si raddrizzò, con un vivido bagliore negli occhi.

Il suo sguardo tornò al messaggio.

Se avete cualcosa per scrivere sopra, buttatte un messagio e io cercherò di recuperrarlo di Notte.

Sì, certo, aveva qualcosa su cui scrivere. Non il tovagliolo, perché si sarebbero accorti che era scomparso. Nemmeno il foglio usato da Dennis, perché era già pieno su entrambi i lati, da cima a fondo.

Ma gli restava la pergamena di Valera.

Tornò in soggiorno. Controllò la porta e vide che lo spioncino era serrato. Gli giungevano smorzati i rumori dei guardiani che giocavano a carte. Andò alla finestra e agitò due volte il braccio, sperando che Dennis fosse davvero laggiù da qualche parte e lo avesse visto. Più che sperare, non poteva.

Tornò in camera da letto, sollevò la pietra e dopo aver frugato per un po', recuperò il medaglione e la pergamena. Rovesciò la pergamena sul lato non scritto... ma che cosa avrebbe usato come inchiostro?

Passò solo un attimo prima di decidere: avrebbe usato naturalmente lo stesso inchiostro al quale aveva fatto ricorso Valera.

S'avventò sul suo scarno materasso di paglia e a forza di tirare ne strappò una cucitura. Poco dopo dalla paglia aveva selezionato un numero sufficiente di cannucce abbastanza lunghe da usare come penne per scrivere. Allora aprì il medaglione, che era a forma di cuore e terminava in una punta acuminata. Chiuse gli occhi per un istante e recitò una breve

preghiera, poi li riaprì e si piantò la punta del medaglione nel polso. Subito sgorgò il sangue, molto più copioso di quello che gli aveva sottratto poco prima la punta dello spillo. Vi intinse la prima cannuccia e cominciò a scrivere.

102

Nel buio e nel freddo sull'altro lato della Piazza, Dennis vide la sagoma di Peter apparire nella finestrella in cima all'Obelisco. Vide Peter sollevare le braccia sopra la testa e incrociarle due volte. Dunque ci sarebbe stato un messaggio. Ciò raddoppiava, anzi triplicava il rischio che stava correndo, ma ne era contento. Si dispose all'attesa, assediato da un torpore che lentamente gli catturava i piedi e uccideva in essi ogni sensibilità. L'attesa gli parve molto lunga. Il Banditore annunciò le dieci... le undici... e finalmente la mezzanotte. Le nubi avevano celato la luna, ma l'aria sembrava stranamente luminosa, altro segno dell'arrivo della tormenta.

Già cominciava a pensare che Peter si fosse dimenticato di lui o avesse cambiato idea quando la sagoma riempì nuovamente il riquadro della finestrella. Dennis si raddrizzò e non poté trattenere una smorfia per una fitta al collo dopo che da quattro ore era rimasto sempre con il naso all'insù. Gli parve di vedere qualcosa che spiccava il volo... poi l'ombra di Peter scomparve dalla finestra. Un attimo ancora e si spense anche la luce.

Dennis si guardò a destra e a manca, non vide nessuno e uscì di corsa nella Piazza. Sapeva benissimo di potersi imbattere in qualcuno di cui non si fosse accorto, per esempio un soldato di ronda più presente di spirito dello stonato cantante della sera precedente, ma non poteva farci assolutamente niente. Portava con sé anche la macabra coscienza di tutti gli uomini e le donne decapitate non molto lontano da lì. E se nella Piazza erano in agguato i loro fantasmi?

Siccome però sapeva che a ben poco gli sarebbero servite quelle ansie, cercò di scacciarle dalla mente. Al momento doveva dedicare tutta la sua attenzione al ritrovamento dell'oggetto lanciatogli da Peter nell'uniforme distesa di neve ai piedi dell'Obelisco, sotto la finestra della prigione.

Sentendosi orribilmente esposto, Dennis cominciò a perlustrare il terreno innevato come un maldestro cane da caccia. Non aveva riconosciuto l'oggetto che aveva luccicato nell'aria per non più di un istante, ma gli era sembrato solido e del resto era ragionevole che così fosse, perché Peter non avrebbe mai gettato un pezzo di carta che il vento avrebbe potuto portare chissà dove. Ma che cosa gli aveva gettato e dove era andato a finire?

Con il passare dei secondi e il loro trasformarsi in minuti, aumentava la sua frenesia. Cominciò a ispezionare il terreno carponi, investigando impronte che nelle ore precedenti si erano semidisciolte dilatandosi in orme di drago, ma che adesso tornavano a congelarsi, dure e azzurre e baluginanti. Rivoletti di sudore gli percorrevano il viso. Lo perseguitava con crescente accanimento un pensiero: che una mano gli si sarebbe posata su una spalla e quando si fosse voltato avrebbe trovato il volto ghignante del mago del re dentro il suo cappuccio.

Un po' tardi per giocare a nascondino, non ti pare, Dennis? l'avrebbe apostrofato Flagg e nonostante il sorriso nei suoi occhi si sarebbe accesa una diabolica e bieca luce vermiglia. *Che cosa hai perso? Posso aiutarti a cercarlo?*

Non pensare il suo nome! Per amor degli dei, non pensare il suo nome!

Ma era difficile trattenersi. Dov'era l'oggetto? Dei del cielo, dove era andato a finire?

Avanti e indietro arrancò Dennis, con le mani ormai rese insensibili dal gelo al pari dei piedi. Avanti e indietro, avanti e indietro. Dov'era? Era già un bel guaio che non lo trovasse lui, ma mille volte più grave sarebbe stato se la neve avesse resistito fino alle luci dell'alba e l'avesse trovato qualcun altro. Gli dei soltanto sapevano che cosa gli aveva scritto.

Udì indebolita dalla distanza la voce del Banditore che annunciava l'una di notte. Ora stava esplorando un tratto sul quale era già passato, sempre più tremante di panico.

Fermati, Dennis. Fermati, ragazzo mio.

Era la voce di suo padre. Troppo chiara nella sua mente perché potesse non riconoscerla. Era ancora carponi, con il naso che quasi sfiorava la neve e ora si raddrizzò parzialmente.

Ormai non vedi più niente, ragazzo mio. Fai una pausa e chiudi gli occhi per un momento e quando li riaprirai, guardati intorno. Ma guarda con molta attenzione.

Dennis chiuse gli occhi e li strinse, quindi li spalancò. Questa volta si guardò intorno quasi con distacco, spaziando per tutta la zona ai piedi dell'Obelisco.

Niente. Niente di nie...

Un momento! Laggiù! Guarda bene!

Un lieve luccichio.

Scorse un profilo tondeggiante di metallo che sporgeva dalla neve per non più di un centimetro. Accanto a esso c'era il solco lasciato da uno dei suoi ginocchi: c'era quasi passato sopra durante la sua caccia forsennata.

Cercò di estrarre l'oggetto misterioso dalla neve e al primo tentativo riuscì solo a spingerlo più giù, incapace di chiudere efficacemente la mano semiparalizzata dal gelo. Mentre si metteva a scavare, pensava che se con il ginocchio ci fosse finito davvero sopra, l'avrebbe sprofondato nella neve senza nemmeno accorgersene, avendo ormai perso ogni sensibilità nelle gambe, e allora non lo avrebbe mai visto e sarebbe rimasto sepolto lì fino al disgelo primaverile.

Lo toccò, ordinò alle sue dita di chiudersi su di esso e lo estrasse dalla neve. Lo esaminò con stupore. Era un medaglione, forse d'oro, a forma di cuore. Pendeva da esso una catenella sottile. Era chiuso, ma stringeva tra le fauci un pezzo di carta ripiegato. Carta molto antica.

Dennis sfilò il messaggio e lo strinse con delicatezza nella mano, quindi s'infilò al collo la catenella del medaglione. Si alzò in piedi scricchiolando e tornò di corsa al coperto. Fu uno dei momenti peggiori della sua vita perché mai si era sentito così esposto. Per ogni passo che faceva in direzione delle case sull'altro lato della Piazza, sembrava che le ombre che gli avrebbero dato rifugio retrocedessero di un passo.

Raggiunse comunque la relativa protezione che gli offrivano le ombre e lì sostò per qualche tempo, ansimante e scosso dai brividi. Quand'ebbe ripreso fiato tornò al castello, percorrendo furtivamente il Quarto Vicolo di ombra in ombra ed entrando dalla Porta dei Cucinieri. C'era una sentinella di guardia, ma era negligente nel suo lavoro quanto il suo commilitone della notte precedente. Dennis aspettò e poco dopo il soldato abbandonò il suo posto dandogli l'occasione di infilarsi dentro.

Venti minuti più tardi era di nuovo sano e salvo nel magazzino dei tovaglioli. Lì aprì il messaggio e lo guardò.

Un lato era occupato da una fitta scrittura arcaica: l'autore aveva usato uno strano inchiostro color ruggine per uno scritto che Dennis non riuscì a decifrare. Voltò la pergamena e strabuzzò gli occhi. Questa volta riconobbe senza fatica «l'inchiostro» usato per scrivere una breve nota.

«Oh, re Peter», gemette.

Il messaggio era macchiato e sbavato, perché «l'inchiostro» non era stato fissato con la carta assorbente. Riuscì tuttavia a leggerlo.

Fuga prevista questa notte. Aspetterò 1 notte. Non oso aspettare di più. Non cercare Ben. Troppo pericoloso. Ho una Corda. Sottile. Può spezzarsi. Troppo corta. Farò un salto comunque. 6 metri. Mezzanotte domani. Aiutami ad andar via se puoi. Luogo sicuro. Forse ferito. Nelle mani degli dei. Hai tutto il mio Cuore mio buon Dennis. Re Peter.

Dennis rilesse il messaggio tre volte e scoppiò a piangere. Le sue erano lacrime di gioia. La luce percepita da Peyna ora brillava forte nel cuore di Dennis. Era una bella sensazione e presto tutto sarebbe stato bello di nuovo.

I suoi occhi tornarono a fissarsi ripetutamente là dove stava scritto «Hai tutto il mio Cuore, mio buon Dennis». Scritto con il sangue stesso del re! Non aveva avuto alcun bisogno di aggiungere quelle parole al suo messaggio... eppure l'aveva fatto.

Peter, morirei mille morti per te, pensò. S'infilò la pergamena nel farsetto e si sdraiò con il medaglione ancora al collo. Questa volta passò molto tempo prima che il sonno lo trovasse e non dormiva da molto quando si destò di soprassalto. La porta del magazzino si stava aprendo con un cigolio prolungato dei cardini che alle sue orecchie suonò come uno strillo disumano. Prima che la sua mente torpida di sonno avesse il tempo di capire di essere stato scoperto, scese su di lui un'ombra scura in cui scintillavano occhi di brace.

103

La neve cominciò a cadere intorno alle tre della notte fra domenica e lunedì. Quando i primi fiocchi sfrecciarono davanti a loro, Ben Staad e Naomi stava spiando il castello dagli alberi sul limitare delle Riserve Reali. Frisky era seduta e ansimava, ma il cane aveva premura di riprendere la caccia su una pista che era diventata via via più fresca.

Li aveva guidati senza difficoltà dalla fattoria di Peyna fino alla casa abbandonata in cui Dennis aveva passato quattro giorni, mangiando patate crude e covando acidi pensieri su certe rape che si erano rivelate più acide ancora. In quel decrepito casolare dei baronati centrali l'odore blu che Frisky aveva seguito fin lì aveva impregnato ogni cosa, inducendola ad abbaiare per l'eccitazione, correndo da una stanza all'altra, con il naso appiccicato al pavimento e un impazzato scodinzolio di gioia.

«Guarda», aveva esclamato Naomi, «il nostro Dennis ha bruciato qualcosa qui.» Gli indicava il caminetto.

Ben era andato a indagare, ma non era riuscito a trarre alcun indizio da quei riccioli di carta incenerita che si disfacevano in polvere appena li toccava. Si trattava naturalmente dei primi insuccessi di Dennis della stesura del suo messaggio.

«E adesso?» aveva domandato Naomi. «È evidente che da qui è proseguito fino al castello. Che cosa dobbiamo fare, andarci anche noi o passare qui la notte?»

Erano le sei e fuori era già buio.

«Io credo che sia meglio andarci», aveva risposto lentamente Ben. «Del resto tu stessa hai detto che avevamo bisogno del naso di Frisky e non dei suoi occhi... e stai pur sicura che sono pronto a testimoniare davanti al trono di ogni re del creato sul nobile naso del tuo cane.»

Frisky, accucciata sulla soglia, abbaiò come per confermare.

«Va bene», aveva concordato Naomi.

Ben l'aveva guardata negli occhi. Era stata una gran corsa quella che avevano compiuto dal campo degli esuli, con poco tempo per riposare. Sapeva che avrebbero dovuto fermarsi... ma era in preda a una premura incontenibile.

«Ma ce la fai?» le aveva chiesto. «Non dirmi di sì se non è vero, Naomi Reechul.»

Lei si era piantata le mani sui fianchi e l'aveva osservato con alterigia. «Potrei proseguire per altri cento koner dal punto in cui tu cadessi a terra stroncato dalla fatica, Ben Staad.»

Ben aveva sorriso. «E può darsi che avrai occasione di dimostrarmelo», aveva ribattuto, «ma prima dobbiamo mettere qualcosa sotto i denti.»

Avevano mangiato frettolosamente, quindi Naomi si era inginocchiata accanto a Frisky e dolcemente le aveva spiegato che doveva riprendere la pista e Frisky non aveva avuto bisogno di farselo ripetere due volte. Erano ripartiti dalla fattoria abbandonata, Ben con un voluminoso zaino sulle spalle, Naomi appesantita da un sacco solo di poco più piccolo.

Per Frisky l'odore di Dennis era un faro blu nella notte, brillante come un filamento reso incandescente da una carica elettrica. Si era lanciata subito sulla sua pista ed era rimasta confusa quando la RAGAZZA l'aveva richiamata. Poi aveva capito. Se fosse stata un essere umano, si sarebbe battuta la mano sulla fronte e avrebbe mandato un gemito. Per l'impazienza di riprendere la caccia, si era rimessa a fiutare la pista dalla quale era arrivata. Ora di mezzanotte li avrebbe guidati a ritroso fino alla fattoria di Peyna.

«Brava, Frisky», cercò di placarla Naomi. «Fai con calma.»

«Sicuro», aveva sbottato Ben. «Mettici anche un paio di settimane, Frisky. Un mese, se preferisci.»

Naomi gli aveva rivolto un'occhiataccia. Ben si era affrettato a chiudere la bocca, forse con saggio tempismo. Entrambi avevano osservato Frisky che annusava di qua e di là, dapprima oltre la soglia della fattoria abbandonata, poi sull'altro lato della strada.

«L'ha persa?» si era informato Ben.

«No, la ritroverà tra un minuto o due.» *Spero,* non aveva detto Naomi a voce alta. «È solo che ha trovato un gran groviglio di piste sulla strada e deve scegliere quella giusta.»

«Guarda!» aveva esclamato Ben con aria perplessa. «Si è avviata per quel campo. Non può essere giusto, vero?»

«Non saprei. Credi che avrebbe preso la strada per andare al castello?»

Ben Staad *era* un essere umano, quindi si era dato uno schiaffo sulla fronte. «Ma no, è chiaro! Che scemo.»

Naomi aveva fatto un dolce sorriso e non aveva commentato.

Inoltratasi nel campo, Frisky si era fermata. Si era girata verso la RAGAZZA e il RAGAZZO ALTO mettendosi ad abbaiare d'impazienza. Gli husky anduani erano i discendenti addomesticati dei grandi lupi bianchi che in tempi andati tanto erano stati temuti dagli abitanti del baronato settentrionale, ma, addomesticati o no, erano innanzitutto cacciatori e segugi. Frisky era riuscita a isolare nuovamente la sua pista blu e non vedeva l'ora di rimettersi in cammino.

«Andiamo e speriamo che abbia trovato la pista giusta», si era augurato Ben.

«Sì, è quella giusta, guarda!»

Gli occhi di Ben avevano seguito la direzione del braccio proteso di Naomi e sebbene a fatica erano riusciti a discernere delle impronte larghe e poco profonde nella neve. Nonostante il buio, entrambi le avevano riconosciute per quello che erano: orme di racchette da neve.

Frisky abbaiava di nuovo.

«Muoviamoci», aveva esortato Ben.

A mezzanotte, ormai vicini alle Riserve Reali, Naomi aveva cominciato a rimpiangere la sua spacconata sui cento koner che avrebbe percorso ancora dal punto in cui Ben sarebbe morto per la fatica, cominciando a temere che di lì a pochi momenti quella sarebbe stata la fine che avrebbe fatto lei.

Dennis aveva compiuto quel tragitto in minor tempo, ma Dennis era partito dopo quattro giorni di riposo, Dennis aveva avuto le racchette da neve e Dennis non era stato costretto a seguire un cane che ogni tanto perdeva la via e si metteva a zigzagare per ritrovarla. Naomi si sentiva le gambe surriscaldate e fiacche. Le bruciavano i polmoni. Aveva una fitta al fianco sinistro. Aveva mangiato un po' di neve, ma non era riuscita ad alleviare una sete insopportabile.

Frisky, che non era appesantita da alcun carico e sapeva correre leggera sulla crosta di neve, non era per niente stanca. Naomi riusciva a percorrere brevi distanze sulla crosta di neve, ma prima o poi s'imbatteva in un punto più fragile e allora sprofondava fino alle ginocchia e, in qualche caso, addirittura fino ai fianchi. A un certo punto si era trovata imprigionata così malamente dalla neve che, nonostante i suoi furibondi tentativi, non era riuscita a issarsi fuori se non con l'aiuto di Ben che era tornato sui suoi passi per soccorrerla.

«Vorrei... slitta», aveva ansimato.

«... i sogni... cavalli... degli appiedati», aveva balbettato lui di rimando, riuscendo persino a sorridere.

«Divertente», aveva biascicato lei. «Ha-ha. Dovresti fare il giullare di corte, Ben Staad.»

«Siamo quasi alle Riserve Reali. Ci sarà meno neve... più facile.»

Ben si era chinato con le mani sulle ginocchia, rantolando per la fatica. A un tratto Naomi si era sentita molto egoista e ingiusta per il modo in cui aveva pensato a se stessa quando Ben doveva essere ancora più vicino di lei all'esaurimento fisico, perché era molto più pesante, specialmente dovendo portare anche lo zaino più grosso. Lui affondava nella crosta di neve praticamente a ogni passo, procedendo a balzi per i campi come un uomo che corra in acque profonde, ma nonostante tutto non si era mai lamentato e non aveva mai rallentato l'andatura.

«Ben, stai bene?»

«No», aveva ansimato lui e aveva sorriso. «Ma ce la farò, bella bimba.»

«Non sono una bimba!» aveva protestato lei.

«Però sei bella», aveva ribadito lui, portandosi il pollice alla punta del naso. Le aveva fatto marameo.

«Ah, questa me la paghi...»

«Un'altra volta», aveva risposto lui. «Adesso facciamo a chi arriva per primo al bosco. Dai.»

Così avevano gareggiato dietro a Frisky che li precedeva sulla sua pista, e Ben aveva vinto e Naomi ne era rimasta ancor più indispettita... ma lo aveva anche ammirato.

104

Ora spiavano dagli alberi il tratto di terreno scoperto largo settanta koner fra il margine della foresta dove re Roland aveva ucciso un drago e le mura del castello dove era stato ucciso lui stesso. Dal cielo caddero a spirale alcuni altri fiocchi di neve... poi altri ancora... e all'improvviso, magicamente, tutta l'aria ne fu piena.

A dispetto della stanchezza, Ben visse un momento di pace e letizia. Guardò Naomi e sorrise. Lei cercò di tenergli il broncio, ma il cipiglio non fece presa sul suo bel faccino, così sorrise a sua volta. Un attimo dopo sporse la punta della lingua e cercò di prendere un fiocco al volo. Ben rise sommessamente.

«Come ha fatto a entrare, se c'è riuscito?» domandò Naomi.

«Non lo so», rispose Ben. Era cresciuto in una fattoria e nulla sapeva dei sistemi di fognatura di un castello. Mille volte meglio per lui, direte forse, e probabilmente avreste ragione. «Forse ce lo può mostrare la tua campionessa.»

«Tu sei sicuro che sia riuscito a entrare, non è vero, Ben?»

«Oh sì», rispose Ben. «E tu che ne pensi, Frisky?»

Sentendo pronunciare il suo nome Frisky si alzò, avanzò sulla sua pista per qualche metro e si fermò girandosi a guardarli.

Naomi si rivolse a Ben. Ben scosse la testa.

«Non ancora», disse.

Naomi richiamò Frisky sottovoce e il cane tornò sui suoi passi con un fievole guaito.

«Se potesse parlare, ti direbbe che ha paura di perdere le tracce. Saranno coperte dalla neve.»

«Non aspetteremo a lungo. Dennis aveva delle racchette, ma noi avremo qualcosa che lui non aveva, Naomi.»

«Che cosa?»

«Una copertura.»

105

Per quanto Frisky scalpitasse per riprendere la caccia, Ben le fece attendere per un quarto d'ora. L'aria frattanto si era trasformata in una mobile nube di bianco. La neve aveva incanutito i capelli castani di Naomi e quelli biondi di Ben e Frisky sembrava indossare una gelida stola di ermellino. Non riuscivano più a vedere le mura del castello.

«Va bene», decise a un tratto Ben a voce bassa, «andiamo.»

Attraversarono lo spazio scoperto dietro a Frisky. Il grosso husky si muoveva ora lentamente, con il naso a contatto della neve posata che di tanto in tanto sollevava con l'alito in piccoli sbuffi. La scia di odore azzurro si andava affievolendo, coperta da quella bianca e inodore sostanza che cascava dal cielo.

«Forse abbiamo aspettato troppo», commentò Naomi.

Ben non disse niente. Lo sapeva e quel pensiero gli rodeva il cuore come un topo.

Una massa scura emerse dal biancore generale: le mura del castello. Naomi aveva sopravanzato Ben di un passo e Ben l'afferrò per un braccio. «Il fossato», le rammentò. «Non te lo scordare. Ce l'abbiamo davanti, qui da qualche parte. Se ci cadi dentro e finisci sul ghiaccio, puoi spezzarti il col...»

Non fece a tempo a finire, che Naomi si liberò della sua

stretta con gli occhi grandi per l'ansia. *«Frisky!»* sibilò. «Ferma! Frisky! Pericolo! Strapiombo!» Si lanciò dietro il cane.

Non senza ammirazione Ben pensò che quella ragazza era proprio matta da legare, ma non perse altro tempo e si lanciò a sua volta dietro di lei.

Naomi comunque si era preoccupata più del necessario perché Frisky si era fermata sulla sponda del fossato. Aveva il naso infilato nella neve e scodinzolava allegramente. Afferrò qualcosa tra i denti e lo estrasse dalla neve farinosa, quindi si girò verso Naomi e fu come se con gli occhi le stesse chiedendo: *Sono o non sono un buon cane? Che cosa mi dici?*

Naomi rise e l'abbracciò.

Ben indirizzò uno sguardo allarmato alle mura. «Zitta!» le bisbigliò. «Se ti sentono le guardie, possiamo dire addio alla luce del sole per il resto dei nostri giorni! Ma dove credi che siamo? Nell'orto di casa tua?»

«Pfui! Se sentissero qualcosa penserebbero che sono spiriti delle nevi e scapperebbero fra le braccia della mamma.» Ma intanto aveva sussurrato anche lei. Affondò quindi il viso nel pelo di Frisky e le rinnovò i suoi complimenti.

Ben grattò affettuosamente la testa al cane. Grazie alla nevicata, nessuno dei due provò quel terribile senso di esposizione che aveva patito Dennis in quello stesso punto quando si era fermato a togliersi le racchette che ora Frisky aveva ritrovato.

«Naso degli dei», si congratulò Ben. «Ma che cosa è successo dopo che si è tolto le racchette, Frisky? Si è fatto crescere le ali e ha scavalcato in volo il Saliente di Ponente? Che cosa ha fatto dopo essersi fermato qui?»

Come per rispondergli, Frisky si staccò da loro e zampettando e scivolando si calò per il ripido argine del fossato.

«Frisky!» chiamò Naomi, con la voce bassa ma piena di paura.

Dal fondo, Frisky alzò la testa verso di loro, sprofondata

nella neve fresca fino ai garretti. Agitava leggermente la coda e con gli occhi li pregava di seguirla. Non abbaiò, perché era abbastanza intelligente per non farlo, sebbene Naomi non le avesse raccomandato di tacere. Abbaiò tuttavia nella mente, perché ancora non aveva perso la pista e voleva seguirla prima che scomparisse del tutto, come sarebbe certamente successo di lì a pochi minuti.

Naomi rivolse a Ben una muta domanda.

«Sì», annuì lui. «Dobbiamo, per forza. Coraggio. Ma tienitela vicina, non lasciare che vada troppo avanti. Qui c'è pericolo. Lo sento.»

Le offrì la mano e Naomi gliela prese e insieme si lasciarono scivolare sul fondo del fossato.

Frisky li guidò adagio sulla lastra di ghiaccio verso le mura del castello. Ora doveva veramente *scavare* per seguire la pista, tracciando con il naso un solco nella neve. L'odore cominciava a spegnersi in un tanfo più forte e sgradevole, di sporcizia, acqua tiepida, rifiuti e liquame.

Dennis sapeva che nelle vicinanze dello scarico il ghiaccio si sarebbe fatto pericolosamente sottile e anche se non lo avesse saputo aveva potuto vedere con i propri occhi il metro circa di acqua non gelata a ridosso delle mura.

Per Ben, Naomi e Frisky non era altrettanto semplice. Avevano dato per scontato che se la lastra di ghiaccio era spessa abbastanza sul lato esterno del fossato, così doveva essere anche sul lato interno e i loro occhi erano di scarso ausilio in quella fitta nevicata.

Quelli di Frisky poi erano i più deboli e in testa c'era proprio lei. Non la tradivano però le orecchie e infatti Frisky aveva udito il ghiaccio gemere sotto lo strato di neve fresca... ma con quell'odore che occupava tutta la sua mente, non prestò molta attenzione ai lievi scricchiolii... finché il ghiaccio cedette sotto di lei e cadde nell'acqua del fossato con uno scroscio.

«Frisky! Fr...»

Ben si precipitò a soffocare il suo grido con una mano sulla bocca. Naomi tentò di liberarsi, ma ormai Ben aveva intuito il pericolo e non la lasciò andare.

I timori di Naomi erano naturalmente infondati, perché si sa che tutti i cani nuotano e, grazie al suo fitto mantello impermeabile, Frisky correva meno rischi in quell'acqua di quanti ne avrebbero corsi loro. Nuotò fin quasi al castello tra pezzi di ghiaccio semidisciolto e grumi di neve simili a mucchietti di panna montata che si sporcavano velocemente e si scioglievano nell'acqua. Sollevò la testa, fiutò, cercò la sua pista... e quando capì dove andava, si girò e tornò a nuoto da Ben e Naomi. Trovò il bordo della lastra di ghiaccio, ma lo spezzò con le zampe. Tentò di montarci sopra di nuovo. Naomi mandò un grido.

«Zitta, Naomi, o prima dell'alba ci ritroveremo tutti e due in galera!» sibilò Ben. «Tienimi per le caviglie.» La lasciò andare e si sdraiò sul ventre. Naomi si accovacciò dietro di lui e gli afferrò le scarpe. Con le orecchie così vicine al ghiaccio, ora Ben lo sentiva gemere e brontolare. *Sarebbe potuto succedere a uno di noi,* pensò, *e allora sì che sarebbero stati guai seri.*

Divaricò un po' le gambe per distribuire meglio il peso del corpo, quindi agguantò Frisky per le zampe anteriori, subito sotto il torace ampio e muscoloso. «Coraggio, che ti tiro su», grugnì. «O almeno lo spero.» E tirò.

Per un momento pensò che il ghiaccio avrebbe semplicemente continuato a cedere sotto il peso di Frisky via via che la trascinava in secco e prima lui e poi Naomi, entrambi avrebbero fatto la fine del cane. Quando attraversava quel fossato per entrare al castello a giocare con l'amico Peter in una giornata estiva, con il cielo azzurro e le nuvolette bianche che si rispecchiavano sulla superficie dell'acqua, l'aveva sempre trovato splendido, come un quadro dipinto. Mai aveva pensato di poterci morire in una notte buia durante una bufera di neve. E in un odore vomitevole.

«Tirami indietro!» ordinò sottovoce. «Questo tuo dannato cane pesa una tonnellata!»

«Non parlar male del mio cane, Ben Staad!»

Ben aveva gli occhi ridotti a due fessure per lo sforzo fisico e le labbra dischiuse sui denti serrati. «Un milione di scuse. Ma se non mi tiri indietro alla svelta, mi sa che farò un brutto bagno.»

Sebbene Ben e Frisky insieme dovessero pesare tre volte lei, Naomi riuscì nell'intento e il corpo di Ben strisciò all'indietro scavando un solco nella neve fresca, mentre una piramide gli si andò formando tra le gambe, come il cumulo che si gonfia davanti a uno spartineve.

Finalmente (sembrò «finalmente» a Ben e Naomi, anche se in verità non potevano essere passati che pochi secondi) il petto di Frisky smise di sgretolare il ghiaccio e scivolò su di esso. Pochi attimi più tardi, cercava un appiglio con le zampe posteriori. Infine si alzò e si scrollò vigorosamente. Schizzò acqua lurida sulla faccia di Ben.

«Puà!» protestò lui con una smorfia, cercando di ripulirsi. «Grazie tante, Frisky!»

Ma Frisky non badò a lui. Stava guardando di nuovo in direzione delle mura. Sebbene il ghiaccio le si stesse già attaccando al pelo in mille granelli sporchi, l'unica cosa che le interessava in quel momento era l'odore di Dennis. L'aveva fiutato senza ombra di dubbio, sopra di sé ma non *troppo* sopra. In un punto dove c'era del nero. In un punto che non era nascosto da quella sostanza fredda e bianca e inodore.

Ben si stava rialzando, spazzolandosi la neve di dosso.

«Scusa se ho gridato così», bisbigliò Naomi. «Se fosse stato qualunque altro cane... Pensi che mi abbiano sentita?»

«Se ti avessero sentita, ci avrebbero mandato una voce», sussurrò Ben. «Dei del cielo, l'abbiamo scampata per un pelo.» Adesso vedevano il tratto di acqua non gelata davanti all'antica parete di pietra del castello perché sapevano che c'era.

«Che cosa facciamo?»

«Noi non possiamo proseguire», rispose Ben sottovoce, «questo è evidente. Ma che cosa ha fatto *lui*, Naomi? Dov'è andato da qui? Forse è proprio vero che ha spiccato il volo.»

«Se potessimo...»

Ma Naomi non finì mai di esporre la sua proposta perché in quel momento Frisky decise di prendere la situazione tra le zampe. Tutti i suoi antenati erano stati famosi cacciatori e anche lei ce l'aveva nel sangue. Era stata aizzata a seguire quell'eccitante ed entusiasmante odore blu che ormai non poteva più mollare. Così si accovacciò sul ghiaccio, contrasse i muscoli irrobustiti dalla slitta e spiccò il balzo nel buio. Come ho già detto, i suoi occhi erano il punto più debole del suo equipaggiamento sensoriale, quindi il suo balzo fu effettivamente alla cieca, perché non vedeva l'apertura del canale di scarico dal bordo della lastra di ghiaccio.

L'aveva vista però quando si era ritrovata nell'acqua e anche se così non fosse stato, aveva il vantaggio del fiuto e *sapeva* dove si trovava.

106

È *Flagg,* pensò la mente di Dennis stordita dal sonno quando su di lui scese quell'ombra scura con gli occhi infuocati. *È Flagg, mi ha trovato e adesso mi squarcerà la gola con i denti...*

Cercò di gridare, ma dalla bocca non gli uscì alcun suono.

Si aprì invece la bocca dell'ombra e Dennis vide zanne bianche ed enormi... e subito dopo una carnosa lingua calda gli leccò la faccia.

«Ug!» gemette Dennis, cercando di sottrarsi a quell'essere. Due zampe gli si piazzarono ai lati delle spalle e Dennis ricadde sul suo materasso di tovaglioli come un lottatore atterrato. Rumori fradici di leccate. *«Ulf!»* gemette di nuovo Dennis e l'ombra scura e pelosa mandò un verso sommesso non molto diverso, come a dire: *Lo so, anch'io sono contenta di vederti.*

«Frisky!» chiamò una voce trattenuta nell'oscurità. «Sta' giù, Frisky! Zitta!»

L'ombra non era affatto Flagg. Era un cane di ragguardevoli proporzioni, un cane che secondo Dennis somigliava un po' troppo a un lupo perché il suo animo potesse tranquillizzarsi. Alla voce della ragazza però si ritrasse e si sedette. Restò pacificamente a contemplare Dennis con aria soddisfatta, battendo la coda in un rumore sordo sul suo letto di tovaglioli.

Altre due ombre si materializzarono nell'oscurità, una più alta dell'altra. Di nuovo non poteva trattarsi di Flagg, quindi dovevano essere guardie del castello. Dennis mise mano al suo pugnale. Se gli dei fossero stati generosi con lui, forse sarebbe riuscito a eliminarli entrambi. Altrimenti avrebbe cercato di morire valorosamente al servizio del suo re.

Le due ombre si fermarono a breve distanza da lui.

«Avanti», le esortò Dennis alzando il pugnale (era per la verità poco più di un temperino, alquanto arrugginito e parecchio spuntato) in una posa coraggiosa. «Prima voi due e poi il vostro mastino!»

«Dennis?» domandò una voce stranamente familiare. «Dennis, ti abbiamo veramente trovato?»

Dennis fece per abbassare la sua arma, poi la sollevò nuovamente. Era certamente un trucco. Non poteva essere che un trucco. Eppure quella voce sembrava proprio quella di...

«Ben?» bisbigliò. «Sei Ben Staad?»

«Sono Ben», confermò l'ombra più alta e il cuore di Dennis fu travolto dalla felicità. L'ombra venne avanti. Allarmato, Dennis puntò contro di lui il pugnale.

«Aspetta! Hai una luce?»

«Pietra focaia e ferro, sì.»

«Sfregali.»

«Va bene.»

Un momento dopo balenò nelle tenebre una grande scintilla gialla, sicuramente pericolosa in mezzo a tutti quei tovaglioli di cotone.

«Vieni avanti, Ben», ordinò Dennis, infilando nella sua guaina quel povero surrogato di pugnale. Si alzò in piedi, tremante di gioia e sollievo. Ben era arrivato. Per quale magia, non sapeva, ma gli bastava constatare che fosse arrivato. I piedi gli s'impigliarono nei tovaglioli e precipitò in avanti, ma non c'era rischio che potesse cadere, perché Ben lo sostenne in un vigoroso abbraccio. Ben era arrivato e tutto sarebbe andato per il meglio, pensò Dennis, e più di così non poté fare per trattenersi dallo scoppiare in un pianto assai poco virile.

107

Seguì uno scambio febbrile di racconti di cui credo siate in gran parte a conoscenza anche voi e poco ci vorrà per aggiungere ciò che ancora non vi è noto.

Il balzo di Frisky era stato un centro perfetto. Si era infilata direttamente nel canale di scarico, quindi si era girata per vedere se Naomi e Ben la stessero seguendo.

Se così non fosse stato, alla lunga Frisky avrebbe spiccato un salto contrario, tornando sulla lastra di ghiaccio. Sarebbe stata una profonda delusione per lei, ma nemmeno la pista più emozionante del mondo avrebbe potuto indurla ad abbandonare la sua padrona. Questo però lo sapeva solo Frisky, mentre Naomi non era certamente altrettanto sicura. D'altra parte non osava richiamare il cane per tema che la udisse una guardia. Così aveva deciso di seguirla. Non avrebbe mai abbandonato Frisky e se Ben avesse cercato di impedirglielo, lo avrebbe inchiodato con un gancio destro.

Ma non aveva di che temere da parte sua, perché nell'attimo stesso in cui aveva individuato l'imboccatura dello scarico, Ben aveva capito come Dennis era penetrato nel castello.

«Nobile naso, quello di Frisky», si era compiaciuto per la seconda volta. «Pensi di farcela?» aveva chiesto poi a Naomi.

«Se prendo la rincorsa, sì.»

«Attenta a non sbagliare a riconoscere il margine del ghiaccio solido, altrimenti finisci dentro. E con quegli abiti pesanti che indossi, colerai a picco molto velocemente.»

«Non sbaglierò.»

«Lascia che vada prima io. Se dovesse essere necessario, forse riesco a prenderti al volo.»

Era indietreggiato di qualche passo e aveva spiccato un balzo così irruento che per poco non si era tranciato la calotta del cranio contro il soffitto curvo del canale. Frisky aveva manifestato la sua eccitazione con un latrato. «Zitto, cane!» le aveva intimato Ben.

Naomi era tornata fin contro la sponda del fossato, aveva indugiato per un istante (in quel momento la neve cadeva così forte che Ben l'aveva persa di vista), quindi era partita di corsa. Ben aveva trattenuto il fiato, sperando con tutto il cuore che non avesse a malgiudicare il limite del ghiaccio resistente. Se si fosse spinta troppo avanti prima di spiccare il balzo, nemmeno le braccia più lunghe del mondo avrebbero potuto acchiapparla.

Ma Naomi aveva fatto i suoi calcoli con cura. Ben non aveva avuto bisogno di prenderla al volo e dovette invece affrettarsi a togliersi di mezzo per non ostacolare il suo atterraggio all'interno del canale di scarico. Naomi non aveva nemmeno sbattuto la testa, come aveva fatto lui.

«La cosa peggiore era il puzzo», commentò Naomi mentre raccontavano la loro storia a un Dennis allibito. «Tu come hai fatto a sopportarlo?»

«Ho continuato a ricordare a me stesso che cosa sarebbe successo se mi avessero preso», rispose Dennis. «Ogni volta che ci pensavo, mi sembrava che l'aria puzzasse di meno.»

Ben rise e annuì e Dennis rivolse a lui gli occhi lucidi per un attimo, quindi tornò a guardare Naomi.

«Però era davvero un odore terribile», ammise. «Non mi piaceva nemmeno quando ero bambino, ma non me lo ricordavo così vomitevole. Forse da bambini ancora non si sa giudicare bene quant'è cattivo un odore. Chissà.»

«Io credo che tu possa aver ragione», lo confortò Naomi.

Sdraiata su una pila di tovaglioli reali con il muso posato sulle zampe, Frisky spostava gli occhi dall'uno all'altro, a seconda di chi stesse parlando. Sapeva molto poco di ciò che si dicevano, ma se avesse potuto capire, e se avesse potuto parlare, avrebbe spiegato a Dennis che la sua percezione della differenza fra odori buoni e cattivi non era veramente cambiata dai tempi in cui era bambino. Naturalmente l'odore che avevano sentito era quello degli ultimi resti della Sabbia del Drago, un odore avvertito molto più intensamente da Frisky che dalla RAGAZZA e dal RAGAZZO ALTO. Erano sopravvissute tracce dell'odore di Dennis, soprattutto in punti a intervalli regolari sulle pareti concave del canale (dove cioè Dennis le aveva toccate con le mani, mentre il fondo era coperto da un lurido liquido tiepido che aveva cancellato tutto). Il colore era sempre il blu elettrico di prima. L'altro odore, invece, era di un color verde cupo e aveva messo addosso a Frisky una certa paura. Sapeva che esistevano odori in grado di uccidere e intuiva che, fino a non molto tempo prima, tale era stato anche quello. Adesso però perdeva le sue micidiali qualità e in ogni caso la pista di Dennis conduceva lontano dal punto in cui si trovava la maggior concentrazione della misteriosa sostanza che lo emanava. Non molto prima che raggiungessero la grata attraverso la quale Dennis era emerso dalle fogne, Frisky aveva improvvisamente cominciato a perdere del tutto l'odore verde e mai in tutta la sua vita era stata tanto lieta di smarrire una scia.

«Non avete incontrato nessuno?» domandò Dennis con ansia.

«Nessuno», lo tranquillizzò Ben. «Io mi sono spinto un po' più avanti per dare un'occhiata. Ho visto guardie più di una volta, ma abbiamo sempre avuto tutto il tempo per metterci al riparo prima che si accorgessero di noi. Per la verità penso che avremmo potuto benissimo venire direttamente qui passando in mezzo a venti guardie senza che nessuno badasse a noi. Erano praticamente tutte ubriache.»

Naomi annuì. «Le sentinelle della ronda», mormorò. «Ubriache. E non ubriache montando di guardia ai confini settentrionali di qualche squallido piccolo baronato di cui nessuno ha mai sentito parlare. No. Ubriache a palazzo. *Fra le mura stesse del castello!*»

A quelle parole Dennis annuiva accigliato, ricordando il cantante stonato con il naso ostruito. «Immagino che dovremmo esserne contenti, perché se le guardie della ronda fossero oggi come erano ai tempi di Roland, a quest'ora noi saremmo tutti rinchiusi nell'Obelisco insieme con Peter. Eppure, non so perché, ma non riesco a rallegrarmene.»

«Ti dirò una cosa», commentò Ben a voce bassa, «se io fossi Thomas, tremerei tutte le volte che guardassi a nord, se quelli che abbiamo visto questa notte sono coloro che dovrebbero difenderlo.»

Naomi sembrò turbata dal suo commento. «Preghiamo gli dei che non si debba giungere a tanto.»

Ben annuì.

Dennis accarezzò la testa di Frisky. «Mi hai seguito fin qui dalla casa di Peyna, vero? Sei un cane straordinario!»

Frisky batté allegramente la coda sui tovaglioli.

«Vorrei risentire questa storia del re sonnambulo, Dennis», chiese Naomi, «se ti va di raccontarla di nuovo.»

Così Dennis raccontò la sua storia, più o meno come l'aveva raccontata a Peyna e come io l'ho raccontata a voi e Naomi e Ben ascoltarono incantati come bambini che ascoltano la fiaba del lupo parlante con la cuffia da letto della nonnina.

108

Quando finì erano ormai le sette del mattino. Fuori, un cupo bagliore grigiastro aveva avviluppato Delain e tale e quale sarebbe rimasto fino a mezzogiorno perché sul regno si era abbattuta la più terribile tormenta di quell'inverno e forse la più tremenda in tutta la sua storia. L'ululato del vento lungo le gronde del castello sembrava l'urlo collettivo di guerra di una tribù di spiriti invasati. Lo sentivano persino i clandestini, nel magazzino sotterraneo. Frisky sollevò il capo e mandò un guaito preoccupato.

«Adesso che cosa facciamo?» s'interrogò Dennis.

Ben, che aveva letto e riletto il breve messaggio di Peter, rispose: «Fino a questa sera non faremo niente. Gli abitanti del castello saranno ormai tutti in piedi e noi non avremmo modo di uscire da qui senza essere scoperti. Dormiremo e ci rimetteremo in forze. Poi, prima di mezzanotte...»

Ben spiegò velocemente il suo piano. Naomi sogghignò. Gli occhi di Dennis brillarono d'emozione. «Sì!» esclamò il maggiordomo. «Per gli dei! Sei un genio, Ben!»

«Ti prego, adesso non esageriamo», intervenne Naomi, ma con un sorriso ormai così ampio che la testa sembrava sul punto di dividerlesi in due. Si sporse in avanti, abbracciò Ben e gli stampò un bacio sonoro sulla guancia.

Ben assunse un'allarmante sfumatura di rosso (parve sul punto di farsi «scoppiare le meningi», come recitava un modo di dire di quei tempi, a Delain). Devo aggiungere, però, che sembrava anche deliziato.

«Pensi che Frisky ci aiuterà?» domandò Ben quand'ebbe ritrovato il fiato.

Sentendo il suo nome Frisky sollevò nuovamente la testa.
«Certamente. Ma avremmo bisogno...»

Discussero ancora del piano, poi Ben per poco non si slogò le mascelle in un pauroso sbadiglio. Anche Naomi era stanchissima. Ricorderete che erano svegli ormai da più di ventiquattr'ore e avevano compiuto un lungo viaggio.

«Basta così», dichiarò Ben. «È ora di dormire.»

«Urrah!» sospirò Naomi, cominciando a radunare un buon quantitativo di tovaglioli per farsene un giaciglio accanto a Frisky. «Mi sento le gambe come di...»

Dennis si schiarì la gola in un gesto educato.

«Che cosa c'è?» chiese Ben.

Dennis guardò i loro zaini, quello più grande di Ben, quello un po' più piccolo di Naomi. «Immagino che non abbiate... ehm, niente da mangiare con voi, vero?»

Seccata, Naomi ribatté: «Ma certo che abbiamo da mangiare! Per chi ci hai preso... per...»

Solo allora ricordò che Dennis aveva lasciato la fattoria di Peyna sei giorni addietro e che da allora non aveva potuto far altro che rintanarsi e nascondersi. Era pallido e visibilmente denutrito, con la faccia troppo magra e troppo ossuta. «Oh, Dennis, scusami, che idiota! Quand'è stata l'ultima volta che hai mangiato qualcosa?»

Dennis dovette riflettere. «Non ricordo più bene», rispose poi, «ma l'ultima volta che mi sono seduto a tavola a mangiare è stata una settimana fa.»

«Ma perché non l'hai detto subito, scemo?» lo rimproverò Ben.

«Si vede che ero troppo eccitato al vedervi», si scusò Dennis e sorrise. Mentre guardava i due amici che aprivano gli zaini e cominciavano a cavarne quanto restava delle loro scorte alimentari, il suo stomaco gorgogliò rumorosamente e la bocca gli si inondò di saliva. Poi lo colpì un pensiero.

«Non avrete portato delle rape, vero?»

Naomi si voltò verso di lui a osservarlo con aria perplessa.

«Rape? Io non ne ho. E tu, Ben? Hai delle rape?»

«No.»Un sorriso dolce e di infinita felicità illuminò il volto di Dennis. «Bene», mormorò.

109

Fu una bufera letteralmente con i fiocchi, di cui si racconta ancora oggi a Delain. Era già caduto un metro e mezzo di neve fresca quando scese sul castello un buio precoce e tonante. Un metro e mezzo di neve in un sol giorno è già straordinario, ma il vento la raccoglieva in cumuli molto, ma molto più alti. Al cadere delle tenebre, quello che poco prima era stato già un violento stravento soffiava con l'irruenza di un uragano. C'erano punti lungo le mura del castello dove la neve saliva a otto metri d'altezza e non copriva solo le finestre del pianterreno e del primo piano, ma raggiungeva talvolta persino quelle del secondo.

Penserete forse che ciò costituisse un vantaggio per i progetti di fuga di Peter e così sarebbe stato se l'Obelisco non si fosse trovato tutto solo al centro della Piazza. Così era, purtroppo, ed era lì che il vento soffiava con maggior accanimento. Un uomo forte non avrebbe resistito a quelle folate, ma sarebbe rotolato via a ruzzoloni fin contro il primo muro di pietra ai lati della Piazza. Inoltre il vento aveva anche un altro effetto, quello cioè di una gigantesca scopa. Appena la neve cadeva, il vento la spazzava via dalla Piazza. Quando scese la notte c'erano cumuli giganteschi accatastati contro il castello e in quasi tutti i vicoli del quartiere ovest, ma la Piazza era perfettamente sgombra. C'erano solo ciottoli gelidi in attesa di fracassare le ossa di Peter se la sua corda si fosse spezzata.

E ora vi devo dire che la corda di Peter era *destinata* a spezzarsi. Quando l'aveva collaudata, aveva sorretto il suo peso, ma esiste un altro fattore in quel mistico principio della «resistenza alla rottura» che Peter non conosceva. Per la verità non lo conosceva neanche Yosef. Lo conoscevano però i mandriani e se Peter li avesse interrogati gli avrebbero spiegato un vecchio assioma, un antico detto di marinai, boscaioli, cucitrici e di tutti coloro che lavorano con filo o fune: *la resistenza è inversamente proporzionale alla lunghezza.*

Il breve tratto di cordicella collaudata da Peter aveva retto.

Quella alla quale intendeva affidare la sua vita, quello spago sottilissimo, era lunga un'ottantina di metri.

Per forza si sarebbe spezzata, vi dico, e l'acciottolato della Piazza era lì che aspettava di accoglierlo e fracassargli le ossa e portarsi via la sua vita con il suo sangue.

110

Ci furono molte sciagure e sciagure miracolosamente evitate in quella lunga giornata di tormenta, come ci furono anche molti atti di eroismo, alcuni riusciti, alcuni miseramente falliti. Ci furono casolari nei baronati centrali che il vento soffiò via, come le case dei porcellini pigri spazzate via dall'alito affamato del lupo in quella vecchia favola. Alcuni di coloro rimasti senza tetto riuscirono ad attraversare le bianche distese fino alla cittadella intorno al castello, legati con una fune l'uno all'altro per non finire dispersi nella tormenta; altri presero per la Via Magna di Delain, scomparvero nel bianco e non furono più ritrovati... fino a primavera: poveri corpi assiderati e dilaniati dai lupi.

Alle sette di sera tuttavia la neve cominciò a diradarsi un poco e il vento a cadere. La furia stava passando e gli abitanti del castello andarono a coricarsi di buon'ora. Del resto, c'era ben poco da fare. Furono ridotti i fuochi, si rimboccarono le coperte ai bambini, si scolarono le ultime tazze di tè e si recitarono le preghiere.

Una dopo l'altra tutte le luci si spensero. Il Banditore urlò con la sua voce più stentorea, ma il vento gliela strappò lo stesso dalla bocca alle otto e ancora alle nove; solo alle dieci riuscì a farsi sentire, quando ormai dormivano quasi tutti.

Anche Thomas dormiva, ma il suo sonno non era tranquillo. Non poteva contare sul conforto di Dennis, quella notte, perché Dennis era rimasto a casa sua, ammalato di influenza. Più di una volta Thomas aveva meditato se mandare un paggio a controllare (o addirittura se andarci lui stesso, perché Dennis gli era molto caro), ma chissà perché succedeva sempre qualcosa che glielo impediva, carte da firmare, petizioni da ascoltare… e naturalmente bottiglie di vino da scolare. Sperava che venisse Flagg a dargli qualche polverina che l'aiutasse a dormire… ma da quando era tornato dalla sua infruttuosa escursione nel nord, il mago si era comportato in maniera strana e distante. Era come se Flagg sapesse che qualcosa non andava, ma non riuscisse a capire bene che cosa. Thomas si augurava che al mago venisse in mente di andare da lui, ma non osava chiamarlo.

Come sempre l'ululare del vento ricordava a Thomas la notte in cui era morto suo padre e temeva che gli sarebbe stato arduo addormentarsi… e che, una volta assopito, sarebbe stato assalito da orribili incubi, sogni in cui suo padre si sarebbe messo a vociare e strillare per poi bruciare in un rogo di fiamme. Così aveva fatto ciò a cui si era ormai abituato, aveva trascorso cioè la giornata con un bicchier di vino sempre nella mano e se io vi dicessi quante bottiglie di vino questo poco più che fanciullo aveva consumato prima di coricarsi finalmente verso le dieci, probabilmente non mi credereste, perciò lo terrò per me. Ma vi assicuro che erano molte.

Infelicemente sdraiato sul suo divano, tristemente privato della presenza di Dennis al suo solito posto sul gradino del caminetto, Thomas pensava: *Ho male alla testa e nausea nello stomaco... Ma vale la pena soffrire tanto per essere re?* Vi porrete forse anche voi lo stesso interrogativo... ma prima che Thomas avesse il tempo di formulare una risposta, sprofondò in un sonno pesante.

Dormì per quasi un'ora... poi si alzò e s'incamminò. Uscì dalla sua stanza e scese per il corridoio, spettrale nella sua lunga camicia bianca. Quella notte lo vide una cameriera che passava in ritardo con il suo carico di lenzuola e tanto le sembrò di riconoscere le sembianze del vecchio re Roland, che lasciò cadere le lenzuola e si diede alla fuga strillando di paura.

La mente addormentata di Thomas udì le sue grida e pensò che fossero quelle di suo padre.

Proseguì e imboccò quel corridoio poco frequentato. Si fermò al punto giusto e spinse la pietra segreta. Entrò nel passaggio, richiuse la porta alle sue spalle e andò fino in fondo. Aprì gli sportelli dietro agli occhi di vetro di Niner e sebbene ancora stesse dormendo avvicinò la faccia ai fori, come se stesse spiando nel soggiorno del padre defunto. E qui lasceremo lo sventurato ragazzo per un po', nell'odore di vino che emanava e in compagnia delle lacrime di rimpianto che dagli occhi dormienti gli scendevano per le guance.

Era talvolta un ragazzo crudele, spesso un ragazzo triste, quel re posticcio, ed era quasi sempre stato un ragazzo debole... ma ancora una volta devo ripetere che non credo che fosse mai veramente un ragazzo *cattivo.* Se voi lo odiate per ciò che ha fatto e per ciò che *permise* che fosse fatto, avete la mia comprensione; ma se non provate per lui neanche un briciolo di compassione, ne sarei sorpreso.

III

Alle undici e un quarto di quella notte cruciale, la tormenta soffiò il suo ultimo rantolo. Sul castello si abbatté una possente folata di vento gelido a più di cento miglia all'ora, che sbaragliò le ultime propaggini di nuvole nel cielo come il gesto di una gigantesca mano. Fece allora capolino una luna fredda e annacquata.

Nel Terzo Vicolo Levantino c'era una tozza torre di pietra chiamata la Chiesa dei Sommi Dei. Era lì da tempi immemorabili. Erano molti coloro che vi andavano a pregare, ma in quel momento era deserta. Meglio così, del resto. La torre non era molto alta, e neanche lontanamente paragonabile all'Obelisco, ciononostante s'innalzava al di sopra degli attigui fabbricati del Terzo Vicolo Levantino e per tutto il giorno era stata castigata dalla forza indomita del vento. Quell'ultima folata fu insostenibile e i dieci metri superiori, tutti di pietra, cedettero di schianto, volando come potrebbe volar via un cappello dalla testa di uno spaventapasseri in uno stravento. Alcuni blocchi precipitarono nel vicolo, altri piombarono sulle case vicine. Ci fu un fragore assordante.

La gran parte della popolazione della cittadella, affaticata dalla tensione di una giornata di tormenta e perciò profondamente addormentata, non fece caso al crollo della Chiesa dei Sommi Dei (sebbene in molti si sarebbero soffermati con grande meraviglia a contemplare le macerie coperte di neve l'indomani mattina). I più borbottarono qualcosa, si girarono dall'altra parte e continuarono a dormire.

Naturalmente udirono lo schianto anche alcuni soldati della ronda, intendendo quelli non troppo inebriati dall'alcol, che corsero a vedere che cosa era successo. A parte questi pochi, il crollo della torre fu quasi del tutto ignorato nel momento in cui si verificò... salvo che da alcune altre persone, che ormai conoscete.

Ben, Dennis e Naomi, che si stavano preparando per la loro spedizione di soccorso al legittimo re, udirono il fragore nel magazzino dei tovaglioli e si scambiarono uno sguardo preoccupato. «Pazienza», disse dopo un momento Ben. «Non so che cosa sia stato, ma non importa. Noi non possiamo farci niente.»

Beson e i Guardiani Inferiori, tutti ubriachi, non udirono il rombo della Chiesa dei Sommi Dei, ma Peter sì. Era seduto sul pavimento in camera da letto a esaminare attentamente la corda intrecciata facendosela passare tra le dita, all'ansiosa ricerca di punti deboli. Sollevò la testa a quel tuono attutito dalla neve e corse alla finestra. Non vide niente, perché il crollo era avvenuto sull'altro versante dell'Obelisco. Dopo qualche attimo di riflessione tornò alla sua corda. La mezzanotte era vicina ormai ed era giunto anche lui alla stessa conclusione dell'amico Ben: poco importava, il dado era tratto e bisognava andare avanti.

In fondo al passaggio segreto Thomas udì un suono distante di frana e si svegliò. Udì l'abbaiare smorzato dei cani sotto il pavimento e scoprì con orrore dove si trovava.

Qualcun altro si svegliò al crollo della torre, qualcuno che dormiva di un sonno leggero e turbato da sogni agitati. Si svegliò nonostante fosse nel profondo delle viscere del castello.

«Disastro!» strillò una delle due teste del pappagallo.

«Fuoco, alluvione e fuga!» strillò l'altra.

Si era svegliato Flagg. Ho detto che il male talvolta è stranamente cieco e vi assicuro che è vero. Altre volte il male si placa senza motivo e allora dorme.

Ma adesso Flagg si era svegliato.

112

Flagg era tornato dalla sua spedizione nel nord con qualche linea di febbre, un brutto raffreddore e la mente turbata.

Qualcosa non va, qualcosa non va. Sembrava che glielo bisbigliassero le pietre stesse del castello... ma Flagg non riusciva proprio a intuire che cosa fosse. Sapeva con certezza soltanto che quel «qualcosa che non andava» aveva denti aguzzi. Era come un furetto che gli scorrazzasse per il cervello, mordicchiando qua e là. Sapeva esattamente quando quell'animaletto aveva cominciato la sua scorribanda: mentre tornava dalla sua infruttuosa spedizione alla ricerca dei ribelli. Perché... perché...

Perché i ribelli avrebbero dovuto trovarsi là!

Non c'erano e Flagg non sopportava di essere giocato. Peggio ancora non sopportava la possibilità di aver commesso un errore. Se si era sbagliato sul luogo in cui si erano accampati i ribelli, allora forse si era sbagliato anche in altre circostanze. Quali? Non lo sapeva. Ma i suoi sogni erano agitati. L'animaletto scontroso scalpitava nella sua testa, tenendolo sulle spine, insinuando che aveva dimenticato qualcosa, che altro si andava tramando alle sue spalle. Correva, morsicava, gli guastava il sonno. Flagg aveva farmaci con cui sbarazzarsi del suo raffreddore, ma niente che potesse infastidire il furetto che gli cresceva nel cervello.

Che cosa mai poteva essere?

Si rivolgeva in continuazione questo interrogativo e, almeno in superficie, gli sembrava proprio che non ci fosse *niente.* Per molti secoli il cupo e antico caos dentro di lui aveva detestato l'amore e la luce e l'ordine di Delain e si era adoperato in ogni modo per distruggere la pacifica esistenza di quel regno, per schiantarsi come quell'ultima gelida folata di tormenta aveva schiantato la Chiesa dei Sommi Dei. C'era sempre stato però qualcosa che aveva interferito con i suoi piani. Una Kyla la Buona, una Sasha, ma sempre qualcuno, sempre qualcosa. Questa volta però non vedeva possibili interferenze, dovunque volgesse lo sguardo. Thomas era creatura tutta sua; se gli avesse detto di fare un passo nel vuoto dal più alto parapetto del castello, lo sciocco avrebbe al massimo voluto sapere a che ora avrebbe dovuto eseguire il suo ordine. I contadini gemevano sotto il peso delle micidiali tasse che Thomas aveva loro imposto dietro suo consiglio.

Yosef aveva spiegato a Peter che esisteva un punto di resistenza massima alla rottura anche nelle persone e non solo in corde e catene e aveva detto il vero e gli agricoltori e i mercanti di Delain avevano quasi raggiunto il loro. La fune con la quale i pesanti blocchi delle gabelle sono legati a una cittadinanza è la pura e semplice lealtà, lealtà verso il re, verso il proprio paese, verso un governo. Flagg sapeva che se le tasse fossero diventate abbastanza pesanti, tutte le funi si sarebbero spezzate e quegli stupidi buoi (perché così in effetti vedeva la popolazione di Delain) si sarebbero lanciati in una cieca carica travolgendo tutto quanto avessero incontrato sul loro passaggio. Già i primi erano fuggiti per raccogliersi nel nord. Ora si facevano chiamare esuli, ma Flagg sapeva che ben presto si sarebbero fatti chiamare ribelli. Peyna era stato allontanato e Peter era chiuso nell'Obelisco.

Dunque che cosa c'era che non andava?

Niente! *Niente*, dannazione!

Eppure il furetto correva e si dibatteva e morsicava. Molte volte in quelle ultime tre o quattro settimane si era destato madido di sudor freddo, non per via di una ricaduta di febbre, ma per colpa di qualche orribile sogno. E di che cosa trattava quel sogno? Non riusciva a ricordarlo. Sapeva solo che si svegliava da quel sogno con la mano sinistra premuta sull'occhio sinistro, come se lì gli fosse stata inferta una ferita... e che quell'occhio bruciava, ma per qualche ragione che rimaneva misteriosa.

113

Quella notte Flagg si svegliò con il suo sogno ben fresco nella mente, perché si era svegliato prima di averlo sognato fino in fondo. Era stato naturalmente il crollo della Chiesa dei Sommi Dei a interrompere il suo sonno.

«Hu!» esclamò Flagg drizzandosi a sedere di scatto nella sua poltrona. Aveva gli occhi sbarrati e le guance bianche umide e lucide di sudore.

«Disastro!» strillò una delle teste del pappagallo.

«Fuoco, alluvione e fuga!» strillò l'altra.

Fuga, pensò Flagg. *Sì, questo è il pensiero che ho covato per tanto tempo, il pensiero che mi rode la mente.*

Si guardò le mani e vide che tremavano. Questo lo infuriò e lo fece balzare dalla poltrona.

«Vuole scappare», mormorò passandosi le mani nei capelli. «In ogni caso vuole *provarci.* Ma come? *Come?* Qual è il suo piano? Chi l'ha aiutato? Pagheranno con la testa, lo giuro... e non gliela farò saltar via con un fendente solo, ah no! Centimetro per centimetro, gliela farò staccare... millimetro per millimetro. Impazziranno di dolore prima di morire...»

«Impazziranno!» gracchiò una delle teste del pappagallo.

«Dolore!» gracchiò l'altra.

«Chiudete il becco e fatemi pensare!» tuonò Flagg. Da un tavolo lì vicino afferrò un vaso pieno di un fluido scuro e opaco e lo scagliò contro la gabbia del pappagallo. Il recipiente s'infranse e ci fu un lampo di luce brillante e senza calore. Le due teste del pappagallo starnazzarono di terrore, poi il volatile cadde dal trespolo e rimase stordito sul fondo della gabbia fino al mattino.

Flagg si mise a passeggiare velocemente avanti e indietro. Gli si vedevano i denti. Le sue mani lavoravano senza riposo, in un continuo intrecciarsi e disintrecciarsi delle dita. Le sue scarpe sollevavano scintille verdastre dal selciato chiazzato di nitriti del suo laboratorio; erano scintille con l'odore di un temporale estivo.

Come? Quando? Con chi?

Non ricordava. Il suo sogno andava già svanendo. Ma...

«Devo saperlo!» sibilò. *«Devo assolutamente saperlo!»*

Perché sarebbe stato presto, se lo sentì. Sarebbe stato molto, molto presto.

Trovò il suo anello di chiavi e aprì l'ultimo cassetto dello scrittoio. Ne tolse una scatola di prezioso legno intagliato, l'aprì e ne estrasse una sacchetta di pelle. Sciolse il laccio della sacchetta e da essa sfilò un pezzo di roccia che sembrava brillare di luce propria. Era una pietra lattiginosa, come l'occhio cieco di un vecchio, e sembrava un pezzo di steatite, ma era in realtà un cristallo. Il cristallo magico di Flagg.

Girò per la stanza a spegnere le lanterne e a soffocare la fiamma delle candele. Subito il suo appartamento fu immerso nell'oscurità più assoluta. Nonostante il buio, Flagg tornò a passo sicuro al suo scrittoio, evitando agilmente oggetti contro i quali voi o io ci saremmo sbucciati gli stinchi o nei quali saremmo inciampati. Il buio non ostacolava per niente il mago del re, al quale piaceva l'oscurità in cui vedeva perfettamente come un gatto.

Si sedette e toccò la pietra. Fece scivolare i palmi sui contorni aguzzi e frastagliati del suo cristallo.

«Fammi vedere», ordinò sottovoce. «Così ti comando.»

Dapprincipio, niente. Poi, a poco a poco, il cristallo cominciò ad accendersi dall'interno. Dapprima fu un lume davvero minuto, diffuso e pallido. Flagg toccò di nuovo il cristallo, questa volta con i polpastrelli. Si era scaldato. «Mostrami Peter. Così ti comando. Mostrami il verme che osa intralciarmi e fammi vedere che cos'ha in mente.»

La luce diventò più intensa... più intensa... più intensa. Con gli occhi scintillanti e le crudeli labbra sottili dischiuse a mostrare i denti, Flagg si chinò sul suo cristallo. Adesso Peter, Ben, Dennis e Naomi avrebbero riconosciuto il loro sogno e avrebbero riconosciuto il bagliore che illuminava il volto del mago, quel bagliore che non era di candela.

L'opacità lattiginosa del cristallo svanì all'improvviso, risucchiata nel riverbero splendente. Ora Flagg vedeva nel cuore del cristallo e i suoi occhi si dilatarono... quindi si strinsero in un'espressione di sgomento.

Vide Sasha, agli ultimi mesi di una gravidanza, seduta vicino al letto di un bambino. Il bambino teneva fra le mani una lavagnetta. Su di essa c'erano scritte due parole: GOD *e* DOG.

Spazientito, Flagg schiacciò le mani sul cristallo dal quale scaturivano ora onde di calore.

«Mostrami ciò che ho bisogno di sapere! Così ti comando!»

Il cristallo ridiventò trasparente.

Vide Peter, che giocava con la casa di bambola della madre amata, fingendo che la casa e la famiglia che vi abitava fossero state attaccate dagli indiani... o dai draghi... o da qualche altra stupidaggine. Nell'angolo c'era il vecchio re che guardava suo figlio, desideroso di giocare con lui...

«Bah!» sbottò Flagg, agitando nuovamente le mani sul cristallo. «Perché mi fai vedere queste vecchie storie insulse? Io ho bisogno di sapere che piano ha escogitato per scappare... e quando! Ora mostrami! *Così ti comando!*»

Il cristallo cominciava a scottare. Se non gli avesse permesso di tornare nel suo stato di quiete al più presto, si sarebbe spaccato irrimediabilmente e Flagg sapeva quant'era difficile procurarsi cristalli magici, se lui stesso aveva impiegato trent'anni di ricerche per trovare quello. Ma a costo di vederlo andare in un miliardo di schegge, non avrebbe desistito.

«Così ti comando!» ripeté e per la terza volta il velo lattiginoso fu risucchiato all'interno. Flagg avvicinò la testa al cristallo fin dove il calore gli fece lacrimare gli occhi. Allora li socchiuse... e subito dopo, a dispetto del bruciore, li spalancò all'improvviso in un'espressione di sbigottimento e furore.

Era Peter. Peter si calava lentamente lungo la parete esterna dell'Obelisco. Doveva essere per forza il frutto di una perfida magia, perché nonostante i movimenti che compiva con le mani, non c'era corda alcuna...

Oppure sì?

Flagg si agitò la mano davanti al viso, per dissipare per qualche istante il calore cocente. Una corda? Non esattamente. Ma qualcosa c'era, qualcosa di infinitesimale come il filo di una ragnatela... eppure reggeva il peso del suo corpo.

«Peter», fiatò Flagg e al suono della sua voce la figurina si girò a guardare.

Flagg soffiò sul cristallo e la sua luce tremula e intensa si spense. Seduto nel buio vide ancora per qualche tempo davanti agli occhi il bagliore residuo.

Peter. Che fuggiva. Quando? Nel cristallo era notte e Flagg aveva notato i fiocchi di neve che turbinavano nell'aria, spinti dal vento, intorno alla minuscola figura che si calava lungo la parete ricurva. Doveva accadere quella notte stessa? L'indomani? In un giorno imprecisato della settimana entrante? Oppure...

Flagg posò di scatto le mani sullo scrittoio e si alzò bruscamente. I suoi occhi si riempirono di fuoco mentre si guardava intorno nel buio maleodorante del suo alloggio sotterraneo.

...o è già accaduto?

«Basta così», sibilò. «Per tutti gli dei che furono e che saranno, adesso *basta.*»

Attraversò la stanza oscurata e staccò dalla parete un'arma di grandi dimensioni. Era un oggetto rudimentale, che tuttavia maneggiava con disinvoltura e familiarità. Vi sorprende? Ma no! Sapeste quante volte l'aveva usata in passato quando era vissuto lì come Bill Hinch, il più temuto boia in tutta la storia di Delain. Quella lama terribile aveva tranciato centinaia di colli. In cima alla bipenne, fabbricata con acciaio anduano passato due volte nella forgia, c'era una modifica per-

sonale di Flagg, una palla di ferro irta di spini, ciascuno dei quali era stato intinto nel veleno.

«BASTA!» gridò nuovamente Flagg in un impeto di furore e frustrazione e paura. A quell'urlo feroce, il pappagallo a due teste gemette nel pozzo della sua incoscienza.

Flagg prese la mantella dal gancio vicino alla porta, se l'appoggiò alle spalle e chiuse il fermaglio all'altezza della gola, un bacaro bacozzo in argento martellato.

Sì, basta, questa volta i suoi piani non sarebbero stati mandati all'aria da nessuno, meno che mai da quell'odioso ragazzotto. Roland era morto, Peyna era stato mandato in pensione e i nobili cacciati in esilio. Non restava nessuno che potesse inscenare proteste per un principe ucciso... specialmente un principe che aveva assassinato il proprio padre.

Se ancora non sei fuggito, mio bravo principe, non fuggirai mai, e qualcosa mi dice che sei ancora in mio potere, ma sta' pur tranquillo che questa notte qualcosa di te se ne andrà, te lo prometto, e parlo di quella parte di te che intendo portar via tenendola per i capelli.

Percorrendo il corridoio che portava alla Porta delle Segrete, Flagg cominciò a ridere. Fu un'eco che avrebbe dato gli incubi a una statua di pietra.

114

L'intuizione di Flagg era giusta. Peter aveva finito di esaminare la sua cordicella di fibre di lino intrecciate, ma era ancora nella sua cella in cima alla torre in attesa di udire il Banditore che annunciava la mezzanotte, quando il mago uscì dalla Porta delle Segrete e cominciò ad attraversare la Piazza dell'Obelisco. La Chiesa dei Sommi Dei era crollata alle undici e un quarto e mancava un quarto alle dodici quando il cristallo aveva mostrato a Flagg ciò che voleva sapere (e forse converrete con me che aveva tentato di rivelargli la verità anche in due altre maniere) e quando Flagg cominciò ad attraversare la Piazza, mancavano ancora dieci minuti a mezzanotte.

La Porta delle Segrete si trovava sul versante nordest dell'Obelisco. Sul lato sudovest c'era un ingresso secondario noto come la Porta degli Ambulanti. Si sarebbe potuta tracciare una diagonale precisa dalla Porta delle Segrete alla Porta degli Ambulanti. Al centro esatto di quella linea retta c'era ovviamente l'Obelisco.

Praticamente nel preciso istante in cui Flagg usciva dalla Porta delle Segrete, Ben, Naomi, Dennis e Frisky uscivano dalla Porta degli Ambulanti. Andavano incontro l'uno agli altri senza che alcuno ne fosse consapevole. Fra loro c'era l'Obelisco, ma il vento era caduto e il drappello di Ben avrebbe dovuto udire i rintocchi dei chiodi sotto le suole di Flagg contro l'acciottolato; Flagg avrebbe dovuto udire il debole cigolio di una ruota non lubrificata. Il guaio è che tutti, Frisky inclusa (tornata al suo vecchio lavoro di traino), erano immersi nei propri pensieri.

Ben e i suoi arrivarono all'Obelisco per primi.

«Ora...» cominciò Ben e in quel momento, dall'*altra* parte, a meno di quaranta passi lungo il perimetro esterno dal punto in cui si era fermato lui, Flagg cominciò a tempestare la Porta dei Guardiani sprangata dai suoi tre chiavistelli.

«Aprite!» gridò Flagg. *«Aprite in nome del re!»*

«Ma che cosa...?» cominciò Dennis, ma Naomi gli schiacciò una mano d'acciaio sulla bocca e guardò Ben con occhi colmi di spavento.

115

La voce salì a spirale per la scala a chiocciola fino alla cella di Peter, portata dall'aria fredda lasciata dalla tormenta. Gli giungeva attenuata, quella voce, ma perfettamente chiara.

«Aprite in nome del re!»

Aprite in nome dell'inferno, vorrai dire, pensò Peter.

Il bravo e coraggioso ragazzo era diventato un bravo e coraggioso uomo, ma quando udì quella voce roca e ricordò il viso magro e pallido e gli occhi arrossati, sempre nell'ombra di quel cappuccio, le sue ossa si trasformarono in ghiaccio e il suo stomaco in fuoco. La bocca gli si inaridì come segatura. La lingua gli si incollò al palato. I capelli gli si drizzarono. Se qualcuno vi ha mai detto che esser bravi ed esser coraggiosi significa non aver mai paura, ciò che vi ha detto quel qualcuno non è vero. In quel momento Peter provò la più sconfinata paura di tutta la sua vita.

È Flagg ed è venuto per me.

Si alzò e per un attimo credette che le gambe non lo avrebbero sostenuto e che si sarebbe accasciato inerte al suolo. Era un funesto destino quello che là sotto batteva alla Porta dei Guardiani.

«Aprite! In piedi, pidocchiosi bastardi ubriaconi! Beson, figlio di un beone!»

Non essere precipitoso, comandò Peter a se stesso. *Se ti lasci prendere dalla fretta commetterai un errore e lo agevolerai. Nessuno è ancora andato ad aprirgli. Beson è ubriaco. Già brillo all'ora di cena e probabilmente paralizzato all'ora di coricarsi. Flagg non ha la chiave, altrimenti non sprecherebbe tempo a bussare. Dunque... un passo alla volta. Esattamente come avevi progettato. Lui deve entrare e poi deve salire quelle scale, tutti i suoi trecento gradini. Puoi ancora giocarlo.*

Andò in camera da letto e sfilò dal rozzo telaio le rudimentali coppiglie di ferro che lo tenevano insieme. Il letto si disfece. Peter tornò in soggiorno con una delle sbarre laterali. L'aveva già misurata con cura e sapeva che era più lunga della larghezza della finestra e sebbene fosse arrugginita in superficie riteneva che nel cuore sarebbe stata ancora abbastanza solida da sostenerlo. *E sarà meglio così,* pensò. *Amara ironia sarebbe se la mia corda tenesse e la mia àncora no.*

Guardò fuori per pochi istanti. Non vide nessuno, ma aveva notato tre ombre che attraversavano la Piazza dirette all'Obelisco poco prima che cominciassero i colpi forsennati di Flagg. Dunque Dennis aveva reclutato qualche amico. Possibile che uno di loro fosse Ben? Così si era augurato, ma non osava convincersene fino in fondo. E chi era il terzo? E perché il carretto? Erano domande alle quali non aveva tempo di cercare di rispondere.

«Ah, cani! Aprite questa porta! Aprite in nome del re! Apritela in nome di FLAGG*! Aprite la porta! Aprite...»*

Nella quiete della quasi mezzanotte Peter udì lo sferragliare degli enormi chiavistelli che venivano fatti scorrere all'indietro a pianterreno. Non udì invece il rumore della porta che certamente si stava aprendo. Silenzio...

...e poi un grido strozzato.

116

Lo sventurato Guardiano Inferiore che finalmente aveva risposto ai richiami furibondi di Flagg visse meno di quattro secondi dopo aver ritratto il terzo chiavistello della Porta dei Guardiani. Colse l'immagine fuggente e da incubo di una faccia bianca con occhi ardenti come tizzoni e di una mantella nera fluttuante negli ultimi aliti di brezza come le ali di un corvo. Gridò. Poi l'aria fu lacerata da un sibilo secco. Il Guardiano Inferiore, che era ancora mezzo ubriaco, alzò gli occhi nel momento in cui la scure di guerra di Flagg gli spaccava la testa in due.

«La prossima volta che qualcuno bussa in nome del re, muovetevi alla svelta e non avrete un'orribile lordura da ripulire l'indomani mattina!» tuonò Flagg. Poi, con una risata satanica, scostò con un calcio il cadavere e si tuffò per il corridoio verso le scale. Tutto andava ancora bene. Si era accorto del pericolo in tempo. Lo sapeva.

Lo sentiva.

Aprì una porta sulla destra ed entrò nel corridoio principale che partiva dall'aula di tribunale nella quale un tempo Anders Peyna dispensava giustizia. In fondo a quel corridoio cominciavano le scale. Guardò su, con il suo tetro sogghigno da squalo.

«Arrivo, Peter!» gridò felice e la sua voce echeggiò rimbalzando fra le pareti, salendo a spirale fin dove Peter si accingeva a legare la sua esile cordicella alla sbarra tolta dal letto. *«Arrivo, caro Peter, a fare ciò che avrei dovuto fare molto, molto tempo fa!»*

Quando il ghigno distese del tutto le sua labbra, il suo volto si trasformò in una maschera terribile e allora apparve nelle sembianze di un demone emerso forse da qualche puzzolente voragine nella terra. Alzò la bipenne del boia e gocce di sangue del guardiano ucciso gli caddero sulla faccia e gli scivolarono sulle guance come lacrime.

«Arrivo, caro Peter, vengo a tagliarti la testa!» urlò Flagg e cominciò a correre su per le scale.

Uno. Tre. Sei. Dieci.

117

A un certo punto le mani spasmodiche di Peter commisero un errore. Il nodo che aveva stretto senza difficoltà mille volte in passato ora gli si sciolse tra le dita e dovette ricominciare daccapo.

Non farti intimorire da lui.

Ma che consiglio idiota: era peggio che spaventato, era atterrito. Thomas sarebbe rimasto a bocca aperta se avesse saputo che Peter aveva *sempre* avuto paura di Flagg. Tutta la differenza stava nel fatto che Peter l'aveva nascosta meglio di lui.

Se ti deve uccidere, fai che sia LUI *a farlo! Non togliergli il disturbo!*

Il pensiero giungeva dal suo cervello... ma aveva il suono della voce di sua madre. Riuscì a calmare parzialmente il tremito alle mani e ricominciò a confezionare il suo nodo all'estremità della corda intorno all'àncora.

118

«P*orterò la tua testa sul corno della mia sella per i prossimi mille anni!*» urlò Flagg. E su e su, girone dopo girone. «*Oh, che splendido trofeo che sarà!*»

Venti. Trenta. Quaranta.

I tacchi delle sue calzature sprigionavano fuoco verde dalla pietra. I suoi occhi scintillavano. Il suo ghigno era veleno.

«*ARRIVO, PETER!*»

Settanta. Ancora duecentotrenta gradini.

119

Se mai vi è capitato di svegliarvi in un luogo sconosciuto nel cuore della notte, sapete che effetto fa trovarsi soli nel buio. Ora cercate di immaginarvi l'effetto che può fare svegliarsi in un passaggio segreto con gli occhi incollati a spioncini nascosti che si affacciano nella stanza dove avete visto assassinare vostro padre!

Thomas cacciò un grido. Nessuno lo udì (eccetto forse i cani sotto di lui, ma ne dubito perché erano vecchi e sordi e facevano un gran baccano del loro).

Ora, a Delain vigeva un pregiudizio a proposito del sonnambulismo, una sorta di superstizione che viene comunemente considerata verità anche nel nostro mondo. Secondo questa teoria, se un sonnambulo si sveglia prima di essere tornato al suo letto, uscirà di senno.

Può darsi che Thomas ne fosse al corrente e in tal caso potrebbe tranquillamente confutarla. Si era preso un brutto spavento e aveva cacciato un urlo, ma non giunse neanche lontanamente a perdere il lume della ragione.

Possiamo anzi dire che il suo iniziale spavento si esaurì abbastanza velocemente, più velocemente di quanto possiate immaginare, e subito dopo tornò a guardare dai fori. A qualcuno di voi potrà sembrare strano, ma dovete rammentare che, prima della terribile notte in cui Flagg si era presentato al re con il proprio bicchier di vino dopo che Peter si era congedato, Thomas aveva trascorso qualche momento gradevole in quel passaggio segreto. In quella gradevole serenità c'era stato un agro sottofondo di rimorso, ma era accompagnato al piacere di sentirsi vicino a suo padre. Ora, ritrovandosi lì, avvertì uno strano senso di nostalgia.

Vide che la stanza non era cambiata quasi per niente. Le teste impagliate erano sempre appese alle pareti. L'alce Bonsey, la lince Craker, il grande orso bianco del Nord che chiamava Snapper. E naturalmente Niner, il drago, attraverso i cui occhi stava guardando, sormontato dall'arco di Roland e dal fatidico dardo chiamato Mazzammazza.

Bonsey... Craker... Snapper... Niner.

Ricordo tutti i loro nomi, constatò con notevole meraviglia Thomas. *E ricordo te, papà. Vorrei che fossi vivo ora e che*

Peter fosse libero, anche se così nessuno forse saprebbe della mia esistenza, ma almeno di notte riuscirei a dormire.

Alcuni dei mobili erano stati coperti con panni bianchi, ma solo pochi. Il caminetto era spento e freddo, ma era stata preparata la legna per un fuoco. Con stupore crescente Thomas notò che c'era ancora persino la vecchia vestaglia di suo padre appesa al solito posto, al gancio accanto alla porta del bagno. Il caminetto era freddo, ma sarebbe bastato un fiammifero prima strofinato e poi avvicinato ai fuscelli per accendere un fuoco, scoppiettante e caloroso. E la stanza non aspettava altro di essere ravvivata dalla presenza di suo padre.

All'improvviso Thomas si accorse di palpitare di un desiderio impensato, quasi inquietante: voleva entrare in quella stanza. Voleva accendere il fuoco. Voleva indossare la vestaglia di suo padre. Voleva bere un bicchiere dell'idromele di suo padre. L'avrebbe bevuto anche se si fosse ormai inacidito. Pensò... pensò che forse lì sarebbe riuscito a dormire.

Un sorriso labile e stanco affiorò sulle labbra del ragazzo, quando decise di farlo. Non aveva nemmeno paura del fantasma di suo padre. Anzi, quasi sperava che gli apparisse. In tal caso, avrebbe avuto qualcosa da dirgli.

Gli avrebbe potuto dire che gli dispiaceva immensamente.

120

«ARRIVO, PETER!» gridò Flagg dal suo ghigno. Sapeva di sangue e di morte. Il colore dei suoi occhi era quello di un rogo funebre. La bipenne del boia fendeva l'aria e vibrava colpi alla cieca e le ultime gocce di sangue schizzarono dalla lama sul muro. *«STO ARRIVANDO! VENGO A PRENDERMI LA TUA TESTA!»*

Su e in tondo, su e in tondo, sempre più su, sempre più in

alto. Era un demone con un omicidio piantato nella mente.

Cento. Centoventicinque.

121

«Più in fretta», ansimò Ben Staad rivolto a Dennis e Naomi. La temperatura aveva ripreso a precipitare, eppure sudavano tutti e tre. Parte di quel sudore veniva dallo sforzo fisico, per la tenacia con cui stavano arrancando. Ma perlopiù era provocato dalla paura. Sentivano le urla di Flagg. Persino Frisky, nonostante il cuore impavido, non poteva fare a meno di tremare. Si era ritratta e guaiva, con il peso del corpo sulle zampe posteriori.

122

«ARRIVO, VERMICIATTOLO!»

Era più vicino, la sua voce risuonava più piatta, con meno eco.

«VENGO A FARE CIÒ CHE AVREI DOVUTO FARE MOLTO TEMPO FA!»

La duplice lama fendeva l'aria.

123

Questa volta il nodo tenne.

Che gli dei mi aiutino, pregò Peter e ancora una volta si girò nella direzione da cui proveniva la voce sempre più forte e più stridula di Flagg. *Che gli dei mi assistano ora.*

Peter sporse una gamba oltre il davanzale. Ora si trovava a cavalcioni della finestra come sulla sella di Peony, con un piede sul pavimento di pietra del suo soggiorno e l'altro penzoloni nel vuoto. In grembo teneva la sua matassa di corda e la sbarra di ferro tolta al letto. Gettò la corda fuori della finestra e la guardò cadere. S'ingarbugliò a mezza via e sprecò altro tempo scrollandola come una lenza prima che il groviglio si sciogliesse.

Poi, levando al cielo un'ultima preghiera, sollevò la sbarra e la mise di traverso nel riquadro della finestra. Dal centro di essa pendeva la sua funicella. Peter passò oltre il davanzale anche l'altra gamba, con il corpo avvitato ad altezza dei fianchi, aggrappato alla sbarra. Ora sul davanzale aveva solo le natiche. Ruotò per metà in modo che il margine esterno del davanzale gli si premesse contro il ventre invece che sotto il sedere. Lasciò pendere le gambe. La sbarra di ferro era saldamente fissata di traverso nel riquadro della finestra.

Peter staccò da essa la mano sinistra e ghermì lo spago sottile che aveva ricavato dai tovaglioli. Attese un istante, cercando di dominare la paura.

Poi chiuse gli occhi e staccò dalla sbarra anche la mano destra, affidando tutto il suo peso alla corda. Ormai era compromesso. Per la vita o la morte, il suo destino dipendeva dai tovaglioli. Cominciò a calarsi.

124

«ARRIVO...»

Duecento.

«A PRENDERMI LA TUA TESTA...»

Duecentocinquanta.

«MIO CARO PRINCIPE!»

Duecentosettantacinque.

125

Ben, Dennis e Naomi videro Peter, nient'altro che la sagoma nera di un uomo contro la parete ricurva dell'Obelisco, in alto sopra di loro, più in alto di quanto avrebbe osato librarsi l'acrobata più coraggioso.

«Più in fretta», ansimò Ben in un incitamento che suonò quasi come un gemito. «Per la nostra vita… per la *sua* vita!»

Moltiplicarono gli sforzi per svuotare il loro carretto il più velocemente possibile… ma in verità tutto quanto era in loro potere era stato praticamente fatto.

126

Nell'ultimo slancio su per le scale, il cappuccio di Flagg cadde all'indietro e i suoi fiacchi capelli scuri si alzarono sulla fronte color della cera.

Era quasi arrivato ormai, quasi arrivato…

127

Il vento era ormai sfibrato, ma molto freddo. Soffiava sulle guance e le mani nude di Peter, togliendo loro ogni sensibilità. Adagio adagio scendeva, calandosi con pazienza infinita. Sapeva che, se si fosse dato slancio eccessivo, sarebbe caduto. Davanti a lui vedeva sfilare i grandi blocchi tenuti insieme dalla malta e presto cominciò ad avere la sensazione di essere immobile e che fosse l'Obelisco a muoversi verso l'alto. Respirava in rantoli strozzati. Neve gelida e secca gli picchiettava il volto. La corda era sottile e se il torpore che già avvertiva alle mani fosse cresciuto, presto non sarebbe più riuscito a sentirla.

Di quanto era sceso?

Non osava abbassare lo sguardo per giudicare.

Sopra di lui alcuni dei fili, pur intrecciati con la perizia con cui una donna saprebbe confezionare un tappeto, avevano cominciato a lacerarsi. Peter non lo sapeva e probabilmente era meglio così. Il punto di rottura era stato quasi raggiunto.

128

«Più in fretta, re Peter!» bisbigliò Dennis. Avevano finito di svuotare il carretto e adesso potevano solo assistere impotenti. Peter era arrivato sì e no a metà della discesa.

«È così in alto», gemette Naomi. «Se cadesse...»

«Se cadesse, resterebbe ucciso», dichiarò Ben in un tono così piatto e definitivo che zittì tutti quanti.

129

Flagg giunse in cima alle scale e percorse il corridoio a perdifiato, praticamente in apnea. Gocce di sudore gli costellavano tutta la faccia. Il suo ghigno era diventato enorme, orrendo.

Posò la grande bipenne e tirò il primo dei tre chiavistelli che sprangavano la porta della duplice cella di Peter. Tirò il secondo... e si fermò. Non sarebbe stato molto furbo fare irruzione, ah no, tutt'altro che furbo! L'uccellino in gabbia stava forse tentando la fuga proprio in quel momento, ma era possibile che fosse nascosto dietro la porta, pronto a fracassargli il cranio nel momento stesso in cui fosse entrato.

Quando aprì lo spioncino al centro della porta e vide la sbarra sottratta al letto e messa per traverso nel riquadro della finestra, capì immediatamente tutto e mandò un terribile ruggito di rabbia.

«Non ti sarà così facile, mio giovane uccellino!» ululò Flagg. *«Vediamo come sai volare con la tua corda tagliata!»*

Tirò all'indietro il terzo chiavistello e si lanciò nella stanza di Peter con la bipenne levata oltre la testa. Gli bastò un'occhiata, perché sulle sue labbra riaffiorasse il ghigno satanico. Decise che in fondo non avrebbe tagliato quello spago.

130

E Peter scendeva piano piano. I muscoli delle braccia gli dolevano per l'insopportabile tensione. Gli si era inaridita la bocca, tanto che non ricordava di aver mai provato una sete così angosciante. Gli sembrava di essere appeso a quella cordicella da un tempo infinito e un'incongrua certezza gli si dipanò nel cuore: non avrebbe mai bevuto il sorso che tanto agognava. Alla resa dei conti era destino che morisse e al momento non gli sembrava nemmeno che quello fosse l'aspetto più tragico della sua sorte. Lo affliggeva di morire assetato e *quella* gli sembrava la cosa peggiore.

Ancora non osava guardare *giù*. Mentre provava l'irresistibile desiderio (in tutto e per tutto forte come quello che aveva suo fratello di entrare nella stanza di suo padre) di guardare *su*. Cedette dunque e a sessanta metri sopra di lui vide la faccia bianca di Flagg e il suo ghigno omicida.

«Salve, uccellino mio», lo salutò allegramente Flagg. «Ho qui una scure, ma non credo che a questo punto avrò bisogno di usarla. L'ho posata, visto?» E il mago gli mostrò le mani nude.

Peter sentì che le forze cercavano di scappargli via dalle

braccia e dalle mani ed era stato sufficiente l'apparire delle odiate sembianze di Flagg perché accadesse. Si concentrò su ciò che stava facendo. Non sentiva più il filo sottile fra le mani e sapeva di stringerlo ancora solo perché lo vedeva uscire dai suoi pugni, non per altro. Respirava a fatica, inspirando e sfiatando in gemiti rochi e sibilanti.

Adesso guardò giù... e vide gli ovali bianchi di tre facce rovesciate verso l'alto. Tre ovali molto, molto piccoli, perché non era a otto metri al di sopra dei ciottoli gelati e nemmeno a sedici: era ancora a *trenta* metri, all'altezza dell'ottavo piano di uno dei nostri palazzi.

Cercò di muoversi e non ci riuscì. Se si fosse mosso, sarebbe caduto. Così rimase appeso contro la parete di pietra dell'Obelisco. Neve fredda gli soffiava sulla faccia, dura come granelli di sabbia e dalla sua prigione sulla cima della torre, Flagg cominciò a ridere.

131

«Perché non si *muove*?» gridò Naomi affondando le dita inguantate nella spalla di Ben. Non staccava gli occhi dall'oscura sagoma di Peter che ruotava lentamente appesa al filo. Sospesa a mezz'aria in quel modo, somigliava orribilmente al cadavere di un impiccato. «Che cosa gli succede?»

«Non...»

Sopra di loro, la gelida risata di Flagg s'interruppe bruscamente.

«Chi va là?» chiamò dall'alto della torre. La sua voce rimbombò come un tuono, come una condanna celeste. «Rispondete, se tenete alla vostra testa! *Chi va là?*»

Frisky guaì, stringendosi contro le gambe di Naomi.

«Oh dei, ora sì che siamo fritti», gemette Dennis. «Che cosa facciamo, Ben?»

«Aspettiamo», ringhiò Ben. «E se il mago torna giù, combattiamo. Per ora aspettiamo di vedere che cosa succede.»

Ma in verità la loro attesa si era già consumata, perché nei pochi secondi che seguirono, molte cose (non tutte ma una grande parte di esse) giunsero a conclusione.

132

Flagg aveva visto come era sottile la corda di Peter e aveva visto com'era bianca e in un batter d'occhio aveva capito tutto dal principio alla fine, compresi i tovaglioli e la casa di bambola. Aveva avuto per tutto il tempo sotto il naso gli strumenti della fuga di Peter e per poco non s'era accorto di niente. Ma... aveva visto anche qualcos'altro, le sfilacciature nel punto in cui, cinque metri più giù lungo la funicella tesa, i fili intrecciati stavano cedendo.

Avrebbe potuto ruotare la sbarra di ferro sulla quale aveva appoggiato la mano e far precipitare Peter in quel modo, inseguito dalla sua àncora che magari gli avrebbe sfondato la testa quando fosse arrivata al suolo. Oppure avrebbe potuto calare la lama della sua bipenne da guerra e tranciare la fragile cordicella.

Preferì invece lasciare che il destino seguisse il suo corso ed ebbe giusto il tempo di intimare il chi va là agli sconosciuti nella Piazza, che così infatti accadde.

Il punto massimo di resistenza alla rottura fu raggiunto e superato. Il sottile spago si spezzò con un suono metallico simile a quello di una corda di liuto arrotolata troppo velocemente sul cavicchio.

«Addio, uccellino», esclamò gioiosamente Flagg, sporgendosi dalla finestra per assistere alla caduta fatale di Peter. Stava ridendo. «Addio...»

La voce gli morì tra le labbra e i suoi occhi si sgranarono

come quando aveva interpellato il suo cristallo e aveva visto la figurina scendere lungo la parete dell'Obelisco. Spalancò la bocca e lanciò un urlo di collera. Svegliò più gente quel grido terribile che il crollo della Torre.

133

Peter udì la sonora vibrazione metallica, sentì la corda cedere.

Vento gelido gli soffiò sul viso dal basso verso l'alto. Cercò di prepararsi allo schianto, sapendo che sarebbe arrivato in meno di un secondo. Ma una prova ben più terribile l'attendeva se non sarebbe morto all'istante.

E fu quello il momento in cui Peter piombò sul gran cumulo di tovaglioli reali che Frisky aveva trainato dal castello fin sotto l'Obelisco su un carretto rubato: i tovaglioli reali che Ben, Dennis e Naomi avevano così febbrilmente ammassato sul pavé della Piazza. Non si seppe mai con precisione quale fosse l'altezza di quel cumulo che somigliava a un covone di fieno candeggiato, perché Ben, Dennis e Naomi non trovarono mai un accordo sulle rispettive opinioni. Forse il giudizio di Peter è il più affidabile, visto che toccò a lui di caderci esattamente al centro: calcolò che quel disordinato, splendido e benedetto mucchio di tovaglioli dovesse essere alto almeno sei metri e per quel che ne sappiamo noi può ben darsi che avesse ragione.

134

Come ho detto, precipitò proprio nel centro del cumulo aprendovi un cratere, quindi ruzzolò giù e rimase lungo e disteso per terra, immobile. Udendo l'urlo di furore di Flagg, Ben pensò: *Non hai dovuto nemmeno sporcarti le mani, così la passerai franca, mago. È morto comunque, nonostante tutti i nostri sforzi.*

Poi Peter si alzò a sedere. Era stordito, ma più vivo che mai. Alla faccia di Flagg, alla faccia del fatto che probabilmente già in quel momento stavano accorrendo reparti di soldati della ronda, Ben Staad gridò di gioia e fu un suono di puro trionfo. Abbracciò Naomi e la baciò.

«Urrah!» esclamò Dennis con uno stralunato sorriso. *«Urrah per il re!»*

Poi Flagg urlò di nuovo in cima all'Obelisco e fu il verso raccapricciante di un demone che ha visto sfuggirsi dagli artigli la preda. Le danze, i baci e gli urrah cessarono d'incanto.

«Pagherete con la testa!» sbraitò Flagg. Era pazzo di collera. *«Pagherete con la testa, tutti quanti dal primo all'ultimo! Guardie della ronda, all'Obelisco! All'Obelisco! Il regicida è scappato! All'Obelisco! Uccidete il principe assassino! Uccidete la sua banda! Uccideteli tutti!»*

E nelle case che circondavano la Piazza dell'Obelisco su tutti e quattro i lati cominciarono a illuminarsi le finestre... e da due dei lati giunse lo scalpiccio di piedi in corsa e il tintinnio di spade sguainate.

«Uccidete il principe!» strillò Flagg dalla finestra dell'Obelisco in un barrito demoniaco. *«Uccidete la sua banda! UCCIDETELI TUTTI!»*

Peter cercò di rialzarsi, vacillò, perse l'equilibrio e cadde di nuovo. Una voce nella sua mente lo incitava a rimettersi in piedi al più presto, a scappare per salvarsi la vita... ma un'altra voce sosteneva che era già morto o comunque gravemente ferito e che tutto il resto era solo un sogno del suo cervello in agonia. Gli era sembrato di essere finito in un mucchio di quegli stessi tovaglioli che tanta parte della sua mente avevano occupato per ben cinque anni... e come poteva non essere un sogno?

Solo quando la mano di Ben gli afferrò con forza un braccio si convinse che era tutto vero, che tutto stava accadendo nella realtà.

«Peter, stai bene? Non ti sei fatto niente?»

«Neanche un graffio», rispose Peter. «Ma dobbiamo andarcene da qui.»

«Mio re!» esclamò Dennis buttandosi in ginocchio ai piedi di un Peter ancora scombussolato. Gli era rimasto stampato sulle labbra quello stolido sorriso imbambolato. *«Accogliete il mio giuramento di fedeltà per sempre! Giuro che...»*

«Giurerai più tardi!» lo interruppe Peter, ridendo suo malgrado. Come Ben aveva aiutato lui a rialzarsi, così ora Peter sollevò Dennis da terra. «Andiamocene da qui.»

«Da quale porta?» chiese Ben. Sapeva bene quanto Peter che Flagg stava scendendo precipitosamente dalla cima dell'Obelisco. «Sembra che stiano sopraggiungendo da tutte le parti.»

In cuor suo Ben pensava che qualunque direzione sarebbe andata bene per l'inevitabile battaglia che si sarebbe conclusa con il loro massacro. Comunque Peter, stordito o no, sapeva perfettamente da che parte voleva andare.

«La Porta Occidentale», rispose, «e alla svelta! *Di corsa!*»

Si lanciarono tutti e quattro insieme con Frisky alle calcagna.

135

A cinquanta metri dalla Porta Occidentale, il drappello di Peter s'imbatté in una squadra di sette soldati confusi e mezzo addormentati. Molte delle guardie avevano cercato riparo dalla bufera in una delle calde Cucine Inferiori del castello, dove avevano tracannato idromele prefigurando con piacere il giorno in cui avrebbero avuto qualcosa da raccontare ai nipotini. La verità è che ancora non sapevano neanche la metà di ciò che avrebbero avuto da raccontare a quei futuri nipoti. Il «comandante» della squadra era un giovane di appena vent'anni, con il semplice grado di astore, corrispondente suppongo a un nostro caporale. Lui in ogni caso non aveva bevuto niente e i suoi riflessi erano sufficientemente pronti. Era risoluto a fare il suo dovere.

«Fermi in nome del re!» intimò quando i due gruppi si trovarono a faccia a faccia. Aveva cercato di mettere energia nel suo comando, ma se un narratore deve sforzarsi di rispettare il più possibile la verità dei fatti, devo allora precisare che la voce dell'astore fu più pigolio che tuono.

Peter naturalmente era disarmato, ma Ben e Naomi avevano le loro spade e Dennis il suo pugnale arrugginito. Immediatamente si schierarono tutti e tre davanti a Peter. Mentre Ben e Naomi abbassavano la mano all'elsa, Dennis aveva già estratto la sua lama.

«Fermi!» ordinò Peter; la sua voce vibrò come tuono. «Riponete le armi!»

Sorpreso, per non dire esterrefatto, Ben gli lanciò un'occhiata.

Peter venne avanti. Nei suoi occhi si rispecchiava la luce della luna e i peli della sua folta barba vibravano nel gelido venticello. Indossava i rozzi indumenti di un prigioniero, ma la sua espressione era autoritaria e regale.

«Fermi in nome del re, tu dici», esordì Peter avanzando con calma al cospetto dell'astore intimorito. Si fermò quando ormai quasi lo toccava, distante da lui giusto una spanna. Il graduato indietreggiò di un passo, sebbene brandisse la spada, mentre Peter era a mani nude. «E tuttavia io ti dico, astore: *Io sono il re.*»

Il soldato si passò la lingua sulle labbra. Si girò a guardare i suoi uomini.

«Ma...» cominciò. «Voi...»

«Come ti chiami?» domandò in tono pacato Peter.

L'astore boccheggiò. Avrebbe potuto trapassare Peter da parte a parte con la sua lama in un batter di ciglia, invece se ne restò lì a boccheggiare inerte, come un pesce tirato fuori dall'acqua.

«Il tuo nome, astore.»

«Mio signore... cioè... prigioniero... tu... voi...» Il giovane graduato s'impaperò ancora un paio di volte quindi rispose con un filo di voce: «Il mio nome è Galen».

«E sai chi sono io?»

«Sì», ringhiò uno dei suoi soldati. «Sappiamo chi sei, *assassino.*»

«Io non ho assassinato mio padre», dichiarò senza scomporsi Peter. «Il colpevole è il mago del re. Ci sta inseguendo e io vi consiglio, molto caldamente ve lo consiglio, di guardarvi da lui. Presto non tormenterà più Delain. Questo ve lo giuro sul nome di mio padre. Ma per ora dovete lasciarmi passare.»

Ci fu un lungo momento di silenzio. Galen alzò di nuovo la sua spada come se intendesse affondarla nel torace di Peter. Peter non si mosse. Doveva una morte agli dei, per un debito che aveva contratto fin dal giorno in cui era uscito urlante e nudo dal ventre di sua madre. Era un debito che contraggono tutti gli uomini e le donne del creato. Se era giunto il suo momento di saldarlo, così fosse... ma lui era il re legittimo, né un ribelle né un usurpatore, e non sarebbe fuggito, non avrebbe schivato il suo destino, non avrebbe permesso ai suoi amici di far del male a quel ragazzo.

La lama tremò, poi Galen l'abbassò finché la punta della spada toccò i ciottoli gelidi della Piazza.

«Lasciateli passare», mormorò. «Forse ha ucciso e forse no, ma io so solo che nelle sue vene corre sangue reale e io non lo spillerò a rischio di morire annegato in un torrente di principi e re.»

«Hai avuto una madre saggia, astore», commentò cupamente Ben Staad.

«Sì, lasciamoli passare», fece eco inaspettatamente una seconda voce. «Per gli dei, non mi sento di cimentare la mia spada con costui. A guardarlo c'è da temere che mi s'infuocherebbe nella mano quando penetrasse il suo corpo.»

«Sarete ricordati», promise Peter. Si voltò verso gli amici. «Ora seguitemi», li esortò, «e fate in fretta. So di che cosa ho bisogno e so dove trovarlo.»

In quel momento Flagg uscì di corsa dall'Obelisco e la notte fu scossa da un così agghiacciante urlo di furore che i giovani soldati retrocessero atterriti. Pochi attimi dopo si davano alla fuga disperdendosi verso tutti e quattro i punti cardinali.

«Avanti», incalzò Peter. «Seguitemi! Alla Porta Occidentale!»

136

Flagg correva come mai aveva corso in vita sua. Ora presagiva l'imminente rovina di tutti i suoi piani in quello che era praticamente l'ultimo istante. Non doveva succedere! E sapeva bene quanto Peter dove si sarebbe dovuto recitare l'ultimo atto di questa vicenda.

Oltrepassò i soldati atterriti senza nemmeno guardarli. Sospirarono di sollievo pensando che non li avesse visti... ma non era così. Flagg li aveva visti e di ciascuno di loro aveva preso mentalmente nota: morto Peter, le loro teste avrebbero decorato i merli del castello per un anno e un giorno. Quanto al moccioso che comandava la pattuglia, sarebbe dapprima morto di mille morti atroci nelle prigioni sotterranee.

Passò sotto l'arco della Porta Occidentale e imboccò la Galleria Maestra entrando nel castello. Tutti coloro che si erano affacciati in camicia da notte incuriositi da tanta animazione s'affrettarono a ritrarsi spaventati all'apparire dell'espressione crudele del suo pallido volto, facendo le corna con l'indice e il mignolo per scongiurare il male... perché adesso Flagg sembrava ciò che Flagg in realtà era: un demonio. Superò con un volteggio il parapetto della prima rampa di scale che trovò sulla sua via, ricadde sui piedi (il ferro delle sue suole balenò di fuoco verde come occhi di lince) e continuò la sua corsa.

Verso gli appartamenti reali di Roland.

137

«Il medaglione», ansimò Peter mentre correva al fianco di Dennis. «Hai ancora il medaglione che ti ho lanciato?»

La mano di Dennis annaspò all'altezza della gola e trovò il cuoricino d'oro ancora macchiato sulla punta del sangue di Peter. Annuì.

«Dammelo.»

Dennis glielo passò mentre correvano. Peter non s'infilò la catenella intorno al collo, bensì se l'avvolse intorno al pugno lasciando che il cuoricino danzasse e roteasse nella corsa, spargendo riflessi dorati nella luce delle torce appese alle pareti.

«Ci siamo quasi, amici», ansimò Peter.

Svoltarono un angolo. Là davanti, a pochi passi, c'era la porta da cui si accedeva alle stanze di suo padre. Là aveva visto Roland per l'ultima volta. Era stato un re, responsabile della vita e del benessere di migliaia; era stato anche un vecchio, grato di ricevere in dono il gesto affettuoso di un bicchier di vino e di poter conversare per qualche minuto con suo figlio. Là sarebbe finita.

Si ricordò che un tempo suo padre aveva ucciso un drago

con un dardo che si chiamava Mazzammazza.

Ora, pensò Peter con il sangue che gli pulsava nelle tempie e il cuore che gli correva infuocato nel petto, *io devo cercare di uccidere un altro drago, di una razza mille volte peggiore, con quella stessa freccia.*

138

Thomas accese il fuoco, indossò la vestaglia del padre morto e trascinò la poltrona di Roland più vicina al caminetto. Si sentiva pronto a una sana e profonda dormita e ne era più che contento. Ma quando era già seduto con la testa ciondoloni, osservando intorno sé i trofei appesi alle pareti con i loro occhi di vetro che scintillavano un po' sinistri nella luce del fuoco, giunse alla conclusione che c'erano ancora due cose che desiderava, oggetti quasi sacri e che certamente mai avrebbe osato toccare se suo padre fosse stato ancora vivo. Ma Roland non c'era più, così Thomas prese un'altra poltrona e montò su di essa e dal muro staccò l'arco di suo padre e Mazzammazza, il famoso dardo del re, da sopra la testa imbalsamata di Niner. Per qualche istante guardò direttamente in uno degli occhi grigio-ambra del drago. Molto aveva visto attraverso quegli occhi, ma ora che ci guardava dentro scorgeva solo il proprio pallido volto, come la faccia di un prigioniero che fa capolino da una cella.

Sebbene nella stanza regnasse un freddo intenso (il fuoco avrebbe portato un po' di calore, almeno nei pressi del caminetto, ma ci sarebbe voluto ancora del tempo), trovò la freccia stranamente tiepida. Ricordò vagamente una vecchia leggenda che aveva udito da bambino, secondo la quale l'arma usata per uccidere un drago conservava per sempre il calore della vittima. *Sembra proprio che sia vero,* pensò la mente di Thomas intorpidita dal sonno. Tuttavia il calore della freccia non gli procurava alcun disagio, bensì gli dava conforto. Thomas tornò a sedersi con l'arco mollemente tenuto nella mano e Mazzammazza con il suo strano, latente calore nell'altra, senza minimamente immaginare che proprio in quel momento suo fratello veniva alla ricerca di quella stessa arma e che Flagg, artefice della sua nascita e Sommo Custode della sua vita, era alle calcagna di Peter.

139

Thomas non si era soffermato a considerare che cosa avrebbe fatto se avesse trovato la porta di suo padre chiusa a chiave, né di questo si preoccupò Peter: in passato la porta era sempre stata aperta e, come si sarebbe scoperto, lo era ancora.

Peter non ebbe che da sollevare il saliscendi e irruppe nelle stanze di suo padre subito seguito dai compagni. Frisky abbaiava furiosamente con tutto il pelo irto sulla groppa. Vi posso assicurare che il cane comprendeva ancora meglio degli altri la gravità del momento. Stava per sopraggiungere qualcosa preceduto da un odore nero simile alle esalazioni venefiche che talvolta uccidevano i minatori del carbone del baronato orientale quando le loro gallerie sprofondavano troppo nel terreno. Frisky era pronta a scagliarsi contro il proprietario di quell'odore, se fosse stato necessario, pronta a combattere e anche a morire. Ma se avesse avuto il dono della parola, avrebbe spiegato agli umani che quell'odore nero non apparteneva a un uomo: li stava inseguendo un mostro, un innominabile, orribile It.

«Peter, ma che cosa...» cominciò Ben, ma Peter lo ignorò. Avendo ben chiaro di che cosa aveva bisogno, attraversò di slancio la stanza sulle stanche gambe tremanti, alzò lo sguardo verso Niner e allungò le braccia per afferrare l'arco e la freccia da sopra la testa del drago e in quella posizione rimase, interdetto.

Arco e freccia non c'erano più.

Dennis, ultimo a entrare, aveva richiuso la porta facendo scorrere il chiavistello. Ora sull'uscio calò un unico colpo possente e i solidi pannelli di legno massiccio, rinforzati con bande di ferro, rimbombarono rumorosamente.

Peter voltò di scatto la testa, spalancando gli occhi. Dennis e Naomi indietreggiarono spaventati. Frisky si piazzò davanti alla sua padrona mostrando le zanne. Le si vedeva un bianco degli occhi intorno alle iridi grigioverdi.

«Fatemi entrare!» ruggì Flagg. *«Aprite questa porta!»*

«Peter!» gridò Ben estraendo la spada.

«State indietro!» gli urlò di rimando Peter. *«Se tenete alla vostra vita, state indietro! Tutti quanti, state indietro!»*

Batterono in ritirata nel momento in cui sulla porta scendeva di nuovo il pugno di Flagg, ora lucente di fuoco azzurro. Cardini, chiavistello e bande di metallo saltarono contemporaneamente con il rumore assordante di una cannonata. La fiammata blu balenò nelle fessure fra le assi dell'uscio in sottili raggi accecanti. Poi il legno massiccio si sgretolò e pezzi e schegge volarono da tutte le parti. I resti lacerati della porta oscillarono ancora per un momento, quindi caddero al suolo con un rumore di battimani.

Dall'altra parte c'era Flagg con il cappuccio abbassato. La sua faccia era di cera. Le sue labbra erano striscioline di fegato tese a esibire i denti. I suoi occhi fiammeggiavano come il rogo di una fornace.

Brandiva nella mano la sua pesante bipenne di boia.

Indugiò per un momento solo, poi varcò la soglia. Guardò a sinistra e vide Dennis. Guardò a destra e vide Ben e Naomi, con Frisky che ringhiava, accovacciata ai suoi piedi. Li segnò tutti con lo sguardo, li catalogò e archiviò a futura memoria... e si disinteressò di loro. Venne dunque avanti con lo sguardo ora fisso su Peter.

«Sei caduto ma non sei morto», gli disse. «Forse penserai che il tuo Dio sia misericordioso, ma io ti dico che sono stati i miei dei a risparmiarti per me. Prega il tuo Dio ora perché ti faccia scoppiare il cuore nel petto. Gettati in ginocchio e prega che sia così, perché sappi che la *mia* morte sarà molto più atroce di quanto tu possa immaginare.»

Peter restò dov'era, fra Flagg e la poltrona di suo padre, dove sedeva Thomas ancora all'insaputa di tutti i presenti. Peter sostenne senza paura lo sguardo infernale di Flagg. Per un attimo il mago diede l'impressione di esitare davanti a quegli occhi severi, ma fu solo un attimo e subito riapparve il suo ghigno disumano.

«Tu e i tuoi amici mi avete causato un mucchio di guai, mio caro principe», sibilò Flagg. «Un *mucchio* di guai. Avrei dovuto mettere fine alla tua miserabile vita già da un pezzo. Comunque d'ora in avanti non ti avrò più fra i piedi.»

«Io ti conosco», rispose Peter. Sebbene fosse disarmato, la sua voce risuonò ferma e impavida. «Credo che ti conoscesse anche mio padre, per quanto debole fosse. Ora io assumo la mia sovranità *e ti comando, demone!*»

Peter si drizzò in tutta la sua statura e le fiamme del caminetto si rifletterono nei suoi occhi facendoli risplendere. In quel momento Peter si trasformò a tutti gli effetti nel re di Delain.

«Vattene da qui. Lasciati Delain alle spalle ora e per sempre. Sei bandito. VATTENE!»

Peter tuonò quell'ultima parola in una voce più grande della sua, la tuonò in una voce che era *molte* voci, tutte le voci dei re e delle regine che avevano regnato su Delain fin dai tempi in cui il castello altro non era che un piccolo agglomerato di capanne di fango e la popolazione si stringeva terrorizzata intorno ai fuochi nelle notti d'inverno quando ululavano i lupi e i troll gloglottavano e strepitavano nelle Grandi Foreste di Tempochefu.

Sembrò che Flagg esitasse di nuovo e questa volta fu quasi

come se sussultasse in un brivido. Poi venne avanti, adagio, molto adagio. Sollevò l'enorme scure che reggeva nella sinistra.

«Comanderai forse all'altro mondo», mormorò. «Scappando hai fatto il mio gioco. Se ci avessi pensato, e ti assicuro che con il tempo ci sarei arrivato, avrei organizzato io stesso la tua fuga! Ah, Peter, la tua testa rotolerà nel fuoco e sentirai l'odore dei tuoi capelli che bruciano prima che il tuo cervello sappia che sei morto. Morirai bruciato come bruciò tuo padre... e a me daranno una *medaglia* nella Piazza per la tua morte! Non è infatti vero che hai assassinato il tuo stesso padre per strappargli la corona?»

«Tu l'hai ucciso», rispose Peter.

Flagg rise. «Io? *Io?* La prigionia ti ha fatto perdere la ragione, ragazzo mio.» La risata di Flagg si spense. I suoi occhi scintillarono. «Ma supponiamo solo per un istante che sia stato io. Chi ci crederebbe?»

Peter, che ancora aveva la catenella del medaglione avvolta intorno alla mano destra, tese il braccio facendo pendere il cuoricino che dondolò ipnoticamente, proiettando sul muro lampi di luce rossastra. A quella vista Flagg strabuzzò gli occhi e Peter pensò: *L'ha riconosciuto! Per tutti gli dei, l'ha riconosciuto!*

«Tu hai ucciso mio padre e non fu quella la prima volta in cui tramasti nel sangue. Te l'eri dimenticato, vero? Te lo leggo negli occhi. Quando Leven Valera ti si oppose nei giorni bui di Alan II, sua moglie fu trovata avvelenata. Le circostanze sembravano togliere ogni dubbio sulla colpevolezza di Valera... come spazzarono via ogni dubbio sulla *mia.*»

«Dove l'hai trovato, piccolo *bastardo*?» sibilò Flagg e Naomi trattenne un'esclamazione.

«Sì, te ne eri dimenticato», ripeté Peter. «Io credo che prima o poi gli esseri come te finiscano con il ripetersi, perché gli esseri come te conoscono solo pochi trucchi molto semplici. Ma viene sempre il momento in cui qualcuno li scopre.

Credo che sia questo che ci ha salvati e sempre ci salverà.»

Il medaglione dondolava nella luce del fuoco.

«A chi importerebbe adesso?» lo apostrofò Peter. «Chi ci crederebbe? Molti. Non dovessero credere a nient'altro, si convinceranno che tu sei vecchio quanto il loro stesso cuore aveva sempre sospettato, mostro.»

«Dammelo!»

«Tu hai ucciso Eleanor Valera e tu hai ucciso mio padre!»

«Sì, gli ho portato il vino», confessò Flagg con un balenio negli occhi. «E ho *riso* quando le sue viscere sono andate a fuoco e ho riso ancora più forte quando tu sei stato condotto in cima all'Obelisco. Ma coloro che in questo momento mi sentono pronunciare queste parole saranno presto tutti morti e nessuno mi ha visto portare vino in queste stanze! Solo tu sei stato visto!»

Fu allora che da dietro le spalle di Peter parlò un'altra voce. Non era vibrante, quella voce; era così esile che quasi non la si udiva ed era pervasa da un tremito. Paralizzò però tutti quanti per lo stupore, Flagg compreso.

«Qualcuno ti ha visto», disse Thomas, fratello di Peter, dall'ombra che avvolgeva la poltrona di suo padre. «*Io* ti ho visto, mago.»

140

Peter si spostò lateralmente girandosi per metà, tenendo sempre proteso il braccio dal quale pendeva il medaglione.

Thomas! cercò di esclamare, ma non riusciva a parlare, troppo profondamente colpito dalla meraviglia e dall'orrore per la trasformazione avvenuta in suo fratello. Era diventato grasso e sembrava quasi un vecchio. Aveva sempre somigliato a Roland più di lui e adesso la somiglianza era di-

ventata così grande da sembrare sovrannaturale.

Thomas! cercò di esclamare di nuovo, mentre scopriva come mai l'arco e la freccia non erano più al loro posto sopra la testa di Niner. L'arco era in grembo a Thomas e il dardo era incoccato nella corda di budello.

Fu allora che Flagg lanciò un urlo e si gettò in avanti, levando sopra di sé l'enorme bipenne del boia.

141

Non fu un urlo di collera, ma di terrore. La faccia bianca di Flagg era tirata e i capelli gli si erano drizzati. Un tremore involontario gli percorreva le labbra afflosciate. Peter era rimasto sorpreso dalla somiglianza, ma aveva riconosciuto suo fratello, mentre Flagg era stato completamente ingannato dalla luce a intermittenza del fuoco nel caminetto e dall'ombra proiettata dalle ali della spalliera sul viso di Thomas seduto in poltrona.

Scordò Peter e si lanciò sull'uomo seduto. Aveva ucciso il vecchio una volta con il veleno eppure era di nuovo lì, nella sua vestaglia puzzolente e sporca di idromele, con l'arco e la freccia fra le mani, a fissare su di lui gli stanchi occhi accusatori.

«Spirito!» gridò Flagg. *«Spirito o demone dell'inferno, non m'importa! Ti ho ucciso una volta! Posso ucciderti di nuovo! Aiiiiyyyyyyyyeeeeee....!»*

Thomas era sempre eccelso nel tiro con l'arco. Anche se raramente andava a caccia, spesso si era recato al poligono negli anni della prigionia di Peter e, sobrio o ubriaco, aveva ereditato l'occhio di suo padre. Possedeva un arco di tasso di pregevole fattura, ma non ne aveva mai teso uno come questo. Era leggero e flessibile, eppure si percepiva una forza stupefacente nella sua anima elastica. Era un arco enorme, eppure armonioso, due metri e mezzo da un'estremità all'altra, perciò Thomas da seduto non aveva lo spazio sufficiente a tenderlo del tutto, ciononostante ne caricò i quaranta chili di tensione senza sforzo alcuno.

Mazzammazza era forse il dardo più grande che fosse mai stato costruito in legno di sandalo, con le tre piume strappate all'ala di un falco pellegrino anduano e la punta d'acciaio vetrificato. Diventò caldo, nella tensione della corda, e Thomas avvertì sul volto una vampata come da una fornace aperta.

«Mi hai detto solo bugie, mago», mormorò. E scoccò.

Il dardo partì dalla freccia, attraversando la stanza passò nel centro esatto del medaglione di Leven Valera che ancora pendeva dal pugno proteso di Peter. La catenella d'oro si strappò con un lieve tintinnio.

Come vi ho già detto, fin dalla notte in cui si era accampato con le sue truppe nelle foreste settentrionali in quella fallimentare spedizione alla ricerca degli esuli, Flagg era perseguitato da un sogno che non riusciva a ricordare. Si svegliava sempre da quel sogno con la mano premuta sull'occhio sinistro, come se lì fosse stato ferito. L'occhio gli bruciava per qualche minuto dopo il risveglio, ma non era mai riuscito a capire perché.

Ora la freccia di Roland con il medaglione a forma di cuore di Valera sulla punta volò da una parte all'altra del soggiorno di Roland e gli si conficcò in quell'occhio.

Flagg cacciò un ruggito di dolore. La bipenne gli cadde dalle mani e il manico di quell'arma lorda di sangue andò in mille pezzi una volta per sempre quando colpì duramente il suolo. Il mago vacillò all'indietro, con l'occhio ancora sano e pieno di odio fisso su Thomas. L'altro era stato sostituito da un cuoricino d'oro, con l'apice macchiato dal sangue di Peter. E intorno al profilo di quel piccolo cuore cominciò a sgorgare un misterioso fluido, nero e maleodorante, che quasi certamente sangue non era.

Flagg gridò di nuovo, cadde in ginocchio...

... e all'improvviso non c'era più.

Peter strabuzzò gli occhi. Ben Staad mandò un'esclamazione di sgomento. Per un attimo i vestiti di Flagg conservarono la sagoma del suo corpo; per un attimo la freccia rimase sospesa nell'aria con il suo cuoricino trafitto. Poi i vestiti si accasciarono sul pavimento e Mazzammazza cadde rumorosamente sulle piastrelle. La punta d'acciaio fumava. Così aveva fumato molti anni addietro quando Roland l'aveva estratta dalla gola del drago. Il cuore brillò di un cupo color rosso per pochi istanti e per sempre il suo profilo rimase impresso sulle piastrelle dov'era caduto quando il mago era scomparso.

Peter si girò verso suo fratello.

L'innaturale calma di Thomas si sciolse tutt'a un tratto e allora non somigliò più tanto a Roland, bensì a un bambino pieno di spavento e d'infinita stanchezza.

«Peter, mi dispiace», disse e cominciò a piangere. «Mi dispiace più di quanto tu potrai mai immaginare. Ora mi ucciderai, penso, e merito di essere ucciso, sì, so di meritarmelo, ma prima che tu lo faccia, voglio dirti una cosa: ho pagato. Credimi, ho pagato. Pagato e pagato e pagato. Adesso uccidimi, se così hai deciso.»

Chiuse gli occhi e offrì la gola al fratello. Peter gli si avvicinò. Gli altri trattennero il fiato, con gli occhi sgranati.

Dolcemente Peter sollevò suo fratello dalla poltrona di suo padre e lo abbracciò.

Lo tenne così tra le braccia finché non cessò il tumulto del suo pianto sconsolato e gli disse che lo amava e che lo avrebbe sempre amato; poi piansero insieme sotto la testa del drago, con l'arco del loro genitore ai piedi. A un certo punto gli altri uscirono senza far rumore e lasciarono soli i due fratelli.

142

E vissero felici e contenti?

No. Checché vadano raccontando le storie, nessuno vive per sempre felice e contento. Ebbero i loro giorni lieti, come li avete voi, ed ebbero i loro giorni brutti e di quelli voi sapete certamente più che a sufficienza. Ottennero le loro vittorie, come voi, e subirono le loro sconfitte, delle quali altrettanto sapete abbastanza. Ci furono momenti in cui si vergognarono sapendo di non aver dato il meglio di sé e ci furono momenti in cui seppero di aver agito come il loro Dio avrebbe desiderato. Ciò che sto cercando di dire è che vissero come meglio poterono, tutti quanti; alcuni vissero più a lungo di altri, ma tutti vissero bene e con coraggio, e io a tutti voglio bene e non mi vergogno del mio affetto per loro.

Thomas e Peter si recarono insieme dal nuovo Sommo Giudice di Delain e Peter fu arrestato di nuovo. Il suo secondo soggiorno in cella fu assai più breve del primo e durò solo due ore. Thomas impiegò quindici minuti a raccontare la sua storia e il Sommo Giudice, che aveva assunto la carica con l'approvazione di Flagg ed era una creaturina timida timida, impiegò un'altra ora e tre quarti per verificare che il terribile mago fosse davvero scomparso.

Poi tutte le accuse furono ritirate.

Quella sera si riunirono tutti negli alloggi privati di Peter e non mancò nemmeno Frisky. Peter servì da bere a Thomas, Ben, Naomi e Dennis e persino a Frisky versò un po' di vino in un piatto. Thomas fu l'unico a rifiutare.

Peter voleva che Thomas restasse con lui, ma Thomas sosteneva, secondo me a ragione, che se fosse rimasto, i cittadini lo avrebbero linciato per aver permesso che accadessero fatti così spaventosi.

«Eri solo un bambino», lo giustificò Peter, «sotto l'influsso di una creatura potente che ti intimoriva.»

Con un mesto sorriso, Thomas rispose: «In parte è anche vero, ma il popolo di questo non si ricorderebbe di certo, Peter. Ricorderebbero Tommy il Portatore di Tasse e verrebbero a cercarmi. Butterebbero giù muri di pietra per mettermi le mani addosso, temo. Flagg è scomparso, ma io sono ancora qui. La mia testa è davvero poca cosa, ma ho concluso che non mi dispiacerebbe tenermela sulle spalle ancora per un po'». Fece una pausa e sembrò dibattuto, quindi riprese: «Ed è meglio che vada via. Ho patito invidia e gelosia ed è stato peggio di una febbre alta. Adesso sono guarito ma vivendo qualche anno nella tua ombra e sotto la tua sovranità, potrei avere una ricaduta. Il fatto è che ho imparato a conoscermi un pochino. Sì, un pochino. Peter, io devo assolutamente partire e sarà questa sera stessa. Prima vado, meglio è».

«Ma... dove andrai?»

«A caccia», rispose semplicemente Thomas. «Nel sud, penso. Può darsi che ci rivedremo, può darsi di no. Andrò a sud a caccia... Ho molti pesi sulla coscienza e ho molto da farmi perdonare.»

«A caccia di che cosa?» chiese Ben.

«Di Flagg», rispose Thomas. «È laggiù, da qualche parte. In questo o in qualche altro mondo, ma è laggiù. Lo so. Sento il suo veleno nel vento. Ci è sfuggito all'ultimo momento. Lo sapete voi e lo so io. Lo scoverò e lo ucciderò. Vendicherò nostro padre e farò ammenda per il mio terribile peccato e comincerò a cercare a sud, perché sento che è là.»

«Ma chi verrà con te?» obiettò Peter. «Io non posso, con tutto quello che c'è da fare qui. E non permetterò mai che tu parta da solo!» Era profondamente preoccupato e se voi poteste vedere una mappa di quei tempi, avreste ben capito il suo stato d'animo, perché il sud non era nient'altro che un grande spazio vuoto sulle carte geografiche dell'epoca.

Dennis li stupì tutti esclamando: «Vado io, sire!»

Entrambi i fratelli si girarono verso di lui. Si voltarono an-

che Ben e Naomi e Frisky alzò il muso dal vino che leccava con gioioso entusiasmo (le piaceva l'odore che aveva, un fresco e vellutato color carminio, non buono come il sapore, ma quasi).

Dennis arrossì vistosamente, ma non si sedette.

«Voi siete sempre stato un buon padrone, Thomas, e se re Peter vorrà farmi grazia, qualcosa qui dentro mi dice che siete ancora il mio padrone. E poiché sono stato io a trovare quel topo e a farvi rinchiudere nell'Obelisco, mio signore...»

«Sciocchezze!» proruppe Peter. «Acqua passata!»

«Non per me», insisté Dennis. «Potreste dire che anch'io ero giovane e non ero in grado di capire, ma forse anch'io ho i miei errori a cui riparare.»

Rivolse a Thomas uno sguardo timido.

«Verrò con voi, Lord Thomas, se mi vorrete. Sarò al vostro fianco nella vostra ricerca.»

Sull'orlo del pianto Thomas rispose: «E meriti il mio benvenuto, buon vecchio Dennis. Spero solo che tu sappia far da mangiare meglio di me».

Partirono quella notte stessa, sotto una coltre di tenebra, a piedi, inoltrandosi nell'oscurità con la schiena appesantita da grossi zaini carichi di provviste. Si girarono una volta a salutare con la mano.

I tre che restarono risposero al saluto. Peter piangeva come se gli si stesse spezzando il cuore e temeva davvero che così sarebbe stato.

Non lo rivedrò mai più, pensava.

Chissà, forse lo rivide o forse no, ma io ho una mezza idea di sì, sapete? Posso aggiungere solo che Ben e Naomi si sposarono, che Peter regnò a lungo e con equità e che Thomas e Dennis vissero molte e strane avventure e che ritrovarono Flagg e lo affrontarono.

Ma l'ora è tarda e tutto questo appartiene a un'altra storia, per un altro giorno.

I libri di Stephen King

La zona morta
Uscito dal coma, Johnny scopre di avere un dono sconvolgente: può leggere i segreti della mente, il passato e il futuro, con un semplice contatto. E fermare un diabolico complotto.

L'incendiaria
Due ragazzi partecipano a un esperimento sulla droga. Avranno una figlia il cui sguardo incendia qualunque cosa. L'FBI si allerta. Un intreccio di forte suspense.

Cujo
Una cittadina del Maine è sconvolta da una diabolica creatura che assale alle spalle. È Cujo, il docile San Bernardo trasformato da King in un mostro sanguinario...

Christine (La macchina infernale)
Una tenebrosa potenza si nasconde in una Plymouth del '58, di nome Christine, che manifesta una terrificante vita propria. Da questo romanzo il film omonimo di John Carpenter.

Pet Sematary
La nuova casa dei Creed è vicino a Pet Sematary, il luogo dove i ragazzi seppelliscono i propri animaletti. E presto la vita della famiglia è sconvolta da forze oscure e malefiche...

Il Talismano (CON PETER STRAUB)
Il viaggio di un ragazzo in un mondo misterioso e raccapricciante celato in un'altra dimensione. Il libro ha ispirato il film diretto da Steven Spielberg.

Stagioni diverse
Quattro storie in bilico tra orrore e avventura, incubo e fantasia. Da tre di esse sono stati tratti i film Stand by me, Le ali della libertà *e* L'Allievo.

It
Una banda di ragazzini fronteggia una sanguinaria incarnazione del male, nascosta nelle fogne cittadine. Un lungo brivido, un'inquietante epopea dell'orrore.

Misery
Uno scrittore viene soccorso in un incidente d'auto da un'ex infermiera, che si rivela una crudele carceriera. Un best-seller che ha ispirato il film Misery non deve morire.

Scheletri
Una raccolta di magistrali racconti che fonde immagini di paure ancestrali e di vita quotidiana, con esiti da brivido. Nella migliore tradizione del «Re».

Tommyknocker - Le creature del buio
Uno scavo riporta alla luce un pezzo di metallo sepolto fin dalla preistoria e gli abitanti della città subiscono una maligna metamorfosi. Un inquietante incubo d'autore.

La metà oscura
Un autore di libri horror si libera dello pseudonimo di George Stark. Ma Stark si vendica e, per fermarlo, lo scrittore deve spingersi negli angoli più oscuri della propria mente.

Quattro dopo mezzanotte (in due volumi)
Il tempo: che cosa gli accade dopo la mezzanotte? Quattro agghiaccianti racconti nati dalla fervida fantasia dell'indiscusso «re del brivido».

Cose Preziose
L'emporio aperto a Castle Rock da Gaunt, un forestiero dall'aria strana, esercita un magnetismo irresistibile sugli abitanti. Ma quest'attrazione si rivela devastante...

Il gioco di Gerald
Un romanzo dalla narrazione affilata come un rasoio che vede una donna, ammanettata a un letto, preda di mostruosi visitatori, in un'isolata villa in riva al lago.

Dolores Claiborne
La tormentata vicenda di Dolores, donna di fatica del Maine, raccontata in prima persona. Violenze e angherie e... un finale mozzafiato in puro stile King.

Incubi & deliri
Un'antologia di racconti per notti insonni: rockstar resuscitate, piogge scure e nefaste, insospettabili psychokiller... in quasi mille pagine di brividi ghiacciati.

Insomnia
Ralph da mesi non riesce a dormire. Ciò che lo sconvolge sono le aure cangianti che vede attorno alle persone. Inoltre la sua comunità sembra preda di forze terrificanti...

Rose Madder
Dopo 14 anni di matrimonio, Rose lascia il marito violento per rifarsi una vita. Lui riuscirà a rintracciarla ma scoprirà che la donna umile di un tempo si è trasformata in una dea vendicatrice.

Desperation
Una diabolica presenza ha contagiato Desperation, una tetra cittadina nel deserto del Nevada, e ne ha invaso il sottosuolo, scatenando un apocalitto scontro tra il bene e il male...

L'arte di sopravvivere
Il racconto in prima persona, fra frustazione e disperazione, di un uomo abietto naufragato su un'isola deserta e inospitale, con un pacco di droga ma nulla di cui nutrirsi.

Mucchio d'ossa
Mike, distrutto dall'improvvisa morte della moglie, cerca rifugio nell'antica casa del Maine che l'ha visto bambino. Ma qualcosa *non si rassegna a quella tremenda perdita...*

Il Miglio Verde
Nel braccio della morte del penitenziario di Cold Mountain perversi assassini aspettano l'esecuzione della sentenza. Nulla può prepararvi a questo viaggio nel terrore...

La bambina che amava Tom Gordon
La piccola Trisha si è persa sui monti Appalachi, con l'unica compagnia di una radio. Ma a un certo punto la bambina sente che non è più sola, che qualcuno (o qualcosa) la spia...

Cuori in Atlantide
Cinque racconti tra loro correlati, che hanno sullo sfondo la guerra del Vietnam, ma rievocano anche l'impatto che tale vicenda ebbe sulla società americana.

Danse macabre
In questo saggio troviamo tutto l'amore di Stephen King per i libri, il suo modo inimitabile di accostarsi ai testi, un cult nel quale l'autore celebra l'horror definendone gli archetipi.

Riding the Bullet - Passaggio per il nulla
Un ragazzo cammina sul ciglio di una strada deserta cercando disperatamente un passaggio. Si ferma una macchina. A bordo dell'auto però lo attende un'avventura sciocante...

La tempesta del secolo
A Little Tall Island una bufera così non s'era mai vista. Ma con la neve e il vento giunge anche un oscuro killer che imporrà le sue condizioni a una comunità impotente e terrorizzata.

On writing
Questo libro, più che un manuale tecnico, è un'autobiografia del mestiere, una chicca in cui ritrovare, nella loro dimensione reale, situazioni e storie che hanno ispirato i romanzi del Re.

L'acchiappasogni
Quattro amici di Derry lanciati in un folle inseguimento nella bufera, dove il ruolo di preda e cacciatore spesso si confonde. Ad aiutarli hanno un alleato molto particolare...

La casa del buio
A French Landing c'è un'enorme casa nera, tutta nera dalle fondamenta al tetto. E c'è Jack, incalzato da angosciose apparizioni e da strane materializzazioni...

Tutto è fatidico
Benvenuti a bordo, si parte per un giro in quattordici tappe nell'ignoto, in quella regione dell'anima i cui neri abitanti popolano le trame di questi racconti.

Buick 8
Un'auto venuta dal nulla è la protagonista di spettacolari manifestazioni paranormali. La squadra D della polizia della Pennsylvania la tiene chiusa in un capannone. Ma un giorno...

Serie «La Torre Nera»
L'odissea del cavaliere Roland comincia su una spiaggia del Mare dell'Occidente...Un originale western-fantasy.

L'ultimo cavaliere
La chiamata dei tre
Terre desolate
La sfera del buio
I lupi del Calla

L'occhio del male (Richard Bachman)
Un tremendo sortilegio tormenta l'uomo che ha investito e ucciso una zingara. Non gli resta che giocare una partita disperata, in cui il destino gli riserva un'atroce sorpresa...

I vendicatori (Richard Bachman)
Un quartiere suburbano è colpito da un'esplosione di follia. Solo una casa sembra essere immune dalla furia che devasta ogni cosa... Un romanzo che trascina in un vortice di orrore.

L'uomo in fuga (Richard Bachman)
Spinto dalla disperazione, Ben Richards partecipa a un sadico show in cui verrà braccato per trenta giorni, intascando per ogni ora di sopravvivenza cento dollari...

La lunga marcia (Richard Bachman)
A piedi, senza soste, dai confini del Canada fino a Boston: una maratona maledetta e disumana per cento volontari in cui solo il vincitore sopravviverà

Gentile lettore,

la ringraziamo per aver scelto uno dei romanzi della ricca collana Superbestseller.

Per poter soddisfare sempre meglio le sue esigenze e i suoi gusti, le chiediamo di voler gentilmente compilare il seguente questionario. Se ci fornirà anche il suo indirizzo, le invieremo tempestivamente le informazioni relative alle nuove pubblicazioni del gruppo Sperling & Kupfer e alle iniziative speciali rivolte ai nostri lettori.

Ho trovato questo questionario nel volume dal titolo

....

Ho acquistato questo volume

☐ in libreria ☐ in edicola ☐ al supermercato

Abitualmente acquisto libri

☐ in libreria ☐ in edicola ☐ al supermercato

Numero libri acquistati in un anno: ....

Di solito acquisto un libro perché:
(si possono barrare più caselle)

☐ seguo i consigli di amici/conoscenti/del mio libraio di fiducia
☐ leggo le recensioni
☐ vedo la pubblicità
☐ scelgo i titoli del mio autore preferito
☐ mi piace la copertina
☐ il libro ha vinto un premio letterario
☐ il libro è nelle classifiche dei libri più venduti
☐ ha un prezzo conveniente

Il mio autore preferito è: ....

Il mio libro preferito è: ....

Il mio genere preferito è:
☐ saggistica ☐ narrativa
- romanzi d'amore
- thriller

INFORMAZIONI ANAGRAFICHE

Età: .... Sesso: ☐M ☐F

Professione: ....

FACOLTATIVO

Nome ....
Cognome ....
Via .... n. ....
Città .... Provincia .... CAP ....
E-mail ....

La preghiamo di tagliare lungo la linea tratteggiata e di inviare in busta chiusa e affrancata a:

Sperling & Kupfer Editori S.p.A.
Ufficio Promozione
Via Durazzo, 4
20134 Milano

Il mittente prende atto che i suoi dati saranno trattati per l'eventuale invio di materiale d'informazione libraria, con la possibilità della cessione a terzi dei dati stessi. Resta salvo il suo diritto di conoscenza, cancellazione, rettifica, aggiornamento, integrazione e opposizione al trattamento dei dati, secondo quanto previsto dall'art. 13 della legge 675/96.

Finito di stampare nel febbraio 2004
presso la Mondadori Printing S.p.A.
Stabilimento N.S.M. di Cles (TN)
Printed in Italy